FOLIO SCIENCE-FICTION

Bernard Simonay

LE SECRET INTERDIT

Gallimard

Depuis *Phénix*, son premier roman, récompensé par les prix Cosmos 2000 et Julia Verlanger, Bernard Simonay n'a cessé d'écrire. Il a abordé avec un égal succès le roman historique (*La première pyramide*, *Le lys et les ombres*), l'imaginaire (*Les enfants de l'Atlantide*, *La légende de la toison d'or*), le policier (*Le marais des ombres*) ou plus récemment le roman d'aventures contemporain (*L'amazone de Californie*, *L'or du Solognot*).

Fervent défenseur d'une littérature populaire assumée, Bernard Simonay n'a de cesse, au fil de ses histoires profondément philanthropiques, de questionner l'homme et de nous mettre en garde contre ses pires dérives.

Nous n'héritons pas la Terre de nos ancêtres, nous l'empruntons à nos enfants...

Proverbe oriental

PROLOGUE

Aéroport de Los Angeles…

— La bombe explosera dans vingt-cinq minutes, monsieur !

— Parfait ! À ce moment-là, l'avion sera au-dessus des Rocheuses. Il y a déjà plus de cent vingt personnes à bord. Il est inutile d'ajouter des victimes supplémentaires au sol.

Une chaleur éprouvante baignait l'aéroport de Los Angeles. À travers l'immense baie, on distinguait les énormes appareils en partance pour le monde entier. Un ballet impressionnant amenait un transport toutes les deux minutes, contraignant les contrôleurs aériens à une vigilance constante, génératrice de stress. De l'autre côté d'une cloison vitrée, les passagers attendaient le signal de l'embarquement. Le gros homme qui donnait les ordres les observa d'un œil glacé. Il avait lui-même pris la décision de les envoyer à la mort, mais il n'avait pas le choix. Il espérait seulement que Lebster ne s'était pas trompé, et que la… cible allait bien embarquer.

Un doute l'envahit soudain. Il se tourna vers l'individu grand et sec qui le secondait. Un soldat parfait, qui agissait sans état d'âme. De ce côté, il n'avait aucun souci à se faire : un conditionnement sans faille l'avait préparé à ce genre de mission.

— Avez-vous vérifié qu'aucun des nôtres ne se trouve à bord ?

L'autre prit un air étonné.

— Vous ne me l'avez pas demandé, monsieur. Je ne dispose d'ailleurs d'aucun moyen de vérification.

Le gros homme poussa un soupir, puis acquiesça.

— C'est vrai. Il y a d'ailleurs très peu de chances, mais il vaut tout de même mieux s'en assurer.

Il sortit de sa mallette un ordinateur portable miniaturisé. Après quelques manipulations, la liste des passagers apparut à l'écran. Une nouvelle série de manœuvres fit ressortir un nom.

— Bordel ! Il y en a un. Il s'appelle John W. Mac Carthy. Il faut l'empêcher de prendre cet avion.

Le gros homme tapa d'autres commandes.

— Il a un cellulaire ! Un coup de veine.

Il composa le numéro affiché à l'écran. L'instant d'après, un homme aux cheveux gris sortait son portable de l'autre côté de la vitre.

— Ici l'oncle César, dit le gros homme. Magnifique journée, n'est-ce pas ?

— Bonjour, mon oncle. Un peu de fraîcheur serait la bienvenue ! répondit son interlocuteur.

— Cependant, il serait souhaitable pour vous de renoncer à ce vol.

L'autre marqua une seconde d'étonnement, puis acquiesça :

— Bien, merci !

De l'autre côté de la vitre, le nommé Mac Carthy se dirigea lentement vers la sortie, trouva un prétexte pour quitter la salle d'embarquement, puis se fondit dans la foule. Le gros homme hocha la tête d'un air satisfait. Puis il reporta son regard sur la foule des passagers. Bien qu'il y eût des enfants parmi eux, il n'en éprouvait aucun remords. La vie de cent vingt personnes n'avait aucune valeur face au danger représenté par la cible. Il espérait seulement que celle-ci n'aurait aucun soupçon. Mais toutes les précautions avaient été prises afin de ne pas donner l'éveil. Cette fois, il était sûr de réussir. On avait même prévu de désigner un coupable, un passager du nom de Cyrus Fletcher, activiste de gauche qui avait déjà eu maille à partir avec le FBI, et qui avait actuellement de gros problèmes avec le fisc. Un individu comme ça pouvait très bien péter les plombs et vouloir se venger de la société d'une manière spectaculaire. Les éléments d'enquête l'accusant étaient déjà prêts.

— Mesdames et messieurs les passagers du vol 4136 à destination de New York sont invités à monter à bord.

Karen Halden saisit la main de sa fille Salomée et, suivant la foule, se dirigea vers les couloirs d'embarquement.

— Maman, tu crois que papa nous voit ?

— Certainement, ma chérie. Depuis le Ciel, on voit tout ce qui se passe sur Terre. Et je suis sûre que ton papa nous observe et nous protège.

— Alors, je n'aurai pas peur.

Karen serra un peu plus la main de sa fille.

— Je sais que c'est la première fois que tu prends l'avion, mais tu es courageuse. Tu verras, c'est amusant. Et puis, ton oncle Peter sera tellement heureux de nous revoir.

Karen retint les larmes qui lui brûlaient les yeux. Ce voyage, prévu depuis un an, elle aurait dû le faire en compagnie d'Alan. Elle serra les dents pour ne pas céder à la douleur. Le chauffard imbécile et criminel qui avait fauché son mari sur le trottoir avait pris la fuite. La police l'avait recherché, mais n'avait retrouvé qu'un véhicule volé, et marqué de sang. Seul Dieu saurait punir le coupable. Un jour. Mais à quoi bon ? Jamais Alan ne reviendrait.

Guidées par une hôtesse, Karen et Salomée prirent place. Près du hublot était installée une femme que la fillette trouva très belle, avec ses longs cheveux noirs noués en queue-de-cheval. La femme lui sourit.

— Oh, dit Salomée, tu as des yeux verts magnifiques !

— Merci ! Mais les tiens sont très beaux aussi.

— Je m'appelle Salomée Halden ! Et voici ma maman, Karen.

— Bonjour, Karen, répondit l'inconnue, amusée par la spontanéité de la petite fille.

— Nous allons à New York, chez mon oncle Peter !

— Salomée, n'ennuie pas la dame !

— Elle ne m'ennuie pas, rassurez-vous.

La passagère tendit la main vers Karen, qui la serra un peu timidement.

— Mon nom est Sarah Livingstone, se présenta-t-elle.

Karen répondit d'un sourire un peu crispé. Elle n'avait guère envie de parler du drame qui avait détruit sa vie. Sarah dut le sentir, qui retira sa main en inclinant légèrement la tête.

À la dérobée, Karen observa sa voisine. Rarement elle avait contemplé une femme aussi belle. Une fraction de seconde, son regard avait croisé le sien, et une sensation de plénitude l'avait pénétrée. Salomée avait raison : cette femme avait des yeux extraordinaires. Et la peau de son visage ne présentait aucune imperfection. Karen pensa qu'il s'agissait là du résultat d'un travail remarquable de chirurgie esthétique, mais la femme ne portait aucune trace de maquillage, à part une légère marque de khôl autour des yeux. Elle n'était donc pas obsédée par son apparence. Elle avait beaucoup de chance de posséder une peau pareille.

— Tu vas aussi à New York ? lui demanda soudain Salomée.

— Oui, je vais rejoindre mon fils.

— Tu as un fils ? Moi, j'ai sept ans ! Et ton fils, il a sept ans aussi ?

— Non ! Il est… un peu plus âgé.

— Comment il s'appelle ?

— Loup ! Comme l'animal. Mais… il ne mange pas les petites filles.

— Ben heureusement ! Et ça, c'est quoi ?

— Salomée, tu es trop curieuse ! intervint Karen.

— Laissez ! J'adore les enfants.

La fillette désignait, autour du cou de Sarah, une mystérieuse croix en or, dont la branche supérieure était remplacée par une boucle.

— C'est l'Ankh, un symbole égyptien très ancien. Il représente la force de la vie et l'immortalité.

— Je connais l'Égypte. J'ai vu des dessins animés qui parlaient des pyramides. Tu es égyptienne ?

— Non, je suis américaine. Mais ma famille est originaire de là-bas.

— Et toi, tu es née où ?

— À New York, tout simplement.

— Salomée ! Tu n'es pas de la police ! Laisse la dame tranquille.

— Bien, maman. Excusez-moi, madame !

— Tu peux m'appeler Sarah.

Quelques instants plus tard, l'avion gagna la piste d'envol, s'immobilisa en bout de piste. Les réacteurs lancés au maximum firent entendre un vacarme infernal, puis l'avion s'élança. Une poussée puissante cala Salomée sur son siège. La fillette ne put retenir un cri de stupeur. Peu rassurée, elle saisit la main de sa mère et, de l'autre côté, celle de Sarah. Lorsque l'avion quitta la piste, elle s'exclama :

— Waouh ! C'est super ! Encore mieux qu'à Disneyland !

Elle se tourna vers Karen.

— Maman, tu crois que si on montait assez haut, on pourrait voir papa ?

— Je ne pense pas, ma chérie. Il est… bien plus haut que nous ne pourrons jamais aller.

— Même dans une fusée ?

— Même dans une fusée.

Comme pour s'excuser, Karen dit à sa voisine :

— J'ai perdu mon mari il y a deux mois. Plus rien ne me retient ici. C'est pourquoi nous allons chez mon frère, à New York. Je veux refaire ma vie là-bas.

— Je suis désolée, répondit Sarah.

Curieuse, Salomée se pencha pour apercevoir le sol qui s'éloignait de plus en plus vite.

— Les immeubles sont tout petits. On ne voit même plus les voitures.

Bientôt, l'avion atteignit son altitude de croisière. Sous ses ailes, la cité tentaculaire s'estompa, faisant place à la Sierra Nevada. Une hôtesse passa pour proposer des rafraîchissements et présenter le film. Salomée demanda un Coca.

Au moment où l'hôtesse lui tendait sa boisson, un bruit assourdissant retentit. L'instant d'après, le monde bascula dans l'aberration la plus totale. Des cris de panique explosèrent, vrillant les oreilles de la petite fille. Devant elle tomba un objet gigotant au bout d'un tuyau ; elle ne savait pas qu'il s'agissait d'un masque à oxygène. Elle se sentit soudain soulevée de son siège, aussitôt retenue par la ceinture que sa mère avait passée autour de sa taille avant le décollage. Puis elle retomba et une force irrésistible la maintint plaquée contre le dossier. Sans rien comprendre, elle vit le visage souriant de l'hôtesse se déformer sous l'effet de la peur, puis un souffle infernal aspira la jeune femme vers l'arrière, hors de la vue de l'enfant. Près d'elle, sa mère hurlait. Une lumière étrange avait envahi l'appareil. Salomée n'avait pas peur. Pas encore. Tout allait trop vite, comme dans un cauchemar. Elle se retourna pour tenter d'apercevoir ce qu'était devenue l'hôtesse. Elle comprit alors l'origine de la lumière inquiétante : la queue de l'avion avait disparu, faisant place à un vide béant, ouvert sur un ciel immuablement bleu. Des flammes folles étirées en longues banderoles constituaient une couronne de feu autour de ce qui restait du fuselage. Des passagers qui n'avaient pas cru bon de maintenir leur ceinture attachée étaient inexorablement arrachés à leur siège et emportés vers cette couronne infernale, en compagnie d'une tornade d'objets aspirés hors des compartiments à bagages.

Salomée entrevit l'hôtesse agrippée à un fauteuil, quelques rangées plus loin. Ses traits étaient méconnaissables, sa peau se couvrait de sang. Elle eut le temps de voir la malheureuse lâcher prise et disparaître, avalée par le gouffre de lumière, puis quelqu'un plaqua l'objet gigotant sur son visage. L'instant d'après, l'avion bascula vers le sol en une chute vertigineuse. Enfin gagnée par la terreur, Salomée vit les montagnes se rapprocher à une allure affolante, droit devant l'appareil.

Les montagnes Rocheuses, dix jours plus tard…

Les sauveteurs errant dans les décombres de l'avion pouvaient enfin dresser un bilan. Sur les cent vingt-neuf passagers et membres d'équipage, on n'avait retrouvé aucun survivant. Cependant, malgré tous les efforts réalisés, douze corps restaient introuvables.

Un homme de haute taille, au visage taillé au couteau et aux yeux sombres, ne cessait de harceler les secouristes et les pompiers pour obtenir des informations.

— Écoutez, monsieur, nous faisons notre possible. Plusieurs victimes ont été éjectées de l'avion immédiatement après l'explosion. Il y en avait sur plus de deux kilomètres. Cette région est un plateau creusé de gorges profondes parcourues par des torrents. Avec les pluies abondantes qui sont tombées dernièrement, il est probable que les corps ont été emportés. Il faudrait des mois pour fouiller toute la région, sans même être sûr de les retrouver.

— Quels sont les noms des personnes manquantes ?

— Consultez la liste ! répondit le pompier, agacé.

L'homme de haute taille parvint enfin à se procurer la liste en question. Rejoignant son compagnon à forte corpulence, qui n'avait pas daigné quitter l'hélicoptère militaire qui l'avait amené, il déclara :

— Karen Halden et sa fille Salomée.

— Aucun intérêt.

— Abraham et David Kleinberg.

— Non !

— Sarah Livingstone !

Le gros homme blêmit.

— C'est elle ! Putain de salope ! Elle nous a échappé.

— Monsieur… l'avion a explosé avant même de toucher le sol… Que vouliez-vous qu'elle fasse ?

— Je vous dis qu'elle s'en est sortie.

— Mais c'est impossible ! Il ne s'est pas écoulé plus d'une minute entre l'explosion de la bombe et le crash. Elle n'avait même pas le temps de passer un parachute.

Le gros homme le regarda fixement puis souffla :

— Vous n'avez aucune idée de ce dont ces créatures sont capables !

PREMIÈRE PARTIE

L'ŒUVRE AU NOIR
OU
LE SOUFFLE DE LA MORT

1

Blowing Rocks, côte est de la Floride, à quelques dizaines de kilomètres au nord de Miami…

On dit qu'au cœur même du cyclone, en cet endroit mystérieux que l'on appelle « l'œil », il ne se passe strictement rien. Mais l'œil de l'ouragan *Lenny* n'était pas centré sur Blowing Rocks, et l'on enregistrait sur le port des rafales à plus de deux cent trente kilomètres à l'heure. Abrité dans le solide bâtiment de la capitainerie, dont les vitres épaisses étaient prévues pour résister à l'Apocalypse, Kevin Kramer observait, subjugué, les hautes murailles liquides exploser contre les digues derrière lesquelles s'alignaient des dizaines de bateaux. Avec résignation, il songea que son fragile voilier, rangé parmi eux, ne résisterait pas. Bien sûr, il ferait jouer l'assurance, mais il pestait contre lui-même. Il aurait dû se renseigner plus sérieusement sur les conditions climatiques. La fin de l'été n'était pas une saison de tout repos dans cette région du globe.

Tout à coup, il prit conscience qu'il se passait quelque chose d'anormal. Son bateau était amarré à l'autre bout de la jetée, à peine visible en raison des longues et violentes traînes de pluie. Près de lui se trouvait un grand navire blanc à la silhouette futuriste, qu'il avait pu admirer la veille, à son arrivée. Ce yacht magnifique portait le nom d'*Atalaya*. Kevin écarquilla les yeux pour tenter de percer la pénombre liquide provoquée par la tempête. Il n'avait guère dormi la nuit précédente, et il devait être victime d'une hallucination, car rien ne pouvait expliquer le phénomène qui se déroulait sous ses yeux. Malgré la violence inouïe du cyclone, l'*Atalaya* demeurait étrangement immobile, comme si les éléments n'avaient aucune prise sur lui. Kevin remarqua alors le halo lumineux irisé qui environnait le navire. Pour une raison inexplicable, cet étrange bouclier protégeait également son voilier et quelques autres se trouvant tout près du yacht.

Une intuition lui souffla que ce phénomène insolite allait bouleverser sa vie.

Pourtant, jamais il n'aurait dû se trouver à Blowing Rocks. Si sa compagne, la belle et volage Sharon, n'avait décidé, quinze jours plus tôt, de le plaquer pour s'enfuir sur la côte Ouest avec un chanteur de rock, Kevin n'aurait pas eu l'idée de quitter New York en cette saison, où cyclones et ouragans se déchaînaient sur les Caraïbes. Mais seul un voyage en solitaire sur son voilier pouvait lui apporter l'apaisement. Depuis toujours, Kevin éprouvait une véritable passion pour la mer, passion qu'il avait mise à profit en devenant écrivain spécialisé dans les romans maritimes et les biographies de grands navigateurs, explorateurs audacieux, corsaires téméraires et pirates sanguinaires. À quarante-deux ans, sa popularité ne s'était jamais démentie, et lui permettait de vivre confortablement.

Cependant, si sa vie professionnelle était une réussite, il n'en allait pas de même pour sa vie sentimentale. Dix ans plus tôt, sa première femme avait obtenu le divorce. Se plaignant de ses absences répétées – rendues nécessaires par les recherches qu'il menait sur place –, elle s'était emparée de la moitié de sa fortune. Kevin détestait cordialement les avocats.

Depuis, il avait toujours évité le piège d'un remariage. Plusieurs femmes s'étaient succédé dans sa vie, mais son caractère taciturne et solitaire ne les engageait pas à rester. Kevin savait que sa personnalité se rapprochait de celle du grizzly, mais il n'en avait cure. Toutes celles qu'il avait rencontrées depuis dix ans étaient plus attirées par sa fortune et sa renommée que par lui-même. Aucune n'avait partagé sa passion de la mer et des voyages. Sauf Sharon. Pour la première fois depuis longtemps, une femme était parvenue à le faire craquer. Même isolé en plein océan, il n'arrivait pas à oublier la douceur de sa peau, sa sensualité, son rire et son regard brillant. Il était tombé amoureux comme un collégien. Aussi, lorsqu'elle lui avait annoncé sans prendre de gants qu'elle le quittait pour s'envoler vers la Californie en compagnie de son chanteur, il avait eu l'impression que son cœur se déchirait en deux. Après une cuite mémorable partagée avec son inséparable ami Eddy, il avait fui sur l'océan.

Et s'était retrouvé piégé par une météo cataclysmique qui l'avait contraint à chercher refuge dans le petit port de Blowing Rocks. La perspective de perdre son voilier, ajoutée à ses déboires sentimentaux, avait porté un coup néfaste à son moral, et, la veille au soir, il avait décidé de réagir en s'offrant une tournée des bars.

— « Un seul être vous manque et tout est dépeuplé ! » déclara-t-il, en français et d'une voix pâteuse, au barman placide qui n'en saisit un traître mot, mais ne s'émut pas pour autant.

— Tu ferais mieux d'aller te coucher ! répliqua le garçon d'une voix ronchonne. On va fermer. Demain matin, ça va souffler dur.

Kevin dédaigna de répondre, plaqua un billet de dix dollars sur le comptoir et sortit du bar d'un pas incertain. Il se souvint qu'il avait loué une chambre dans un hôtel, en ville. Mais l'idée d'abandonner son bateau à la merci de *Lenny* ne lui souriait guère. Il avait l'impression, en restant à proximité, qu'il pourrait limiter les dégâts. L'esprit embrumé par le whisky, il se dirigea vers le port. Les rues de la petite ville, d'ordinaire animées à cette heure, étaient quasi désertes. Seules quelques voitures de police sillonnaient les artères, toutes sirènes hurlantes, afin d'avertir la population de l'imminence du cyclone.

La chaleur étouffante et la moiteur collaient les vêtements à la peau. Sur le port régnait un calme inhabituel, inquiétant. Même les mouettes s'étaient tues. Kevin gagna l'endroit où était amarré son bateau, l'*Edrenne*. Il ne savait pas à quoi correspondait ce nom, qui avait surgi dans son esprit lorsqu'il avait voulu baptiser son voilier. Il lui semblait vaguement se souvenir qu'il s'agissait du nom d'un oiseau de mer. Près de son bateau s'étirait la masse imposante d'un grand navire blanc, d'une trentaine de mètres, à la ligne futuriste. Kevin nota son nom : *Atalaya*, et se demanda ce qu'il pouvait bien signifier. Il resta un long moment à le contempler, en songeant à la fortune qu'il fallait posséder pour acquérir une semblable merveille. Un court instant, il fut tenté de monter à bord. Apparemment, il n'y avait personne. Mais une voiture de police emprunta le quai et s'arrêta à sa hauteur.

— Monsieur, vous devriez rentrer ! lui dit un flic au visage barré par une énorme moustache.

— Mon hôtel est à côté ! rétorqua Kevin, agacé.

— Ne traînez pas trop ! Le cyclone ne va pas tarder à toucher la côte, et il est particulièrement violent. On annonce des vents à plus de deux cent kilomètres à l'heure.

— Ça promet d'être spectaculaire !

— Il est à vous, ce bateau ?

— Celui-là, non ! Le mien, c'est le petit, à côté !

— J'espère que vous êtes bien assuré !

— Ne vous inquiétez pas pour ça !

Le policier lui adressa un signe et la voiture démarra. Kevin, un peu dégrisé, respira profondément l'air tiède et humide, chargé de parfums épais venus de la mer. Il n'avait pas envie de dormir. Un calme trompeur régnait sur le port et la ville. On eût dit que la nature retenait son souffle. Il se tourna vers les ténèbres océaniques. Sans les prévisions de la météo, comment croire qu'au-delà de l'horizon plongé dans la nuit, un Léviathan chargé de fureur et de vacarme fondait inexorablement vers la côte ?

Kevin frissonna. Il ressentait la peur qui avait pris possession de la petite cité. Lui-même n'était pas particulièrement impressionné. Quelques années plus tôt, il avait doublé le cap Horn, et cela n'avait pas été une partie de plaisir. L'*Edrenne* ne l'avait pas trahi et avait résisté aux lames furieuses du bout du monde. Alors, avait-il le droit de l'abandonner ? Il ne pouvait pourtant pas coucher à bord. Si le voilier était broyé par la tempête, il y laisserait sa peau.

Au bout des quais se dressait la capitainerie. Les bureaux étaient éclairés. Les surveillants se préparaient à passer une nuit blanche. Une vaste baie vitrée dominait le port, d'où l'on bénéficiait certainement d'une vue imprenable sur l'océan. Mû par une inspiration soudaine, il s'y dirigea. Il ne lui fallut guère de temps pour convaincre le directeur du port, Max Richardson, d'accepter sa présence pour la nuit.

— Kevin Kramer ? L'écrivain ?

— C'est moi. Je souhaiterais profiter de l'occasion pour observer de près un cyclone. Si vous voulez bien m'accueillir pour cette nuit…

— Mais vous êtes ici chez vous ! J'ai lu tous vos bouquins ! Ils sont géniaux !

— Merci !

Deux heures plus tard, après avoir partagé le reste d'une bouteille de bourbon avec son nouvel ami, Kevin s'écroula comme une masse sur un banc.

Lenny eut la courtoisie d'attendre l'aube pour frapper. Une poigne énergique secoua Kevin.

— Venez voir ! lui dit Richardson. Ça vaut le coup d'œil.

La bouche pâteuse et le crâne bourdonnant des relents de whisky de la veille, Kevin gagna la grande salle où s'affairaient déjà quelques hommes.

— Il a encore forci, s'exclama un gros type qui achevait une pizza froide, affalé devant une console. On a relevé des pointes à plus de deux cent vingt ! Ça va faire mal !

Kevin se tourna vers l'horizon. Celui-ci n'existait plus. D'un bord à l'autre se dressait une falaise sombre qui progressait rapidement vers la côte. Une angoisse sourde lui broya un instant les tripes. Les murs de la capitainerie étaient sans doute assez solides pour résister, mais la petite ville allait souffrir.

Le cyclone avançait très vite. Tandis que la muraille ténébreuse envahissait le monde, un vent violent se leva, soulevant des tourbillons de poussière. L'océan gris-vert s'était couvert d'une écume blanchâtre. Bientôt, des lames puissantes explosèrent sur les digues, projetant des gerbes spectaculaires. En quelques instants, l'apocalypse se déchaîna. Même à l'intérieur de la capitainerie, il fallait crier pour se comprendre.

Étant enfant, Kevin avait assisté à une tempête de neige dans les Rocheuses, mais elle n'avait rien de comparable avec ce qu'il avait sous les yeux. Un vacarme infernal se faisait entendre. Il avait parfois l'impression que les vitres pourtant épaisses allaient exploser sous l'impact des bourrasques furieuses. Les surveillants allaient d'un écran à l'autre, épiant les évolutions du cyclone. Blowing Rocks était une ville modeste, et ne bénéficierait pas d'autres secours que les siens propres avant un bon moment. Au loin, le toit d'une baraque fut arraché et emporté vers l'intérieur de la cité. Des voitures commencèrent à bouger, puis l'une d'elles se retourna. D'autres suivirent, décollèrent, s'encastrèrent les unes dans les autres, des réservoirs explosèrent. Quelques incendies se déclarèrent. Dans le port, plusieurs bateaux s'étaient fracassés contre les quais, la coque broyée.

Kevin n'osait regarder en direction de l'*Edrenne*. Ce fut seulement lorsqu'il se décida à le faire qu'il constata l'étrange phénomène. Tandis que partout ailleurs régnait le chaos, le cyclone semblait impuissant à atteindre l'*Atalaya* et les bateaux rangés contre ses flancs. Il pensa tout d'abord que la masse du yacht était trop importante, qu'elle offrait une résistance aux bourrasques, puis il remarqua le halo irisé, qui formait une sphère de protection à peine visible.

— Max, venez voir !

Le directeur du port le rejoignit.

— Nom d'un chien ! s'exclama-t-il. Qu'est-ce que ça veut dire ?

— Vous avez déjà vu un truc pareil ?

— Jamais ! On dirait que ce foutu yacht se trouve sous une bulle protectrice !

— À qui appartient-il ?

— À un type de l'Oregon, un certain… Paul Falcon, je crois. Il est venu en personne louer un emplacement pour son bateau il y a quelques semaines. On ne l'a pas revu depuis. C'est un riche homme d'affaires, ou un collectionneur d'art. Je ne sais plus.

— Qu'est-ce qui peut expliquer ça ?

— Aucune idée ! Si vous n'aviez pas regardé dans sa direction, je n'aurais même rien remarqué. Il est situé trop loin de nous.

— Il s'agit peut-être d'une technologie nouvelle, hasarda Kevin.

— Je n'en sais foutre rien ! Mais dès que *Lenny* aura fini de nous faire sa grosse colère, nous irons voir ce bateau de plus près.

Les vents soufflèrent ainsi pendant plus de vingt-quatre heures. Kevin avait pris ses quartiers dans la capitainerie. Il eût été trop dangereux de regagner l'hôtel. Enfin, le lendemain, vers midi, le cyclone s'apaisa un peu. Durant tout ce temps, la sphère de lumière n'avait cessé de protéger l'*Atalaya*.

Max et Kevin enfilèrent des cirés, quittèrent l'abri rassurant de la capitainerie et s'aventurèrent sur le port dévasté. Une pluie diluvienne avait remplacé les rafales apocalyptiques. Un puissant parfum d'algue se mêlait aux odeurs de bois arraché, d'essence répandue par les réservoirs éventrés. Les deux hommes traversèrent les quais dans une atmosphère de fin du monde, hurlant pour pouvoir se comprendre. Partout gisaient des véhicules retournés, dont certains avaient pris feu, des carcasses de bateaux broyées, des poteaux électriques arrachés. Ils durent enjamber des objets indéfinissables, coffres, palettes de bois déchiquetées, tôles tordues, bidons crevés… Les baraques de la plage prolongeant le port avaient été balayées.

Pourtant, lorsqu'au prix de mille efforts, ils parvinrent devant la silhouette élégante de l'*Atalaya*, le grand bateau blanc tirait à peine sur ses amarres. À ses côtés, protégé lui aussi par la sphère irisée, l'*Edrenne* n'avait subi aucun dégât. Le halo empiétait de quelques mètres sur le quai. Même de près, il était à peine visible et ondoyait comme une draperie diaphane. S'il n'avait marqué la frontière entre le chaos et le calme mystérieux qui protégeait le navire et ses voisins immédiats, on aurait pu penser qu'il s'agissait là d'un caprice de la nature.

— Bon sang ! Qu'est-ce que ça veut dire ? s'exclama le directeur.

— On dirait que ce truc supprime les effets du cyclone ! répondit Kevin.

Prudemment, il s'avança.

— Soyez prudent ! grogna Max. Si ce machin allait vous… désintégrer !

Mais Kevin ne l'écoutait qu'à moitié. Si tel avait été le cas, les branches arrachées et autres objets se seraient embrasés rien qu'en touchant la sphère. Or, rien de potentiellement dangereux ne semblait pouvoir atteindre cette dernière. Cependant, la pluie la traversait, puisqu'elle tombait sur l'*Atalaya*. Par précaution, il saisit un morceau de bois et l'approcha de la pellicule luminescente. Il éprouva une légère résistance, mais le bois passa au travers sans dommage. Intrigué, il recula et hurla à l'adresse de Max Richardson :

— Je n'y comprends rien ! Pourquoi cette branche passe-t-elle alors que les objets lourds emportés par le vent semblent être repoussés par la sphère ?

Une inspiration soudaine le fit reculer. Puis il projeta son bâton de toutes ses forces en direction du navire. Le morceau de bois rebondit et retomba sur le sol.

— Ça alors ! s'exclama Richardson.

Kevin s'avança de nouveau vers le halo lumineux, tendit la main. Elle le traversa sans difficulté. Il passa de l'autre côté et s'écria :

— C'est incroyable ! Ici, on ne ressent presque plus les effets de la tempête !

Richardson le rejoignit, peu rassuré.

— On n'entend presque plus rien, dit-il en regardant autour de lui. Comme si nous étions derrière une vitre épaisse.

— Venez ! L'explication doit se trouver à bord.

Ils se hissèrent sur le pont et s'engagèrent dans les coursives.

— Allons dans la cabine de commandement, dit Kevin. Il doit bien y avoir quelqu'un pour provoquer ce… cette chose !

Avec circonspection, ils se dirigèrent vers la passerelle. Kevin poussa la porte. Soudain, il posa la main sur le bras de Richardson.

— Là ! Regardez !

Debout devant les panneaux de contrôle, un homme leur tournait le dos. Parfaitement immobile, il gardait les bras légèrement écartés, les paumes orientées vers le ciel, comme s'il méditait. Intrigué, Kevin s'approcha. L'homme se tourna brusquement vers eux, leur jeta un bref coup d'œil, puis, sous le regard stupéfait des visiteurs, se dilua dans le néant. Kevin et Richardson eurent un mouvement de recul. L'écrivain s'approcha de l'endroit où se tenait l'inconnu, chercha une trappe, ou quelque chose qui pouvait expliquer cette disparition incompréhensible. Sans succès.

— Mais qu'est-ce qui se passe ici ? s'écria Richardson d'une voix marquée par un début de panique. On dirait qu'il… qu'il s'est évaporé !

— Nous avons eu une vision ! affirma Kevin. C'est la seule explication ! Après la nuit que nous avons passée, cela n'a rien d'étonnant.

Il avait toujours refusé de croire à l'irrationnel. Cette histoire devait avoir une justification logique.

Cependant, un doute s'était insinué en lui, fissurant ses belles certitudes. La silhouette de l'inconnu était vraiment très nette… Il s'obstina à chercher une ouverture. En vain.

— Tout ça ne ressemble à rien ! s'exclama Richardson. Surtout que ce type avait parfaitement le droit de se trouver à bord ! Alors, pourquoi a-t-il disparu ?

— Vous savez qui était cet homme ?

— Oh oui, je l'ai reconnu ! Il s'agit de Paul Falcon, le propriétaire. Mais sa présence ici est impossible ! Je l'ai eu cette nuit au téléphone. Il s'inquiétait pour l'*Atalaya*. Il m'appelait de l'Oregon ; il ne pouvait donc pas être là il y a quelques instants ! C'est à plus de quatre mille kilomètres.

2

New York, deux jours plus tard…

— Voilà, Mike ! Tu en sais autant que moi. Lorsque nous avons quitté l'*Atalaya*, la sphère lumineuse s'était dissipée. Peut-être ai-je été victime d'une hallucination. Mais le directeur du port, Max Richardson, a vu la même chose. Et il a formellement reconnu le propriétaire du navire.

Mike Longway, l'éditeur de Kevin, secoua la tête d'un air sceptique.

— Je croyais que tu devais passer quelques jours en mer pour chasser Sharon de ta tête, et non pour en ramener un conte à dormir debout !

— Sharon ?

Il marqua un court silence puis ajouta :

— C'est curieux, depuis cette tempête, je ne pense plus du tout à elle.

Il posa les mains à plat sur le bureau de son ami.

— Écoute, Mike ! Je ne suis pas fou ! Il s'est passé quelque chose de bizarre à Blowing Rocks.

Longway le contempla d'un air pensif.

— Tu as sans doute été victime d'une hallucination. Il n'y a pas là de quoi écrire un roman, tout juste un article à sensation dans un canard pour fond de poubelle. Alors, il vaudrait mieux que tu oublies tout ça et que tu te remettes sérieusement au boulot. Tu m'as promis ton prochain manuscrit, n'oublie pas ! La vie tumultueuse et sanglante de Mary la Rouge.

— Eh bien, tu devras attendre un peu ! Cette histoire m'intrigue. Je ne crois pas à l'irrationnel et je veux en savoir plus. Toute la côte de Floride a été balayée par un ouragan d'une violence exceptionnelle. On dénombre près de trente victimes et autant de disparus. À Miami, on a relevé des pointes de vent à près de deux cent quatre-vingts kilomètres à l'heure. Blowing Rocks a beaucoup souffert. La moitié des bateaux du port s'est retrouvée sur les quais. Mais l'*Atalaya*, lui, n'a rien eu. Même chose pour les petits navires rangés près de lui, dont le mien. Pas la moindre égratignure ! C'est à peine si l'eau frémissait autour d'eux !

— Il s'agit probablement d'un caprice local de *Lenny*.

— Ça, je pourrais encore l'avaler, mais comment expliques-tu la disparition de Paul Falcon dès notre arrivée ?

— Une hallucination, je te l'ai déjà dit…

— Non, non ! Ce type était là pour une raison précise. C'est lui qui manœuvrait cette… force inconnue, cette sphère lumineuse qui protégeait le navire. Il y avait à bord un truc que nous n'avons pas su voir. Un appareil, ou quelque chose de ce genre. Ce que je ne comprends pas, c'est comment Falcon a pu disparaître ainsi. Et pourquoi. Le navire lui appartient, il n'avait donc rien à craindre de nous.

Mike Longway soupira. Jamais Kevin n'avait semblé aussi excité. Et il avait vraiment oublié Sharon. Vu son moral avant le départ il fallait qu'il se soit réellement passé quelque chose d'extraordinaire.

— À quoi penses-tu ? demanda-t-il.

— Je n'en sais rien. Peut-être une technologie révolutionnaire. Ce n'est pas la première fois que ça arrive. Rappelle-toi l'expérience de Philadelphie, en 1943.

— C'était une affaire militaire. Autant que je m'en souvienne, ils ont utilisé des champs magnétiques de forte intensité pour rendre des navires invisibles, mais le magnétisme a provoqué de graves lésions chez les marins.

— On a dit aussi qu'ils ont tenté de provoquer le déplacement instantané de l'escorteur *Eldridge* en se basant sur les travaux d'Einstein. Certains témoins prétendent que le fantôme de l'*Eldridge* est apparu brièvement dans le port de Norfolk alors qu'il se trouvait théoriquement au large de Philadelphie, à quatre cents kilomètres au nord ! En vérité, on n'a jamais su ce qui s'était passé. L'armée a même prétendu qu'il n'y avait jamais eu d'expérience. Mais le docteur Jessup, qui s'est intéressé de près à l'affaire, s'est suicidé en 1959. Officiellement, du moins. Plutôt curieux, non ? Quand on considère les progrès de la science en près de soixante ans, on peut s'interroger sur le niveau atteint par les scientifiques au service de l'armée.

— Mais ce yacht appartient à un civil. Même très riche, je doute qu'il puisse disposer d'une arme secrète aussi sophistiquée.

— Et pourquoi pas ? Certains consortiums privés jouissent de moyens énormes.

— Justement, il pourrait être risqué de s'intéresser à ça de trop près.

— C'est vrai, mais je suis curieux de nature.

Mike poussa un long soupir.

— Et surtout têtu. Que comptes-tu faire ?

— Prendre rendez-vous avec Paul Falcon. Richardson m'a donné son adresse. Il possède une propriété à Rocky Point. C'est au bord du lac Klamath, dans le sud de l'Oregon.

— Tu n'as pas peur qu'il se foute de toi ?

— C'est un risque à courir.

Kevin contacta également Edward Lee. Celui-ci, né à Harlem, avait réussi, à force de travail, à se faire une place dans un monde où les gens de couleur étaient toujours aussi mal considérés. Kevin n'avait jamais accordé la moindre importance à la peau noire de son ami. Tous deux avaient suivi le même cursus depuis l'enfance jusqu'à Harvard, où ils avaient terminé diplômés en droit. Edward Lee avait choisi l'administration et travaillait pour le FBI. À ce titre, il pourrait peut-être apporter quelques informations intéressantes.

— C'est d'accord ! répondit Eddy. À charge pour toi de m'offrir le restaurant si je dégotte du sensationnel.

L'appartement de Kevin, situé au sommet d'un petit immeuble construit au début du siècle, ressemblait à une annexe du musée de la marine. Le long des murs du salon se dressaient des consoles sur lesquelles trônaient des maquettes de navires. La plus importante atteignait près de deux mètres. C'était un superbe vaisseau de guerre français du XVIIIe siècle, armé d'une centaine de canons. Aux murs étaient accrochés des tableaux représentant des batailles navales, des photos d'îles, des cartes marines. Divers objets complétaient cette collection : sextants, boussoles, un astrolabe, compas anciens, coquillages provenant des mers lointaines. Des aquariums d'eau de mer séparaient l'immense salon en trois parties, dont l'une, ouverte sur la terrasse, servait de bureau. Lorsqu'il écrivait, Kevin passait en fond sonore un enregistrement de bruits marins, afin de se plonger dans l'ambiance.

En dehors de l'océan, Kevin se passionnait pour les langues. Il parlait et lisait le français et l'espagnol, dans lesquels il possédait bon nombre d'ouvrages, notamment des recueils de poèmes.

Avant d'allumer son ordinateur, il prit le temps de se servir une bière et de commander une pizza. Se connectant sur Internet, il tapa le nom de Paul Falcon. Au bout de trois heures de recherche, il dut renoncer. Falcon n'apparaissait sur aucun site, et ne possédait apparemment pas d'e-mail.

Découragé, Kevin prit une douche et se coucha, sans pour autant trouver le sommeil. Il ne parvenait pas à chasser la vision du grand navire blanc immobile au cœur de la tempête. Il tentait de s'accrocher à l'hypothèse d'un appareil à la technique révolutionnaire, mais le souvenir de la silhouette sombre ne correspondait pas à cela. L'attitude de l'homme ne rappelait en rien celle d'un technicien penché sur des consoles de commande. Et pourtant, il refusait de croire qu'il avait pu assister à un phénomène paranormal. Les bateaux fantômes et les spectres qui les hantaient n'existaient que dans les livres. Dans la réalité, c'était impossible. Tout cela devait avoir une explication logique.

Trente-quatre ans plus tôt, il avait lui-même vécu une expérience insolite, qui l'avait profondément marqué. Cependant, les études de droit à Harvard ne laissant guère de place pour le surnaturel, il avait enfoui cette histoire dans le tréfonds de sa mémoire.

Ce soir-là, elle revint à la surface.

Ses parents et lui étaient en vacances dans les Rocheuses. Une nuit, il avait fait un rêve étrange.

Une roue immense sur laquelle passe un câble métallique, un pylône ancré sur un pic escarpé. Il reconnaît l'un des supports du téléphérique. Son attention est attirée sur les points d'ancrage. Des fissures courent sur le sol, sans doute provoquées par une secousse sismique. Lui, Kevin, est debout, au pied du pylône. Il sait par avance que l'armature ne tiendra pas au passage de la machine. L'instant d'après, il se trouve dans la station, près du quai d'embarquement. Des gens indifférents passent devant lui, s'engagent dans la cabine. Il leur hurle de ne pas monter, tente de les retenir. Mais personne ne l'écoute, personne ne le regarde. Impuissant, il ne peut empêcher le véhicule de s'élever dans les airs, plus petit, toujours plus petit contre la paroi abrupte de la montagne. Simultanément, il revoit la roue, les fissures qui s'élargissent. Le téléphérique dépasse le pylône… Soudain, il y a comme le claquement d'un fouet gigantesque. Les câbles se mettent à vibrer puis, avec une lenteur terrifiante, la structure se tord et bascule dans le vide. La cabine hésite un instant, danse de façon sinistre au bout des câbles devenus fous, puis chute vers l'abîme. Une clameur effroyable vrille les oreilles de Kevin. Malgré la distance, il perçoit les hurlements de terreur des passagers, curieusement étouffés et lointains. Épouvanté, il voit le véhicule toucher le sol, quelques centaines de mètres plus bas, et exploser sous l'impact.

Ce fut alors qu'il se réveilla, trempé de sueur, sur son lit, dans la chambre d'hôtel. Aussitôt, sa mère fut près de lui. Il éclata en sanglots.

— Maman ! Il ne faut pas prendre le téléphérique demain !

— Hein ? Mais ça fait trois jours que ton père et toi vous réjouissez de cette excursion.

— La cabine va s'écraser. Je l'ai vu dans mon rêve. Les gens vont mourir.

— Ce n'est qu'un cauchemar, mon chéri. Tu ne cours aucun danger. Ces téléphériques sont très sûrs.

— Il y a eu un tremblement de terre. Un pylône a été à moitié arraché. Maman, je ne veux pas y aller.

— Qu'est-ce qu'il a encore ? grogna son père, furieux d'avoir été réveillé en sursaut.

— Il a eu peur, c'est tout !

— Papa, il ne faut pas prendre le téléphérique demain.

— Quoi ? Avec le mal que j'ai eu pour obtenir des billets ? Allez, rendors-toi, et fous-nous la paix !

— Vernon ! Il a huit ans.

— Justement ! À son âge, on ne doit plus avoir peur d'un cauchemar.

Kevin n'était pas parvenu à fermer l'œil de la

nuit. Lorsque son père avait décidé quelque chose, il était difficile de le faire renoncer. Autant essayer de convaincre une locomotive de faire un tête-à-queue.

Le lendemain, à la première heure, Kevin et ses parents se dirigèrent vers la station du téléphérique. Le jeune garçon n'avait cessé de pleurer, mais son père s'était montré intransigeant.

— Tu verras, de là-haut, on a une vue magnifique, affirmait-il.

Il tenait beaucoup à cette promenade, effectuée vingt ans plus tôt avec son propre père. Pour lui, c'était un retour aux sources, et il était hors de question de s'en priver. Karole, la mère, essaya d'arrondir les angles.

— Calme-toi, mon chéri ! Il ne faut plus penser à ce mauvais rêve. Regarde ! Il fait un temps superbe !

— Mais tu ne comprends pas ! Nous allons tous mourir !

Karole adressa un sourire d'excuse aux curieux qui s'étaient tournés vers eux, puis, à voix basse, lui intima l'ordre de se taire.

— Tu me fais honte, Kevin ! Cette excursion fait tellement plaisir à ton père !

Découragé par l'obstination aveugle des adultes, le jeune garçon se replia sur lui-même, la mort dans l'âme. Soudain, des bribes de conversation attirèrent son attention. Non loin de lui, deux personnes parlaient de la légère secousse qui avait touché la région pendant la nuit.

— On l'a à peine ressenti, mais c'était bien un tremblement de terre. Je sais ce que c'est, j'habite San Francisco.

Kevin s'arracha à la main de sa mère et courut vers les deux hommes.

— Pardon, monsieur, je m'appelle Kevin. Vous dites qu'il y a eu un tremblement de terre cette nuit ?

Le bonhomme le regarda, amusé.

— Oui, mon garçon. Mais tu n'as rien à craindre ! Ce n'était rien à côté de ce qui se passe en Californie.

— Oh si !

Il se mit à hurler.

— Il ne faut pas monter dans le téléphérique ! Un pylône va s'écrouler et nous allons mourir !

— Kevin ! hurla son père.

— Non ! Je ne veux pas y aller ! Je ne veux pas y aller ! La cabine va tomber dans le vide !

Vernon l'attrapa par le bras.

— Tu vas te taire, oui ou non ?

— Un des pylônes est cassé ! Tout va tomber ! C'est à cause du tremblement de terre.

— Qu'est-ce que c'est que cette histoire ?

Le Californien intervint :

— C'est exact, Monsieur, la terre a tremblé cette nuit.

— Je n'ai rien senti.

— C'était un séisme de faible intensité. Mais j'ai l'impression que votre fils a beaucoup d'imagination.

— Ce n'est pas de l'imagination, hurla Kevin. J'ai fait un cauchemar. J'ai vu le pylône s'écrouler.

Autour d'eux, la foule se rassemblait, attirée par les cris de l'enfant. Les avis étaient partagés. Certains, impressionnés, décidèrent de renoncer jusqu'à ce qu'une équipe d'entretien ait contrôlé la sécurité de l'installation. D'autres se moquèrent d'eux. Un technicien fut appelé, qui écarta les bras et déclara :

— Vous n'avez rien à craindre. Tous les pylônes sont vérifiés, et aucun d'eux ne présente de signe de faiblesse.

— Et le tremblement de terre? hasarda une femme.

— Nous en avons pris note, mais ce téléphérique est conçu pour résister à pire. Croyez-moi, les tempêtes des Rocheuses sont autrement plus terribles que cette petite secousse.

— Je ne veux pas y aller! hurla Kevin, en proie à la panique.

— Tu feras ce que je te dis! le sermonna son père.

— Non! dit Karole.

Vernon se retourna. Sa femme le fixait dans les yeux.

— Vas-y si tu veux! Moi, je reste ici avec Kevin. J'estime que les techniciens devraient inspecter l'installation avant de risquer la vie des passagers. Il a pu se passer quelque chose cette nuit!

— Votre épouse n'a pas tort! renchérit le Californien. Ces tremblements de terre, c'est vicelard, parfois. En tout cas, moi, je n'y vais pas.

— Moi non plus!

Kevin comprit qu'il avait gagné lorsque les trois quarts des voyageurs décidèrent de reporter l'excursion. Le technicien baissa les bras et déclara:

— Il faut que j'appelle la direction. Elle seule a le droit d'immobiliser cet engin.

La réponse vint immédiatement: il n'était pas question d'arrêter l'exploitation du téléphérique sous prétexte qu'un gosse avait fait un cauchemar. Ceux qui le souhaitaient pouvaient embarquer.

Kevin se réfugia près de sa mère, sous l'œil furibond de son père frustré.

Dans son appartement de New York, Kevin revécut la suite, le cœur encore serré par une angoisse rétrospective. Une dizaine d'irréductibles s'étaient embarqués, se moquant des autres. Le jeune garçon avait suivi la progression de la cabine, qui s'élevait lentement, très lentement vers les sommets.

À plus de trente ans de distance, Kevin entendit le claquement du câble qui se rompt, le grincement des montants métalliques tordus. Il revit la chute vertigineuse de la cabine, sa désintégration sur les parois rocheuses, puis son écrasement, cinq cents mètres en contrebas. Autour de lui, les gens hurlaient de panique. L'enquête avait très vite démontré que les points d'ancrage du pylône incriminé avaient été endommagés par la légère secousse tellurique qui avait eu lieu la nuit précédente. Une bataille juridique avait suivi, où les avocats s'en étaient donné à cœur joie. Le directeur avait été condamné pour homicide involontaire et la compagnie avait dû débourser des indemnités colossales aux familles des victimes.

Ce jour-là, Kevin avait sauvé plus de trente personnes, qui avaient eu la sagesse de prendre son cauchemar au sérieux. Un rêve prémonitoire, comme l'avait dit un médecin. Mais cela n'avait pas empêché le traumatisme. Depuis cette époque, le souvenir de l'accident avait provoqué une sorte de blocage. Il refusait inconsciemment de se remémorer ses rêves, par peur de percevoir à l'avance d'autres catastrophes. Il avait appris que beaucoup de personnes faisaient des songes de ce genre. Pourtant, il refusait d'y croire. Tout cela n'avait été qu'une fantastique coïncidence. Rien de plus.

Tout comme ce qui s'était passé à Blowing Rocks trois jours plus tôt. Il n'y avait rien d'irrationnel dans cette histoire. Seulement un appareil ultra-moderne sur lequel il était curieux d'en apprendre plus.

Il finit par s'endormir d'un sommeil peuplé de visions de tempêtes et de grands navires blancs.

Le lendemain, Eddy l'appela.

— Désolé, mon vieux ! dit-il. Je n'ai rien trouvé sur ton Paul Falcon. Il n'est fiché nulle part. Renseignements pris en Oregon, il exerce le métier de négociant en articles de valeur ; il s'intéresse essentiellement à l'archéologie. Il est marié à une certaine Katherine Latimer. Rien de sensationnel à signaler, sinon qu'ils possèdent un compte en banque plus que confortable, mais sur lequel nous n'avons pas relevé la moindre opération suspecte. Ce sont des gens discrets, qui ne se mêlent pas à la jet-set. Ils paient régulièrement leurs impôts, font des dons à des œuvres de charité, comme tous les milliardaires. Ils n'appartiennent apparemment à aucune religion, ne fréquentent aucune secte. Autre détail, Falcon est d'origine égyptienne. J'ai leurs photos. Je te les faxe.

— OK ! Merci, vieux frère !

Kevin composa ensuite le numéro fourni par Max Richardson. Un homme lui répondit.

— Je parle bien à M. Falcon ? Paul Falcon ?

— Lui-même !

La voix était grave et profonde.

— Je m'appelle Kevin Kramer. Vous me connaissez peut-être de nom. J'écris des romans de marine. Pour mon prochain livre, j'aurais besoin de renseignements sur des objets datant de l'Antiquité méditerranéenne. On m'a dit que vous étiez un expert en la matière. Pourriez-vous m'accorder un entretien ?

Il y eut un court silence, puis la voix grave répondit.

— J'ai lu quelques-uns de vos ouvrages, monsieur Kramer. Ma femme et moi serions ravis de vous recevoir. Quand souhaitez-vous venir ?

— Dans deux jours, si cela vous convient. Je viens de New York.

— C'est d'accord. Téléphonez-moi dès votre arrivée. Nous conviendrons d'un rendez-vous.

En raccrochant, Kevin ne put s'empêcher de se traiter d'imbécile. Il lui fallait un prétexte pour approcher le négociant, mais, lorsqu'il aurait révélé la vraie raison de sa venue, Falcon le flanquerait probablement dehors.

Tout en préparant sa valise, il se demanda, au-delà de la curiosité, quelle force mystérieuse le poussait irrésistiblement à s'intéresser à cette affaire qui pouvait s'avérer dangereuse.

3

Deux jours plus tard, dans l'Oregon…

Rocky Point, située au nord-ouest du lac Klamath, était une petite bourgade perdue au cœur de l'immense fourrure forestière qui couvre les contreforts occidentaux des Rocheuses. On y rencontrait beaucoup de conifères, essentiellement des sapins Douglas et des cèdres rouges. Au nord s'étendait le parc national de Crater Lake. À l'ouest, la masse puissante du mont Mc Loughlin dominait la vallée montagnarde au creux de laquelle le lac Klamath s'étirait sur près de cinquante kilomètres. Malgré la saison, un soleil éclatant inondait le paysage grandiose. Kevin ne put s'empêcher de s'extasier devant la beauté sauvage de la région, plongée dans un reste d'été au cœur de l'automne.

Un air froid et vif pénétra ses poumons lorsqu'il quitta l'air conditionné de la voiture louée à l'aéroport de Portland. Avant de se rendre à la propriété de Falcon, il prit le temps de retenir une chambre au seul motel de la ville. Un shérif ventripotent à l'œil soupçonneux s'approcha de lui.

— Vous êtes en vacances ? demanda-t-il.

— Pas exactement. Mon nom est Kevin Kramer. Je suis écrivain, et j'ai rendez-vous avec Paul Falcon, le collectionneur d'art.

— Écrivain ? Ouais, ouais. Et vous écrivez quoi ?

— Des romans de marins.

— De marins ? Bah, c'est que la mer ici… Enfin, c'est vous qui voyez. Alors, comme ça, vous venez voir Falcon ?

— Comme ça, oui.

— Ouais, ouais. Drôle de type, ce Falcon. Il ne vient jamais en ville. Ce sont ses domestiques qui font les courses, des Shoshones. Vous venez le voir pour quoi ?

— Pour parler archéologie, shérif. Je compte écrire un roman sur les navigateurs de l'Antiquité, et je crois que Paul Falcon est qualifié pour m'apporter des informations.

— Ça, c'est vrai. C'est un vrai musée, chez lui. Eh bien, bon séjour.

— Merci.

— Et respectez les limitations de vitesse. Ici, on ne rigole pas avec ça.

Kevin acquiesça d'un vague signe de tête. Il avait horreur des individus stupides qui profitaient de leur petite autorité pour faire du zèle. Cependant, avec le pouvoir surprenant dont disposaient les shérifs dans l'Amérique profonde, il valait mieux ne pas les provoquer — surtout si l'on débarquait de la ville.

Pour parvenir à la propriété des Falcon, il fallait quitter la rive du lac et s'enfoncer dans l'épaisseur des collines boisées qui s'étendaient à l'ouest. Kevin dut parcourir plus de dix kilomètres avant d'arriver devant un portail de bois près duquel un vieil Indien fumait gravement une pipe.

— Je suis bien chez M. Falcon ? demanda-t-il.

L'Indien le scruta d'un œil perçant et inclina lentement la tête sans lâcher sa pipe. Deux kilomètres plus loin, Kevin parvint enfin devant une bâtisse magnifique datant de la fin du XIXe siècle. La demeure devait comporter au moins une vingtaine de pièces. Deux 4 × 4 et une camionnette stationnaient devant une grange. Kevin gara sa voiture à côté et descendit, pas très à l'aise. Un couple attendait sur la terrasse longeant la maison.

L'homme se leva, dressant soudain devant Kevin une silhouette de géant. Abasourdi, il reconnut sans aucun doute possible la silhouette apparue sur la passerelle de l'*Atalaya* quelques jours plus tôt. Paul Falcon portait de longs cheveux noirs retenus en arrière par un catogan, à la mode indienne. Sa peau mate et cuivrée pouvait faire penser qu'il appartenait à cette ethnie, mais un élément étonnant le démentait : comme son épouse, ses yeux avaient les reflets de la malachite. Tous deux l'examinaient avec curiosité. Il émanait d'eux une étrange sensation de puissance.

L'homme s'avança à sa rencontre d'une démarche souple. Il ne devait pas avoir plus de quarante ans.

— Vous êtes Kevin Kramer ? demanda-t-il d'une voix grave.

— C'est moi.

D'un geste, Falcon l'invita à entrer. Le gros shérif n'avait pas menti : le salon ressemblait à une sorte de musée. La pièce, spacieuse et lumineuse, était décorée par une multitude d'objets magnifiques, d'origines les plus diverses : statuettes, bijoux, tableaux, meubles… L'essentiel provenait incontestablement de l'Égypte antique.

Katherine Falcon lui adressa un sourire de bienvenue et le guida vers une table basse en marbre de Carrare, cernée de fauteuils de cuir ornés de motifs indiens.

Kevin observa son hôtesse, subjugué. Il ne put s'empêcher de penser qu'il avait rarement admiré une beauté semblable. La robe indienne à franges qui la vêtait laissait deviner un corps aux proportions parfaites, aux membres longs et finement dessiné. Ses gestes étaient précis, empreints de sensualité. Son visage magnifique ne portait trace d'aucun maquillage. Seuls ses yeux d'émeraude étaient soulignés de khôl. Il s'en dégageait un mélange de force et de sagesse.

Ils prirent place sur les fauteuils de cuir. Une jeune Indienne apporta des rafraîchissements. Lorsqu'elle se fut éloignée, Paul Falcon déclara :

— Ma femme Katherine et moi sommes très flattés qu'un auteur de votre réputation se déplace ainsi pour nous demander conseil. Les spécialistes ne doivent pourtant pas manquer à New York.

— Ils ne manquent pas, en effet, mais…

Kevin hésita.

— Enfin… c'est-à-dire, pardonnez-moi, mais ce n'est pas tout à fait le but de ma visite.

L'embarras de Kevin s'accentua. S'il n'avait été doté d'une nature opiniâtre, il n'aurait pas eu le courage d'entreprendre cette démarche stupide. Il n'avait jamais été très à l'aise dans les conversations mondaines et s'en voulait d'avoir trompé ses hôtes.

Il était sûr d'ailleurs qu'ils l'avaient déjà percé à jour. Mais après tout, il avait été témoin d'un phénomène incompréhensible et, s'il voulait en savoir plus, il n'était pas question de reculer. Après quelques secondes d'hésitation, il conta l'aventure étrange de Blowing Rocks. Les Falcon demeurèrent impassibles. Lorsqu'il eut terminé, l'homme eut un léger sourire, puis répondit :

— Et vous avez parcouru des milliers de kilomètres pour venir nous raconter cette histoire... stupéfiante ? Pensez-vous qu'elle soit suffisante pour écrire un roman ?

— Je conçois que tout cela puisse vous paraître absurde, mais je ne reviens pas sur ce que j'ai vu. Et je n'étais pas seul.

— Sans doute avez-vous été victime d'une hallucination collective, dit la femme d'une voix très pure. Paul et moi n'avons pas quitté l'Oregon depuis plusieurs semaines.

— J'ai déjà pensé à une hallucination, madame Falcon. J'étais d'ailleurs assez fatigué, tout comme Max Richardson, le directeur de la capitainerie. Pourtant, cette vision était d'une netteté extraordinaire. Et puis, comment expliquer le fait que l'ouragan n'atteignait pas votre bateau ? J'ai clairement vu une sorte de sphère lumineuse formant un cocon protecteur autour de lui.

Falcon haussa les épaules.

— Il s'agit sans doute d'un phénomène météorologique particulier.

Il eut un sourire où perçait une légère moquerie.

— Ou alors, il faudrait que vous me soupçonniez de m'être projeté mentalement à quatre mille kilomètres d'ici pour protéger mon navire grâce à des pouvoirs surnaturels.

Kevin soupira.

— C'est vrai, excusez-moi. Ma démarche est totalement stupide. Mais tout cela avait l'air tellement réel…

— Nous ne comprenons pas encore très bien comment fonctionnent les cyclones. Il est possible qu'il se soit créé une poche… inerte autour de l'*Atalaya*. Je ne vais pas m'en plaindre. Cette tempête aurait pu endommager notre navire. Nous l'utilisons souvent pour des recherches archéologiques sous-marines.

Tandis que Falcon lui parlait de l'*Atalaya*, une nouvelle sensation envahit Kevin, totalement irrationnelle. Il resta un long moment silencieux, ses yeux allant de l'un à l'autre.

— Qu'y a-t-il ? demanda son hôte.

— C'est étrange ! Il y a quelques jours, j'ignorais votre existence. Et pourtant… j'ai l'impression que nous nous sommes déjà rencontrés.

Il secoua la tête.

— C'est sans doute une sensation due à la fatigue. Le décalage horaire avec New York, peut-être… Je crois que je ferais mieux de rentrer.

Katherine Falcon lui adressa un sourire chargé d'indulgence.

— Prenez tout de même le temps de finir votre orangeade, monsieur Kramer. Même si cette aventure n'est qu'une… illusion, elle vous a suffisamment bouleversé pour que vous preniez la peine de venir nous voir. Et nous vous en sommes reconnaissants.

Kevin la remercia d'un signe de tête. Décontenancé, il ne sut quoi dire. Paul Falcon vint à son secours en lui parlant de ses romans, et surtout d'une biographie de Surcouf qu'il avait beaucoup appréciée. Puis il l'invita à admirer les œuvres d'art exposées dans le salon. Parmi elles figurait une statue coffre de l'époque de la reine Hatchepsout, un kâ, un fauteuil à pattes de lion, un jeu d'échecs d'ivoire et d'ébène... Sur la gauche de la cheminée trônait une magnifique représentation d'Horus, le dieu de la lumière, symbolisé par un homme à tête de faucon. Dorée à la feuille, cette pièce devait valoir à elle seule une fortune.

Un peu plus tard, Kevin prit congé de ses hôtes. Il était furieux contre lui-même. Sur la route forestière qui le ramenait à Rocky Point, il se traita de tous les noms. Qu'espérait-il en venant ici ? Que Falcon lui affirmerait tranquillement que, bien sûr, il avait utilisé des pouvoirs surnaturels pour protéger son navire à distance, qu'il avait vaincu l'ouragan par la seule force de son esprit ? Ou encore qu'il disposait d'une technologie révolutionnaire, capable d'annihiler les effets d'un cyclone ?

— J'ai vraiment besoin de repos, dit-il tout haut.

Tout à coup, un engourdissement étrange s'empara de lui, suivi d'une bouffée de chaleur. Inquiet, il arrêta sa voiture pour reprendre son souffle. Mais le malaise s'accentua. Il descendit du véhicule, pris par un sentiment d'angoisse. Ses forces l'abandonnaient peu à peu sans raison apparente. Il songea à une attaque cardiaque et redouta de mourir. Les environs étaient totalement déserts, personne ne pourrait le secourir. Le regard trouble, il tituba jusqu'à un arbre, s'y adossa et attendit, affolé, que l'étrange sensation se dissipât. Enfin, quelques minutes plus tard, tout rentra dans l'ordre, sa respiration se calma, les battements de son cœur redevinrent normaux.

Il ferma les yeux, soulagé, et entreprit de regagner la voiture. Ce fut seulement à ce moment-là qu'il remarqua un changement bizarre autour de lui. Il lui fallut plusieurs secondes avant de comprendre : la lumière avait sensiblement diminué. Étonné, il constata que le soleil était sur le point de se coucher.

— C'est impossible ! murmura-t-il, éberlué.

Il consulta sa montre. Incrédule, il constata qu'il était près de dix-huit heures. Or, il avait quitté les Falcon vers quinze heures. *Il avait pourtant la certitude qu'il ne s'était pas écoulé plus de quelques minutes depuis qu'il était descendu de voiture ! À aucun moment il n'avait perdu conscience. Il en était sûr ! Sûr !*

Abasourdi, il remonta dans son 4 × 4 et regagna le motel. Par précaution, il s'allongea, mais toute trace de malaise avait disparu, comme s'il ne s'était rien passé. Il retourna le problème dans tous les sens, sans trouver d'explication satisfaisante. Il finit par admettre que, malgré les apparences, son « absence » avait duré plus longtemps qu'il ne le croyait. Il avait eu la sensation de rester conscient, mais il s'était probablement évanoui.

Par prudence, il consulta un médecin. C'était un jeune type bavard, taillé en hercule, au visage rigolard. Kevin lui expliqua que le malaise l'avait pris alors qu'il revenait de la propriété des Falcon.

— Les Falcon ? Ah oui ! Drôles de gens ! Si tout le monde se portait aussi bien qu'eux, je n'aurais plus qu'à m'inscrire au chômage. Cela fait une dizaine d'années qu'ils sont installés ici, et pas une seule fois ils n'ont eu recours à mes services, même au plus fort de l'épidémie de grippe de 1992. Ils sont bizarres. Leurs domestiques shoshones leur vouent une très grande admiration, mais les habitants d'ici se méfient d'eux, car ils ne se mêlent jamais à la population. Nous ne sommes pas assez bien pour eux, ce doit être ça !

— Ils n'ont peut-être pas envie d'être dérangés.

— On voit que vous êtes new-yorkais. Dans les petites communautés comme ici, tout le monde se connaît, tout le monde participe aux fêtes locales. À part les Falcon. Le shérif leur rend visite régulièrement. Ils le reçoivent avec courtoisie, mais sans plus. Je les ai croisés plusieurs fois dans les collines, où ils effectuent des promenades à cheval. Ils m'ont salué, mais n'ont pas engagé la conversation. Elle, c'est une sacrée belle femme !

— J'ai vu, oui !

Le médecin examina Kevin, puis déclara :

— Rassurez-vous, je ne constate rien d'anormal. Vous devez faire un peu de surmenage. Si vous avez un doute, passez un scanner une fois rentré à New York. Mais d'ici là, il n'y a aucune raison de vous alarmer.

N'ayant guère envie de ressortir, Kevin se fit servir un repas dans sa chambre. Il ne parvenait pas à oublier son étrange aventure de l'après-midi. Il avait l'impression qu'on lui avait dérobé une tranche de vie. De plus, ce malaise inexplicable était survenu alors qu'il venait de quitter la demeure des Falcon. Avec l'histoire de l'*Atalaya* et cette bizarre impression de les connaître déjà, c'était tout de même le troisième fait incompréhensible lié à ces personnages énigmatiques. Cela commençait à faire beaucoup, et il ne pouvait s'empêcher de penser que, d'une manière ou d'une autre, ils en étaient à l'origine. Il hésita un instant à les appeler pour leur raconter ce qui lui était arrivé, puis estima la démarche stupide. L'esprit perturbé, il décida de se coucher. Ce voyage était une erreur. Il allait quitter Rocky Point dès le lendemain. Il n'obtiendrait rien de plus.

Tout à coup, le téléphone sonna. Étonné, Kevin reconnut la voix de Paul Falcon.

— Monsieur Kramer, pourriez-vous revenir demain après-midi. Ma femme et moi aimerions bavarder un peu plus longuement avec vous.

Pris de court, Kevin hésita avant d'accepter. Que s'était-il passé pour que les Falcon désirent ainsi le revoir ? Cela avait-il un rapport avec son malaise de l'après-midi ?

— Bien sûr ! À quelle heure ?

— Disons vers quinze heures !

— Comptez sur moi !

Le lendemain matin, Kevin s'apprêtait à faire un tour en ville lorsqu'une voiture s'arrêta devant sa chambre. Trois hommes en descendirent, menés par un gros type au visage peu engageant, qui sortit une carte de sa poche.

— Larry Smith, FBI. Vous êtes bien Kevin Kramer ?

— Oui ! Que me voulez-vous ?

— Pourquoi avez-vous rendu visite à Paul Falcon ?

— C'est interdit ?

— Répondez ! tonna l'autre.

Mais Kevin n'était pas du genre à se laisser marcher sur les pieds.

— Holà ! Vous n'êtes pas obligé de m'agresser ! Nous sommes dans le pays de la liberté, que je sache !

— Et moi, je vous conseille de répondre immédiatement, si vous ne voulez pas que je vous coffre ! Je répète ma question pour la dernière fois : pourquoi avez-vous vu Falcon ?

Kevin comprit que l'autre ne bluffait pas. Mais, s'il révélait le vrai but de sa visite, Smith penserait qu'il se moquait de lui.

— M. Falcon est un amateur éclairé d'art antique, surtout égyptien, et je prépare un roman sur le sujet. Cela intéresse le FBI ?

Smith ne répondit pas, se contentant de grogner. Puis il déclara d'un ton sans réplique :

— Eh bien désormais, vous éviterez de fréquenter ce monsieur !

— Et pourquoi ?

— Moins vous en saurez, mieux cela vaudra. Il serait même préférable que vous repartiez.

Kevin n'insista pas. L'affaire venait de prendre une tournure inattendue. Il était hors de question de révéler qu'il avait un nouveau rendez-vous avec Falcon dans l'après-midi.

Mais qu'avait-il de si particulier pour que le FBI s'intéressât autant à lui ?

4

Kevin estima qu'il était risqué de se rendre chez les Falcon par la route directe. Les Fédéraux pouvaient avoir posté une voiture pour l'intercepter. Il avait remarqué qu'un flic le surveillait de loin. Il acheta une carte précise de la région et constata qu'il était possible de rejoindre la propriété par le nord, en contournant le lac Klamath. Une ville le bordait au sud, à laquelle il avait donné son nom. Cela représentait une balade de plus de cent kilomètres, mais il avait du temps devant lui. Il donna le change en réglant sa note de motel et en se dirigeant ostensiblement vers Klamath Falls, où il déjeuna dans un restaurant. Apparemment, il n'avait pas été suivi. Il emprunta ensuite la route qui contournait le lac par l'est, puis s'engagea dans le chemin forestier menant chez les Falcon par le nord.

Il était près de quinze heures trente lorsqu'il arriva en vue de leur maison. Paul Falcon et sa femme l'attendaient déjà, installés sur la terrasse malgré la fraîcheur automnale. Il les salua. Curieusement, leur accueil lui sembla plus chaleureux que la veille. Peut-être allaient-ils enfin lui apporter quelques éclaircissements.

— J'ai dû faire le tour du lac, se justifia-t-il. Un flic du FBI m'a vivement conseillé de vous éviter. Il n'a pas voulu me dire pourquoi.

Aussitôt, une ombre d'inquiétude parcourut le visage de Paul Falcon.

— Vous êtes sûr que c'était le FBI ?

— Il m'a montré sa carte. Un gros type nommé Larry Smith.

— Était-il seul ?

— Il y avait deux autres gars avec lui. Mais pourquoi voulait-il que je renonce à vous revoir ?

Paul Falcon ne répondit pas. Son visage s'était fermé. Il ne regardait plus Kevin. Les yeux fixés sur la forêt, il scruta longuement l'épaisse fourrure boisée, comme s'il flairait un danger. Katherine s'approcha de son mari, lui prit la main et regarda elle aussi vers la forêt. Kevin ne comprenait plus rien. Que se passait-il ? Ils paraissaient voir quelque chose que lui-même ne pouvait discerner. Les serviteurs shoshones apparurent, silencieux, le visage tendu. Tout à coup, Paul Falcon se tourna vers eux et leur adressa des signes étranges avec les mains. Kevin se rendit compte qu'il s'agissait d'un langage gestuel, car ils disparurent aussitôt dans la maison. Il n'eut pas l'occasion d'approfondir la question. Un grondement sourd se fit entendre, provenant de la forêt. Katherine Falcon saisit le bras de Kevin et lui dit :

— Vous devriez partir, monsieur Kramer. Prenez votre voiture et filez d'ici au plus vite !

— Mais pourquoi ? demanda-t-il, stupéfait.

— Il est trop tard, intervint Paul Falcon. Ils sont déjà là.

— *Qui* est déjà là ?

L'instant d'après, une véritable armée surgit des sous-bois, tandis que deux hélicoptères jaillissaient au-dessus des arbres dans un fracas d'enfer.

— Qu'est-ce que ça veut dire ? hurla Kevin, affolé.

Il devait rêver. En quelques secondes, la prairie qui séparait la demeure de la forêt située un peu en contrebas s'était couverte d'une centaine de soldats armés jusqu'aux dents. Tout cela n'avait aucun sens. Même si les Falcon étaient de redoutables criminels — dont ils n'avaient pas l'apparence —, ils n'étaient que deux, plus une douzaine d'Indiens visiblement inoffensifs. Rien ne justifiait une attaque de cette envergure. Et pourtant, les soldats se mirent à tirer des salves nourries bien avant d'atteindre la demeure. *Sans aucune sommation !*

— Abritez-vous ! hurla Katherine Falcon à Kevin.

Tous deux se ruèrent à l'intérieur. Autour d'eux, les vitres de la grande baie explosèrent sous les premiers impacts. Soudain, une douleur fulgurante dans le dos coupa la respiration de l'écrivain. Il s'écroula sur les genoux. Katherine le tira à l'abri d'un mur avec une force peu commune pour une femme.

La peur et la colère se livraient un combat violent dans l'esprit de Kevin, embrumé par la souffrance. Tout cela était trop stupide. Il allait mourir là, dans cette maison inconnue, sans même comprendre pourquoi. Les yeux brouillés par la douleur, il entrevit le visage de Katherine penché sur lui. Elle ne paraissait ni affolée ni inquiète.

— Que… que se passe-t-il ? parvint-il à articuler. Pourquoi l'armée vous attaque-t-elle ?

— Chut ! Ne vous agitez pas ! Vous êtes sérieusement touché. Je vais examiner ça.

Il eut conscience qu'elle le soulevait sans effort apparent pour le déposer sur un canapé. Il se tourna sur le côté au prix d'un douloureux effort. Aux tirs nourris, il devina la progression inexorable des soldats. Pourtant, malgré les baies vitrées détruites, aucune balle n'atteignait le grand salon et les œuvres d'art qu'il abritait. Il eut le temps d'apercevoir Paul Falcon. Il se tenait sur la terrasse, parfaitement immobile, les bras écartés, les mains tournées vers le ciel. *Dans la même position qu'il avait sur l'*Atalaya.

— Il va se faire tuer ! s'exclama Kevin.

Une lame de feu lui traversa le dos. Il hurla. Katherine le bascula lentement sur le flanc gauche. Il ne pouvait ainsi plus rien voir. La jeune femme déchira ses vêtements, puis des doigts à la douceur incomparable glissèrent sur sa peau. Un engourdissement bienfaisant se répandit dans ses reins. Il entendit un bruit bizarre. Presque aussitôt, la douleur s'atténua, laissant la place à une fatigue intense. Au bord de l'évanouissement, il leva les yeux vers Katherine qui lui sourit.

— Ne vous inquiétez pas ! J'ai extrait la balle.

— C'est impossible… comment avez-vous fait ?

Il n'avait aperçu aucun instrument chirurgical. Et puis, par quel miracle aurait-elle pu s'en munir aussi vite, en pleine bataille ? Ils n'avaient eu que le temps de se réfugier à l'intérieur. Il renonça à comprendre.

— Les soldats vont nous massacrer… ajouta-t-il.

Katherine lui caressa le visage pour le rassurer. Cette femme ne pouvait pas être une criminelle. C'était inimaginable !

— Il vaudrait mieux dormir à présent, dit-elle.

— Mais…

Elle lui prit la main et ajouta quelque chose qu'il ne comprit pas vraiment :

— Je dois vous dire quelque chose : méfiez-vous de *Saint Vaim* !

Il aurait voulu lui demander de répéter, mais il ne parvenait plus à articuler un son. Il tourna les yeux vers la terrasse. Paul Falcon était toujours debout, dirigé vers la forêt. Les soldats auraient déjà dû atteindre la maison. Mais Kevin n'en aperçut aucun. Bien plus incompréhensible encore, leurs tirs s'avéraient inefficaces, comme si une force invisible les arrêtait.

Au-dessus, les deux hélicoptères tanguaient dangereusement. Visiblement, les pilotes ne parvenaient pas à stabiliser leurs appareils. Soudain, l'un d'eux fit un écart brusque et vint percuter l'autre. Une énorme boule de feu se déploya dans le ciel de l'après-midi, aussitôt suivie d'un vacarme épouvantable.

Ce fut alors que Kevin sombra dans l'inconscience.

5

Autour de lui, tout était blanc et feutré. Des gens parlaient à voix basse, et il ne comprenait pas ce qu'ils disaient. Il s'en moquait. Il aurait voulu ne jamais quitter cette douceur bienfaisante. Tout allait bien. Une odeur de médicament et de transpiration flottait dans l'air, pas vraiment désagréable. Il avait oublié jusqu'à son nom, et cela n'avait aucune importance.

La mémoire lui revint peu à peu. La dernière image qu'il gardait à l'esprit était cette explosion formidable qui avait embrasé le ciel. L'écho du vacarme assourdissant lui revint et il se dressa dans son lit, envahi par une soudaine sensation d'angoisse rétrospective.

— Non ! Ne bougez pas !

Une jeune femme se précipita pour le retenir. Des yeux d'ange, des mains douces et fermes, rassurantes. Il se laissa faire.

— Docteur ! Il est réveillé, appela-t-elle.

Un homme en blouse blanche entra dans la chambre, examina Kevin.

— Où suis-je ?

— À l'hôpital de Klamath Falls. Je suis Philip Bertone, le médecin qui s'est occupé de vous. Rassurez-vous, vous n'avez rien. Nous avons soigné votre blessure. Dans quelques jours, vous n'en conserverez qu'une légère cicatrice.

— Depuis combien de temps suis-je ici ?

— Vous êtes arrivé hier soir. On vous a retrouvé sans connaissance dans le parc de la propriété d'un certain Paul Falcon, à Rocky Point.

— Dans le parc ? Mais…

Kevin se souvenait parfaitement avoir perdu connaissance dans le salon. Il revoyait encore, non loin de lui, l'impressionnante statue du dieu Horus, dont les yeux semblaient avoir pris vie sous les lueurs des armes.

— J'étais à l'intérieur. Quelqu'un m'a emmené dehors.

— Eh bien, c'est un coup de chance. La villa a été entièrement détruite par les flammes.

— Détruite ? Et que sont devenus les Falcon ?

— Je l'ignore. On nous a amené beaucoup de monde. Des gardes forestiers ont aperçu une fumée épaisse provenant de leur propriété. Ils ont aussitôt prévenu les pompiers et les secours. Lorsque ceux-ci sont arrivés sur place, le sol était jonché de cadavres et de blessés. Des soldats. La maison flambait comme un fétu de paille. Les pompiers disent qu'ils n'ont jamais vu un incendie d'une telle intensité. Ils ne pouvaient même pas utiliser l'eau tant la chaleur était élevée. Les molécules se seraient dissociées. Ils ont dû attendre que les flammes s'apaisent et se sont contentés d'éviter que le feu ne se propage à la forêt. Heureusement, les pluies abondantes de la semaine passée leur ont facilité la tâche. Mais il ne reste rien des bâtiments. Les murs ont, paraît-il, été réduits en poudre. Il a fallu réquisitionner toutes les ambulances de la région pour rapatrier les morts et les blessés. On a dû mobiliser la Garde nationale. J'ignore ce qui a provoqué ce massacre, mais, sur les cent militaires que nous avons reçus, seuls une vingtaine ont survécu. Malheureusement, ils semblent avoir tous perdu l'esprit. Vous allez peut-être pouvoir nous fournir une explication.

— Une explication ? Il faudrait déjà que j'aie compris ce qui s'est passé. J'avais rendez-vous avec Paul Falcon et sa femme pour… parler d'antiquités égyptiennes. Je suis arrivé vers quinze heures trente. J'avais à peine salué mes hôtes que des soldats ont surgi de la forêt et ont attaqué la maison sans sommation ! J'ai tenté de me réfugier à l'intérieur de la demeure, mais j'ai reçu une balle dans le dos. À partir de là, tout s'est brouillé.

Il était hors de question de raconter ce qu'il avait vu réellement. D'ailleurs, tout cela n'était peut-être que le fruit de son imagination.

— Je me souviens seulement d'une explosion, précisa-t-il.

— Deux hélicoptères ont été détruits. D'après les secours, ils se seraient télescopés en plein vol. Les pilotes ont été tués.

Le docteur se frotta le menton nerveusement.

— Quant aux autres, j'aimerais bien savoir de quoi ils ont pu mourir. Leurs corps ne portent aucune trace de blessure, mais à l'intérieur du crâne, ce n'est plus que de la bouillie. Leurs os sont réduits en miettes, leurs muscles broyés, les globes oculaires de certains ont éclaté. Aucune arme connue ne peut produire un tel effet. Vous êtes le seul qui s'en soit tiré sans trop de dommages, à part cette blessure bizarre.

— Comment ça, bizarre ? s'inquiéta Kevin.

— En fait, ce n'est pas vraiment la blessure qui m'intrigue, c'est la manière dont la balle a été extraite.

— Pourquoi ?

— Elle a été ôtée sans aucun instrument chirurgical. Ce qui est techniquement impossible.

Kevin revit la silhouette de Katherine Falcon penchée sur lui. Une fois, il avait lu un article sur des guérisseurs philippins qui pratiquaient des opérations à mains nues. Le journaliste affirmait que cette prétendue technique miraculeuse relevait probablement de la supercherie. C'était peut-être vrai, mais il était bien obligé d'admettre que cette femme étrange l'avait soigné de la même façon. Il s'en ouvrit au médecin.

— À la vérité, je n'ai pas vu comment elle a procédé, précisa-t-il. Je sais seulement que la seule imposition de ses mains a suffi pour supprimer toute douleur. Peut-être avait-elle un instrument sur elle, un canif, pourquoi pas…

— Nous en aurions retrouvé la trace sur la blessure.

Il soupira.

— Enfin, ce n'est qu'un aspect secondaire de l'énigme. Je me retrouve avec quatre-vingts cadavres de soldats dont personne ne peut me dire d'où ils venaient. Nous avons contacté les commandants des bases locales, qui affirment tout ignorer de cette affaire. Les uniformes ne permettent même pas de les identifier. Ils ne portent aucun signe distinctif indiquant leur appartenance.

— Il s'agit peut-être d'une unité spéciale…

— C'est possible. J'espérais que vous pourriez nous apporter un début de réponse.

— Hélas, non. Je me suis trouvé entraîné dans cette aventure malgré moi, et je m'en serais bien passé. D'ailleurs, tout ça est inconcevable. Pourquoi envoyer une telle armée pour combattre un couple désarmé ?

— Désarmé ? Lorsqu'on voit le résultat, il est difficile de le croire. À mon avis, ils disposaient d'armes inconnues, et extrêmement puissantes. C'est sans doute pour cette raison que les soldats étaient aussi nombreux. Mais cela n'a pas empêché leur anéantissement.

Le docteur Bertone avait à peine quitté Kevin que le gros flic du FBI, Larry Smith, déboula dans la chambre comme un taureau furieux.

— Qu'est-ce que vous êtes allé foutre là-bas ?

— J'avais rendez-vous avec Falcon. J'y suis allé. Je ne pouvais pas deviner que la maison allait être attaquée par Rambo et ses potes.

— Je vous avais interdit d'y aller !

— Je n'ai aucun compte à vous rendre.

— Ah oui ? Et si je vous foutais en tôle ?

— Pour quel motif ?

— Désobéissance caractérisée à un officier assermenté dans l'exercice de ses fonctions.

— Alors, vous vous arrangerez avec mon avocat. Il se fera un plaisir de me faire libérer et de vous coller un procès aux fesses pour abus de pouvoir.

— Rien à foutre, et votre célébrité ne m'impressionne pas. Vous avez fourré votre nez dans une affaire relevant de la sécurité nationale.

— Désolé, ça ne se voyait pas au premier coup d'œil.

L'autre poussa un rugissement de colère, puis gronda :

— Écoutez-moi bien ! Il vaudrait mieux que vous oubliiez ce que vous avez vu. Cela pourrait vous valoir de très gros ennuis.

Sans attendre de réponse, le flic quitta les lieux. Kevin le regarda partir, intrigué. Smith était venu l'engueuler, mais il ne l'avait pas interrogé sur ce qui s'était passé. Comme si la manière étrange dont les militaires avaient été tués ne l'étonnait pas. Ce qui signifiait probablement qu'il avait partie liée avec le commando qui avait attaqué les Falcon. Alors, ces soldats appartiendraient à une unité dépendant du FBI ? Cela paraissait pour le moins bizarre.

Mais il n'était pas au bout de ses surprises. Bien plus tard dans la nuit, alors qu'il dormait d'un sommeil peuplé de cauchemars, Philip Bertone pénétra dans sa chambre, l'air affolé. Kevin sursauta.

— Que se passe-t-il encore ?

— Dieu soit loué ! Vous êtes là.

— Bien sûr que je suis là. Je me sens encore un peu faible pour vous quitter au milieu de la nuit sans prévenir.

— J'ai eu peur que l'armée ne vous ait enlevé, vous aussi.

— Comment ça, moi aussi ?

— Il y a une heure, des militaires sont entrés dans l'hôpital. Ils ont emmené les blessés et les cadavres.

Mes infirmières et moi avons voulu nous y opposer, mais ils nous ont bousculés sans ménagement. Un gradé a affirmé qu'il s'agissait d'une affaire touchant à la sécurité de l'État, et que ces soldats devaient être transférés dans un hôpital de l'armée. Comme si nous n'étions pas capables de les soigner ! J'ai téléphoné à la base la plus proche pour exiger des explications. Son commandant m'a affirmé qu'il n'était au courant de rien. Aucun de ses hommes n'a été engagé dans une opération commando dans la journée d'hier. Il m'a conseillé de voir du côté de la Garde nationale. Même réponse. Ils ignorent tout. J'ai alors pensé à une unité rattachée au FBI, à cause du flic qui vous a rendu visite.

— J'ai eu la même idée, mais je ne sais pas s'ils disposent d'unités de ce genre.

— Et pourquoi pas une milice civile ? Un règlement de comptes entre trafiquants d'armes. Les nostalgiques d'extrême droite adorent se regrouper pour jouer aux petits soldats.

— C'est possible, mais peu probable. Si les néonazis se prennent au sérieux, leur armement est hétéroclite. Or, d'après ce que j'ai vu, le bataillon qui a attaqué les Falcon jouissait de moyens considérables. Ces soldats possédaient des armes très puissantes, sans compter les hélicoptères.

Quelques jours plus tard, Kevin était sur pied. Avant de repartir, il rendit visite au capitaine des pompiers de Klamath Falls, en se faisant passer pour un journaliste.

— Savez-vous ce qu'il est advenu des propriétaires et de leurs serviteurs ?

— Aucune idée ! Lorsque nous sommes arrivés, la maison flambait comme une torche.

— Vous n'avez pas retrouvé de cadavres dans les ruines ?

— Non, mais cela n'a rien d'étonnant. Avec la température, tout a fondu. Par endroits, le sol était vitrifié. Rien n'a pu résister à une telle chaleur.

— Qu'est-ce qui a provoqué ça ?

— Nous n'avons décelé la présence d'aucun produit particulier. Mais ça ne veut rien dire. Certains ne laissent pas de trace.

Kevin secoua la tête. Quelque chose ne collait pas. Lorsqu'il s'était évanoui, il n'y avait pas d'incendie. L'explosion des deux hélicoptères était trop éloignée pour propager le feu aux bâtiments. Alors ?

— Vers quelle heure êtes-vous arrivés sur les lieux ?

— Environ dix-sept heures trente !

Kevin marqua un instant de surprise. Prenant congé du pompier, il gagna sa voiture et décida de retourner jeter un coup d'œil sur les lieux.

Il constata qu'il ne restait rien de la superbe maison ni de ses magnifiques œuvres d'art. Errant dans les décombres, il se demanda *qui* était vraiment à l'origine de l'incendie. Les soldats, voyant leurs rangs subir de lourdes pertes, avaient-ils utilisé un moyen de destruction ultra-puissant pour anéantir les Falcon, quitte à y laisser leur vie ? Mais comment expliquer une haine aussi farouche ? Ou bien les maîtres des lieux avaient-ils détruit eux-mêmes leur demeure, afin de faire croire à leur mort ? L'attaque avait eu lieu vers quinze heures trente. D'après ses estimations, il ne s'était pas écoulé plus d'une demi-heure jusqu'à l'explosion des hélicoptères. Les combats avaient sans doute pris fin à peu près au même moment. Pourtant, les secours étaient intervenus une heure et demie plus tard. Cela suffisait aux Falcon pour effacer toute trace de leur existence en incendiant leur villa, puis disparaître. Mais pour quelle raison auraient-ils agi ainsi ?

Une écœurante odeur de brûlé flottait sur les décombres noircis, rehaussée par une petite pluie fine. Tout à coup, Kevin distingua, dans un renfoncement, l'amorce d'un escalier qui descendait dans les profondeurs de la terre. Il se munit d'une lampe de poche et descendit. Tentant d'ignorer les relents infects, il s'enfonça dans les ténèbres. La torche lui révéla un sol calciné, encore tiède, parfois vitrifié sous l'effet de la chaleur intense. Il allait rebrousser chemin lorsqu'il remarqua une forme métallique, souvenir d'une armoire en grande partie fondue au sol. Dans la poussière, il repéra également de fines traces de ce qui avait été du papier. Poursuivant son investigation, il découvrit tout un réseau de cavernes aménagées qui avaient vraisemblablement abrité des dizaines d'armoires semblables.

Tout cela ne rimait à rien. Pourquoi un collectionneur d'art aurait-il passé son temps à engranger des documents ? Des archives archéologiques, peut-être…

Les ruines calcinées ne révélèrent aucun autre indice. Désappointé, Kevin reprit le chemin de Rocky Point. Par acquit de conscience, il alla rôder près de la base militaire la plus proche, interrogea discrètement les autochtones. Sans résultat. Ils n'avaient observé aucun mouvement de troupe ces derniers jours.

Il était temps de regagner New York. Il ne lui restait qu'un élément à étudier, celui confié par Katherine Falcon juste avant qu'il ne s'évanouisse : *Saint Vaim*. Mais qui ou quoi était *Saint Vaim* ? Et pourquoi devait-il s'en méfier ?

6

New York, trois jours plus tard…

— Dis donc, c'est quoi, les Falcon, des extraterrestres ?

Mike Longway enfourna son énième chewing-gum de la journée. Depuis que les États-Unis avaient déclaré une guerre sans merci au tabac, il préférait éviter de fumer plutôt que de risquer amende sur amende. Il tempêtait parfois contre la violation de la vie privée que cette inquisition permanente représentait, mais même ici, au sein de sa propre maison d'édition, un comité d'éradication des fumeurs s'était constitué, qui agissait et pratiquait délations et réprimandes avec d'autant plus de zèle que la loi leur donnait toujours raison. Mike avait très vite rendu les armes, se réservant le droit d'exercer, lorsque l'occasion se présentait, quelque menue vengeance. Mais là encore il agissait avec circonspection, de peur des représailles. Car les avocats avaient vite fait de transformer la moindre remarque désobligeante en harcèlement moral.

Pour lors, la bienfaisante euphorie du tabac lui manquait, car il sentait monter en lui une joyeuse excitation depuis le retour de Kevin : son auteur fétiche avait débusqué une affaire gratinée. Mais celui-ci ne partageait pas son enthousiasme.

— Si je croyais à ces idioties, je te répondrais oui. Mais je les ai approchés, je leur ai parlé. Ce sont bien des humains, cela ne fait aucun doute.

— À propos, ton pote Richardson s'est fait mousser. Il t'a envoyé un papier sur l'affaire. Regarde !

Mike lui tendit un journal local de Floride, paru le surlendemain du cyclone. Dans un article maladroit écrit par un pigiste du coin, le directeur du port racontait ce qui s'était passé, expliquant complaisamment la présence d'une incroyable bulle de lumière qui protégeait l'*Atalaya*. N'écoutant que son courage, il était monté à bord, où l'attendait une vision stupéfiante : le propriétaire du bateau, Paul Falcon, était à bord, alors qu'il lui avait téléphoné dans la nuit de l'Oregon. Sa présence était donc impossible, à moins de posséder le don d'ubiquité. « Lorsque j'ai voulu m'approcher de lui, précisait Richardson, il s'est dissipé dans une lumière verte. On aurait dit un spectre. » Suivaient des hypothèses fumeuses où le journaliste parlait de la proximité de l'inquiétant Triangle des Bermudes, dont on ne pouvait exclure qu'il avait un rapport avec le mystérieux phénomène.

Kevin soupira :

— Il débloque. Il n'y a jamais eu de lumière verte. Les gens disent vraiment n'importe quoi pour qu'on parle d'eux.

— Et le journaliste a dû en rajouter, afin de corser l'histoire. Il avait très peu de matière. Mais toi, tu en as ! Apparemment, tu es tombé sur quelque chose de vraiment bizarre. Ça pourrait faire un bon sujet de roman.

— Pour l'instant, je n'ai rien. Si je racontais ce qui m'est arrivé, je passerais pour un fou ou un fabulateur. Et puis, cette histoire a failli me coûter la vie. Je crois que je ferais mieux de laisser tomber.

— Si ce que tu m'as dit est vrai – enfin… si tu n'as pas été victime d'hallucinations –, nous sommes obligés d'admettre que les Falcon maîtrisent une technologie dont nous ignorons tout. Alors, qui sont-ils ? Moi, l'hypothèse E.T. ne me paraît pas complètement idiote. En tout cas, tu ne peux pas la rejeter d'emblée après ce que tu as vu.

— Je ne suis même pas sûr de ce que j'ai vu. Peut-être est-ce mon imagination qui me joue des tours. Lorsque j'ai reçu cette balle dans le dos, j'ai dû perdre connaissance. Le reste est sans doute le fruit de mon cauchemar.

— Ton cauchemar n'a pas pu inventer la centaine de soldats disparus de l'hôpital !

Kevin soupira.

— Non, évidemment !

— Essayons de faire le point ! dit Mike.

Il prit un papier et nota en énonçant à haute voix :

*Qui ou quoi a provoqué la sphère lumineuse qui a protégé l'*Atalaya *pendant le cyclone* Lenny *?*

Comment Paul Falcon a-t-il pu se trouver à la fois en Floride et dans l'Oregon ?

Comment expliquer sa disparition soudaine sur son navire ? Hallucination collective, ou autre chose ?

Quelle est l'origine de l'étrange malaise subi par Kevin au retour de sa première visite chez les Falcon ?

Pourquoi l'ont-ils rappelé après cette première visite ? Que voulaient-ils lui révéler ?

Qui les a attaqués, et pourquoi ?

Par quel moyen ont-ils pu se défendre, alors qu'ils ne possédaient apparemment aucune arme ?

Comment Katherine Falcon a-t-elle pu ôter la balle du dos de Kevin sans instrument ?

Le couple Falcon est-il encore en vie, ou a-t-il péri dans l'incendie de Rocky Point ?

Qui a provoqué cet incendie ? Les soldats, ou les Falcon eux-mêmes ?

Pourquoi le FBI s'intéresse-t-il à eux ? Que leur reproche-t-on ?

Qui sont réellement les Falcon ?

Qui est Saint Vaim *? Pourquoi Katherine Falcon a-t-elle conseillé à Kevin de s'en méfier ?*

Mike reposa son stylo et s'adossa à son siège.

— Voilà ! Lorsque nous aurons la réponse à toutes ces questions, nous aurons la clé de l'énigme, et un bon sujet de roman. Vois-tu d'autres éléments à rajouter ?

— Oui. Apparemment, les commandants des bases de l'Oregon ne sont pas au courant de l'opération menée contre les Falcon, ni de la récupération des soldats. Pourtant, d'une manière ou d'une autre, l'armée est impliquée. Le médecin, Philip Bertone, a voulu porter plainte contre les militaires qui ont investi son hôpital comme si nous étions en guerre. Il a reçu un appel d'un membre du gouvernement lui demandant de laisser tomber. On le menaçait à mots couverts de lui créer de gros ennuis. Il a préféré renoncer. Il n'a rien à gagner d'un conflit avec l'armée. Mais cela signifie que ces soldats n'appartenaient pas à une milice privée. Il s'agissait donc d'une unité spéciale. Reste à savoir à quel département elle est rattachée. Les secouristes m'ont assuré que leurs armes n'avaient rien à voir avec des joujoux. C'étaient des fusils d'assaut munis des derniers perfectionnements. Et pourtant, ils ont été vaincus par un type seul, apparemment désarmé.

Mike reprit le stylo et rajouta :

D'où venaient les soldats ?

Pourquoi l'armée a-t-elle enlevé les soldats blessés ou morts de l'hôpital de Klamath Falls ?

Avait-on peur que l'on découvre quelque chose d'anormal sur les cadavres ?

Où les a-t-on conduits ?

— Que comptes-tu faire, à présent ?

— Que veux-tu que je fasse ? Cette histoire me dépasse, et je ne suis pas un agent secret. Par curiosité, je vais me renseigner sur Saint Vaim. Après, j'abandonne, c'est plus prudent.

Rentré chez lui, Kevin appela Richardson à Blowing Rocks. Il voulait savoir si les Falcon avaient rejoint leur navire, ce qui aurait prouvé qu'ils étaient encore en vie.

— L'*Atalaya* a quitté le port, répondit le directeur. Le lendemain de la tempête, un équipage en a pris possession, avec des documents parfaitement en règle, signés par Falcon. Il n'était pas présent, mais je n'avais aucune raison de retenir ce navire. Tout était en ordre, et les taxes ont été régulièrement acquittées.

— Et vous ne savez pas où il est allé…

— Ils ne m'en ont rien dit.

— Avez-vous remarqué quelque chose de particulier ?

— Non ! Ah si ! Il y avait parmi eux un type qui ressemblait un peu à Falcon. Les cheveux longs et noirs, la peau cuivrée, mais c'est tout. C'était peut-être son frère. Il ne m'a pas donné son nom.

— Merci !

Kevin se prit la tête dans les mains. Il commençait à regretter de s'être mêlé de cette histoire. La scène de l'assaut le hantait. Le but manifeste des militaires était de supprimer les Falcon, mais pour quelle raison ? Quel danger représentaient-ils pour que l'on cherchât à les anéantir comme des bêtes nuisibles ?

Les soldats disposaient d'armes perfectionnées, pourtant, aucun projectile n'avait atteint la maison. Pourquoi ? Paul Falcon avait-il déclenché un système défensif semblable à celui qui avait protégé son navire contre le cyclone ? Les soldats avaient été tués d'une manière que les médecins eux-mêmes ne parvenaient pas à comprendre. Quant aux hélicoptères, comment expliquer la force invisible qui les avait projetés l'un contre l'autre ? Bien sûr, il pouvait s'agir d'une fausse manœuvre des pilotes, mais c'était peu probable.

Alors, les Falcon avaient-ils utilisé une onde mortelle, comme les infrasons, ou quelque chose de ce genre ? Mais, dans ce cas, elle aurait touché également les occupants de la maison. À moins de n'être efficace que dans une direction donnée… Cette hypothèse sous-entendait que les Falcon disposaient d'une technologie totalement inconnue. Or, seule l'armée pouvait — peut-être — développer une telle technologie. Les Falcon, même immensément riches, restaient des civils. Et ils s'occupaient d'art, pas d'armement. Tout au moins *a priori*.

À la vérité, il existait une autre hypothèse, qu'il répugnait à envisager, car elle relevait de la pure fantaisie. Pourtant, elle était la seule qui apportait une explication cohérente à toute cette histoire : Paul Falcon, de même que son épouse Katherine, disposait de pouvoirs paranormaux extraordinairement développés.

Alors, qui étaient-ils ?

Il n'osait formuler la question suivante de peur de verser totalement dans le délire : d'où venaient-ils ? D'une autre planète, comme l'avait suggéré Mike en rigolant ? C'était absurde, le gouvernement américain aurait alors tout fait pour établir un contact avec eux. Au contraire, on avait mis en œuvre de gros moyens pour les détruire. Sans aucun compromis possible. Et l'attaque avait échoué.

Kevin se connecta sur le Web pour tenter de comprendre à quoi correspondait Saint Vaim. Sans succès. En raison de l'heure tardive, il hésita à rappeler Eddy. Il décida d'attendre le lendemain et, pour se changer les idées, s'installa devant son ordinateur pour passer quelques heures en compagnie de *Mary la Rouge*.

Au matin, il envisageait d'oublier toute cette histoire lorsque le concierge lui apporta son courrier et une enveloppe de papier kraft non timbrée. Il crut tout d'abord qu'il s'agissait d'une offre publicitaire originale, mais elle contenait une feuille d'une matière épaisse, de couleur paille, qu'il identifia comme du papyrus. Intrigué, il lut le texte. Celui-ci était très court :

« Demain, à la Grande Bibliothèque, une jeune Française nommée Alexandra Delamarre a rendez-vous avec vous à onze heures. Soyez précis. »

La lettre, qui ne comportait aucun nom d'expéditeur, était bizarrement signée d'un hiéroglyphe, la croix Ankh. L'enveloppe comportait également la photo d'une jeune femme brune d'une vingtaine d'années. Apparemment, elle avait été photographiée à son insu, car elle se trouvait dans un magasin et paraissait ignorer l'objectif. Mais cela pouvait être une mise en scène destinée à le tromper. Il scruta le visage de l'inconnue et le trouva joli. Une chose était certaine, il ne l'avait jamais vue auparavant, et son nom ne lui disait rien.

Alors, pourquoi voulait-on qu'il rencontre cette fille ? Et surtout, *qui* lui avait adressé cette lettre ?

7

Le lendemain, vers dix heures, Kevin prit sa voiture et se lança dans le flot de la circulation. La nuit lui avait porté conseil. Les Falcon étant d'origine égyptienne, la croix Ankh incitait à penser que l'expéditeur de la lettre avait un rapport avec eux. Il avait longuement hésité, mais la curiosité avait été la plus forte. Et puis, à la Grande Bibliothèque, il trouverait peut-être ce que voulait dire *Saint Vaim*.

Un malaise obscur refusait de se dissiper. Au début, il mit cette angoisse sourde sur le compte du rendez-vous avec cette fille dont il ne savait rien. Puis il se rendit compte qu'une voiture le suivait depuis qu'il avait quitté son appartement, une grosse berline sombre dont les vitres fumées lui interdisaient d'apercevoir les traits de son conducteur. Il tenta de la semer, mais la densité du trafic ne lui facilitait pas la tâche. Redoutant d'être tombé dans un piège, ce fut dans un état de nervosité avancée qu'il laissa son véhicule dans un parking proche de la Bibliothèque. Il scruta les alentours ; son poursuivant semblait avoir disparu. Après tout, il s'était peut-être fait des idées. Il se mit en route.

Quelques instants plus tard, il pénétrait dans la Grande Bibliothèque. Il connaissait bien l'immense édifice, qu'il avait fréquenté avec assiduité pendant ses études. Il hésita sur la conduite à tenir. Comment retrouver cette Alexandra Delamarre parmi la foule studieuse qui déambulait dans les vastes salles encombrées d'étagères ? Il fit quelques pas, scruta discrètement quelques visages, embarrassé. Il avait l'impression que tout le monde allait s'inquiéter de son manège. De plus, il redoutait d'être reconnu. Son visage, imprimé en quatrième de couverture de chacun de ses ouvrages, ne passait pas inaperçu. Il n'avait guère envie de tomber sur un fan.

Il consulta sa montre : onze heures moins cinq. Il était un peu en avance. Il décida de s'adresser à une bibliothécaire pour obtenir des renseignements sur Saint Vaim.

— Oh, monsieur Kramer ! Quelle surprise ! Vous vous faites si rare…

— Je… j'étais en voyage.

— Quel nom dites-vous ?

— Saint Vaim.

— Ça ne me dit rien du tout. Vous êtes sûr de l'orthographe ?

— À vrai dire…

— Peut-être voulez-vous parler de la Sainte Vehme, dit tout à coup une voix teintée d'un fort accent français à ses côtés.

Kevin se retourna, et reconnut la fille de la photo. Un visage aux traits fins, une bouche sensuelle, des oreilles petites et nacrées, dévoilées par des cheveux bruns coupés court. Son regard brillant le scrutait avec intensité. Elle ne portait pas ses lunettes, probablement par coquetterie, mais la largeur de ses pupilles trahissait sa myopie. Celle-ci lui conférait d'ailleurs un charme troublant.

— Vous êtes Kevin Kramer ? demanda-t-elle. L'écrivain ?

— C'est moi ! Et vous, vous êtes Alexandra Delamarre ?

Elle acquiesça d'un signe de tête. Ils s'écartèrent de la bibliothécaire, intriguée par leur manège. La jeune femme l'observa avec curiosité, puis demanda :

— Pourquoi vouliez-vous me voir ? Et puis, pourquoi utiliser un stratagème aussi bizarre ?

— Je suis désolé, je ne suis pas responsable de ce rendez-vous.

Il sortit le papyrus signé de la croix Ankh et le lui montra.

— Jusqu'à hier, j'ignorais votre existence. Et puis, on a déposé ceci dans ma boîte aux lettres. J'aimerais bien comprendre.

Intriguée, la jeune Française examina le document, puis en sortit un identique de son sac, signé lui aussi de la croix Ankh. Une photo de Kevin était jointe, prise à son insu, dans un restaurant.

— J'ai reçu ça hier. J'ai d'abord pensé qu'il s'agissait d'une ruse imaginée par un dragueur pour me fixer rendez-vous. Mais votre nom m'était familier. La photo m'a confirmé que j'avais affaire à l'écrivain Kevin Kramer. J'étais flattée que vous souhaitiez me rencontrer, mais vous auriez pu me contacter directement chez moi.

— Je vous ai dit que je n'étais pour rien dans ce rendez-vous. Et j'espérais que vous pourriez m'apporter quelques explications.

— Comment le pourrais-je ? C'est la première fois qu'on me fait un coup pareil. Et j'aimerais bien savoir pourquoi.

Ils restèrent un instant silencieux, puis Kevin demanda :

— Connaissez-vous Paul et Katherine Falcon ?

— Quel nom dites-vous ?

— Falcon. Ce sont des spécialistes en objets anciens, qui habitent… enfin, qui habitaient dans l'Oregon.

— Ça ne me dit absolument rien. Pourquoi ?

— En fait, ce sont eux qui m'ont parlé de la… Sainte Vehme.

— Pourquoi vous intéressez-vous à la Sainte Vehme ?

Kevin hésita. Il ne pouvait décemment pas raconter les aventures étranges qu'il avait vécues dernièrement.

— Ils l'ont évoquée devant moi. Comme je suis curieux, j'ai voulu en savoir plus.

— Et que vous ont-ils dit ?

— Pas grand-chose ! C'est quoi, la Sainte Vehme ?

— Un tribunal un peu semblable à l'Inquisition, mais encore plus redoutable. Son nom vient du hollandais *veem*, qui veut dire corporation. La Sainte Vehme est apparue en Allemagne, pendant le XIIIe siècle, juste après la mort de l'empereur Frédéric II. Pendant vingt ans, l'Empire a sombré dans une période de chaos que l'on a appelée l'*Interrègne*. C'était l'anarchie la plus totale. Tout le monde voulait s'emparer du pouvoir. Les princes et les villes instauraient leurs propres tribunaux, exerçaient leur tyrannie. Il y eut des abus. La Sainte Vehme est née de cette confusion. Des magistrats, de riches paysans et même quelques chevaliers Teutoniques voulurent faire régner l'ordre, et s'érigèrent en tribunal secret en prétendant agir au nom du pape. Le centre était à Dortmund, mais on estime qu'il exista plus d'une centaine de ces tribunaux occultes, répartis dans tout l'Empire.

« Chaque nouveau membre devait subir des épreuves initiatiques, et jurer une fidélité totale à la Sainte Vehme. Malheur à celui qui la trahissait. Beaucoup y adhérèrent non par conviction, mais pour éviter d'être eux-mêmes victimes de ce sinistre tribunal. Les jugements rendus étaient terrifiants. Pour les délits mineurs, on pouvait s'en tirer avec une grosse amende. Les juges ne s'en privaient pas. Les crimes les plus graves étaient punis par des supplices atroces dont je vous épargne le détail. C'est surtout à cause de ces tortures abominables que la Sainte Vehme a laissé son empreinte dans l'histoire allemande. Elle a toujours exercé une fascination morbide, à cause de l'horreur des crimes qu'elle a commis au nom d'un simulacre de justice. Elle a essentiellement constitué un moyen efficace de combattre l'hérésie et un biais bien pratique pour s'emparer des biens de ses victimes.

— Et… cette Sainte Vehme, elle existe toujours ?

— Heureusement non ! Lorsque les rois ont repris les rênes de l'Empire, ils ont ordonné son démantèlement. Elle a continué à rendre ses jugements dans la clandestinité, un peu comme le Ku Klux Klan, mais elle a fini par disparaître complètement au XVIIIe siècle.

Kevin marqua un instant de surprise. Pourquoi Katherine Falcon lui avait-elle dit de se méfier de la Sainte Vehme alors que celle-ci avait disparu depuis plus de deux siècles ?

— Cela a l'air de vous contrarier, remarqua Alexandra.

— Non, non, pas du tout. C'est juste que… vous me surprenez. Vous connaissez apparemment bien le sujet.

— C'est normal, je suis spécialiste en histoire médiévale. Mais je m'intéresse également à l'histoire de l'Amérique. C'est d'ailleurs pour cette raison que je suis à New York. Je suis française.

— Ça, je l'avais reconnu à l'accent.

— Merci, fit-elle, vexée.

— Pardonnez-moi ! J'adore votre langue. Et d'ailleurs, je la parle un peu, poursuivit-il, en français.

Elle lui adressa un sourire irrésistible.

— Et vous avez, vous aussi, un accent déplorable !

— Eh bien, nous sommes quittes.

Ils demeurèrent un instant silencieux, puis Kevin déclara, un peu embarrassé :

— Nous ne sommes pas obligés de rester ici. Je ne sais pas pourquoi *on* a voulu que nous fassions connaissance, mais, si vous êtes d'accord, j'aimerais beaucoup donner satisfaction à ce *on*. Nous pourrions aller boire un verre quelque part.

— Pourquoi pas ?

Quelques instants plus tard, ils étaient attablés dans un café. Kevin apprit ainsi qu'Alexandra était installée à New York depuis deux ans. Auparavant, elle avait passé, en France, une maîtrise d'histoire médiévale et une autre sur la civilisation égyptienne. Elle parlait cinq langues, le français, l'anglais, l'allemand, l'espagnol et l'italien. Pour pouvoir lire les romans dans leur langue d'origine, précisa-t-elle.

Kevin l'écoutait lui raconter sa vie, son enfance dans le Périgord, non loin d'une ville nommée Sarlat, dont les vieilles pierres avaient fortement contribué à déterminer sa vocation.

— J'ai hérité la maison de mes grands-parents. C'est là que j'ai passé toute ma jeunesse. Mon père est architecte, spécialisé dans la restauration des demeures anciennes. Là-bas, il ne manquait pas de travail. Mais aujourd'hui, il est très demandé à Paris. Alors, il a acheté un appartement près des Invalides. Moi, je préfère le Périgord.

— Et New York ?

— C'est une ville de fous, mais je m'y plais bien. Je loue un loft près de Central Park.

L'heure du déjeuner approchant, Kevin lui proposa de partager le sien. Mais elle l'avertit :

— Si c'est pour manger un hamburger en marchant sur le trottoir, ne comptez pas sur moi ! En France, le repas, c'est sacré !

— Vous voulez aller au restaurant ? À midi ?

— Ça vous pose un problème ?

— C'est que…

— Il faut prendre le temps de vivre, monsieur Kramer. Les Américains sont toujours en train de courir, *because time is money*. Pire que les Parisiens, et ce n'est pas peu dire. Eh bien, pas moi. Je n'ai pas envie de passer à côté de la vie.

— Bon ! Alors, vous avez une préférence ?

— J'adore la cuisine chinoise.

— Va pour un chinois !

Deux heures plus tard, Kevin était tombé sous le charme de la petite Française. Alexandra était très érudite, mais continuait à s'étonner de tout comme une gamine. Le train de vie confortable de ses parents la mettait à l'abri des soucis financiers, ce qui ne l'empêchait pas de travailler un peu en donnant des cours de littérature française à des étudiants.

— Pour le principe ! précisa-t-elle. Pour pouvoir me dire que je m'assume toute seule comme une grande !

C'était un vrai plaisir de la voir manger. Elle aimait la vie et chacun de ses gestes traduisait cet amour gourmand. Elle prenait le temps d'apprécier, de goûter chaque instant.

— Je peux avaler ce que je veux sans prendre un gramme ! affirma-t-elle en attaquant un copieux canard aux champignons noirs.

À l'inverse, Kevin avait peine à finir son plat. Alexandra lui avait dit son âge, vingt-trois ans. Elle aurait pu être sa fille. Pourtant, il ne pouvait s'empêcher d'éprouver une attirance troublante pour elle. Il se dégageait d'elle une sensualité dont elle n'avait pas conscience, et plusieurs fois, il se surprit à attarder son regard au creux du décolleté pourtant sage, à respirer son parfum.

— J'ai lu plusieurs de vos livres, dit-elle. J'aime beaucoup ce que vous écrivez, particulièrement votre *Surcouf*. C'est rare, un Américain qui s'intéresse à des corsaires français.

— Ce sont surtout les marins qui me passionnent. J'ai aussi écrit sur Nelson et Francis Drake. En ce moment, je prépare un roman sur Mary la Rouge.

Ils bavardèrent longuement d'histoire, sujet qui les captivait tous les deux. Kevin n'avait aucune envie de quitter le restaurant. Et apparemment, Alexandra n'était guère pressée de partir non plus. Il hésita à lui conter son aventure, mais préféra s'abstenir. Il ne voulait pas qu'elle le prenne pour un mythomane.

— C'est bizarre, tout de même, ces lettres, dit-il tout à coup. Pourquoi a-t-on voulu qu'on se rencontre ?

— Vous le regrettez ?

Le sourire qu'elle lui adressa fit couler du feu dans ses veines. La petite rusée avait parfaitement compris qu'elle ne lui était pas indifférente et jouait de ses charmes tout neufs. Il dut faire un effort considérable pour se rappeler qu'il avait vingt ans de plus qu'elle, et qu'il était préférable de rester neutre. Son aventure avec Sharon l'avait beaucoup éprouvé, et il n'avait guère envie de renouveler l'expérience. Pourtant, il s'entendit répondre :

— Au contraire. Je suis très heureux d'avoir fait votre connaissance. Si vous acceptez, nous pourrions même nous revoir.

— Oh, j'aimerais beaucoup.

Elle se tut quelques instants, ce qui représentait apparemment une performance, puis ajouta :

— Il y a autre chose de bizarre. Je suis certaine que je ne vous ai jamais rencontré. Et pourtant, j'ai l'impression de vous connaître déjà. Je ne sais pas pourquoi, vos gestes, votre attitude me sont… comment dire ?… familiers.

Kevin refusa de l'avouer, mais, au-delà de son attirance embarrassante pour la jeune femme, il éprouvait la même chose. Tout comme avec les Falcon. Il était sûr à présent qu'il y avait un lien entre eux et les lettres.

— C'était peut-être dans une autre vie ! poursuivit Alexandra. Croyez-vous à la réincarnation ?

— Non ! Je suis chrétien. Je crois à la résurrection des corps.

— Eh bien, moi, je suis agnostique. Lorsqu'on a étudié l'Histoire à la loupe, il est difficile de continuer à accepter sans broncher tous les mensonges dont les religions nous farcissent la tête. Mon papa a refusé que je reçoive la moindre éducation religieuse, et je l'en remercie.

— Pourtant, vous semblez croire à la réincarnation.

— Je n'en suis pas absolument convaincue, mais cela me rassure. J'étudierai ça plus tard. À vingt-trois ans, j'ai autre chose à faire que de penser à la mort, n'est-ce pas ?

— Oui, bien sûr !

L'après-midi, ils profitèrent du soleil pour déambuler dans les rues. Alexandra adorait faire du lèche-vitrines. Kevin, qui n'appréciait guère l'occupation, la suivit sans sourciller, ravi de rester encore un peu en sa compagnie. À la vérité, ni l'un ni l'autre n'avaient envie de se quitter. Étonné, Kevin se dit qu'il avait rarement parlé autant. Il pouvait demeurer des heures sans rien dire et se montrait peu loquace en société. Il savait qu'il passait aux yeux des femmes pour un loup de mer solitaire, un aventurier chargé de mystère. Cette réputation l'avait flatté quelques années plus tôt, mais il avait pu constater avec le temps que ses compagnes de passage ne s'intéressaient qu'à son image. Et cela l'avait rendu encore plus taciturne et méfiant. La petite Alexandra avait, sans le vouloir, brisé cette carapace. Elle était gaie, spontanée, attirante, belle comme ce n'était pas permis, et ne semblait pas accorder une importance démesurée à sa condition d'écrivain célèbre. Pour la première fois de sa vie, il regretta d'avoir dépassé la quarantaine. S'il avait eu dix ans de moins, ou même seulement cinq, il lui aurait proposé…

Il valait mieux ne pas y penser.

En fin d'après-midi, il offrit de la ramener chez elle. Ils revinrent vers l'endroit où il avait garé sa voiture. Au moment où ils arrivaient, ils remarquèrent un petit attroupement.

— Qu'y a-t-il ? demanda Alexandra.

— Je n'en sais rien. On dirait qu'il y a des flics.

Ils s'approchèrent. Soudain, Kevin s'écria :

— Mais c'est après ma voiture qu'ils en ont !

Il se mit à courir. Quelques badauds observaient deux policiers en civil qui passaient l'intérieur à la loupe. Un autre, en uniforme, écartait les curieux. Kevin eut le temps d'apercevoir les sièges avant et les tapis tachés de sang. L'un des flics en civil se releva et l'entraîna à part.

— Qu'est-ce qui s'est passé ? demanda Kevin, affolé.

— C'est votre véhicule ?

— Oui !

— Eh bien, il va falloir nous suivre au commissariat. On a trouvé un cadavre dans votre voiture.

8

Au commissariat, un inspecteur nommé Mac Dowell reçut immédiatement Kevin, accompagné d'Alexandra. Celle-ci avait refusé de l'abandonner. L'inspecteur les invita à s'asseoir et tendit une photo à Kevin.

— Connaissez-vous cet homme ?

— Jamais vu ! C'est le type qu'on a retrouvé dans ma voiture ?

— Exact ! C'est une affaire vraiment étrange, monsieur Kramer. Que faisiez-vous ce matin, peu avant onze heures ?

— J'avais rendez-vous avec mademoiselle à la Grande Bibliothèque, dit-il en désignant Alexandra. Plusieurs personnes pourront le confirmer.

— Nous vérifierons. Avez-vous remarqué quelque chose de particulier ?

— Eh bien… avant d'arriver, j'ai eu l'impression d'être suivi. Lorsque je suis descendu de voiture, il n'y avait personne. J'ai pensé que je m'étais trompé. Mais dites-moi ce qui s'est passé, enfin !

Mac Dowell laissa passer un court silence, puis déclara :

— Cet homme s'appelait Mark Keitel. C'était un tueur professionnel spécialisé dans les explosifs.

— Un tueur ?

— Qui s'apprêtait à déposer une bombe dans votre voiture.

— Mais pourquoi ?

— Ça, il ne pourra plus nous le dire. Quelqu'un l'a tué avant.

— Comment ça ?

— Deux policiers en faction ont entendu des coups de feu en provenance du parking. Ils ont immédiatement repéré votre voiture. Ils ont découvert un véritable carnage. Il y avait du sang partout. Le médecin légiste autopsie le cadavre en ce moment. Mais ce n'est pas tout : les deux policiers se sont rendu compte qu'il tentait de placer un engin explosif sous votre tableau de bord.

— Et vous dites que quelqu'un l'a tué à coups de pistolet avant qu'il n'ait eu le temps de poser sa bombe…

Mac Dowell se leva et se mit à marcher de long en large. Enfin, il grommela :

— C'est là que tout se complique. C'est Keitel qui a tiré ces coups de feu. Les policiers ont entendu six détonations très rapprochées. Lorsqu'ils sont arrivés sur les lieux, ils n'ont trouvé que le mort, qui tenait en main un pistolet. Dans le chargeur, il manquait six balles. C'est donc bien lui qui a tiré, apparemment sur quelqu'un qui se tenait à l'arrière de la voiture. Difficile de manquer sa cible dans ces conditions. Pourtant, nous avons retrouvé tous les impacts de balle, mais aucune trace de sang autre que le sien. Et les policiers n'ont vu personne s'enfuir.

— Mais alors, sur qui a-t-il tiré ?

— Sur qui, ou sur quoi ! Ce type ne portait aucune trace de blessure extérieure.

Kevin pâlit. Le souvenir des soldats de Rocky Point lui revint en mémoire. Mac Dowell le contempla avec curiosité.

— Cela ne va pas, monsieur Kramer ?

— C'est-à-dire… je me demande pourquoi ce tueur voulait coller une bombe dans ma voiture.

— C'est ce que nous aimerions savoir.

Mac Dowell se rassit et déclara :

— Prenons les choses dans l'ordre. Vous vous appelez Kevin Kramer, vous êtes un écrivain réputé. Voyez-vous quelqu'un qui pourrait vous en vouloir au point de tenter de vous supprimer ?

— Non ! Les livres que j'écris ne portent préjudice à personne. J'y parle de la mer et de marins disparus depuis longtemps.

— Je doute que ce Keitel ait agi ainsi simplement parce qu'il n'aimait pas vos bouquins. Il y a quelqu'un derrière lui. Vous n'avez vraiment aucune idée ?

Abasourdi, Kevin hésita à répondre. Compte tenu de la manière dont le tueur avait été éliminé, il était évident que cet attentat avait un rapport avec l'affaire Falcon. Cependant, il se voyait mal raconter son aventure à cet inspecteur qui paraissait encore plus pragmatique que lui.

— Il s'est peut-être trompé de voiture, suggéra-t-il.

— Ce genre d'individu ne commet pas d'erreur, monsieur Kramer. Réfléchissez bien. Vous avez peut-être vu quelque chose que vous n'auriez pas dû voir. Avez-vous assisté à des événements insolites ces derniers temps ?

— Non !

Kevin était certain que l'autre avait senti sa légère hésitation. Pourtant, l'inspecteur n'insista pas. Il lui tendit sa carte.

— Bien ! Si la mémoire vous revient, n'hésitez pas à m'appeler.

— D'accord !

Une fois sorti du commissariat, Kevin resta silencieux. Alexandra le suivait, bouleversée. Soudain, il se tourna vers elle.

— Écoutez, Alexandra, je ne veux pas qu'il vous arrive quelque chose ! Il vaudrait mieux éviter de m'approcher dans les jours qui viennent. Je crains que vous ne soyez en danger si vous restez près de moi.

Elle lui prit les mains et les serra dans les siennes.

— Je ne peux pas vous laisser comme ça.

— Ne vous inquiétez pas. Je saurai me défendre.

— Vous n'aurez sans doute pas autant de chance la prochaine fois. Ceux qui ont tenté de vous tuer vont récidiver dès qu'ils s'apercevront qu'ils ont échoué. Chez vous, vous êtes en danger. Peut-être pourriez-vous venir chez moi ?

— Vous n'y pensez pas !

— Ne vous méprenez pas ! L'amie avec qui je louais est retournée en France. Sa chambre est libre. Vous y serez en sécurité.

— Vous êtes très chic, Alexandra, mais ce serait trop dangereux pour vous. Si ce tueur avait réussi à poser sa bombe, vous auriez été dans la voiture, avec moi.

— Kevin…

— Nous resterons en contact, c'est promis. Mais il vaut mieux attendre que cette affaire soit élucidée.

Le regard triste qu'elle lui adressa le bouleversa, mais il refusa de céder et appela un taxi.

Revenu chez lui, il fit le tour de son appartement avec circonspection, redoutant que l'on ait déposé un autre engin. Ne trouvant rien de suspect, il se servit un whisky et appela Eddy pour lui raconter les derniers événements.

— Eh bien, conclut son ami, on peut dire que tu sais te distraire, mec.

— Je m'en passerais bien, crois-moi ! Et j'aimerais savoir qui veut me supprimer.

— Pourquoi pas les Falcon ? Tu as peut-être surpris quelques-uns de leurs petits secrets, et ils veulent t'éliminer.

— Ça ne colle pas. Dans ce cas, Katherine Falcon n'aurait pas pris la peine de me soigner. Je suis sûr aussi que ce sont eux qui m'ont sorti de la maison avant qu'elle ne brûle.

— C'est possible…

— De plus, c'est elle qui m'a orienté vers la Sainte Vehme.

— Justement, ça ne veut rien dire. Pourquoi t'aurait-elle prévenu contre un truc qui n'existe plus ?

— À moins que ce nom ne désigne un mouvement nouveau, une organisation secrète dont les idées s'inspirent de l'original.

— Et cette organisation secrète t'estimerait dangereux au point de vouloir te tuer ? Pour quelles raisons ?

— Si je le savais… Ils pensent peut-être que j'en ai trop vu à Rocky Point.

— Alors, d'après toi, cette mystérieuse Sainte Vehme aurait un rapport avec le commando qui a attaqué les Falcon ?

— Cela expliquerait pourquoi Katherine Falcon m'a mis en garde.

— C'est une éventualité.

Eddy laissa passer un court silence, puis ajouta :

— Au fait, je me suis renseigné sur Larry Smith. Il fait bien partie du FBI. Ces fonctions ne sont pas clairement définies. C'est sans doute un agent chargé de missions spéciales.

— Des missions touchant à la sécurité de l'État…

— Vraisemblablement. Si c'est le cas, il bénéficie de certaines prérogatives. Je vais essayer d'en savoir plus, mais ça risque d'être difficile. Du côté de l'armée, c'est la bouteille à l'encre. J'ai mené une petite enquête. Je me suis heurté à un mur. Il doit s'agir d'une force d'intervention secrète. Quant aux soldats, nul ne sait où ils ont été conduits. Ils se sont… évaporés dans la nature.

— Mais enfin, on ne peut pas faire disparaître ainsi une centaine de personnes !

— Je vais continuer mes investigations, vieux. Mais d'ici là, il serait plus prudent de te mettre au vert. Lorsque tes ennemis inconnus s'apercevront qu'ils t'ont manqué, ils recommenceront. Éloigne-toi quelque temps, et préviens-moi de l'endroit où tu te trouves.

— Je vais y réfléchir.

— Et la fille, là, cette Alexandra Delamarre, qu'est-ce qu'elle vient foutre dans ce bazar ?

— Elle a reçu la même lettre que moi, signée de la croix Ankh.

— Méfie-toi, mec. C'est peut-être un coup monté.

— Je ne crois pas. Elle a l'air aussi paumée que moi. Et si ce type n'était pas mort, sa foutue bombe l'aurait tuée, elle aussi.

— Écoute, tu t'es embarqué dans une affaire pas très propre, et ça fait deux fois que tu manques de te faire descendre. Alors, sois prudent. Il y a de grandes chances que ta copine soit *clean*. Je vais malgré tout me renseigner sur elle.

— Si tu veux…

Après avoir raccroché, Kevin se servit un second whisky et se laissa aller dans son fauteuil. S'il avait été raisonnable, il se serait remis à travailler sur le manuscrit de *Mary la Rouge*. Mais il ne parvenait pas à détacher ses pensées d'Alexandra. Tout en se traitant intérieurement de crétin, il prenait plaisir à évoquer chaque instant partagé avec elle. Son rire frais ne le quittait pas. Elle lui avait proposé de l'héberger. Il ne l'avait pas inventé. Même si elle avait évoqué une chambre d'ami, il ne pouvait s'empêcher de penser qu'il ne lui était pas indifférent.

Lorsque enfin il se décida à gagner son lit, il fit une halte dans la salle de bains, et se contempla longuement dans la glace. Il examina d'un œil torve sa calvitie naissante, les griffures qui marquaient ses yeux, pinça d'un geste résigné les bourrelets qui déshonoraient son ventre, puis adressa une grimace de dépit à son reflet.

— Ne rêve pas, pauvre mec ! Elle a vingt ans de moins que toi.

Le lendemain, le crâne douloureux des derniers

relents de whisky de la veille, il se préparait un café serré lorsque l'on sonna à la porte. Avec méfiance, il ouvrit au concierge qui lui tendit une enveloppe de papier kraft.

— Bonjour, m'sieur Kramer. On a apporté ça pour vous.

— Qui ?

— Un coursier, pourquoi ?

— Pour rien. Merci.

Revenu dans le salon, Kevin décacheta l'enveloppe, identique à celle reçue deux jours plus tôt. Il en sortit une nouvelle lettre écrite sur papyrus, et signée d'une croix Ankh. Le texte, toujours aussi laconique, disait :

« La ville de Löwenscheid, au sud de Dortmund, abrite un ancien tribunal de la Sainte Vehme. Il serait intéressant de le visiter. »

La missive était accompagnée d'un billet d'avion à destination de l'Allemagne. Il ne restait plus qu'à réserver la date. Kevin examina l'enveloppe pour tenter d'y déceler un indice supplémentaire. En vain. Il se demanda si Alexandra avait reçu un courrier similaire. Il appela son numéro, tomba sur le répondeur. Il essaya ensuite son portable, mais celui-ci était déconnecté. Sans doute était-elle à l'université. Il décida de renouveler son appel dans la soirée.

En fin de matinée, Eddy lui rendit visite.

— J'ai du nouveau, mec. J'ai contacté le légiste qui s'est occupé de ton poseur de bombe. Il n'a jamais vu un truc pareil. Ton gugus avait le cerveau en bouillie. À tel point qu'une partie a coulé par le nez. Tu aurais intérêt à changer de voiture. Comme ça, elle fait désordre.

— Avec quoi a-t-on pu lui faire ça ?

— Aucune idée. On aurait pu obtenir le même résultat en lui introduisant une tige métallique par les narines et en touillant le tout. Mais cela aurait laissé des traces. Or, le toubib n'a rien trouvé. Ce qui veut dire qu'on a liquéfié le cerveau de ton tueur sans même le toucher. Le légiste y perd son latin.

— En revanche, ça ressemble beaucoup à ce que m'a décrit le docteur Bertone, à Klamath Falls. C'est de cette manière que les soldats de Rocky Point ont été tués. Ce qui tendrait à prouver que Falcon est peut-être aussi responsable de la mort de ce type.

— Falcon, ou quelqu'un qui disposerait d'une arme similaire à la sienne.

Kevin se gratta la tête et rétorqua :

— Ouais… si tant est qu'il s'agisse bien d'une arme.

— Et que veux-tu que ce soit d'autre ?

Kevin soupira.

— Je ne sais pas. Tout cela est bizarre. Cela me fait penser à la manière dont les Égyptiens embaumaient leurs morts. Ils pensaient que le cœur était le siège de l'âme, et que le cerveau n'avait aucune utilité. Avant la momification, on enfonçait une sorte de cuiller métallique par le nez pour le réduire en bouillie et l'extraire.

— Beurk ! Qu'est-ce que viennent foutre les embaumeurs égyptiens là-dedans ?

— Paul Falcon m'a dit être originaire de là-bas.

— Oui, c'est curieux. À propos, j'ai pris des renseignements sur ta copine. Rien à signaler. C'est une étudiante brillante, surdouée même. Son père est un architecte renommé en France pour sa connaissance des vieilles pierres. Elle est ici pour étudier l'histoire des États-Unis. Point final. Je me demande pourquoi elle a reçu cette lettre.

— Moi aussi, soupira Kevin.

Eddy contempla son ami du coin de l'œil.

— Eh, qu'est-ce qui t'arrive, mec ? Tu ne serais pas en train de tomber amoureux, des fois ?

— Fous-moi la paix !

— Elle est comment, cette petite ?

— Terriblement jeune !

— C'est-à-dire ?

— Vingt ans de moins que moi.

— Et alors ? Tout le monde s'en fout, de nos jours !

— Pas moi. Malheureusement, tu as raison : je crois que j'ai craqué. Comme jamais.

Eddy éclata de rire.

— J'ai déjà entendu ça à propos d'une certaine Sharon. Et aussi d'une Maeva, d'une Julia…

Kevin le coupa.

— Non, mon vieux. Cette fois c'est différent. J'ai passé une journée avec cette fille. Une seule. Et j'ai l'impression de la connaître depuis toujours. Il y a une espèce de complicité entre nous… je n'ai jamais ressenti ça.

Il se tut un instant, puis précisa :

— D'ailleurs, je me demande si ce n'est pas pour cette raison qu'on a voulu que je la rencontre.

— Fais gaffe ! Il y a peut-être une agence matrimoniale derrière tout ça. Ils ne vont pas tarder à t'envoyer la note.

— Je ne rigole pas, Eddy !

— Attends, mec ! Tu es en train de verser dans l'irrationnel total. Ça ne te ressemble pas !

— Avec tout ce qui se passe autour de moi depuis quelques jours, il y a de quoi se poser des questions.

— Bien ! Enfin, pense à ce que je t'ai dit : quitte New York quelque temps !

— Justement, je viens de recevoir une nouvelle lettre.

Il montra le document à Eddy.

— Du papyrus… la croix Ankh… cela confirme l'hypothèse Falcon. Mais pourquoi ne reprennent-ils pas directement contact avec toi ?

— Si je le savais… En tout cas, cette proposition tombe à pic.

— Tu vas accepter ?

— Évidemment. Si je dois me faire tuer, je veux au moins savoir pourquoi. Et puis, cela m'éloignera quelques jours. Je me demande si Alexandra a reçu la même lettre.

— Si c'est le cas, tu pourras l'emmener.

— Elle a ses études…

— Je vois, monsieur doute de son charme naturel !

— Arrête tes conneries ! Elle pourrait être ma fille.

— Mais tu n'as pas d'enfant. Mine de rien, tu ne rentres pas dans la catégorie des papas. Tu n'en parais que plus jeune !

En début d'après-midi, Kevin rendit visite à son éditeur.

— Je vais momentanément abandonner *Mary la Rouge*, Mike.

— Mais j'attends après, moi…

Kevin lui raconta sa rencontre avec Alexandra et l'attentat dont il avait failli être victime la veille.

— Eddy me conseille de disparaître quelque temps. Il pense que mes agresseurs ne vont pas s'en tenir là.

— Disparaître ? Et où comptes-tu aller ?

— En Allemagne.

Il lui tendit le papyrus. Mike le lut, puis déclara :

— Encore cette histoire Falcon, hein !

— Je croyais être tombé sur quelque chose de sensationnel. Mais c'est encore plus tordu que ça, parce que désormais, je m'y trouve mêlé personnellement. Et peut-être aussi Alexandra.

Un peu plus tard, Kevin quittait les bureaux des éditions Longway. Au rez-de-chaussée de l'immeuble se pressait une foule animée, composée d'employés affairés, de coursiers en rollers, de badauds curieux en visite. Plongé dans ses pensées, Kevin ne prêta guère attention à la cohue. Elle n'avait rien d'inhabituel. Il se sentait en sécurité dans ces lieux qu'il connaissait depuis plus de quinze ans.

Soudain, l'un des coursiers en rollers se précipita vers lui, bousculant tout le monde sur son passage. Tout alla très vite. L'inconnu, au visage dissimulé par d'épaisses lunettes noires, tira un pistolet de son blouson et le pointa sur lui. Pétrifié, Kevin pensa à se jeter sur le côté, mais il savait qu'il était déjà trop tard. À la fois résigné et furieux de s'être laissé piéger aussi bêtement, il ferma les yeux et attendit la détonation. Mais celle-ci ne vint pas. Il y eut un bruit bizarre. Kevin rouvrit les yeux. Il vit son agresseur tomber à genoux à deux mètres de lui. Son arme lui avait échappé des mains. Un hoquet le secoua. L'instant d'après, il vomit un flot de sang par le nez et la bouche, et bascula aux pieds de Kevin, les yeux hors des orbites. Son visage écarlate reflétait la terreur la plus pure. Il était sans doute déjà mort lorsqu'il toucha le sol. Des gens se mirent à hurler, un attroupement se forma.

9

— Décidément, vous êtes né sous une bonne étoile, monsieur Kramer, déclara l'inspecteur Mac Dowell. Votre agresseur a été terrassé au moment même où il allait vous tuer.

— Je n'y comprends rien. Il a surgi de nulle part, sorti un pistolet, m'a visé, et il s'est effondré.

— Et il ne portait aucune blessure. Le médecin légiste l'a examiné : le cerveau de ce type a littéralement éclaté, comme celui de votre poseur de bombe. Alors, ou bien il règne une étrange épidémie foudroyante chez les assassins, ou bien… on a utilisé contre eux une arme d'un genre complètement nouveau. Vous n'avez toujours rien à me dire ?

— Non.

— Je crois que vous me cachez quelque chose. Cela fait deux fois que vous échappez à un attentat d'une manière miraculeuse, et vos agresseurs meurent dans des circonstances dont le moins que l'on puisse dire est qu'elles sont plutôt surprenantes. Avouez qu'il y a là de quoi troubler le flic le moins perspicace.

— Et vous souhaitez m'entendre dire quoi ? Que

j'ai un régiment d'anges gardiens particulièrement actifs derrière mes basques ?

— J'aimerais déjà savoir pourquoi on veut vous tuer. Et comment vous parvenez à vous protéger aussi efficacement !

— Si je comprends bien, s'énerva Kevin, vous me soupçonnez d'avoir tué ces deux types moi-même ?

— Pourquoi pas ?

— Je regrette de vous décevoir, mais je n'y suis pour rien ! Et je voudrais bien pouvoir me balader dans la rue sans me faire tirer dessus.

L'arrivée d'Eddy dispensa Kevin de se mettre tout à fait en colère. Il pénétra dans le bureau de Mac Dowell en montrant sa carte.

— Edward Lee, FBI ! N'en veuillez pas à M. Kramer, cher collègue. Il a reçu pour consigne de ne rien révéler de ce qu'il sait.

Kevin le regarda avec étonnement, puis comprit que son ami utilisait un subterfuge pour le tirer des griffes du policier.

— C'est-à-dire ?

— Il est mêlé malgré lui à une affaire relevant de la sécurité nationale. Aussi, je reprends le dossier en main dès cet instant.

Puis, sans attendre de réponse, il s'adressa à Kevin.

— Monsieur Kramer, suivez-moi !

Kevin ne se fit pas prier, au grand dam de l'inspecteur Mac Dowell. En quittant le bureau, il l'entendit marmonner entre ses dents :

— Ces fédéraux, ça se croit tout permis.

Quelques instants plus tard, Eddy invita Kevin à monter dans sa voiture.

— Comment es-tu intervenu si vite ? s'étonna Kevin.

— Ton éditeur m'a prévenu. Je suis venu aussitôt.

— J'ai bien cru que ce Mac Dowell allait me coffrer pour le meurtre de ce type !

— Il faut bien avouer que tout cela peut paraître étrange à quelqu'un qui n'est pas au courant de tout. Cependant, il ne fait aucun doute que l'on veille sur toi d'une manière plutôt efficace. Comment s'y prennent-ils ? Mystère ! L'arme qu'ils utilisent est particulièrement redoutable.

— Je commence à être fatigué de tout ce cirque, Eddy. En deux jours, deux inconnus sont morts à cause de moi.

— Ils voulaient te tuer.

— Et j'aimerais bien savoir pourquoi. Même si je voulais abandonner maintenant, je ne peux plus. Je serai peut-être plus tranquille en Europe.

Au même instant, son portable sonna. Alexandra.

— Kevin, pourriez-vous passer me voir ? J'ai reçu une autre lettre signée de la croix Ankh.

— Moi aussi. J'arrive tout de suite.

Alexandra habitait non loin du Metropolitan. En entrant dans l'appartement, les deux hommes eurent l'impression de pénétrer dans la jungle. Les lieux étaient envahis par une multitude de plantes exubérantes.

— C'est l'Amazonie ici ! s'exclama Eddy.

— Edward Lee, du FBI, le présenta Kevin.

— Ravie de vous rencontrer.

— Et moi donc ! Ainsi, c'est vous la jolie Française ! Kevin m'a beaucoup parlé de vous. Je constate que vous êtes encore plus belle qu'il ne l'a dit.

— Merci !

Elle les guida vers un salon meublé avec goût et leur tendit la lettre qu'elle avait reçue. Le texte, presque identique, disait :

« La ville de Löwenscheid, au sud de Dortmund, abrite un ancien tribunal de la Sainte Vehme. Il serait intéressant d'y accompagner Kevin Kramer. »

L'enveloppe contenait également un billet d'avion à destination de l'Allemagne. Eddy examina attentivement la missive et conclut :

— Vos mystérieux correspondants semblent absolument persuadés que vous allez faire ce qu'ils vous proposent.

— Ça, on verra… J'aimerais bien savoir ce que j'ai à voir dans cette histoire, répondit Alexandra.

Un silence embarrassé s'installa, que la jeune femme brisa en proposant des boissons. Lorsqu'elle revint, elle dit à Kevin :

— Je me trompe peut-être, mais j'ai l'impression que vous n'avez pas tout dit à l'inspecteur que nous avons rencontré hier. Je crois que vous savez pourquoi on veut vous tuer.

Kevin hocha la tête.

— C'est… plus compliqué que ça. Seul Eddy est au courant.

Celui-ci déclara :

— Je pense que tu devrais tout lui dire, Kevin. Si elle est mêlée à cette histoire, elle doit savoir ce qui t'est arrivé.

— Tu as raison.

Il se tourna vers Alexandra.

— Je vous préviens, c'est encore plus absurde que les deux lettres qui nous ont réunis. Vous risquez de me prendre pour un fou.

— New York en est plein ! Alors, un de plus, un de moins…

Il lui raconta ce qu'il savait, depuis l'épisode de l'*Atalaya* jusqu'à la deuxième tentative d'attentat dont il venait d'être victime. Lorsqu'il eut terminé, il soupira :

— Tout ça doit vous paraître ahurissant. Malheureusement, c'est la vérité.

Alexandra ne répondit pas tout de suite. Elle jouait nerveusement avec son verre.

— Je vous crois, dit-elle enfin. Parce que nous avons un point commun.

— Lequel ?

— D'ailleurs, c'est peut-être à cause de ça qu'on a provoqué notre rencontre. Vous m'avez bien dit que vous avez eu l'impression, lors de votre voyage à Rocky Point, que l'on vous avait volé une tranche de temps ?

— Oui, en quittant la demeure des Falcon, la première fois.

— J'ai vécu la même chose il y a deux ans, juste avant de m'installer ici. J'étais chez moi, dans le Périgord. Je revenais de faire quelques courses. Il était près de midi. Tout à coup, j'ai ressenti comme une bouffée de chaleur. Je me suis assise. Je suis restée quelques minutes étourdie. Du moins, c'est la sensation que j'ai eue. Seulement, lorsque j'ai repris mes esprits, il faisait presque nuit. Je suis allée voir un docteur, qui m'a dit que tout était normal.

— Exactement comme moi !

Ils restèrent un instant silencieux. Puis Kevin demanda :

— Aviez-vous fait quelque chose de particulier, juste avant ?

— Rien de bien extraordinaire. Je me souviens simplement que la veille, j'avais assisté à une conférence sur l'Égypte !

— Encore l'Égypte ! s'écria Eddy.

— Mais je n'ai rien à voir avec l'Égypte, déclara Alexandra. Vous croyez qu'ils nous ont fait subir un traitement bizarre ? Comme ces gens qui pensent avoir été enlevés par des Martiens ?

Kevin fouilla dans son portefeuille et en sortit la photo faxée par Eddy, qu'il conservait depuis son expédition à Rocky Point.

— Voilà les Falcon ! Est-ce que vous les reconnaissez ?

Alexandra examina le cliché avec attention, puis secoua la tête.

— Ça ne me dit rien. Mais il y avait beaucoup de monde à cette conférence.

Elle regarda la photo de nouveau, puis ajouta :

— C'est bizarre. Je suis certaine de ne jamais avoir rencontré ces gens. Pourtant, ils me semblent vaguement familiers.

— Moi aussi, j'ai eu l'impression de les reconnaître. Comme pour vous…

— Alors, qui sont-ils ? Je vous préviens que je ne crois pas du tout aux extraterrestres !

— Tous deux sont nés aux États-Unis, intervint Eddy. C'est tout au moins ce qu'affirment nos fichiers. Je vais essayer d'en savoir plus. Mais vous, que comptez-vous faire ?

Alexandra regarda Kevin.

— J'ai envie d'accepter, déclara l'écrivain. Il est possible que nous en apprenions plus en Allemagne.

— Et si c'était un piège ? l'avertit Eddy.

— Je ne crois pas, répondit Alexandra. Apparemment, ils protègent Kevin contre ceux qui veulent le tuer. Ces gens sont peut-être… une sorte d'anges gardiens.

— Des anges gardiens à présent ! s'exclama Eddy.

— Ce n'est pas une idée saugrenue, rétorqua-t-elle.

Elle se tourna vers Kevin.

— Comment avez-vous dit que s'appelait leur navire ?

— L'*Atalaya*.

— *Atalaya* est un mot espagnol dérivé de l'arabe. Cela veut dire « tour de guet ». Guetter, garder… les deux sont proches !

— Ce mot a peut-être une autre signification, rétorqua Eddy. Ou bien aucune. Les Falcon ne sont pas espagnols.

— Une chose est sûre : Kevin et moi avons vécu des expériences similaires. À mon avis, ce n'est pas pour rien que l'on nous a réunis. Cela fait partie d'un plan.

— Mais lequel ?

— La meilleure façon de le savoir, c'est d'aller voir.

— Donc, vous partez aussi.

— Exactement, répondit joyeusement Alexandra.

— Et vos études ?

— Elles attendront. Cela fait deux ans que je n'ai pas pris de vacances. Vous ne pensez pas que je vais laisser Kevin vivre cette aventure tout seul, quand même ?

10

Dans la soirée, Kevin retourna préparer sa valise en compagnie d'Eddy. Alexandra avait réitéré son invitation, et, sur les conseils pressants de son ami, il avait accepté.

— Tu n'es plus en sécurité chez toi, mec. Partez tous les deux au plus vite. Par précaution, je vais faire placer une patrouille près de chez elle jusqu'à votre départ.

Le soir, Kevin se retrouva seul avec Alexandra, passablement embarrassé. La jeune femme tenta de le mettre à l'aise en lui servant un whisky.

— J'ai cru remarquer que vous aimiez l'irlandais.

— C'est mon préféré.

Cependant, un silence pesant s'installa. Déconcertée, Alexandra ne savait comment réagir.

— Ne me regardez pas comme ça, Kevin. J'ai l'impression d'avoir fait une bêtise.

— Pardonnez-moi, vous n'y êtes pour rien. C'est très gentil à vous de m'avoir invité. Mais je n'aime guère ce qui se passe. D'un côté, des types cherchent à m'éliminer pour une raison que j'ignore, de l'autre, les Falcon, ou leurs complices, me suivent partout, épient chacun de mes gestes.

— Ils vous ont protégé…

— Qu'ils en soient remerciés. Mais ils m'imposent pratiquement de me rendre en Allemagne. Et je n'aime pas que l'on dirige ma vie ainsi !

— Vous n'êtes pas obligé d'accepter ! Personne ne vous force à partir !

— Si ! Ma curiosité ! Ils le savent, ils me manipulent, et je déteste ça ! Surtout que je ne sais rien de leurs véritables motivations. Lorsque je les ai rencontrés à Rocky Point, je les ai trouvés sympathiques. Mais je ne peux oublier qu'ils ont tué plusieurs dizaines de soldats sous mes yeux.

— Pour se défendre. Ils ont été attaqués par surprise.

— S'ils disposent de pouvoirs supérieurs, ou d'armes inconnues, ils n'étaient peut-être pas obligés de se livrer à un tel massacre. Quant à moi, ils me protègent, mais dans quel but ?

— Nous en saurons plus à Löwenscheid. Si ce que nous découvrons nous déplaît, il sera toujours temps d'abandonner.

— Mais pourquoi ne prennent-ils pas directement contact ? Ce serait plus simple…

Alexandra ne répondit pas immédiatement.

— Peut-être parce que cela leur est impossible actuellement. Ils ont voulu vous parler lors de votre voyage à Rocky Point. Ils se croyaient alors en sécurité. Aujourd'hui, ils doivent éviter de vous approcher parce qu'ils redoutent de déclencher une nouvelle tuerie.

— Et c'est bien ce qui risque de se produire. Je crains que ce voyage ne se révèle dangereux. Il vaudrait peut-être mieux que vous restiez ici. Jusqu'à présent, les tueurs ne s'en sont pas pris à vous.

— Cela peut venir. Et puis, l'une des lettres m'est adressée, et je suis moi aussi très curieuse. J'ai très envie de connaître la vérité sur cette histoire.

Il comprit qu'il ne la ferait pas changer d'avis. De toute façon, il valait sans doute mieux qu'elle quittât les États-Unis.

— Bien. Alors, si vous êtes d'accord, nous partirons demain.

Le lendemain, lorsque l'avion décolla de Kennedy Airport, Kevin éprouva un moment d'angoisse. Il était persuadé que leurs ennemis n'auraient eu aucun scrupule à supprimer tous les passagers pour l'éliminer. Il est si facile de dissimuler une bombe pour un professionnel. Bien sûr, ils s'étaient décidés très vite, et ils avaient sans doute pris les tueurs de vitesse, mais, pendant le début du vol, il demeura crispé, s'attendant d'un instant à l'autre à entendre le vacarme d'une explosion.

— Détendez-vous, lui dit Alexandra avec bonne humeur. Le voyage dure sept heures. On ne dirait pas que vous avez déjà pris l'avion.

Il lui adressa un sourire pour la rassurer, mais le cœur n'y était pas. Il admirait l'optimisme de sa compagne de voyage. Il faut dire qu'elle n'avait pas été confrontée trois fois à la mort en l'espace de quelques jours. Cependant, même dans ce cas, il était certain qu'elle aurait réagi avec plus de force que lui, qui ne parvenait pas à chasser son anxiété. Il n'avait pas osé lui faire part de ses craintes à propos d'un attentat possible à bord de l'avion. Mais, encore une fois, un ange gardien invisible devait leur tenir compagnie. Le trajet se déroula sans incident.

Lorsque l'avion eut atteint son altitude de croisière, Kevin parvint à se calmer quelque peu. Il aurait aimé bavarder avec Alexandra. Il n'était pas d'une nature timide, mais il avait l'impression qu'il ne pourrait lui débiter que des banalités navrantes. Heureusement, comme à son habitude, la jeune femme parlait pour deux. Elle évoqua ses études, New York, qu'elle adorait et détestait à la fois. Les musées la captivaient, le gigantisme l'étouffait et l'émerveillait, les ghettos l'écœuraient, les habitants l'épouvantaient et l'amusaient.

— C'est la ville de la démesure et de la contradiction, conclut-elle. Tout peut y arriver. On peut s'y faire massacrer comme au coin d'un bois, faire fortune, ou tomber amoureux.

— Cela vous est déjà arrivé ?

— Quelquefois, répondit-elle, laconique. Et vous ?

— Quelquefois aussi.

— Pourquoi écrivez-vous sur la mer ?

Il laissa passer un silence. À la vérité, il ne s'était jamais vraiment posé la question.

— Depuis toujours elle me fascine. C'est sur mon bateau que je me sens le mieux. J'ai l'impression que rien ne peut m'arriver. D'ailleurs, je m'y installe souvent pour écrire. Et pourtant…

— Pourtant ?

— C'est difficile à dire. Parfois, j'ai la sensation d'être à la poursuite de quelque chose d'inaccessible. Comme un rêve extraordinaire que je porte en moi, qui me hanterait la nuit, mais dont je ne parviens jamais à me souvenir au matin. Je sais qu'il est là, et je ne peux pas l'atteindre.

Alexandra ne répondit pas. Troublée, elle posa sa main sur celle de Kevin et lui adressa un sourire. Puis, gênée par l'audace de son geste, elle la retira et déclara :

— À propos, j'ai fait d'autres recherches sur la Sainte Vehme. Je ne sais pas si cela a un rapport, mais j'ai découvert qu'il avait existé, sous la République de Weimar, après la Première Guerre mondiale, une société secrète appelée les Compagnons de la Sainte Vehme. Elle était apparentée au mouvement nazi, et s'est intégrée à lui lors de l'avènement de Hitler. Peut-être a-t-elle refait surface. Mais je ne vois pas le rapport avec le musée.

Löwenscheid, Allemagne…

Löwenscheid était située à une cinquantaine de kilomètres au sud de Dortmund. C'était une petite cité à l'architecture austère, dont le centre témoignait d'une origine moyenâgeuse. L'office de tourisme leur indiqua l'emplacement du musée. Ils s'y rendirent après avoir retenu deux chambres dans un vieil hôtel situé près d'un parc boisé.

Le musée était installé dans les locaux d'un ancien tribunal de la Sainte Vehme. Les bâtiments dataient du XIIIe siècle, mais les époques suivantes les avaient habillés de leurs particularités. Visiblement le sujet ne passionnait plus grand monde car le groupe de touristes que le guide entraîna à l'intérieur ne comportait qu'une douzaine de personnes.

Dans un large couloir aux voûtes gothiques s'alignaient des vitrines où étaient exposés divers documents prélevés parmi les archives, dont la plus grande partie était conservée dans des sous-sols non ouverts au public. On y découvrait aussi des instruments de torture à l'aspect inquiétant, dont le guide prit un malin plaisir à décrire l'usage. Il y avait ainsi une espèce d'entonnoir que l'on enfonçait de force dans la bouche des condamnés ; à l'aide de tenailles, on saisissait ensuite la langue que l'on pouvait trancher plus facilement. C'était là un supplice courant pour les blasphémateurs. Plus loin s'étalaient des brodequins destinés à broyer les chevilles, différents systèmes d'étaux de toutes tailles, bien utiles pour réduire doigts et orteils en bouillie.

— Mais vous verrez bien pire dans les sous-sols, précisa le guide. Nous aurons tout à l'heure le plaisir de vous emmener dans la salle des tortures. Si vous voulez bien me suivre, nous allons maintenant pénétrer dans la salle du tribunal.

Visiblement, il semblait se réjouir de l'aspect morbide de la visite. Contrairement à son habitude, Alexandra n'avait guère envie de parler. Parce que Kevin ne comprenait pas l'allemand, elle traduisait brièvement les paroles du guide. Ses mains étaient gelées. Soudain, elle frissonna.

— Ça ne va pas ? lui demanda Kevin tout bas.

— Ce lieu me donne la chair de poule.

Elle se serra contre lui. Elle n'avait pourtant pas pour habitude de se plaindre. Peut-être était-ce l'humidité, le froid automnal. Par moments, des ondes glacées coulaient le long de son dos. Elle s'aperçut que la sueur perlait sur son front. Elle eut tout à coup envie de sortir, de fuir cet endroit effrayant, mais quelque chose la poussait à continuer, qu'elle prit pour une curiosité malsaine. Kevin la couvait d'un regard inquiet. Pour le rassurer, elle lui adressa un sourire qui ressemblait à une grimace.

Tout à coup, derrière le groupe, une vitrine explosa, projetant des morceaux de verre sur le dallage gris rongé par le temps. Les visiteurs poussèrent des cris de surprise. Le guide revint sur ses pas, examina la vitrine brisée, puis hocha la tête avec l'air de ne pas comprendre.

— Quelqu'un a lancé quelque chose ? demanda-t-il.

Mais personne n'avait rien vu.

— Bien, suivez-moi dans le tribunal. S'il y a un coupable parmi vous, les fantômes des juges auront tôt fait de le confondre, ajouta-t-il pour briser par l'humour le silence angoissant qui s'était installé sur le groupe. Personne ne songea à sourire, mais on lui emboîta le pas. Une lourde porte de chêne ouvrait sur une salle elle aussi d'architecture gothique. Ses dimensions n'étaient guère importantes. Les procès se déroulaient toujours à huis clos. Dans le fond siégeaient les juges, au nombre d'une douzaine. Sur le côté, l'accusateur prenait place sur un banc. Quant à l'accusé, même après avoir subi la torture, il était contraint de demeurer debout. Une seule fenêtre haute et étroite laissait entrer une lumière parcimonieuse, qui expliquait les torchères alignées le long des murs.

Alexandra éprouvait de plus en plus de difficulté à respirer. Elle serra les dents, se força à écouter les commentaires du guide.

— Vous êtes toute pâle, lui dit Kevin. Voulez-vous que nous sortions ?

Elle secoua la tête.

— Non ! Nos anges gardiens ont voulu que nous venions jusqu'ici. Il y a une raison, et je veux la connaître. Ils devaient savoir que je ressentirais ce malaise. Je dois aller jusqu'au bout. Il va se passer quelque chose.

Sa voix était altérée, essoufflée. Elle ferma les yeux.

— Je n'aime pas ça, Alexandra, soupira Kevin.

Soudain, la jeune femme porta la main à sa gorge, puis s'effondra sur le sol, les yeux révulsés.

— Alexandra !

Tout le monde se tourna vers eux. Kevin s'agenouilla et lui souleva la tête. Au même moment, le vitrail de la fenêtre étroite vola en éclats. L'instant d'après, le banc de l'accusateur se souleva du sol comme par enchantement et se mit à parcourir la salle lentement en tournant sur lui-même. Un début de panique s'empara des visiteurs. Une femme s'enfuit en hurlant. Le guide contemplait le phénomène avec des yeux effarés, ne sachant que faire. Seul Kevin tâchait de garder son calme.

— Appelez un médecin ! Vite !

Tout à coup, une torchère fut arrachée du mur et projetée de l'autre côté, manquant de frapper un visiteur au passage. Celui-ci quitta les lieux en courant. D'autres auraient bien suivi, mais il était délicat d'abandonner l'Américain et son amie française.

Kevin remarqua alors qu'un autre homme paraissait éprouver les mêmes symptômes que sa compagne. Le visage crispé, il tituba jusqu'au mur, auquel il s'appuya. Puis, en gémissant, il se dirigea vers la sortie.

— Mais qu'est-ce qui se passe ici ? hurla Kevin.

Enfin, le guide se décida à sortir un portable et

appela du secours en bredouillant. Kevin contempla le visage d'Alexandra. Il était blanc comme un linge et reflétait une souffrance extrême. Par moments, elle prononçait des phrases incompréhensibles, qui ressemblaient à de l'allemand, mais que les autres ne comprenaient visiblement pas. Un homme âgé d'une soixantaine d'années écouta attentivement, puis se releva, stupéfait.

— C'est incroyable, dit-il en anglais pour que Kevin comprît. Je m'intéresse aux langues anciennes. Elle emploie un vieux dialecte germanique. Je ne comprends pas tout, mais elle dit quelque chose comme : « Laissez-moi ! Je n'ai rien fait ! » J'ai l'impression aussi qu'il est question du Diable ! Le plus bizarre, c'est que plus personne ne parle ce dialecte depuis très longtemps. Seuls quelques érudits le connaissent encore. Est-elle spécialiste des langues ?

— Elle en parle cinq, et elle est étudiante en histoire médiévale.

— Alors, elle pratique peut-être ce langage. Mais elle me semble bien jeune pour ça.

Autour d'eux, le banc poursuivait sa ronde folle. Une nouvelle torchère fut arrachée.

— Et ça, qu'est-ce que ça veut dire ? demanda Kevin.

— Je pense qu'il s'agit d'un poltergeist, répondit le linguiste. Il doit être lié à l'état de votre amie.

Kevin ne répondit pas. Une nouvelle fois, son rationalisme était mis à mal. Leurs anges gardiens devaient savoir ce qui se passerait en les envoyant ici. Bientôt, les secours arrivèrent. Deux infirmiers examinèrent la jeune femme. Le spécialiste des langues traduisit pour Kevin.

— « Tension élevée et irrégulière ! Le pouls est très rapide ! Il monte jusqu'à cent quarante. » Ils vont emmener votre amie. Je crois que c'est plus prudent.

— Mais qu'est-ce qu'elle a ?

— Je suis désolé, je ne suis pas médecin.

Quelques minutes plus tard, Alexandra, toujours inconsciente, pénétrait aux urgences, où un docteur attendait déjà, prévenu par les ambulanciers. Après avoir ausculté la jeune femme, le praticien écarta les bras en signe d'impuissance et dit à Kevin :

— Il ne faut pas vous inquiéter. Les constantes sont bonnes. Le pouls est redevenu normal. La respiration est rapide, mais régulière et elle n'a pas de fièvre.

— Alors, qu'est-ce qu'elle a ?

— Pour l'instant, je ne peux vous en dire plus. Nous allons faire d'autres examens.

L'Américain revint vers sa compagne et l'observa avec anxiété. Alexandra ne cessait de s'agiter et de gémir, le visage déformé par la douleur.

— Elle souffre, ça se voit. Vous ne pouvez pas lui donner quelque chose pour la calmer ?

Soudain, il s'écria :

— Et ça, c'est normal ?

Il désignait, sur les poignets et les chevilles d'Alexandra, d'étranges taches sanguinolentes. Inquiet, il souleva le drap qui couvrait la jeune femme. En plusieurs endroits, la peau était marquée de plaques rougeâtres qui peu à peu viraient au mauve.

Kevin saisit le bras du médecin :

— Docteur ! Qu'est-ce qui se passe ?

11

Premier voyage

LE TRIBUNAL DE LA SAINTE VEHME

Alexandra avait tout d'abord ressenti un vertige inhabituel, l'impression de tomber dans un gouffre sans fond, d'être aspirée par une spirale immatérielle. En quelques fractions de seconde, elle avait vu défiler des images clés de sa vie, la fac, un ex-fiancé, son baccalauréat, une chute de cheval lorsqu'elle avait douze ans, une poupée Barbie qu'on lui avait offerte pour son septième anniversaire, son entrée à la maternelle. Elle avait cru un instant qu'elle était en train de mourir, pour une raison inconnue, et avait éprouvé une sorte de résignation mêlée à un profond sentiment d'injustice. Elle était jeune, et elle avait encore tellement de choses à vivre… Puis elle s'était vue sortir du ventre de sa mère, et un vortex hallucinant l'avait entraînée vers un univers inimaginable, grandiose, lumineux. Elle avait deviné des présences autour d'elle, sans pouvoir les préciser. Elle était emportée à une allure vertigineuse dans un tourbillon de lumière, baignée par une bienfaisante sensation de plénitude. Puis, sans aucune transition, tout s'était arrêté. Elle était revenue dans le tribunal.

Mais tout a changé. Les odeurs, le décor sont différents. Les appliques murales ont disparu, les torches sont allumées, diffusant une lumière jaune et inquiétante. Des personnages en longues robes noires sont assis devant elle, des juges. Ses juges !

Elle est habillée de vêtements sales, taillés dans une toile rêche et malodorante. Deux gardes monumentaux l'encadrent, la main posée sur l'épée, prêts à l'égorger au moindre mouvement de rébellion. Elle le sait. Elle sait pourquoi elle est là. Une angoisse incontrôlable l'habite. Elle ignore ce qui l'attend, mais on dit tant de choses terrifiantes sur ce tribunal secret.

Elle a nom Else von Marburg. Elle est née en l'an de grâce 1262, seize années auparavant, et elle est la fille du seigneur Heinrich von Marburg, un petit noble de la province de Löwenscheid. Elle est accusée de sorcellerie et de possession. Depuis quelques mois, des phénomènes diaboliques se sont déroulés dans le château de son père. Cela a commencé par une pluie de pierres brûlantes dans le jardin potager. Puis des objets se sont mis à bouger seuls, des bancs volaient, des pots et gobelets de terre cuite jaillissaient de leurs étagères et traversaient les cuisines pour aller se tracasser sur le mur opposé, les chaudrons pleins de soupe bouillante se renversaient dans la cheminée. À plusieurs reprises, le feu a pris de lui-même en divers endroits. La dernière fois, il s'est déclaré dans les étables et plusieurs bêtes ont péri, ainsi que deux bouviers. Les serviteurs étaient terrorisés, et certains se sont enfuis malgré les menaces du comte. Puis celui-ci a pris peur lorsqu'il a failli être tué par la chute d'un pan de mur dans sa propre chambre. Il a alors fait appel à un exorciste appartenant au terrible tribunal secret de la Sainte Vehme. Celui-ci s'est livré à des opérations mystérieuses, et il a désigné sans hésitation la coupable : elle-même, Else von Marburg.

— Cette fille est possédée par le Diable ! a-t-il déclaré de sa voix acide. C'est elle qui provoque tous ces dérèglements. Elle doit être remise aux vénérables juges de la Sainte Vehme, afin qu'ils chassent le démon qui s'est emparé de son âme.

Else a hurlé, rien n'y a fait. Terrorisée, on l'a conduite aussitôt à Löwenscheid où on l'a jetée dans un cachot humide, sans aucune ouverture sur l'extérieur.

Les visages sombres des juges la contemplent avec dégoût. Elle se sait plutôt jolie, mais ils ne remarquent même pas sa beauté. Ils ne voient en elle qu'un suppôt de Satan, un démon succube qui leur fait horreur. Personne ne prend sa défense. Elle hurle qu'elle est innocente, que jamais elle n'a conclu de pacte avec la Bête, comme ils l'affirment, on ne l'écoute pas. Pire encore, on lui enfonce dans la bouche une poire d'angoisse, un bâillon métallique qui l'empêche de parler. Terrorisée, elle se met à trembler. Elle sait que la mort l'attend. Mais auparavant, elle devra subir la question, des tortures toutes plus abominables les unes que les autres afin de contraindre le démon à abandonner son corps.

Des témoins défilent, affirmant qu'elle est capable de commander aux meubles de se déplacer. Une vieille prétend l'avoir vue bouter le feu simplement en regardant la paille d'une étable. Une femme hystérique jure même l'avoir aperçue, entièrement nue, en pleine forêt, se livrer à des créatures innommables, à la tête surmontée de cornes, aux pattes terminées par des sabots et… aux sexes démesurés. La description arrache des cris de stupeur aux juges et aux membres de la Sainte Vehme. Une autre femme, maigre comme un squelette, l'accuse d'une voix aigre de porter des cheveux roux, signe évident, selon elle, de possession démoniaque.

Le verdict est sans appel : elle est condamnée à subir le supplice des tenailles et du plomb afin de chasser le Diable, puis elle sera enfermée dans la « Vierge de Fer jusqu'à ce que mort s'ensuive ».

Tout va très vite. Le jugement à peine prononcé, elle est traînée par les deux gardes vers des escaliers menant à une salle souterraine où attendent trois hommes vêtus de rouge : les bourreaux. Les membres de la Sainte Vehme et les juges prennent place sur des sièges préparés à leur intention. Le bourreau n'est pas masqué. Son visage reflète une impassibilité totale. On arrache les haillons d'Else sous le regard impitoyable de tous ces hommes qui continuent à la considérer avec horreur. Des larmes brouillent sa vue. Elle voudrait crier son innocence, mais on ne lui a pas ôté son bâillon. Des mains brutales lui écartent les membres. Poignets et chevilles sont emprisonnés par d'épaisses lanières de cuir. Une terreur sans nom s'empare d'elle lorsqu'elle voit le bourreau saisir deux tenailles rougies au feu dans un brasero. Jamais elle ne supportera ça. Un sursaut de terreur et de colère l'envahit…

Soudain, une lourde hache à décoller les têtes se détache du mur et vole à travers la salle. Des hurlements de peur vrillent ses tympans, et explosent en clameurs de panique quand la hache vient se planter dans le crâne du grand juge, qui a prononcé la sentence. L'instant d'après, d'autres objets métalliques, coupants, tranchants, hérissés de pointes acérées se détachent de leurs crochets et entament une ronde folle sous les voûtes. Certains membres s'enfuient. D'autres s'écroulent à genoux en répétant à gestes vifs un signe de croix désespéré. Une lame aiguisée déchire la gorge d'un assistant du bourreau. Ce dernier, après un moment de frayeur, saisit une hache et tranche de quatre coups précis les mains et les pieds d'Else. Quatre foyers de douleur insoutenable irradient aux extrémités de ses membres, tandis que la folie s'installe en elle. Elle ne peut même pas hurler sa souffrance. De la salive et du sang coulent dans sa gorge, l'étouffent. Malgré la ronde infernale, on l'emporte dans une pièce contiguë, où se dresse un sarcophage dont l'intérieur est hérissé de pointes. Else a le temps de voir que les membres de la Sainte Vehme ont suivi le bourreau et son aide survivant, tant pour assister à sa mort que pour trouver un refuge. Elle n'a plus de forces. Elle se vide de son sang. Déjà la respiration lui manque. Elle a tout de même le temps de comprendre qu'on la soulève au-dessus du sarcophage que l'assistant a fait basculer sur le sol. Puis on la lâche brutalement à l'intérieur. Des souffrances aiguës vrillent la chair de ses fesses et de son dos. Puis le couvercle innommable se referme sur elle, noir, hérissé lui aussi de lames pointues. Le bourreau prend un plaisir sadique à agir lentement. Son corps est transpercé, lacéré.

Mais son âme s'est déjà envolée. Toute terreur l'a quittée. Elle flotte au-dessus de ses tortionnaires, dans la salle, sans comprendre ce qu'ils font, pourquoi ils sont tous avidement penchés sur le couvercle qui se referme, sur cette mare de sang qui s'écoule sous ce coffre immonde à la forme vaguement humaine…

Un tunnel de lumière l'aspire…

12

Alexandra rouvrit les yeux. L'ignoble salle de torture et le tribunal avaient disparu. Au-dessus d'elle était penché le visage soucieux de Kevin. Des bribes de phrases lui restaient encore dans l'esprit, parfaitement compréhensibles, mais tellement différentes de l'allemand actuel. En elle subsistait la mémoire d'Else von Marburg.

Elle était allongée sur un lit, dans une chambre aux murs clairs. La lumière d'un timide soleil d'automne pénétrait dans la pièce, rassurante, bienfaisante. Kevin lui prit les mains, les serra avec force.

— Enfin, vous êtes réveillée !

— Où suis-je ?

— À l'hôpital de Löwenscheid. Vous m'avez flanqué une trouille bleue. Vous avez perdu connaissance dans le musée. On vous a amenée ici hier en urgence. Vos fonctions vitales étaient accélérées. Votre peau s'était couverte de plaques rouges. Les médecins n'y comprennent rien. Vous étiez agitée, et vous sembliez beaucoup souffrir. On aurait dit que vous faisiez des cauchemars.

Alexandra resta un moment silencieuse. Enfin, elle se redressa et déclara :

— Ce n'étaient pas des cauchemars. Je me suis trouvée… comment dire… projetée à travers le temps, dans le corps d'une fille du XIIIe siècle. Une certaine Else von Marburg, condamnée par la Sainte Vehme, et exécutée dans des conditions particulièrement atroces.

— Vous avez dû rêver !

— Non, Kevin. C'est autre chose. Je vivais dans sa chair, j'éprouvais ses sensations physiques, ses sentiments, ses émotions, sa terreur. J'étais *devenue* cette fille. Je n'ai revécu que ses derniers instants, son exécution, mais j'avais accès à sa mémoire tout entière… et je l'ai ramenée avec moi. Elle est encore là, dans mon esprit. Je peux tout vous dire sur elle, comme si… comme si j'avais vécu sa vie il y a très longtemps.

— C'est impossible !

— Je sais que c'est incroyable, mais je percevais le monde par son regard à elle, par ses sens à elle. Les miens n'existaient plus. Je n'existais plus. Je ne contrôlais rien. Ce n'était même pas un souvenir, c'était le moment présent.

Kevin la contempla avec perplexité et une compassion qu'il tenta de dissimuler.

— Je pense qu'il vaudrait mieux vous reposer. Nous reparlerons de tout ça lorsque vous serez remise de vos émotions.

— Mais je me sens parfaitement bien.

Un médecin entra et examina Alexandra.

— Eh bien, il semble que vous alliez mieux, mademoiselle. Néanmoins, nous allons vous garder encore un peu, par précaution.

Alexandra fit la grimace.

— J'aimerais manger quelque chose. Je n'ai rien avalé depuis hier.

— Oh, comme vous y allez. Nous allons commencer par un potage…

— J'ai faim ! le coupa la jeune femme. Ce n'est pas un potage qui va me remettre sur pied.

— Il faut nous montrer prudents. Une rechute est toujours possible.

Alexandra soupira et attendit que le docteur fût sorti.

— Il n'y aura pas de rechute, Kevin, dit-elle. Dans une vie antérieure, j'ai été Else von Marburg.

— C'est absurde !

— Pas du tout !

Elle lui raconta par le détail les terribles moments qu'elle avait vécus dans la peau de la jeune Allemande du XIIIe siècle, et sa fin horrible, sans oublier l'étrange voyage au-delà de la mort.

Il la contempla comme si elle était devenue folle, puis rétorqua :

— Je suis désolé, il doit y avoir une autre explication. C'est une vision, une sorte de cauchemar dû à votre état, rien de plus.

Elle s'insurgea.

— Je sais reconnaître un cauchemar ! C'est flou, ça n'a aucune consistance, les images sont aberrantes, illogiques. Là, c'était précis ! C'était *la réalité* ! Tout était vrai, y compris la peur et la douleur !

— Je ne peux pas croire un truc pareil ! Cela voudrait dire que vous avez fait… une sorte de voyage dans le temps !

— Exactement ! Et c'est pour cette raison qu'on

nous a envoyés ici. Nos anges gardiens savaient comment je réagirais. Ils ont voulu nous montrer quelque chose.

— Et quoi ?

— Ce qu'était réellement la Sainte Vehme, sans doute, mais surtout nous prouver que la réincarnation n'est pas une légende.

Kevin resta un moment perplexe.

— Je ne peux pas accepter cette explication, Alexandra. Je suis protestant, et la réincarnation est contraire à la Bible, dans laquelle il est dit qu'au jour du Jugement dernier, les justes retrouveront leurs corps pour vivre éternellement auprès de Dieu.

— Pour moi, le Jugement dernier ne veut rien dire. La Bible n'est qu'un livre qui retrace le cheminement d'un peuple. Il est peut-être basé sur des réalités historiques, mais elles ont été habillées de mystères et de merveilleux afin de frapper l'imagination. C'est ainsi que fonctionnent toutes les mythologies. Je n'ai pas reçu d'éducation religieuse, et cela me permet d'être plus objective que vous. Avant, j'imaginais que je vivais depuis l'aube des temps, et que je vivrais encore des millions d'années, sous différentes formes. Mais je n'en étais pas vraiment sûre. Aujourd'hui, j'en ai la preuve. Et tout ce que vous pourrez dire n'y changera rien.

Kevin secoua la tête, embarrassé. L'assurance de la jeune Française le désarçonnait.

Alexandra poursuivit :

— Ma conviction repose sur une expérience vécue, Kevin. La vôtre vient de l'extérieur, d'idées que l'on vous a mises dans la tête dès votre plus jeune âge.

Il rétorqua :

— Une chose m'étonne. En admettant qu'il y ait une part de vérité dans ce que vous dites – je dis bien en admettant –, vous devriez être traumatisée par l'expérience de la mort d'Else von Marburg. Or, vous ne l'êtes pas plus que par un cauchemar classique.

— Sur le moment, j'ai été terrorisée. Mais j'ai vécu cette expérience il y a presque huit siècles. Pour moi, Alexandra Delamarre, cette mort-là n'a qu'une valeur de souvenir lointain. Et je sais, je sens en moi d'autres vies, d'autres morts, même si elles ne me sont pas encore revenues en mémoire. Toutes ne sont que des passages. C'est comme… la succession du jour et de la nuit. Le sommeil permet de supporter la vie. Sans lui, nous deviendrions fous. La mort, c'est comme le sommeil : elle permet de supporter l'éternité. Je dirais plutôt l'immortalité. Le corps n'est qu'un véhicule auquel l'âme est ancrée pendant la durée de la vie. La mort intervient lorsque ce corps ne peut plus assumer ses fonctions vitales, quand il est trop vieux, ou quand il a subi une maladie ou un traumatisme trop violent. Alors, l'âme se détache de lui et rejoint un autre univers, celui de l'esprit. Il est là, parallèle au nôtre, celui de la matière. Il lui est totalement complémentaire. C'est une dimension infinie, pleine de lumière, peuplée de présences qui sont sans doute d'autres âmes. Cet univers *est* le dieu véritable. Car Dieu n'est pas un grand bonhomme barbu qui surveille tous nos faits et gestes. Nous ne sommes pas ses créatures. Nous faisons partie de lui. Ma vie est liée à celle de Dieu lui-même. Il s'exprime à travers nous, d'une manière différente pour chacun. Pour cette raison, chaque être humain est unique. Je suis une parcelle infime de cet

Esprit infini, tout comme vous, et comme chaque être vivant sur cette planète. Ma vraie vie a commencé il y a très longtemps. Chaque existence n'est qu'une étape qui me permet d'évoluer vers un état supérieur. Et je ne me suis jamais sentie aussi bien parce que cette expérience m'a permis de résoudre cette peur de la mort que chaque être humain porte en lui.

Kevin secoua la tête, effaré.

— C'est du délire. Il s'agit certainement d'une séquelle de votre coma.

Elle éclata de rire et prit les mains de Kevin dans les siennes.

— Pourquoi refuser d'envisager que vous ne possédez peut-être pas toutes les bonnes réponses ? La vie est un cadeau merveilleux, et le monde est magnifique. Il est beau, il est vaste, il est plein de lumière et de surprises. Comment voulez-vous que je ne sois pas heureuse à l'idée que j'y passerai encore d'autres existences ? Croyez-vous que la perspective offerte par votre religion chrétienne soit plus réjouissante ? Une éternité à se morfondre auprès d'un dieu omnipotent, sans la moindre liberté de faire la plus petite bêtise ! Merci bien, je préfère rester sur Terre.

— Vous ne savez pas ce que vous dites !

— Kevin, je voudrais tellement vous faire partager ce que j'ai découvert. D'ailleurs, peut-être nos anges gardiens l'ont-ils prévu.

Elle n'avait pas lâché ses mains. Ses doigts irradiaient une douce chaleur sur la peau de Kevin, qui ne savait plus comment réagir.

— Si c'est le cas, je serai moins facile à convaincre que vous. J'ai été éduqué dans la foi protestante, et elle reste gravée en moi.

— Vous êtes un peu tête de mule, répondit-elle, en français.

Elle s'écarta de lui et croisa les bras, ce fut alors qu'elle remarqua les étranges traces rouges sur ses poignets. Elle rejeta le drap, examina ses chevilles. Puis, sans hésitation, sous les yeux ébahis de Kevin, elle écarta les pans de sa chemise de nuit, dévoilant sa poitrine haute et ferme. Il ne put s'empêcher d'admirer ses seins à la forme parfaite. Mais elle lui montra, sur sa peau, les mystérieuses taches pourpres.

— Ces marques sont les stigmates des blessures que j'ai reçues, confirma-t-elle avant de refermer sa chemise. Enfin, lorsque j'étais Else von Marburg. Ce retour dans le temps les a fait resurgir. Elles vont disparaître.

Troublé, Kevin ne sut que répondre. Il se leva et fit quelques pas nerveux dans la chambre. Amusée, Alexandra observa son manège. Elle était parfaitement consciente que son geste constituait une provocation.

Kevin avait beaucoup de peine à mettre de l'ordre dans ses idées. La vue du corps nu d'Alexandra le perturbait plus qu'il ne l'aurait voulu. Mais ce n'était pas la seule raison de son trouble. La perspective offerte par la jeune femme le bouleversait, et ses certitudes religieuses en étaient sérieusement ébranlées. Il était forcé d'admettre, au fond de lui, que sa foi ne reposait que sur des idées qu'on lui avait fourrées dans le crâne depuis l'enfance.

Elle lui permettait surtout d'atténuer l'angoisse qui l'envahissait parfois devant certaines pensées, comme l'inéluctabilité de la mort ou l'infinité du cosmos, perspectives qui généraient en lui une terreur indicible, contre laquelle le dieu qu'on lui avait imposé ne lui était pas d'un grand secours.

L'aventure d'Alexandra avait réveillé cette angoisse, et il luttait désespérément pour se raccrocher à une explication logique, indiscutable. Malheureusement, il ne pouvait faire abstraction du phénomène étrange auquel il avait assisté dans la salle du tribunal, les objets tourbillonnant dans les airs. Et puis, comment expliquer les mots incompréhensibles sortant de la bouche de sa compagne, issus d'un langage oublié depuis des siècles ?

Il revint vers Alexandra, qui l'observait toujours d'un air radieux, et déclara :

— Non, je suis désolé, je ne peux pas accepter cette explication ! Cette… Else von Marburg, vous avez pu l'inventer. Parfois, les cauchemars ont l'aspect de la réalité. Rien ne prouve qu'elle ait vraiment existé.

— Il y a un moyen très simple de nous en assurer : consulter les archives du musée. Nous y trouverons peut-être la trace de son procès.

— Vous comptez retourner dans cet endroit sinistre ?

— Il le faut. Il ne se passera plus rien désormais. J'ai renoué avec Else.

Elle regarda autour d'elle et ajouta :

— Et puis, je n'ai rien à faire dans cet hôpital.

Une heure plus tard, contre l'avis du médecin qui insistait pour la garder encore une journée, elle quittait les lieux, un Kevin affolé sur les talons.

— Vous n'êtes pas raisonnable, Alexandra.

— Il faut que je prenne rendez-vous avec le conservateur.

— Mais vous êtes trop faible.

— Oh non ! Je ne me suis jamais sentie aussi bien.

Revenue dans sa chambre, à l'hôtel, elle prit le temps de commander un solide déjeuner. On lui apporta une choucroute à laquelle elle fit honneur. Kevin, trop inquiet pour pouvoir avaler quelque chose, lui tint compagnie.

— Au moins, cela ne vous coupe pas l'appétit, constata-t-il en admirant son coup de fourchette.

Lorsqu'elle eut achevé son plat, elle prit contact par téléphone avec Herr Kaufmann, le conservateur du musée, et lui expliqua qu'elle était étudiante en histoire, qu'elle avait eu une vision à la suite du malaise ressenti deux jours plus tôt, et qu'elle souhaitait consulter les archives pour vérifier certaines choses. Le conservateur, qui avait peine à digérer les dégâts provoqués par la visite de cette encombrante demoiselle, se fit prier, arguant qu'elles étaient rédigées en vieux germanique. Alexandra le convainquit en lui prouvant qu'elle parlait couramment cette langue. Le bonhomme en resta époustouflé et accepta de les recevoir. Ils se rendirent au musée sans attendre.

— Mais comment se fait-il que vous connaissiez ce langage ? Plus personne ne le parle aujourd'hui, hormis quelques érudits.

— Dont je fais partie, Herr Kaufmann. Alors ?

— C'est bien ! Je vais exceptionnellement vous permettre de consulter les archives.

Quelques instants plus tard, Alexandra et Kevin étaient installés dans une salle emplie de vieux documents rédigés à la main sur un papier épais. Ceux-ci, classés par années, relataient différents procès.

— Je sais que cela s'est passé en 1278, déclara Alexandra. J'avais… enfin, Else avait seize ans lorsqu'elle a été exécutée.

Ils retrouvèrent rapidement l'année recherchée, méticuleusement classée dans des caisses de bois. Sous l'œil vigilant de Herr Kaufmann, Alexandra sortit des documents jaunis, marqués par l'humidité, et conservant la trace d'un enroulement.

— Autrefois, expliqua le conservateur, les pièces étaient roulées et placées dans des sacs que l'on suspendait au plafond pour éviter que les rats ne les dévorent.

Ils ne furent pas longs à retrouver une liasse relatant le procès de la fille du comte Heinrich von Marburg, Else, possédée par le Démon. Coupable de blasphèmes, de commerce avec le Malin, de sorcellerie et autres crimes odieux, elle avait été condamnée à subir le supplice des tenailles et à périr dans la « Vierge de Fer ». Il était également noté que « par vile sorcellerie et épouvantable abomination », la démone avait tué un juge et un bourreau avant de périr.

Abasourdie, Alexandra observa longuement les documents. Les signatures des juges y figuraient, dont elle reconnaissait les noms, prononcés devant Else à plusieurs reprises par l'accusateur.

Quelques instants plus tard, ils étaient dehors, respirant l'air glacé de la petite ville médiévale, aujourd'hui encombrée de voitures et cernée par des immeubles modernes. Une pluie fine ruisselait sur leur visage. Ils se réfugièrent dans un café.

— C'est incroyable, dit Alexandra. Ces documents constituent la preuve indéniable que j'ai réellement effectué ce… « voyage temporel ». Ils confirment même la mort d'un juge et d'un aide du bourreau.

Vaincu, Kevin soupira.

— C'est bien, Else von Marburg a réellement existé. Et vous avez rêvé de son exécution. Peut-être son âme erre-t-elle dans ce tribunal, et cherche-t-elle à communiquer ?

— Non, c'est autre chose : Else von Marburg et moi sommes liées. J'ai vécu la vie de cette jeune fille, et aussi sa mort atroce. Comment expliquer autrement que je me souvienne de tout ce qui la concerne, y compris des éléments intimes que personne d'autre ne pouvait connaître ? C'est toute sa vie qui est entrée dans ma mémoire.

Elle resta un long moment silencieuse, perdue dans un rêve intérieur, puis ajouta :

— À la vérité, ce n'est même pas ma mémoire. Else reste indépendante de moi. C'est plutôt comme si… j'avais ouvert une fenêtre sur une autre personnalité. Elle n'interfère pas avec la mienne. Elle l'enrichit, simplement. Tout ce qu'elle a vécu m'est familier. Il me semble redécouvrir un monde totalement oublié, enfoui au plus profond de moi. C'est effrayant et merveilleux à la fois.

Elle glissa ses mains dans celles de l'écrivain. Ses yeux brillaient.

— Je vois des choses stupéfiantes. Sa manière de ressentir les odeurs, de percevoir les couleurs ; ses émotions, ses joies et ses angoisses étaient différentes des miennes. À cette époque, la vie était autre. C'était un monde de passion, où les sentiments s'exacerbaient, où l'on se dépêchait de vivre intensément, parce que l'on savait que la mort pouvait nous frapper à n'importe quel moment. C'est pourquoi la foi de ces gens était proche du fanatisme. Leur seul espoir était de croire en un paradis créé par un dieu omnipotent, et en des saints qui les protégeaient contre l'adversité. Le danger était partout. Les épidémies nous guettaient, et les remèdes étaient quasi inexistants. On pouvait être attaqué à tout moment par des bandits, agressé par des voisins, trahi par les siens. C'est ce qui est arrivé à Else von Marburg, livrée aux juges de la Sainte Vehme par son propre père. Pourtant, son enfance n'a pas été malheureuse. Elle mangeait à sa faim, parce qu'elle était la fille d'un noble. Mais je garde la vision de pauvres hères d'une maigreur incroyable, couverts de vermine, gémissant pour qu'on leur donne n'importe quoi à manger, je vois des enfants qui n'ont plus que la peau sur les os, des rats et des chiens qui se disputent un cadavre humain, lors d'un hiver particulièrement rude. Mais j'ai aussi des souvenirs de fêtes, de joutes chevaleresques, de foires, d'objets qui n'existent plus, d'odeurs et de goûts inconnus de nos jours. Et ce n'est pas tout. Else se représentait le monde d'une manière surprenante.

— Comment ça ?

— Elle était intimement persuadée que la Terre était plate, qu'elle se terminait au bord d'un gouffre sans fond gardé par des monstres. Elle était sûre aussi que le ciel était le royaume de Dieu, du Christ et de la Sainte Vierge, que le Diable et les démons vivaient dans des cavernes profondes où un feu immense dévorait les pécheurs pour l'éternité. Elle croyait que la forêt était peuplée de gnomes, de trolls et de créatures malfaisantes, de loups féroces, de dragons cracheurs de flammes. Elle était extrêmement superstitieuse, et portait des bijoux consacrés pour se préserver du mal. Cela ne l'empêchait pas d'aimer la vie. Elle était amoureuse d'un chevalier, Hans. Malheureusement, il ne possédait aucune terre. Pour cette raison, le comte s'est opposé à leur mariage. Hans a péri lors d'une joute de chevalerie. Else savait qu'il s'était laissé tuer, par désespoir. C'est après sa mort que les manifestations étranges ont commencé. Il est probable qu'Else a été profondément perturbée par la perte de son amoureux. C'est souvent le cas lorsque l'on observe des poltergeists.

— Vous croyez que… c'est elle qui a fait voler le banc et les torches dans le musée ?

— C'est certain. Son esprit s'est manifesté à travers le mien. Pour la simple raison que nous partageons la même âme. Je suis Else von Marburg. Ou je l'ai été.

— Mais comment nos… anges gardiens, comme vous les appelez, ont-ils pu prévoir ce qui allait se passer ?

— Ça, je l'ignore.

Kevin hocha la tête. Il n'était toujours pas convaincu qu'il s'agissait d'un cas de réincarnation. Il grogna :

— Tout cela est très intéressant, mais quel peut être le rapport entre la Sainte Vehme du XIIIe siècle, les Falcon, la destruction de leur maison de Rocky

Point et les attentats dont j'ai failli être victime ? Ça ne tient pas debout ! Après ce que j'ai vu en Floride et dans l'Oregon, on aurait pu se demander si les Falcon n'étaient pas des extraterrestres, ou quelque chose comme ça. À la rigueur. Malgré mes certitudes, je commençais à me poser des questions. Mais je ne vois pas ce que des E.T. auraient à faire avec un tribunal secret allemand du Moyen Âge.

— Je n'en sais pas plus que vous. Je ne fais que vous expliquer ce que je ressens.

Refusant de s'avouer vaincu, Kevin reprit :

— Ne pensez-vous pas que vous êtes en train de faire un dédoublement de la personnalité ?

Elle sourit.

— Pas du tout. Les personnes qui souffrent de dédoublement de personnalité ne s'en aperçoivent pas. Et surtout, elles ne peuvent contrôler le phénomène. Mais je suis et je reste Alexandra Delamarre. La seule différence, c'est que j'ai un accès total à la mémoire d'Else von Marburg.

— Bien ! Et qu'allons-nous faire à présent ?

— Attendons ! Je suis sûre que nos anges gardiens vont nous adresser un autre message. Ils ont d'autres choses à nous faire découvrir.

Elle ne se trompait pas. Le lendemain, alors qu'ils s'apprêtaient à quitter l'hôtel, un garçon leur remit une enveloppe de papier kraft non timbrée.

— Un coursier l'a déposée pour vous ce matin de très bonne heure.

Alexandra décacheta l'enveloppe, qui contenait une nouvelle lettre signée de la croix Ankh, dont le texte, encore plus court que les autres, disait :

« Daniel Dunglass-Home, Currie, Écosse. »

— Vous voyez ? dit-elle à Kevin.

— Ils savent que nous sommes ici ! s'exclama l'Américain. Mais comment font-ils ?

— Je n'en sais rien, mais je crois que le mieux est de leur faire confiance.

— Je me demande où tout ça va nous mener. Et d'abord, c'est qui, ce Daniel Dunglass-Home ?

— Peut-être quelqu'un qui va enfin répondre à nos questions.

13

Currie, Écosse…

Deux jours plus tard, Alexandra et Kevin arrivaient à Édimbourg à bord d'un avion de la Lufthansa. Tandis qu'ils empruntaient les couloirs de sortie, une silhouette attira l'attention de l'Américain.

— Qu'y a-t-il ? s'inquiéta sa compagne.

Il désigna, au loin, un homme d'une quarantaine d'années qui s'éloignait d'un pas rapide.

— J'ai l'impression d'avoir déjà croisé ce type dans le musée de Löwenscheid. Il paraissait souffrir, lui aussi. Les mêmes symptômes que vous. Mais il a réussi à sortir et je ne l'ai plus revu.

— Il s'agit sans doute d'une ressemblance.

— Oui, vous avez probablement raison.

Un léger crachin détrempait les pavés de la vieille ville où chaque demeure devait héberger des fantômes. Leur premier souci fut de rechercher l'adresse de Daniel Dunglass-Home dans l'annuaire de Currie. Mais aucune personne de ce nom ne résidait dans la petite ville, située à une dizaine de kilomètres dans la banlieue sud-ouest d'Édimbourg.

— Ils ne nous ont tout de même pas fait venir jusqu'ici pour rencontrer un type qui n'existe pas ! grommela Kevin.

— Attendez… Daniel Dunglass-Home, ça me dit vaguement quelque chose. À propos d'occultisme. On devrait regarder sur Internet.

Kevin haussa les épaules, mais connecta son ordinateur portable.

— Bingo ! s'exclama-t-il au bout de quelques minutes. Pas étonnant que nous ne trouvions rien dans l'annuaire : ce type est mort à Londres en 1886. Il est encore aujourd'hui considéré comme le plus grand médium de tous les temps.

— Mais pourquoi Currie ?

— Parce que c'est là qu'il est né, en 1833. On lui a peut-être consacré un musée. Nous allons nous renseigner auprès de l'office du tourisme.

Un chauffeur de taxi jovial, à l'accent rocailleux, les conduisit sur place. Ses cheveux étaient si roux qu'il paraissait promener un petit incendie sur la tête.

— Vous êtes en voyage de noces, hein ?

Alexandra et Kevin se regardèrent, stupéfaits.

— Non, nous…, voulut répondre Kevin.

— Ah, ça se voit tout de suite ! le coupa l'autre. Moi, avec ma chère Mildred, nous avions choisi la France ! Je vous parle de ça, ça ne date pas d'aujourd'hui ! Paris, les châteaux de la Loire, la Côte d'Azur !

Avant qu'ils aient pu en placer une, il entreprit de leur narrer en détail les charmes de la France, les gratifiant de suffisamment d'anecdotes pour pouvoir écrire un récit de voyage.

La petite cité résidentielle de Currie semblait issue d'un autre temps. Si quelques immeubles défiguraient une zone située à l'est, à la limite d'Édimbourg, le reste avait conservé le charme qu'il devait avoir à l'époque victorienne. Des ruelles aux pavés inégaux serpentaient entre des demeures cossues protégées par de hauts murs. Le centre lui-même paraissait ne pas avoir rattrapé le siècle. Les voitures s'y faisaient discrètes, comme échappées d'un film de science-fiction.

Kevin profita d'un moment où le chauffeur de taxi reprenait son souffle pour lui demander s'il savait où se situait le musée consacré à Daniel Dunglass-Home.

— Il n'y a pas de musée, mais il possédait une maison ici. Tout le monde la connaît. Savez-vous que Daniel Dunglass-Home fut le plus grand magicien de tous les temps ? On dit qu'il savait voler, déplacer des objets à distance, faire apparaître des esprits. Certains prétendent que son esprit hante encore la maison, mais elle n'appartient plus à sa famille depuis longtemps. Elle a été rachetée par un businessman anglais. On se demande d'ailleurs pourquoi : il n'y met jamais les pieds.

Alexandra l'arrêta d'un geste.

— Si ce n'est pas trop abuser, connaîtriez-vous aussi un bon hôtel ?

— Mais vous êtes française, vous ! s'exclama-t-il.

Aïe ! songea la jeune femme.

— Il fallait me le dire avant. Ah, la France…

— Heu… pour l'hôtel…

— C'est vrai, pardon ! Ma femme me dit toujours que je suis trop bavard. Mais ne vous inquiétez pas !

Le vieux Konrad Mac Dougall va vous emmener dans un endroit où vous serez dorlotés ! Hé hé !

Quelques minutes plus tard, il les déposait devant un petit établissement à l'architecture typique où une grosse femme aussi joviale que le chauffeur de taxi les accueillit avec gentillesse. Par bonheur, elle se montra plus discrète. Le temps de déposer les valises, et Konrad les rembarquait, direction la maison de Daniel Dunglass-Home.

Saouls de paroles, Alexandra et Kevin se retrouvèrent bientôt devant un portail de fer forgé, au-delà duquel on devinait une demeure imposante du XVIIIe siècle. Konrad leur demanda s'ils souhaitaient qu'il les attende.

— Oh non ! s'empressa de répondre Kevin. Nous... nous risquons d'en avoir pour un moment. Et une bonne marche nous fera du bien.

L'Écossais insista tout de même pour leur remettre sa carte, et repartit, nanti d'un pourboire royal.

— Je plains la pauvre Mildred ! souffla Alexandra, soulagée.

Intrigués, ils observèrent la maison au travers de la grille. De grands chênes à la frondaison jaunissante dominaient un grand jardin livré à l'abandon. Les fenêtres hautes étaient protégées par des volets. Un épais tapis de feuilles jonchait le sol, effaçant le chemin de terre menant au perron d'entrée. Des herbes folles disputaient plates-bandes et massifs à des rosiers sur lesquels s'épanouissaient de superbes roses sauvages dont la brise apportait le parfum.

— C'est presque un petit manoir, remarqua Kevin. L'endroit idéal pour abriter un fantôme, en effet.

Alexandra resserra frileusement les pans de sa cape.

— S'ils veulent que nous fassions ami-ami avec le spectre de Dunglass-Home, très peu pour moi. Je ne me sens pas d'humeur à affronter un fantôme. Le sacrifice d'Else von Marburg m'a suffi.

— De toute façon, il n'y a personne. Nos anges gardiens ne veulent tout de même pas que nous entrions par effraction !

Autant par acquit de conscience que par curiosité, ils firent le tour de la propriété. Mais rien ne se produisit. Quelques passants leur jetèrent un coup d'œil distrait. La maison de Dunglass-Home attirait toujours des touristes farfelus, qui espéraient peut-être une apparition.

À la fois soulagés et déçus, Alexandra et Kevin regagnèrent le centre-ville à pied, flânant dans les rues dont le pavé luisait sous le crachin persistant qui s'était mis à tomber en fin d'après-midi. Le soir, ils dînèrent dans un restaurant typique où Alexandra parvint à convaincre son compagnon de goûter au « haggis », la fameuse panse de brebis farcie chère aux Écossais.

— C'est excellent ! insista-t-elle sous le regard complice de la patronne.

— Cela ne me semble pas très hygiénique, se défendit Kevin, inquiet pour sa santé dès qu'il mettait le pied hors des États-Unis.

Alexandra avait la tête près du bonnet quand on s'attaquait à sa qualité de vie. Elle s'emporta :

— Ah, ça suffit, monsieur l'Américain ! Vous commencez à m'agacer ! Vous prétendez donner des leçons au monde entier, mais vous n'êtes même pas foutu de manger convenablement !

Surpris pas sa véhémence soudaine, Kevin ne sut que répondre. Alexandra poursuivit :

— Vous pasteurisez nos vins et nos camemberts ! Vous nous fourguez votre maïs transgénique et votre viande aux hormones, vous avez des cuisines qui ressemblent à des tableaux de bord de Boeing, mais vous n'êtes même pas capables de faire cuire un œuf. Alors, si monsieur l'Américain veut faire plaisir à la petite Française, il me goûte ce haggis sans discussion !

Dompté, Kevin finit par céder et dut reconnaître que, malgré ses réticences, le haggis n'était pas désagréable. Et le vin blanc frais qu'elle avait choisi pour accompagner le plat se laissait boire. L'écrivain était subjugué par sa compagne. Apparemment, elle ne se ressentait plus du tout de son expérience pénible de Löwenscheid. Même si elle le forçait à remettre ses habitudes et ses certitudes en question, pour rien au monde il n'aurait voulu être ailleurs. Cependant, de nombreuses questions restaient en suspens.

— Alexandra ! Dites-moi ce que nous sommes venus faire dans ce bled.

— Je l'ignore. Mais je suis heureuse d'être ici. J'adore l'Écosse et les Écossais.

— Moi aussi, mais quel rapport peut-il y avoir entre ce Dunglass-Home, la Sainte Vehme et les Falcon ?

— Ne vous inquiétez pas ! Nos anges gardiens nous adresseront un signe en temps voulu.

Il la contempla longuement. Le regard de la jeune femme brillait à la lumière dorée des bougies. Il eut envie de lui prendre la main, mais n'osa pas. Elle lui sourit. Elle devinait parfaitement son désir et cela la troublait et l'amusait à la fois.

— Je vous admire, dit-il enfin. Il y a une telle force de vie en vous. Pas une fois je ne vous ai vue triste.

— Parce que j'aime la vie. Lorsque j'étais toute petite, mon père me disait : « Il faut emplir ton cœur et ton âme d'amour, sous toutes ses formes. Il rayonne autour de toi, et tu en reçois en retour, un peu comme la montagne te renvoie l'écho de ta propre voix. »

— C'est une pensée chrétienne, ça !

— Avant tout, c'est une pensée humaine. Les chrétiens n'ont pas le monopole des bonnes idées.

Kevin renonça à répondre.

Un peu plus tard, en regagnant l'hôtel, une surprise les attendait. Lorsqu'ils réclamèrent les clés de leurs chambres respectives, la patronne s'étonna.

— Deux chambres ? Mais… je croyais que vous étiez ensemble !

— Non ! Nous sommes seulement amis.

Elle afficha une mine déçue.

— C'est dommage. Vous allez si bien ensemble. Mais cela pose un problème. Je n'ai plus qu'une chambre de libre.

— Une seule chambre ? s'exclama Kevin, embarrassé. Vous n'avez vraiment rien d'autre ?

— Hélas non ! Il y a un congrès à Édimbourg, et tous les hôtels sont pleins.

Alexandra posa sa main sur celle de son compagnon.

— Ce n'est pas dramatique, Kevin. Ici, ce sont toujours des lits doubles.

— C'est vrai, confirma la patronne, ennuyée. Je

veux bien me renseigner, mais à cette heure-ci, cela m'étonnerait que vous trouviez autre chose.

— Bon ! Va pour les lits doubles, acquiesça Kevin.

En montant l'escalier de bois foncé qui sentait la cire d'abeille, il avait l'impression qu'un piège aussi inexorable que tentant était en train de se refermer sur lui. Il devait lutter de toutes ses forces pour ne pas prendre Alexandra dans ses bras.

Tandis qu'elle monopolisait la salle de bains, il se raisonna. À la vérité, ce n'était pas tellement la différence d'âge qui le gênait. Après tout, quarante-deux ans, ce n'était pas vieux. Avec une autre, il ne se serait pas posé tant de questions. Mais il était amoureux d'Alexandra, et il ne voulait pas souffrir ce qu'il avait enduré avec Sharon. Alors, il valait mieux garder ses distances.

Dans la salle de bains, Alexandra estimait que, si elle voulait nouer une relation plus intime avec Kevin, elle allait devoir agir la première. Elle avait bien compris qu'il était arrêté par les vingt années qui les séparaient. Mais cette nuit lui offrait une possibilité qui ne se représenterait peut-être pas de sitôt. Elle était persuadée, depuis son expérience de Löwenscheid, qu'ils s'étaient déjà rencontrés dans d'autres vies. Ce qui expliquait pourquoi ils avaient eu l'impression de se reconnaître. Elle prit une douche, se prépara avec soin, se parfuma, scruta longuement son visage à la recherche de la moindre imperfection. Même si elle n'y avait jamais accordé trop d'importance, elle savait l'effet qu'elle produisait sur les hommes. Sa frimousse ronde lui donnait l'allure d'une femme enfant, mais son regard mûr et décidé contrastait avec cette impression première. Sa peau naturellement dorée, au grain satiné, les attirait. Sa bouche était sensuelle, son nez petit et bien dessiné. Satisfaite, elle enfila une chemise de nuit courte et translucide, qui ne cachait pas grand-chose de son corps. Si Kevin ne craquait pas, son cas était désespéré.

Seul problème, les yeux. Avantage : ils étaient magnifiques, surtout à cause de la myopie qui agrandissait ses pupilles. Inconvénient : elle ne voyait plus très net dès qu'elle ôtait ses lentilles. Mais elle ne voulait pas porter ses lunettes.

Ce fut donc d'un pas mal assuré qu'elle pénétra dans la chambre, où Kevin, fébrile et embarrassé, hésitait encore à se déshabiller. Elle ne voyait de lui qu'une silhouette nimbée d'un joli flou artistique. Pestant intérieurement contre son infirmité, elle se dirigea vers son lit. Kevin la regarda, étonné par sa démarche hésitante. Puis il faillit fondre en devinant son corps nu sous la toile légère. Soudain, elle poussa un cri de douleur.

— Aïe ! Oh, mon pied !

Elle venait de se cogner contre l'un des montants du lit. Les yeux brillants de larmes contenues, elle se laissa tomber sur le matelas, en retenant les jurons bien sentis qui lui montaient à la gorge. Kevin se précipita à son secours et entreprit de masser les orteils endoloris.

— Merci, dit-elle un peu sèchement, lorsque la douleur fut un peu calmée.

Elle était furieuse contre elle-même. Elle se sentait ridicule. Kevin lui sourit. Elle répondit d'une grimace, qui s'éclaircit très vite en un sourire complice.

— Heu… pouvez-vous me rendre mon pied ?

Il hésita un instant, puis répondit :

— Non !

Il se tourna vers elle et la prit doucement dans ses bras.

« Ah, enfin, il se décide, songea Alexandra en s'abandonnant. Il en a mis du temps ! »

Finalement, elle ne regrettait pas de s'être cognée.

Kevin ne l'embrassa pas tout de suite. Il enfouit son visage dans le cou de la jeune femme, respirant son odeur. Curieusement, il eut l'impression de retrouver un geste familier, oublié depuis… bien longtemps. Rarement il s'était senti aussi bien. Elle approcha ses lèvres de son oreille et murmura :

— Si vous désirez rester avec moi cette nuit, il serait plus confortable de rapprocher les lits.

Kevin se sentit fondre. Sa main glissa sous la chemise légère, sentit la peau frémir sous ses doigts. La bouche d'Alexandra s'approcha de la sienne, se posa sur elle…

Bien plus tard, Kevin contemplait le corps nu d'Alexandra allongée sur le ventre. Il faisait sombre, mais les rideaux laissaient couler dans la chambre la douce lumière de la lune, qui découpait en contre-jour la silhouette endormie de la jeune femme. Elle possédait les plus jolies fesses qu'il ait jamais eu l'occasion de contempler. Fermes, arrondies comme des fruits, douceur de pêche, il aurait passé la nuit à les caresser.

Il était épuisé, au bord de l'évanouissement, mais ne parvenait pas à trouver le sommeil tant son émotion était intense. Pour son seul plaisir, il se repassait les instants partagés, celui où elle s'était mise nue, où elle s'était serrée contre lui. Ils avaient fait l'amour sans hésitation, plusieurs fois, avec une joie indescriptible, comme si chacun connaissait déjà le corps et les désirs de l'autre.

Tout à coup, elle se redressa et déclara d'une voix adoucie par le sommeil :

— Je suis sûre que nous nous sommes déjà rencontrés dans d'autres vies. Et nous venons de nous retrouver, après une longue séparation.

Elle cala confortablement sa tête sur son épaule et poursuivit :

— Une très ancienne légende affirme qu'au tout début des temps, les hommes et les femmes n'étaient pas séparés. Dans le jardin des dieux, leur âme commune était représentée par un fruit. Chaque homme savait reconnaître la femme qui lui était destinée depuis toujours, et ainsi, tout au long des cycles de leurs réincarnations, ils pouvaient se retrouver. Mais un jour, il y eut une guerre terrible entre les dieux et les démons. Et le plus redoutable d'entre eux s'empara des fruits renfermant les âmes, les trancha tous en deux, et les jeta dans l'océan immense qui coule sous le monde des divinités. Des courants violents les dispersèrent et depuis, les hommes et les femmes passent leur vie à se chercher. Rares sont ceux qui parviennent à retrouver l'âme sœur. Lorsque cela arrive, l'homme et la femme se reconnaissent. C'est sans doute ce qui nous est arrivé.

Deux minutes plus tard, elle dormait. Kevin ignorait qui étaient leurs anges gardiens, mais il les remerciait. Jamais il ne s'était senti aussi bien avec unc femme. D'elle, il aimait tout : sa spontanéité, sa générosité, son formidable appétit de vivre, et cette merveilleuse faculté de s'étonner malgré son érudition exceptionnelle. Il aimait ses yeux au regard brillant, la rondeur de ses seins, la finesse de ses mains, leur douceur, et cette sensation de plénitude lorsqu'elle les posait sur lui. Comment avait-il pu croire aimer d'autres femmes avant elle ?

Le lendemain, lorsqu'ils descendirent pour le breakfast, la patronne leur annonça :

— Une des chambres va se libérer dans la matinée. Voulez-vous que j'y fasse porter les bagages de l'un de vous ?

Ce fut Alexandra qui répondit :

— Surtout pas ! Nous gardons celle-là. Elle nous convient parfaitement !

La patronne lui adressa un sourire ravi, puis ajouta :

— Au fait, on a déposé ceci pour vous !

Elle leur tendit un petit paquet de papier kraft.

— Pour nous ?

— Je ne sais pas comment c'est arrivé. Lorsque je me suis levée ce matin, c'était déjà sur le comptoir. Regardez : « À remettre à M. Kramer et Mlle Delamarre. » C'est bien vous ?

— Oui, bien sûr !

Ils sortirent de l'hôtel pour ouvrir le paquet, qui contenait un trousseau de clés.

— La demeure de Daniel Dunglass-Home, dit Alexandra. Ce trousseau doit nous permettre d'y pénétrer.

Un peu plus tard, ils étaient devant la maison. Comme ils s'y attendaient, la plus grosse clé déverrouilla le portail. Ils parcoururent le souvenir de chemin menant au perron. Une odeur de rose, d'humus et de champignons embaumait les lieux. Le temps ne s'était guère amélioré depuis la veille, et le crachin glacial avait forci. Alexandra, mal à l'aise, serrait le bras de son compagnon.

— Si je tombe en catalepsie comme l'autre fois, tu m'emmènes tout de suite, hein ! Je n'ai pas envie de revivre une nouvelle mort.

— Ne t'inquiète pas. Cette fois, j'ai l'impression que c'est moi qui suis concerné.

— Comment ça ?

Il ne répondit pas immédiatement, fit quelques pas en direction de la maison.

— Je n'ai jamais mis les pieds ici. Pourtant, certaines choses me semblent familières. Je ne serais pas étonné qu'il y ait une tonnelle là, sur la droite. Avec un banc de pierre.

Il se dirigea vers l'endroit qu'il indiquait, contourna la maison… et découvrit, en effet, une tonnelle envahie par un lierre luxuriant.

— Et il y a un banc de pierre ! s'étonna Alexandra.

Elle se tourna vers lui.

— Mais comment…

Il écarta les bras en signe d'incompréhension.

— Rentrons dans la maison.

Une autre clé leur ouvrit la demeure. Une forte odeur de moisi et de vieille cire prouvait que le ménage n'avait pas été fait depuis bien longtemps. Une couche de poussière fine recouvrait les boiseries patinées par les ans. À pas prudents, ils avancèrent dans le hall, se retrouvèrent dans un salon dont les meubles étaient protégés par des housses blanches fantomatiques.

— Kevin, je ne me sens pas très rassurée.

Aucune réponse.

— Kevin ?

L'instant d'après, elle s'écarta de lui, prise de peur. Le corps de son compagnon s'était raidi, ses yeux s'étaient fermés. Avec une lenteur étrange, ses bras vinrent se croiser devant sa poitrine.

— Kevin ! parle-moi, gémit Alexandra, en proie à un début de panique.

Elle recula, buta contre un fauteuil protégé par sa housse et manqua de tomber. Fascinée et terrorisée, elle vit alors le corps de l'Américain se soulever de terre, puis basculer progressivement en arrière pour se retrouver à l'horizontale, flottant à un mètre du parquet.

La main plaquée sur la bouche pour étouffer un cri, Alexandra recula jusqu'au mur. Comme dans un cauchemar, elle vit alors Kevin monter jusqu'au plafond, tourner lentement sur lui-même, se diriger vers la fenêtre qui s'ouvrit d'elle-même, sans aucune intervention. Surmontant sa frayeur, la jeune femme s'approcha de la croisée. Dans le parc, Kevin, toujours à l'horizontale, fit le tour d'un énorme chêne, puis revint dans le salon au centre duquel il s'immobilisa, toujours flottant à l'horizontale. Alexandra, plus morte que vive, posa une main timide sur lui.

— Kevin ! réponds-moi !

Mais il ne l'entendait plus…

14

Deuxième voyage

LE PLUS GRAND MÉDIUM DE TOUS LES TEMPS

Un sentiment de plénitude baigne Kevin. Kevin ? Il ne s'appelle pas Kevin. Il s'appelle Daniel. Daniel Dunglass-Home.

Il a quatre ans. Il adore sa maman. Elle est la seule à le comprendre, à accepter les visions étranges qui viennent parfois hanter ses nuits. Des visions qui se réalisent quelques jours plus tard. Ainsi, il a vu le feu prendre dans la grange de M. Mac Caffrey. Il l'a dit à sa mère, qui est allée prévenir le vieux fermier. Mais celui-ci ne l'a pas crue. Il l'a traitée de sorcière.

— Des gens comme toi, Mary Dunglass-Home, on devrait les brûler comme autrefois !

Malheureusement, Daniel ne s'est pas trompé. La grange a pris feu deux jours plus tard. Mac Caffrey a accusé Mary d'être à l'origine de l'incendie, mais il n'a pu obtenir gain de cause.

Daniel a neuf ans. Sa mère vient de le prévenir :

— Je vais rejoindre le bon Dieu, mon chéri. Il m'appelle à lui.

— Je ne veux pas !

— C'est Sa volonté, Daniel. Il a repris la vie de ton papa il y a deux ans. À présent, c'est mon tour. À cause de cette mauvaise maladie qui me brûle les poumons. Personne ne sait la soigner.

— Je ne veux pas que tu partes.

— Tu ne seras pas seul ! Ma sœur Meryl, qui habite Boston, accepte de te prendre avec elle. Évite seulement de lui parler de tes visions. Elle est très superstitieuse. Elle ne comprendrait pas.

Daniel a treize ans. La tante Meryl, qui aimait beaucoup sa sœur, l'a adopté. Mais elle se méfie de lui. Tout comme il se méfie d'elle. Il est seul. Depuis quatre ans, il ne peut plus parler à personne de ses cauchemars. Sa mère a disparu. Pourtant, plus que jamais il aurait besoin d'elle. Parfois, il lui en veut d'être partie si tôt. Car ils ne partageaient pas uniquement d'étranges prémonitions, mais aussi cette terrible maladie qui lui dévore lentement la poitrine. Parfois, les brûlures deviennent intolérables, à cause de cette toux omniprésente, pernicieuse, que rien ne peut soulager. Jamais il ne s'est senti aussi seul.

Il voudrait avoir un ami, mais tout le monde s'écarte de lui. Il fait peur. Il y a une semaine, il a vu la mort d'Edwin, l'un de ses camarades, tué au cours d'une partie de chasse. Il devait être possible d'éviter le drame. Le lendemain du cauchemar, il a prévenu sa tante, qui n'a pas voulu l'écouter. Alors, il est allé voir les parents d'Edwin, suppliant le père de ne pas emmener son fils à la chasse. On lui a ri au nez. Edwin lui-même s'est fâché, lui disant qu'il n'était qu'un pauvre fou qui ferait mieux de se mêler de ses affaires. Il tenait trop à courir le gibier. Il a suivi son père, qui n'a pas vu le grizzly se ruer vers son fils posté en embuscade. Un coup de patte magistral lui a ouvert le ventre.

La tante Meryl se tient devant lui. Elle vient de lui apprendre la mort d'Edwin, après une semaine de souffrances.

— Tu possèdes le même don que ta pauvre mère, Daniel. C'est un don terrifiant, que l'on ne peut tenir que du Diable.

Il ne sait comment se défendre. Il ne peut expliquer d'où lui viennent ces visions surprenantes. Parfois, elles sont bénéfiques. Parfois, elles annoncent une mort, ou une catastrophe : sécheresse, accident, ruine… Il s'en passerait volontiers. La tante Meryl le regarde comme s'il était pestiféré. Il pense qu'elle aimerait le reléguer là-haut, dans le grenier, l'oublier. Mais il sait qu'elle le redoute. Ne va-t-il pas vouloir se venger ? Alors, elle se contraint à le supporter.

Daniel a dix-huit ans. Le feu qui couve dans sa poitrine est toujours présent, accompagné de la toux qui ronge. Les cauchemars ont continué de le visiter. Il a suivi des études sans conviction. Il ne parvient pas à envisager l'avenir. La mort le talonne.

Ce soir, il est persuadé qu'elle va l'emporter, qu'il va rejoindre sa mère et son père. Il est alité depuis trois jours, victime d'une forte fièvre. Les docteurs de Boston ne sont guère optimistes, et chuchotent d'un air navré à la tante Meryl qu'ils ne peuvent accomplir de miracle, qu'il faut accepter la décision de Dieu. Daniel entend les chuchotements dans un demi-délire.

Tout à coup, il sent son corps se raidir, glisser dans un état qu'il ne connaît pas. Une onde de frayeur le parcourt, il est sûr qu'il est en train de mourir. Pourtant, la frayeur se dissipe, et une sensation de plénitude lui succède. Peu à peu, autour de lui, le monde se modifie d'une manière incompréhensible. Il a l'impression que son corps s'étire, se prolonge au-delà de ses limites, comme si tout à coup le lit, la table, les objets qui l'entourent faisaient partie de lui-même. Il les ressent si profondément qu'il pourrait les faire bouger.

Et soudain, une tasse posée sur la table de chevet se met à vibrer. Puis une force incompréhensible la projette au sol où elle se brise. L'instant d'après, une chaise se soulève, puis se met à tourner de plus en plus vite au-dessus de la table. D'autres objets suivent, se mêlent à la ronde insensée, broc à eau, serviette, livres. Effrayé, Daniel voudrait faire cesser cette danse infernale, mais elle échappe à son contrôle. La tante Meryl survient, attirée par le bruit, et aperçoit le tourbillon. Terrorisée, elle se met à hurler et s'enfuit.

La fièvre n'a pas eu raison de Daniel. Mais la patience de la tante Meryl est à bout. Des coups venus de nulle part résonnent dans la maison, les meubles se déplacent tout seuls. Il y a même eu un début d'incendie. Hantée par la superstition et le Diable, elle est de plus en plus persuadée que Daniel est possédé.

Le jeune homme commence à en avoir assez de

ses lamentations et accusations. Il n'est nullement convaincu d'être habité par le Démon. Avec le temps, il a appris à maîtriser ces forces étranges. Cela ne réussit pas toujours, mais il parvient souvent à faire glisser des objets, à créer des sons en faisant vibrer l'air ambiant. Il est même arrivé à soulever son corps au-dessus du sol et à faire apparaître des ectoplasmes.

Contrairement à sa tante, il est sûr que ce phénomène est un cadeau du Ciel, et qu'il doit le faire fructifier. Il vient de lire dans un journal que, trois ans plus tôt, en 1848, ont eu lieu des événements étranges, dans la petite ville de Hydesville, située dans l'État de New York. Deux jeunes filles, Margaret et Kate Fox, ont réussi à communiquer avec les morts[1].

Lassé de l'attitude hostile de la tante Meryl et des autres, il décide de quitter l'Amérique pour retourner en Europe, où des esprits éclairés s'intéressent au phénomène.

Il ne lui faut pas longtemps pour attirer l'attention sur lui. Dans les années suivantes, il est invité dans toute l'Europe. L'empereur Napoléon III lui réserve un accueil enthousiaste, ainsi que le roi de Bavière, et même le tsar de Russie. Daniel aime cette vie de luxe, dont il profite d'ailleurs raisonnablement, puisqu'il refuse de faire payer ses prestations. S'il accepte le gîte et le couvert, il éprouve des scrupules à monnayer ses talents, car ceux-ci ne se manifestent pas sur simple commande. Parfois, rien ne se passe, mais la plupart du temps, il accomplit

1. Cet événement marquera le début du spiritisme.

des prodiges. Autour de lui, les tables décollent du sol, des objets apparaissent, des sons inconnus se font entendre, des esprits se matérialisent ; il apprivoise la lumière, communique avec les défunts, prend des braises dans ses mains sans dommage…

Il ne saurait dire d'où lui vient cette force étonnante. Il lui suffit d'entrer en transe pour percevoir le monde sous un angle totalement différent. Il est alors capable d'agir sur lui.

Sir William Crookes, le célèbre chimiste découvreur du thallium, s'est intéressé à lui et étudie le phénomène avec toute sa rigueur scientifique et sa grande intelligence. Daniel s'entend bien avec lui, et le considère comme le père qu'il n'a jamais connu. Aujourd'hui, le vieux savant a réuni plusieurs personnalités afin d'assister à l'une de ses démonstrations. Daniel n'est pas très à l'aise, car il peut sentir physiquement l'hostilité de certaines personnes. D'autres au contraire lui sont favorables, à tel point qu'elles paraissent prêtes à croire sans aucune réserve tout ce qu'il voudra bien leur montrer. Un vieux seigneur anglais, Lord Adams, le toise avec un mépris non dissimulé. Daniel hausse les épaules.

À la demande du professeur Crookes, il s'allonge sur un sofa. Il ne lui faut que quelques secondes pour atteindre l'état de plénitude insolite lui permettant d'entrer en communion profonde avec le monde. Car, pour Daniel, il n'y a pas d'autre explication : il fait intimement partie de l'univers. Sa vie ne se limite pas à son seul corps, mais se prolonge bien au-delà. La transe est seulement le moyen d'établir la communication permettant à son esprit d'agir, de commander à la matière. Cependant, il a conscience que ce phénomène lui échappe, qu'il ne sait pas toujours le maîtriser. Il aurait besoin d'un guide pour aller plus loin, pour apprendre à contrôler ces pouvoirs fantastiques. Si sa mère était encore vivante, peut-être pourrait-elle l'aider, lui expliquer. Mais il est seul, comme toujours. Alors, il doit avancer seul. Parfois, il a l'impression d'être aveugle, de progresser dans un monde inconnu, sans repère, où les lois régissant l'univers normal n'existent pas. Aussi, par peur de déclencher un cataclysme, il se contente de ce qu'il a appris à dominer.

Comme la lévitation. C'est une sensation extraordinairement agréable, celle de ne pas peser plus lourd qu'une plume, et de pouvoir diriger son corps à volonté, dans toutes les directions de l'espace. Cette fois, la transe est profonde, parfaite. Bientôt, il sent son corps s'affranchir de la servitude de la pesanteur. Il devine les regards ébahis des témoins, et surtout de ce vieux Lord Adams infatué de sa personne. Intérieurement, il sourit. Il aime bousculer les certitudes stupides de ceux qui croient tout savoir.

De toute la force de sa volonté, il se hisse jusqu'au plafond. Pour bien prouver à l'assistance qu'elle n'a pas été victime d'une hallucination collective, il s'est muni d'une craie, avec laquelle il trace une croix sur une poutre.

Lorsqu'il redescend et sort de sa transe, on lui fait une ovation, sauf le vieux Lord Adams, furieux de s'être trompé. D'ailleurs, Daniel voit dans son regard haineux qu'il soupçonne une supercherie. Mais cela n'a aucune importance. Daniel n'a rien à prouver.

Ses dons sont bien réels, même s'il aimerait savoir d'où ils lui viennent…

Daniel a cinquante-trois ans. Nous sommes en novembre 1886. Il était invité une nouvelle fois par le tsar de toutes les Russies, mais il a dû renoncer et rester à Londres. La toux provoquée par la maladie qui lui ronge les poumons depuis son plus jeune âge est revenue. Pendant des années, il l'a combattue pied à pied. Peut-être grâce à ses pouvoirs insolites, il est parvenu à la contenir, à faire reculer la mort elle-même. Mais la mort est patiente ; elle sait bien qu'elle aura le dernier mot.

Daniel est fatigué. La souffrance devient parfois intolérable. Son souffle se fait de plus en plus rauque. Une fièvre insidieuse le cloue au lit. Seule une vieille domestique fidèle veille sur lui, lui apporte de l'eau, l'aide à se lever pour les commodités.

Daniel sait qu'il est arrivé au bout du chemin. Il aurait aimé vivre encore un peu, visiter d'autres pays, connaître d'autres gens. Aucune épouse n'a ensoleillé sa vie. Les femmes ne lui furent pourtant pas cruelles, et nombre d'entre elles se sont glissées dans son lit, fascinées par ses talents étranges. Mais elles s'offraient au mystère qu'il incarnait, non à lui-même. Et toute sa vie, il a ressenti comme une absence, une mystérieuse sensation de déchirement.

Ce soir, une pluie diluvienne tombe sur la capitale britannique. Daniel sait qu'il ne survivra plus longtemps. Il espère même partir au plus tôt, tant la souffrance le ronge. Parfois, le délire le prend, atroce, sordide, peuplé de visions effrayantes.

C'est au cours d'une de ces visions qu'il sent un grand vide se creuser en lui. Et soudain, une spirale vertigineuse s'empare de lui, et l'aspire vers une lumière extérieure, magnifique sans être éblouissante. Toute douleur s'est estompée. Il se sent parfaitement bien, entraîné vers l'ailleurs, vers la sérénité.

DEUXIÈME PARTIE

L'ŒUVRE AU BLANC
OU
LA PURIFICATION DE L'ÂME
ET DU CŒUR

15

Kevin regarda longuement Alexandra. Il venait de recouvrer ses esprits et ne trouvait aucun mot pour exprimer ce qu'il ressentait. Inquiète, la jeune femme le serra contre elle.

— Parle-moi, Kevin. Que s'est-il passé ?

— Je ne sais pas ! Je ne sais plus quoi penser. J'ai l'impression d'avoir perdu tous mes repères. Le monde m'apparaît à présent sous un aspect auquel je ne m'attendais pas.

Il lui prit les mains.

— C'est toi qui avais raison. Même si j'ai du mal à l'admettre, la réincarnation n'est pas une aberration. Au contraire. Ce que j'ai vécu est tellement… incroyable ! Si tu n'avais pas subi l'expérience de Löwenscheid, je n'oserais même pas te parler de ce que j'ai vu.

— Raconte-moi !

— Daniel Dunglass-Home était bien le plus grand médium de tous les temps. Et je crois que… j'ai été cet homme, il y a un siècle. Je connais tout de sa vie. Elle est là en moi, je la sens dans ma mémoire, comme si elle faisait partie de moi depuis toujours.

Je comprends maintenant ce que tu peux ressentir pour Else von Marburg. Ces visions ne sont pas des rêves éveillés ou des cauchemars ! Ce sont de véritables voyages dans le temps.

— C'est la vérité, Kevin. Nous conservons, au plus profond de nous, le souvenir de ceux que nous avons été dans le passé. Leurs vies ont influencé celle que nous vivons actuellement. Chacune nous permet d'évoluer, d'atteindre un stade supérieur.

— Ce que nous venons de vivre tous les deux prouve que nos anges gardiens savent beaucoup de choses sur nos vies antérieures. Mais comment est-ce possible ? Comment peuvent-ils connaître nos réactions à l'avance ?

Il fit quelques pas nerveux, fit jouer ses muscles.

— C'est incompréhensible. Je devrais me sentir fatigué, comme l'était Daniel à la fin. Mais c'est tout le contraire : je me sens plus en forme que je ne l'ai jamais été. Ce voyage me laisse une sensation étrange. J'ai l'impression que je serais capable de réaliser les mêmes choses que Dunglass-Home.

Il se concentra sur un vase posé sur un guéridon. Pendant un moment, il ne se passa rien. Et soudain, le vase fut brusquement éjecté et s'écrasa sur le sol avec fracas.

— Tu… tu as vu ça ? s'exclama-t-il.

— J'ai vu, oui, mais ça n'a pas l'air au point, ton truc !

— Je manque d'entraînement, c'est tout ! grommela-t-il.

De retour à l'hôtel, ils reçurent un appel de Mike.

— Un nommé Larry Smith s'est présenté pour

savoir où tu étais. Je lui ai répondu que tu avais pris des vacances sans me donner la destination.

— C'est avec ce type que je me suis accroché à Rocky Point.

— Méfie-toi de lui ! Il ne m'inspire pas confiance.

— À moi non plus. Mais c'est bien un agent du FBI. Eddy me l'a confirmé.

— Alors, qu'as-tu trouvé en Allemagne ?

— Je préfère ne pas en parler au téléphone. Tu me prendrais pour un fou. Mais je te raconte tout dès mon retour.

— Quand reviens-tu ?

— Pas tout de suite. Alexandra m'a proposé de passer quelques jours avec elle dans sa maison du Périgord. Nous avons besoin de repos, l'un comme l'autre.

Cependant, le lendemain, alors qu'ils s'apprêtaient à partir, la patronne leur remit une nouvelle enveloppe de papier kraft.

— Oh non, gémit Kevin. Ils ne peuvent pas nous laisser un moment de répit ?

Alexandra décacheta l'enveloppe, qui contenait une nouvelle lettre signée de la mystérieuse croix Ankh, et lut :

« Les environs de La Rochelle abritent les ruines d'une commanderie des Templiers. Un secret important vous y attend ! »

— On dirait une indication pour un jeu de piste, remarqua Kevin.

— Tu parles d'un jeu ! rétorqua Alexandra. Les deux régressions que nous avons vécues se sont terminées par la mort. Je me serais déjà passée de l'histoire de la Sainte Vehme, mais avec les Templiers, c'est encore pire, ils ont été brûlés vifs.

— Que sais-tu sur eux ?

— Ils sont apparus fin 1119, lorsque Hugues de Payns et Geoffroy de Saint-Omer fondèrent l'ordre des Pauvres Chevaliers du Christ, que l'on appela plus tard l'ordre du Temple. C'étaient des moines-guerriers qui observaient des règles très strictes. Ils combattirent courageusement contre les Sarrasins, en Orient et en Espagne, mais, en 1291, la chute de Saint-Jean-d'Acre les contraignit à quitter la Palestine. Au lieu de poursuivre leur lutte en Espagne, ils s'installèrent en France où ils furent éliminés par le roi Philippe le Bel et le pape Clément V.

— Pourquoi ?

— Au moment de la fondation de l'ordre, un siècle et demi plus tôt, le pape Innocent II avait confirmé leur institution en tant que moines combattants. Mais ils ne se contentèrent pas de ça. Bénéficiant de nombreux privilèges et d'exemptions, ils s'enrichirent très vite et devinrent les banquiers des rois et des princes. Aucun souverain ne possédait une fortune aussi immense que celle du Temple, et cela excita bien des jalousies. Alors, Philippe le Bel, qui leur avait emprunté énormément, préféra les faire disparaître. Ce n'était pas les scrupules qui l'étouffaient. En octobre 1307, il ordonna l'arrestation de tous les Templiers résidant dans le royaume. Ils furent accusés de toutes sortes d'abominations, qui ne furent jamais prouvées, sinon sous forme d'aveux obtenus sous la torture. Les grandes cours d'Europe reconnurent leur innocence, mais le pape Clément V, un lâche soumis au roi de France, confirma leur déchéance. Ils furent tous exécutés, et leur grand maître, Jacques de Molay, périt sur le bûcher le 18 mars 1314. Et c'est là que commencent les mystères.

— Comment ça ?

— Tout d'abord, il y eut la malédiction lancée par Jacques de Molay le jour de sa mort. Selon la légende, il assigna ses trois bourreaux, Philippe le Bel, Clément V et Guillaume de Nogaret, devant le tribunal de Dieu avant que l'année soit finie. Or, Nogaret fut empoisonné deux mois plus tard, le pape mourut d'étouffement en avril, et le roi périt en novembre dans un accident de chasse dont les circonstances demeurèrent mystérieuses. Mais la malédiction ne s'arrêta pas là : les trois fils de Philippe le Bel moururent sans héritier mâle, et les querelles de succession provoquèrent la guerre de Cent Ans. Et il y a encore plus surprenant. Les richesses des Templiers furent remises aux Hospitaliers. Cependant, ceux-ci n'héritèrent qu'une petite fraction des biens estimés. La plus grande partie avait disparu. Des rumeurs coururent très vite, qui disaient que le trésor était caché quelque part. Nombreux furent ceux qui se lancèrent à sa recherche. Mais il ne fut jamais retrouvé. Certains pensent qu'il fut éparpillé un peu partout, dans des caches connues des seuls initiés. On dit par exemple que le trésor de Rennes-le-Château a pour origine la fortune des Templiers, mais rien ne le prouve.

— Tu crois que nos anges gardiens veulent nous faire revivre leur supplice ?

— Celui-ci a eu lieu en 1314, mais à Paris, pas à La Rochelle. Et puis, la lettre évoque un secret important. La mort des Templiers sur le bûcher n'a rien de secret.

— Alors, ils vont peut-être nous aider à retrouver le trésor !

— Ne rêve pas trop !

La Rochelle, deux jours plus tard…

— Cette région a connu plusieurs fois un destin tragique, expliqua Alexandra. En 1627, La Rochelle fut assiégée par les troupes de Louis XIII et de Richelieu. Malgré une résistance acharnée, elle a fini par se rendre. Il y eut plus de quinze mille morts parmi les civils. Morts de faim, de soif, de maladie, d'épuisement. On dit qu'il ne restait plus que cent cinquante hommes dans la garnison au moment de la reddition. Plus tard, sous la Révolution, la Vendée fut le théâtre d'une guerre fratricide épouvantable, parce que les habitants voulaient conserver leur croyance. Le général Marceau, écœuré par le carnage, demanda à être nommé sur la frontière. La Convention envoya alors un nommé Turreau, à la tête de douze armées que l'on baptisa les « colonnes infernales ». Méthodiquement, le pays fut pillé, les églises et les châteaux rasés, les villages anéantis, les populations massacrées. Cet épisode fait honte à la France. Deux siècles après, les habitants en conservent encore la mémoire.

— Et les Templiers ?

— En fait, personne ne sait exactement pourquoi ils sont venus s'installer ici. L'essentiel du commerce avec l'Angleterre se faisait par les Flandres, et il eût été plus logique pour eux d'établir leur flotte sur ces côtes. Pourtant, une grande partie était là, à La Rochelle.

À l'office du tourisme, on ne put leur donner de renseignements. On ne connaissait pas de commanderie dans l'enceinte de la ville. Mais peut-être dans les environs…

— C'est ce qui est noté sur la lettre ! fit remarquer Kevin. *« Les environs de La Rochelle. »*

— Oui, mais où chercher ?

Ils finirent par trouver, à la bibliothèque, un vieil ouvrage d'histoire mentionnant l'existence d'une commanderie située près du village de Saint-Christophe, à quelques kilomètres à l'est de La Rochelle. Mais celle-ci avait été détruite, il n'en restait plus que des ruines appartenant à un paysan.

Une heure plus tard, grâce aux indications d'une carte détaillée, ils découvrirent les ruines en question. Un vent violent balayait la plaine sous un ciel bas et menaçant. Après avoir garé leur voiture, ils s'avancèrent sur le chemin qui menait autrefois au portail principal. Des bâtiments, il ne restait plus qu'un amas de pierres dessinant vaguement un vaste rectangle. Çà et là, quelques pans de murs tenaient encore debout, de même qu'une petite chapelle rongée par le lichen et recouverte de plantes grimpantes. Un essaim de courlis s'envola à leur approche. Ils pénétrèrent à l'intérieur de l'enceinte. Tout à coup, une silhouette apparut derrière eux. Un individu méfiant les contemplait.

— Vous cherchez quelque chose ?

Alexandra se retourna et adressa un sourire charmeur à l'homme.

— Excusez-moi, monsieur. Vous êtes le propriétaire de ces lieux ?

— Non, j'y travaille seulement !

— Nous sommes historiens. On nous a dit que cet endroit abritait jadis une commanderie des Templiers.

— Possible ! rétorqua l'autre d'une voix circonspecte.

— Nous voulons juste examiner ces ruines. Cela ne vous dérange pas ?

L'autre s'approcha, amadoué par la silhouette agréable d'Alexandra.

— Non, mais prenez garde ! On dit qu'des fantômes rôdent encore par ici.

— Des fantômes ?

— Pour sûr ! On peut rien faire pousser dans l'coin. Certains disent que c't'à cause du sel qu'imprègne le sol. Mais d'autres pensent que c'sont les spectres des moines-chevaliers qu'ont maudit c'te terre.

Tout en parlant, il faisait des gestes rapides avec ses doigts, comme pour conjurer le sort. Baissant la voix, il ajouta :

— On dit qu'ces moines étaient des monstres, qu'ils avaient renié Not'Seigneur Jésus-Christ et qu'ils adoraient l'Diable. Ils crachaient sur la Croix qu'ils clouaient à l'envers. Ce sont pas des pratiques diaboliques, ça ?

— Si elles sont vraies, oui ! répondit prudemment la jeune femme.

— J'sais pas si elles sont vraies. Ce que j'sais, c'est qu'de bons moines ont chassé ces chevaliers maudits, voilà bien longtemps. Ils ont transformé les lieux en abbaye. Mais les malheurs se sont succédé. L'abbaye a brûlé plusieurs fois. Pour finir, pendant la Révolution, les Bleus l'ont rasée, et ils ont massacré tous les moines qui s'y trouvaient. Depuis, personne n'a voulu construire quoi qu'ce soit ici. On appelle c't'endroit l'Champ du Diable.

— Merci, monsieur ! Mais ne vous inquiétez pas ! Nous ne craignons ni fantôme ni diable.

— C'est vous qu'ça r'garde ! J'vous aurai prévenus.

Ils attendirent que le bonhomme se fût éloigné, puis poursuivirent leurs investigations.

— Le Champ du Diable ? se moqua Kevin. Les vieilles légendes ont la vie dure, par ici.

— Je te ferai remarquer que les cultes sataniques se développent beaucoup aux États-Unis en ce moment. Alors, évite de te moquer de mes compatriotes.

— Tu ne serais pas un peu chauvine ?

Alexandra dédaigna de répondre. Des herbes folles avaient depuis longtemps envahi l'enceinte, et dissimulaient un dallage inégal. Peu à peu, ils retrouvèrent ce qui avait dû être un réfectoire, des cellules, une chapelle, des écuries, une grande salle de réception. La chapelle elle-même comportait encore un reste de toit dont la voûte gothique avait résisté par miracle. Un grand tilleul poussait non loin de là.

— Je me demande s'il s'agit de la bonne commanderie, observa Alexandra. Les Templiers en possédaient plusieurs milliers. Il pourrait y en avoir une autre à La Rochelle même.

Mais, comme ils pénétraient avec prudence dans les ruines de la chapelle, un frisson étrange les saisit. Instinctivement, la jeune femme prit la main de son compagnon.

— Il se passe quelque chose, gémit-elle. J'ai le vertige.

— Moi aussi ! Nous ferions mieux de nous asseoir.

Titubant, ils se dirigèrent vers ce qui restait d'un banc de pierre recouvert de mousse. Ils étaient à peine assis qu'un tourbillon les emporta ailleurs.

16

Troisième voyage

LE SECRET DES TEMPLIERS

Ils étaient toujours assis sur le banc de pierre. Mais celui-ci n'était plus recouvert de mousse et se trouvait dans une petite pièce attenante à la chapelle, là où ils savaient que personne ne viendrait les déranger à cette heure de la journée. Ils prenaient un très gros risque, car le commandeur, Pierre-Étienne de Villeneuve, n'admettait pas la présence des femmes à l'intérieur de la commanderie. Mais Hugues de Molines n'appartenait pas à l'ordre du Temple. Même s'il admirait les Frères chevaliers et s'il avait souhaité mettre sa vie et sa connaissance de la mer à leur service, il n'avait jamais pu se résoudre à revêtir l'habit blanc à croix rouge des moines combattants. Il aimait trop la compagnie des femmes.

Il n'avait jamais fait preuve de fidélité envers aucune, jusqu'au moment où il avait rencontré Isabelle, quelques mois plus tôt, à l'occasion d'un repas offert par le baron de Tonnay. Celui-ci, qui avait participé autrefois à la dernière croisade, avait convié le commandeur et ses plus proches conseillers, dont Hugues faisait partie, bien qu'il ne fût pas chevalier. Une demoiselle à la longue chevelure brune était assise non loin du baron, qui la présenta comme sa fille. Subjugué par sa beauté, Hugues avait manœuvré pour se rapprocher d'elle.

Cette soirée restait à jamais gravée dans la mémoire d'Isabelle. Pendant des heures, elle avait écouté le jeune homme lui conter ses aventures. Un élément pourtant la troublait.

— C'est curieux, je croyais que les Templiers n'acceptaient pas de laïcs à leurs côtés.

— Mon cas est particulier, belle damoiselle. Dans les dernières batailles qui nous opposèrent aux Sarrasins après la chute de Saint-Jean-d'Acre, je combattais au côté du Frère Pierre-Étienne de Villeneuve.

— Vous revenez de Terre sainte ? Vous semblez bien jeune pour cela. Saint-Jean-d'Acre est tombée voilà seize ans.

— Si fait, mais les combats se sont encore poursuivis pendant quelques années, un peu partout en Méditerranée. Je suis le cadet d'une famille poitevine modeste mais de bonne noblesse. Mon père m'avait placé chez l'amiral de la flotte templière qui tenait encore Acre. J'avais dix ans à l'époque, et je ne participais pas aux batailles.

— On dit qu'il s'est produit là-bas de grands massacres.

— Malgré leur courage, les Frères n'ont pu résister. À la vérité, ils ont été abandonnés. Il faut croire que la foi des souverains d'Europe est devenue bien tiède. J'ai grandi au côté des Chevaliers. Ils m'ont enseigné l'art du combat.

— Pourtant, vous n'êtes pas devenu chevalier vous-même ?

— Je ne me sentais pas la vocation. Je n'avais pas fait vœu de chasteté et de pauvreté. Je suis très vite devenu un rude combattant. Un jour, je me suis emparé d'un navire sarrasin à moi seul.

Elle éclata de rire.

— Vous plaisantez ! À vous seul ?

— Que les dents me tombent à l'instant si je vous mens, douce Isabelle. Nous étions en Égypte, ce pays étrange où les anciens dieux portent des têtes d'animaux. Mes maîtres tenaient encore quelques comptoirs grâce auxquels ils entretenaient commerce avec les populations locales. Mais les Sarrasins nous pourchassaient sans répit. C'était une guerre d'escarmouches impitoyable. Souvent, je m'approchais des territoires ennemis et je les espionnais. Savez-vous que je parle couramment le sarrasin ? Avec mes cheveux noirs et ma peau mate, les Infidèles ont cru plusieurs fois que j'étais l'un des leurs. Le Poitou fut autrefois pillé par les Maures, et peut-être compté-je des ancêtres parmi eux. Je connaissais parfaitement leurs coutumes. Une nuit, j'ai repéré une grosse felouque gardée par quatre hommes. Je me suis glissé à bord et je les ai tués. Puis j'ai manœuvré la felouque jusqu'au port chrétien. Mon maître a considéré qu'elle était prise de guerre, et m'a permis de la garder. Peu à peu, j'ai constitué un équipage, et j'ai capturé d'autres navires.

« Hélas, les Chevaliers ont dû abandonner leurs positions et revenir en terre chrétienne. Je les ai suivis. Avec eux, j'ai navigué le long des côtes de Méditerranée. Ils louaient mes services. À plusieurs reprises, nous avons affronté les Infidèles. C'est là que j'eus l'occasion, par deux fois, de sauver la vie de mon ami le commandeur. Si vous ne me croyez pas, demandez-le-lui.

— Mais je vous crois.

— C'était il y a cinq ans. Je possédais ma flotte personnelle, dérobée à l'ennemi. Elle comptait déjà trois vaisseaux taillés pour la navigation en haute mer. Je pensais que les Templiers allaient soutenir les Espagnols dans la reconquête de leur pays, mais ils ont préféré s'installer en France. Alors, j'ai commercé pour eux, avec l'Angleterre, les Flandres, le Portugal. C'est ainsi que j'ai appris les langues que l'on parle dans ces pays.

— C'est bien ce que l'on reproche aux Templiers. Ils entretiennent des relations avec les ennemis du royaume. On dit que le roi Philippe est courroucé contre eux. La rumeur prétend que vos maîtres se livreraient à des pratiques de méchante sorcellerie ramenées d'Orient. Certains affirment qu'ils adorent un dieu maudit du nom de Baphomet.

Hugues éclata d'un rire sonore.

— Tout cela n'est que mensonge. Je peux vous assurer sur ma vie et mon honneur que les Frères sont de parfaits chrétiens et n'offensent en aucune manière le nom de Notre Seigneur Jésus. Mais ils sont aussi très riches, et cela explique la jalousie dont ils sont victimes. On dit que le plus puissant des souverains est moins riche qu'eux. Pourtant, leurs règles leur interdisent de profiter de cette fortune. Vous seriez surprise de constater quelle vie simple est la leur. Ils ont fait vœu de pauvreté et n'ont droit qu'à deux chemises, deux chausses, deux manteaux et une pelisse pour l'hiver. La nuit, ils dorment sur des paillasses, et non dans des lits confortables. Ils observent des jeûnes très stricts, mangent à deux par écuelle, font maigre quatre fois par semaine.

Isabelle songea aux somptueux habits de l'évêque de La Rochelle et ne sut que répondre. Hugues poursuivit :

— Toutes les vilenies que l'on répand sur eux ne sont que calomnies et mensonges. Lorsque Saint-Jean-d'Acre tomba aux mains des Infidèles, les rois très chrétiens n'étaient plus là ; seuls les Chevaliers du Temple résistaient encore. Je les ai vus combattre. Ce sont de fiers guerriers, les plus nobles qu'on vît jamais. Voilà pourquoi je les admire et pourquoi je les sers de toute mon âme, belle damoiselle. Et je ne peux oublier les pays de lumière que j'ai traversés à leur côté.

Pendant des heures, il avait parlé de ces terres lointaines, brûlées par le soleil, des tempêtes soudaines et dangereuses dont il avait triomphé. Isabelle l'avait écouté, bouche bée, et déjà amoureuse. Ils s'étaient promis de se revoir, et choisirent pour cela la pièce située derrière la chapelle de la commanderie.

Ce jour-là pourtant, leur cœur était triste. Quelques jours plus tôt, Hugues avait émis le désir d'épouser Isabelle. Elle avait accepté, mais il fallait le consentement de son père. La veille, il avait rencontré Guillaume de Tonnay, afin de faire sa demande. Le baron avait refusé, arguant que la noblesse de Hugues était de trop basse extraction. Il avait avancé une autre raison.

— En dépit de l'estime que je vous porte, je ne peux allier ma fille avec un homme qui entretient des relations avec des individus soupçonnés des pires crimes contre Notre Seigneur.

— Mais les Chevaliers du Temple sont les meilleurs des chrétiens ! Tout ce que l'on colporte sur eux est faux !

Hugues avait tenté de fléchir le baron, mais celui-ci lui avait interdit de revoir Isabelle, qu'il désirait marier à un comte du Poitou, ami fidèle de Philippe le Quatrième. Aussi, malgré l'interdiction, Isabelle était venue rendre une dernière visite à Hugues.

— Mon bel et doux ami, je pars dans trois jours pour Poitiers, sur l'ordre de mon père. Il reçoit demain celui qui doit devenir mon époux. Je sais à présent qui il est. Il se nomme Guillaume de La Ferté-Montjoie. On dit de lui qu'il a plus de cinquante ans, et qu'il est méchant comme le Diable. Lorsque le roi Philippe fut accusé d'avoir fabriqué de la fausse monnaie, le peuple se révolta et le contraignit à se réfugier dans l'enceinte même du Temple. Ce fut La Ferté-Montjoie qui traqua les meneurs et les captura. On sait dans quelles tortures atroces il les fit périr.

— Et c'est à ce monstre que votre père vous destine ? Comment peut-il être aussi aveugle ?

— Il voit en ce mariage l'occasion de se rapprocher du roi.

— Nous ne pouvons laisser faire cela, Isabelle ! Nous allons fuir tous les deux.

— Je ne peux pas, Hugues. Mon père et La Ferté-Montjoie auraient alors un prétexte tout trouvé pour s'en prendre aux Chevaliers du Temple. Avec tout ce que l'on raconte sur eux, on prétend même qu'un procès pourrait leur être intenté. Et puis, où irions-nous ?

Lorsque Hugues regarda partir Isabelle en cette fin d'après-midi du 10 octobre 1307, il eut l'impression que son cœur se déchirait. Il savait qu'il ne la reverrait jamais. Il savait aussi qu'elle agissait ainsi pour sauver ses amis, les Chevaliers du Temple.

Après son départ, il demanda à Pierre-Étienne de Villeneuve de lui accorder une audience. Le vieil homme l'accueillit avec un sourire.

— La demoiselle de Tonnay était-elle exacte au rendez-vous, mon fidèle ami ?

Hugues le regarda avec stupéfaction. Le chevalier poursuivit.

— À en croire ton visage attristé, je pourrais en douter, si je n'avais vu sa haquenée repartir tout à l'heure.

— J'ignorais que vous aviez surpris notre secret, mon maître.

— Secret dont tous les frères sont parfumés, Hugues. Tu sais pourtant que la présence d'une femme en ces lieux est contraire à nos règles.

— Je…

Le vieux chevalier leva la main.

— Laissons cela ! Il faut croire qu'avec l'âge, je deviens plus indulgent. Et puis, tu n'appartiens pas à l'Ordre, même si tu lui es loyal. Je sais aussi d'où vient ta tristesse.

Hugues le regarda, étonné. Pierre-Étienne expliqua :

— Je me méfie de ce baron de Tonnay. L'amitié qu'il me témoigne sonne faux, et je sais qu'il se range parmi nos ennemis les plus zélés à nous anéantir. Je sais aussi qu'il t'a refusé la main de la douce Isabelle.

— Elle vient de me l'annoncer, mon maître. Je lui ai proposé de fuir avec moi. Et elle a refusé, afin de ne pas vous porter préjudice.

— Malgré sa jeunesse, et bien qu'elle soit une femme, donc marquée par le péché originel, cette jeune fille est dotée d'une sagesse que lui envieraient bien des hommes.

— Je l'aime, mon maître ! Je ne supporterai pas de la voir épouser ce Guillaume de La Ferté-Montjoie. On dit que c'est un homme cruel.

— En vérité, il l'est. Mais le devoir d'une fille est de se plier aux volontés de son père. Telle est la loi.

— Je le sais ! C'est pourquoi je vais partir.

— Partir ? Où veux-tu aller ?

— Combattre les Sarrasins en Espagne. Là-bas, Dieu me sera sans doute miséricordieux et m'accordera une mort noble en combattant pour Sa gloire. Je ne peux supporter l'idée de vivre sans Isabelle.

Le vieil homme ne répondit pas immédiatement.

— Il existe peut-être une autre solution. Des jours bien sombres se préparent pour nos frères, et nous allons avoir besoin de tous nos moyens pour nous défendre contre la fourberie du pape et la cupidité du souverain. Notre grand maître, mon bien-aimé frère en Jésus-Christ Jacques de Molay, s'est montré par trop insouciant avec le roi Philippe. Celui-ci est rusé, calculateur, et il n'a aucun scrupule. Il s'est irrité de notre fortune. Nous aurons besoin de minerai d'argent pour fondre des pièces. Si tu l'acceptes, tu peux nous rendre un grand service. Ta flotte est-elle seulement prête à partir ?

— Mes trois navires sont ancrés dans le port. Les équipages sont sans doute dispersés dans la ville, mais j'aurai tôt fait de les réunir. Vous savez comme ils me sont dévoués.

— Pour ce que je vais te proposer, tu ne devras emmener que tes marins les plus sûrs. Il faudrait que tu préviennes tes capitaines qu'ils chargent des vivres pour plusieurs mois.

— Plusieurs mois ?

Pierre-Étienne sourit.

— Le voyage sera très long. Viens avec moi.

Le vieil homme l'entraîna dans son bureau, une pièce sombre à l'ameublement rustique, éclairée par des chandelles de cire verte. Sur des étagères de chêne lustré s'empilaient des livres de comptes. Dans une bibliothèque sculptée étaient classés quelques incunables. Pierre-Étienne de Villeneuve lui avait lui-même appris à lire, et Hugues avait déjà eu l'occasion de feuilleter ces trésors inestimables, dont seuls les plus riches seigneurs possédaient quelques exemplaires. Le jeune homme approcha de la bibliothèque et contempla les ouvrages avec respect. Le vieux chevalier le regarda, amusé.

— Ils sont si peu nombreux, soupira le Templier. À peine une trentaine. Il fut pourtant une époque où la plus grande bibliothèque du monde comportait près d'un million d'ouvrages.

Hugues se tourna vers lui.

— Mon maître se moquerait-il de moi ?

— Hélas, non. Tu as toi-même approché cet endroit sacré. Elle se trouvait dans la ville égyptienne d'Alexandrie, où nous avons combattu les Infidèles voilà quelques années. On dit que cette cité abritait autrefois un phare immense destiné à guider les navires et une bibliothèque fabuleuse où se trouvait concentré tout le savoir de l'Humanité, un savoir accumulé au long des millénaires. Malheureusement, elle fut détruite par un incendie sous le règne de la reine Cléopâtre. L'Égypte était alors soumise aux Romains, et au plus habile de leur chefs militaires : Jules César.

Le vieil homme souleva lentement le lourd couvercle d'un coffre de chêne et en sortit des documents qu'il posa solennellement sur la table. Puis il fixa Hugues de son regard bleu pâle dont émanait une volonté inébranlable.

— Mon ami, bien que tu n'appartiennes pas à l'Ordre, je vais te révéler ce soir l'un des secrets les plus extraordinaires que nous avons ramenés de nos campagnes en Orient. Ce que je vais t'apprendre, très peu d'hommes le savent. Aussi, je vais te demander de faire le serment de ne jamais répéter à quiconque ce que je vais t'enseigner. Acceptes-tu ?

— Oui, mon maître !

Pierre-Étienne lui présenta les Évangiles. Hugues tendit la main droite au-dessus du livre vénérable et dit :

— Je fais le serment devant Notre seigneur Jésus-Christ de ne jamais révéler ce que vous allez m'apprendre.

Pierre-Étienne reposa le livre sacré et montra la carte.

— Au-delà de nos luttes contre les Infidèles, nos voyages en Terre sainte nous ont permis de découvrir, ou plutôt de redécouvrir des sciences connues des Anciens, ceux qui peuplaient le monde avant l'arrivée du Sauveur. Car, peu avant l'incendie de la grande bibliothèque d'Alexandrie, quelques trésors inestimables furent sauvés des flammes. Des érudits initiés les ont conservés précieusement au cours des siècles. Certains parvinrent entre nos mains, à la suite d'avatars guerriers ou de tractations commerciales. Ce que nous avons appris a ébranlé la foi de quelques-uns d'entre nous. Et il faut avouer qu'il nous a fallu beaucoup de patience, de courage et de clairvoyance pour comprendre l'héritage mystérieux que nous ont laissé les antiques Égyptiens, car les documents étaient rédigés en grec ancien, langue que nous avons dû apprendre. Mais surtout, bien souvent, ce qu'ils contenaient allait à l'encontre des dogmes répandus par notre sainte mère l'Église. Parmi les secrets que nous avons retrouvés, l'un d'eux a remis en cause toute notre vision du monde. Es-tu prêt à entendre ce secret ?

Hugues sentit une grande émotion l'envahir. Il éprouva une bouffée d'affection envers le vieil homme qui lui offrait la plus grande preuve de confiance.

— Oui, mon maître.

— Eh bien, contrairement à ce que prétendent les dogmes, ce monde n'est pas plat, mais sphérique.

— Sphérique ?

— Tu as bien entendu. Les savants de l'Église se sont trompés. Le royaume terrestre est une boule immense suspendue dans le ciel. Les Anciens avaient découvert cette vérité il y a bien longtemps déjà, et en ont laissé la preuve. Mais ce n'est pas tout. Certains écrits parlaient de grandes terres lointaines situées très loin vers l'ouest, à plus de deux mois de navigation.

Hugues sentit ses jambes se dérober sous lui. Depuis toujours, il avait imaginé un monde plat, bordé par des gouffres sans fond gardés par des monstres, et, en quelques instants, cette vision venait de basculer. Une boule suspendue dans le ciel ? Comment accepter de croire à une chose aussi absurde ? Comment faisaient ceux qui vivaient de l'autre côté pour ne pas tomber dans le vide ? Si un autre que son vénéré maître lui avait parlé de la sorte, il eût cru à une quelconque diablerie. Mais il connaissait trop le vieux chevalier pour imaginer un seul instant qu'il était inspiré par le Malin. Ce qu'il affirmait ne pouvait être que la vérité, même si celle-ci paraissait incroyable.

— Vous pensez qu'il existe d'autres terres à l'occident ?

— Elles existent ! Nous y sommes allés. Nos navires ont effectué plusieurs fois la traversée depuis près d'un siècle. Quelques capitaines seulement connaissent le secret de ces routes. Malheureusement, je viens d'apprendre que deux d'entre eux viennent d'être tués au large du Portugal. Nous devons les remplacer. J'ai pensé à toi.

— Vous voudriez m'envoyer de l'autre côté du monde ?

— Tu es le meilleur de nos capitaines, même si tu n'es pas chevalier. Et puis, l'un de nos frères t'accompagnera. Il connaît parfaitement les routes maritimes menant vers ce que les Anciens appelaient les Îles lointaines. C'est de là que nous ramenons l'argent en quantité importante, cet argent avec lequel nous battons nos pièces. Tu es le seul marin assez courageux pour oser ce voyage.

Hugues ne savait que répondre. Enfin, il dit :

— Je perçois à présent pourquoi les Pauvres Chevaliers du Christ ont édifié une fortune plus importante encore que celle des rois. Au-delà des combats, vous avez su comprendre l'Orient et ses secrets.

Il secoua la tête.

— C'est étrange ! C'est un sentiment que j'ai éprouvé plusieurs fois en combattant les Infidèles. Je les ai haïs, mais je n'ai pu m'empêcher aussi de les admirer. Leur science était troublante, et leur étrange façon de vivre m'a attiré parfois.

— C'est arrivé à certains de nos frères. À de nombreuses reprises, nous avons eu des contacts avec les Sarrasins. Nous ne les avons pas toujours combattus. Et nous avons beaucoup appris. J'ignore s'il en fut de même de leur côté, mais je dois avouer que j'ai ressenti pour certains d'entre eux un sentiment qui n'était pas loin de ressembler à de l'amitié. Comment expliquer cela ? Ils étaient nos pires ennemis. Ils ont fini par nous chasser des Lieux sacrés, pourtant, je ne parviens pas à leur vouer de la haine. Et je ne peux m'empêcher de songer que si nous savions, les uns et les autres, surmonter nos querelles théologiques, nous pourrions partager nos connaissances et nous enrichir mutuellement.

Il écarta les bras.

— Mais voilà, le monde est ainsi fait que la haine l'emporte bien trop souvent sur l'amour, même s'il est l'arme de Notre Seigneur.

Il regarda Hugues dans les yeux et demanda :

— Alors, mon ami, quelle est ta décision ?

— J'accepte, mon maître.

Durant les deux jours qui suivirent, Hugues et ses capitaines sillonnèrent La Rochelle et les environs à la recherche de vivres en suffisance pour un voyage de plusieurs mois. Nanti d'une somme importante par Pierre-Étienne de Villeneuve, il surveilla lui-même l'achat des denrées, prévoyant des graines que l'on ferait germer à bord lorsque les réserves seraient épuisées. Cela permettrait d'éviter la méchante maladie qui déchausse les dents et fait saigner les gencives.

Dans le manoir de Tonnay, Isabelle avait été informée par son père lui-même que Hugues de Molines achetait des vivres. Elle en conclut qu'il se préparait à partir et en conçut une douleur muette que le baron refusa de voir. Isabelle comprit qu'il n'était pas fâché qu'elle se soit montrée raisonnable et que Hugues n'ait pas cherché à la revoir.

— L'homme auquel je t'ai promise arrive ce jour d'hui, ma fille. Il serait malséant de lui présenter si piètre figure. Je t'ordonne de lui sourire et de lui faire bonne grâce. Ce mariage est très important pour notre famille.

Isabelle baissa les yeux. Jamais elle n'avait osé se rebeller contre l'autorité de cet homme dont il ne serait venu à personne l'idée de contrarier les désirs.

— Bien, mon père !

Le lendemain, dans la soirée, un équipage arriva au château, précédé de plus de trois cents hommes d'armes. Ces derniers établirent leurs quartiers dans les villages voisins, au grand dam des paysans, qui allaient devoir les loger, les nourrir, et supporter leur grossièreté. Un homme gras, aux yeux petits et inquisiteurs, descendit d'une voiture tirée par deux énormes bœufs. Son manteau épais, de couleur mauve, lui tenait chaud, et de longs filets de sueur dégoulinaient de son front. Isabelle frémit. Une nausée la saisit, car, bien qu'elle se tînt à quelques pas, elle perçut l'âcre odeur de transpiration qui émanait de lui.

— Seigneur Guillaume, soyez le bienvenu dans ma demeure, dit le baron en s'inclinant avec obséquiosité.

— Isabelle, approche ! ordonna sèchement son père.

Il se tourna vers l'arrivant et s'inclina une nouvelle fois.

— Seigneur, voici ma cadette, votre fiancée.

Isabelle jeta un regard désespéré au baron. Son père ne pouvait envisager de la donner à ce monstre ! C'était impossible ! Mais il la fustigea du regard. La Ferté-Montjoie la contempla longuement et déclara d'une voix étrangement basse :

— J'ai plaisir à constater que votre fille est encore plus belle que le portrait que l'on m'avait rapporté d'elle. Mais j'aimerais que nous puissions nous entretenir en privé. Je suis porteur de très graves nouvelles de la part du roi Philippe.

— Sa Majesté sait qu'elle peut compter sur mon dévouement sans faille.

Quelques instants plus tard, le baron et Guillaume de La Ferté-Montjoie pénétraient dans un cabinet grossièrement meublé, qui servait de bureau au seigneur des lieux. Isabelle, la mort dans l'âme, les avait suivis. Lorsque son père voulut la renvoyer, La Ferté-Montjoie intervint.

— Laissez, baron. Si cette jeune personne doit devenir mon épouse, elle peut entendre ce que j'ai à vous dire, afin qu'elle sache quelles missions importantes Sa Majesté daigne me confier.

La suffisance du gros homme n'avait d'égal que son aspect repoussant. Isabelle aurait voulu être ailleurs, mais elle allait être obligée de supporter la vanité de son futur époux, qui prit place d'autorité sur le faldestuel du baron. Celui-ci dut se contenter d'une escabelle, tandis que la jeune fille restait debout en arrière, mal à l'aise.

— J'irai droit au but, mon ami. Notre bon roi a besoin de tous ses fidèles sujets pour un combat qu'il a décidé de mener contre l'hérésie de certains moines.

— Je crois que je vous entends, Seigneur. Mes guerriers sont à votre disposition.

— L'action aura lieu dès demain, 13 octobre de l'an de grâce 1307. Simultanément, dans toutes les commanderies de France, les Templiers seront arrêtés afin de répondre de leurs crimes.

Une onde de terreur glacée coula dans les veines d'Isabelle. Hugues n'appartenait pas à l'ordre, mais il vivait avec les chevaliers. Il allait être arrêté, lui aussi. Elle faillit intervenir, défendre les moines guerriers, dénoncer les mensonges que l'on colportait sur leur compte. Mais elle se tut. Hugues avait raison : ces rumeurs avaient été répandues sournoisement par des émissaires royaux pour préparer le peuple à cette arrestation massive. Les chevaliers avaient le tort d'être plus riches que le roi lui-même. Il s'apprêtait à s'emparer de leurs biens. Cette ignominie emplit son cœur de colère et de dégoût.

Il ne lui fallut qu'un court instant pour prendre sa décision. Jamais elle n'épouserait ce porc immonde. Le soir, son père allait probablement donner un repas en l'honneur de leur visiteur. Elle prétexterait la fatigue pour se retirer, puis elle s'enfuirait et rejoindrait la commanderie pour prévenir Hugues et ses compagnons.

Elle profita de la fin de l'après-midi pour seller une monture qu'elle attacha près d'une poterne mal gardée. Puis elle prépara un bagage maigre, afin de ne pas attirer l'attention.

Quelques heures plus tard, elle quittait la grande salle du château, écœurée par la conduite de son promis, qui se comportait en véritable maître des lieux, et qui lui avait donné plusieurs fois envie de vomir avec des rots sonores et des pets bruyants. Il avait pris de plus un plaisir morbide à conter comment il avait poursuivi les rebelles, quelques années plus tôt, comment il les avait fait arrêter, torturer et exécuter. Il décrivit avec force détails sordides les supplices qu'il avait imaginés pour eux, émaillant son récit de rires tonitruants auxquels les autres faisaient servilement écho. Plusieurs fois, elle avait eu envie de lui ouvrir le ventre afin de répandre ses tripes sur le dallage. Ce verrat ne méritait pas plus.

Sitôt arrivée dans sa chambre, elle passa des habits de valet, dissimula ses cheveux bruns sous un bonnet, se noircit le visage et descendit discrètement dans la cour. Les sentinelles, égayées par le vin offert par le baron, ne remarquèrent pas son manège. Les portes n'étaient pas gardées. Avec trois cents soldats armés jusqu'aux dents dans les environs, qui aurait eu l'idée d'attaquer le château ? Il faisait nuit noire lorsqu'elle franchit la poterne à pied et s'éloigna par un chemin détourné, tenant sa monture par les rênes. Elle ne se mit en selle qu'à bonne distance et fonça à bride avalée en direction de la commanderie.

Elle avait conscience qu'en agissant ainsi, elle trahissait son père et risquait la mort. Mais celle-ci lui paraissait cent fois préférable à la perspective d'épouser le monstre ignoble qu'on lui destinait. La présence de tant de guerriers dans les environs la servit : les bandits de grands chemins qui d'ordinaire hantaient la forêt séparant le château de la commanderie ne se manifestèrent pas.

Dans la cellule qu'il occupait lorsqu'il résidait à la commanderie, Hugues ne pouvait fermer l'œil. Le visage d'Isabelle ne le quittait pas. Il ne parvenait pas à accepter l'idée de ne jamais la revoir. Soudain, des coups précipités retentirent contre sa porte.

La voix d'un turcople[1] souffla :

— Seigneur Hugues ! le frère de Villeneuve vous mande immédiatement au palais[2].

Inquiet, Hugues s'habilla à la hâte et rejoignit son maître. Celui-ci visiblement agité, marchait à pas nerveux. Devant lui se tenait un valet de petite taille, au visage maculé de crasse.

— Ah, Hugues, viens !

Le jeune homme s'avança.

— Je crois que tu connais ce valet !

Stupéfait, Hugues devina alors, sous la couche de poussière, les traits d'Isabelle.

— Vous ? Mais pourquoi ?

1. Turcople : écuyer, dans la hiérarchie templière.
2. Le réfectoire.

La jeune fille expliqua en hâte :

— Guillaume de La Ferté-Montjoie est arrivé, seigneur Hugues. C'est un monstre repoussant. Je préfère mourir que de l'épouser. Mais ce n'est pas tout. Il est chargé d'exécuter un ordre terrible du roi. Dès demain, tous les Templiers seront arrêtés et emprisonnés dans tout le royaume de France. Cet homme s'en est vanté devant moi, afin de se donner encore plus d'importance. C'est pourquoi je suis venue vous prévenir. Sachant qu'on ne me laisserait pas entrer de nuit, je me suis travestie.

Pierre-Étienne laissa éclater sa colère.

— Voilà la fable que cette rusée damoiselle a imaginée pour venir vous rejoindre et désobéir aux ordres de son père !

Mais Isabelle avait cessé de trembler devant le baron. Elle n'allait pas avoir peur du vieux moine.

— Non, Messire chevalier ! Hélas, il ne s'agit pas d'une fable. J'ai trahi mon père pour vous avertir. Jamais il ne me pardonnera. J'ai choisi de me ranger de votre côté parce que j'aime le seigneur Hugues de Molines, c'est vrai, mais aussi parce que j'estime que vous êtes innocents des vilenies dont on vous accuse, et parce que le roi Philippe s'apprête à commettre une grave injustice avec la complicité du pape.

— Depuis quand les femmes se mêlent-elles de politique ? rétorqua le vieil homme.

— Les femmes sont aussi capables de réfléchir, Messire chevalier. Je suis désolée de vous mettre dans l'embarras en transgressant vos règles, mais je devais agir très vite. En espérant que mon père ne remarquera pas ma disparition avant demain matin.

— Mon maître, Dame Isabelle dit la vérité. Vous êtes en danger. Il vous faut fuir pendant qu'il en est temps.

— En abandonnant mes frères ? Tu n'y songes pas, Hugues !

— Vous leur serez plus utile libre que serré dans les geôles royales. Vous savez ce dont est capable ce La Ferté-Montjoie.

— Notre Seigneur Jésus-Christ a souffert et péri sur la croix. S'il plaît à Dieu, nous mourrons en martyrs, pour Sa gloire. Car nous n'avons rien à nous reprocher.

— Je le sais, mon maître. Mais si tous les chevaliers sont arrêtés, que deviendra l'ordre ? Laisserez-vous un brigand de roi qui a abandonné la Terre sainte et dupé son propre peuple s'emparer des biens du Temple ? Avez-vous le droit de lui offrir une victoire si facile sans même lutter ?

La véhémence du jeune homme ébranla Pierre-Étienne, qui se remit à marcher de long en large. Enfin, il appela le sénéchal de la commanderie et lui demanda de réunir immédiatement tous les chevaliers, sergents et turcoples. Peu après, il annonçait l'angoissante nouvelle à ses compagnons.

— Que seule votre âme vous dicte le choix que vous ferez, mes bien-aimés frères. Par une coïncidence peut-être voulue par Notre Seigneur, les trois bateaux de notre ami Hugues de Molines sont prêts à quitter La Rochelle dès l'aube. Nous y adjoindrons nos quatre vaisseaux ancrés dans le port. Nous sommes près de deux cents, en comptant les frères ouvriers, les navires sont donc en nombre suffisant pour nous emmener tous. Cependant, si vous souhaitez partager le sort de nos frères des autres provinces, personne ne vous oblige à partir.

— Et où irons-nous ? demanda le maréchal, qui représentait l'autorité militaire.

— En Espagne, où nous pourrons poursuivre le combat contre les Infidèles. De là-bas, nous aiderons nos frères emprisonnés.

Quelques instants plus tard, la décision était prise. Seule une douzaine d'entre eux préférèrent rester, persuadés que tout cela n'était qu'une monstrueuse erreur. Les autres préparèrent à la hâte les deux sacs réglementaires qui contenaient leurs équipement, vêtements et armes. Après avoir pris le temps d'une courte action de grâces, la troupe quitta la commanderie. Quant à Isabelle, le chevalier de Villeneuve l'avait autorisée à conserver ses vêtements de valet, afin de ne pas attirer l'attention sur sa féminité. Et il avait ajouté :

— Vous avez pris là une grave décision, mademoiselle. Aussi, dès que nous serons en sécurité, je veux que vous épousiez mon ami Hugues. Vous avez suffisamment mis à mal les règles strictes de notre Ordre sans nous contraindre à être les complices d'un nouveau péché.

— Mon cœur et mon âme n'aspirent qu'à obéir à cet ordre, Seigneur chevalier !

L'aube pointait lorsque les Templiers arrivèrent sur le port de La Rochelle. À peine avaient-ils commencé à embarquer qu'une cohorte de soudards débouchait par les ruelles en vociférant.

— Hâtez-vous ! ordonna Hugues, déjà à bord.

Il était trop tard. Le combat était inévitable. Les Chevaliers sortirent leurs épées et firent face à la soldatesque commandée par le baron de Tonnay lui-même. Derrière lui, porté sur une litière, La Ferté-Montjoie hurlait des ordres. Le vacarme attira l'attention des habitants stupéfaits. Mais ceux-ci, inquiets, préférèrent se calfeutrer chez eux. Une violente bataille s'engagea sur les quais.

Le baron s'approcha au plus près et se mit à hurler :

— Isabelle ! Je t'ordonne de revenir. Si tu te rends, le seigneur de La Ferté-Montjoie est disposé à t'accorder sa grâce.

— Jamais, mon père ! Plutôt mourir que d'appartenir à ce porc !

— Isabelle ! Dieu te voit ! Dieu te juge !

Le reste se perdit dans le vacarme des armes et les gémissements des blessés. Les Templiers combattaient avec l'énergie du désespoir. Malheureusement, les soudards étaient plus nombreux. Les Chevaliers, malgré leur vaillance, parvenaient tout juste à contenir le flot des assaillants. On ne pouvait tout à la fois combattre et embarquer.

— Il est trop tard ! grommela le chevalier de Villeneuve. Dieu a décidé. Nous devrons partager le sort de nos frères.

— Non, mon maître ! Il reste encore un espoir. Essayez de tenir un moment, je crois savoir comment les repousser.

Sans attendre de réponse, il disparut dans les entrailles du navire. Hugues avait appris plusieurs choses auprès des Sarrasins. Son vaisseau amiral était équipé de trois balistes. Celles-ci, dans un combat aussi rapproché, n'étaient pas d'un grand secours. À moins d'employer la mumia. C'était un liquide épais et noirâtre qui suintait de la roche, d'où son autre nom d'huile de pierre. Un jour, il avait capturé un vieux savant arabe qui lui avait enseigné l'art de fabriquer un liquide inflammable dont le secret datait de bien avant même la naissance du Seigneur Jésus. « Les Anciens, avait dit le vieil homme, l'utilisaient pour incendier les navires assiégeant les ports. » Hugues avait soigneusement noté la formule et avait rapporté d'Orient plusieurs jarres de cette précieuse mumia. Depuis, il veillait à disposer toujours d'une réserve du liquide inflammable, que l'on appelait aussi feu grégeois.

Tandis que la bataille faisait rage, aidé d'Isabelle et d'une poignée de fidèles, il versa le liquide nauséabond dans une bassine, en imprégna des linges, puis en entoura des pierres. Il emporta ensuite le tout sur le pont. Peu à peu, les Chevaliers, bousculés par le nombre, perdaient pied. Hugues ordonna à ses hommes de pointer les balistes en direction de l'ennemi, ajusta leur position. Il chargea lui-même les godets, enflamma les projectiles. Bientôt, le ciel du matin s'illumina de trois paraboles de feu. Surpris, les assaillants marquèrent un temps d'arrêt.

La Ferté-Montjoie poussa un rugissement de rage. Puis il se réjouit. Quelques pierres enflammées ne suffiraient pas à faire reculer ses guerriers. L'instant d'après, sa belle assurance vacillait. Les projectiles ne se contentèrent pas de tuer un ou deux hommes au passage. Des nappes de feu se répandirent à l'endroit où elles étaient tombées, embrasant les vêtements des soudards qui se mirent à brailler comme des cochons qu'on égorge. Des silhouettes enflammées rompirent le combat, se jetèrent dans les eaux noires du port. Le temps de réarmer les balistes, et d'autres projectiles suivirent. En quelques instants, le sort des armes se retourna en faveur des Templiers.

Mais il fallait achever de désorganiser l'ennemi si l'on voulait finir d'embarquer au plus vite. Hugues ordonna alors à ses hommes d'orienter la plus puissante des balistes vers l'intérieur du port. Il fit tendre les cordes au maximum, affina son tir. Une longue parabole de feu éclaira fugitivement les quais, se dirigeant vers l'endroit où se tenait la litière de La Ferté-Montjoie. Celui-ci poussa un glapissement de terreur lorsqu'il vit la boule lumineuse fondre sur lui. Son poids énorme l'empêcha de réagir assez vite. Avant qu'il n'ait eu le temps de s'extraire de son siège, le brasier fut sur lui, l'enveloppa de son haleine mortelle. Le poussah n'eut pas la chance d'être tué par l'impact. Un liquide brûlant se répandit en un clin d'œil autour de lui, embrasa ses vêtements. Une odeur de chair grillée lui emplit les narines lorsque le feu se communiqua à ses cheveux, à ses membres. Hurlant comme un damné, il parvint à se lever. Ses hommes terrifiés entendirent ses hurlements d'agonie, perçurent l'odeur pestilentielle ; puis ils le virent tituber en brandissant un poing rageur en direction des navires. Enfin, il s'écroula et cessa de crier.

La mort de leur chef décontenança les soldats. Épouvanté, Guillaume de Tonnay ne savait plus que faire pour les reprendre en main. D'autres projectiles enflammés continuaient de pleuvoir, achevant de désemparer les assaillants. Ceux-ci préférèrent rompre le combat et refluèrent vers l'intérieur de la ville. C'était tout ce qu'attendaient les Chevaliers, qui en profitèrent pour monter à bord des navires.

Avant que l'ennemi ait eu le temps de se ressaisir, tout le monde était embarqué, y compris les blessés et les morts, au nombre d'une dizaine, à qui on voulait offrir une digne sépulture. Tandis qu'on larguait les amarres à la hâte, Isabelle se jeta dans les bras de Hugues. Ils avaient triomphé.

Une semaine plus tard, la petite flotte arrivait en Espagne, où elle se scinda en deux. Là, Pierre-Étienne de Villeneuve confia à Hugues les cartes mystérieuses révélant la route des Îles lointaines. Puis il lui présenta un chevalier du nom de Jean-Baptiste de Clairmont, moine marin qui avait déjà effectué par trois fois la traversée de l'océan occidental. Celui-ci expliqua au jeune homme les dangers et les secrets de navigation, consignés scrupuleusement dans des livres qu'il conservait toujours par-devers lui.

Avant le départ, Pierre-Étienne de Villeneuve tint à marier lui-même son ami Hugues de Molines avec Isabelle de Tonnay.

Quelques jours plus tard, alors que les Templiers avaient trouvé refuge auprès du roi d'Espagne, qui les avait accueillis avec bienveillance, les trois navires de Hugues de Molines quittaient les côtes espagnoles en direction d'un continent inconnu.

17

Un vent froid les pénétrait jusqu'aux os. Alexandra, hagarde, ouvrit les yeux. Quelqu'un la secouait. Elle reconnut le paysan, penché sur elle, l'air inquiet.

— Eh, oh, la p'tite dame ! Ça va pas ?

Hagarde, elle regarda autour d'elle. Kevin se réveillait lui aussi de sa transe.

— Ah, v'là vot'copain qui r'vient parmi nous.

— Que s'est-il passé ? demanda-t-elle.

— Ben, après mon travail, j'suis r'venu. C'est là que j'vous ai vus. Vous étiez écroulés sur c'te grosse pierre. J'vous avais pourtant dit que l'coin était dangereux. Vous avez été victimes des fantômes, pour sûr. Vaudrait mieux qu'vous partiez tout de suite. Il pleut ; vous allez attraper la mort.

Un peu plus tard, Alexandra et Kevin étaient attablés devant un thé fumant, dans un café de La Rochelle. À la fois émerveillés et décontenancés par ce qu'ils avaient découvert, ils n'osaient plus parler.

Des images leur revenaient à l'esprit, des instants partagés, là-bas, quelque part, de l'autre côté du temps, de l'autre côté de la mer, dans d'autres vies.

Une tempête essuyée au large de ce qui ne s'appelait pas encore les Bahamas, le débarquement sur les côtes d'un fabuleux continent double auquel un navigateur donnerait son prénom deux siècles plus tard. Hugues et Isabelle, escortés de leurs hommes les plus sûrs et de quelques moines-chevaliers, avaient pénétré à l'intérieur des terres, où régnait le chaos. Une poignée de tribus décadentes s'opposait à l'invasion d'un peuple plus puissant venu du nord. C'était avec ces hordes affaiblies que l'on avait troqué le minerai d'argent destiné aux Templiers. Isabelle de Tonnay ignorait tout de l'histoire de ce peuple. Mais sa mémoire demeurait présente dans l'esprit d'Alexandra.

— À cette époque, expliqua-t-elle, la civilisation toltèque était sur le point de s'effondrer. C'est avec eux que tu as traité.

— Pas moi ! Hugues de Molines.

— *Tu as été* Hugues de Molines, Kevin. Et j'ai été Isabelle de Tonnay. Nous avons partagé d'autres vies, dans le passé. C'est sans doute cela que les anges gardiens voulaient nous faire découvrir. Le secret important dont parlait la lettre.

— Il y en a un autre !

— Lequel ?

— Ce n'est pas Christophe Colomb qui a découvert l'Amérique. Les Templiers y sont allés trois siècles avant lui.

— Et d'autres, sans doute, bien avant, compléta Alexandra.

— Tu n'as pas l'air étonnée…

— Pas du tout. Nombre d'historiens s'accrochent encore à l'idée qu'il n'y a jamais eu aucun contact entre les deux continents avant la fin du XVe siècle, mais l'hypothèse contraire n'est pas nouvelle. En ce qui concerne les Templiers, la possibilité qu'ils aient connu le secret des routes transatlantiques a été émise par un érudit français de la fin du XIXe siècle, Jean de La Varende. Il pensait qu'ils possédaient là-bas des mines d'argent dont ils frappaient des pièces de monnaie. Cette supposition est loin d'être stupide, puisqu'à cette époque on utilisait plutôt l'or et le bronze. Or, c'est pendant la période où les Templiers connurent leur formidable essor financier qu'apparurent de nombreuses pièces d'argent. Cette vision nous apporte la confirmation que La Varende avait vu juste. Mais ce n'est pas tout. Certains historiens pensent que Christophe Colomb aurait découvert la route des Amériques après avoir consulté des cartes conservées par les successeurs des Templiers installés en Espagne. Or, après leur voyage au Mexique, Hugues et Isabelle de Molines sont revenus en Espagne où ils se sont installés. Là, ils ont retrouvé Pierre-Étienne de Villeneuve, auquel ils ont rendu les cartes. Ce sont probablement elles qui ont inspiré Colomb.

— Mais si c'est là le « secret important » que nous réservaient nos anges gardiens, je ne vois pas en quoi il peut nous être utile. Nous ne pouvons pas raconter tout cela. On se moquera de nous.

— Je ne pense pas que nos anges gardiens désirent que nous parlions de ce que nous avons découvert. J'ignore leurs motivations, et pourquoi nous avons été choisis, mais mon intuition me dit que nous allons découvrir des choses bien plus extraordinaires encore.

Un peu plus tard, ils regagnèrent leur motel. Ils étaient à peine installés dans la chambre que le téléphone sonna.

— C'est sans doute Mike, avança Kevin. Je lui ai dit où nous étions descendus.

Mais il ne reconnut pas son ami. Un homme parlant à voix basse lui demanda :

— Je m'adresse bien à M. Kevin Kramer ?

— C'est moi ! répondit le jeune homme, soudain inquiet.

— Il faut que je vous rencontre, vous et votre amie Alexandra.

— Pourquoi ?

— Je ne peux en parler au téléphone. J'ai de graves révélations à vous faire.

Kevin boucha le combiné et grommela :

— Je n'aime pas ça. Ce type a peut-être de mauvaises intentions…

— Dans ce cas, il n'aurait pas pris la peine de nous prévenir avant, rétorqua Alexandra. Il faudrait savoir ce qu'il veut.

Kevin secoua la tête, pas vraiment convaincu, mais reprit le téléphone.

— Si vous avez le numéro, vous savez où nous trouver…

— Oui, bien sûr !

— Alors, nous vous attendons.

— Je serai là dans une dizaine de minutes.

Un peu plus tard, une voiture s'arrêta près de la leur. Dissimulé derrière le double rideau, Kevin vit un homme en descendre, et regarder autour de lui d'un air inquiet. Puis il vérifia le numéro de la chambre et se dirigea vers la porte. L'individu, de taille moyenne, dissimulait ses traits derrière le revers de son manteau. Il ne semblait pas particulièrement dangereux, mais il valait mieux se méfier.

Kevin s'apprêtait à aller ouvrir lorsque l'inconnu marqua un temps d'arrêt, puis sursauta avant de s'écrouler sur les genoux. Il tenta de lever la main en direction de la porte, comme pour quêter du secours. Pétrifié, Kevin croisa son regard empli de terreur, puis un flot de sang jaillit de la bouche de l'homme, qui bascula sur le flanc.

— Bon dieu ! cria-t-il. On vient de lui tirer dessus !

Prudemment, il ouvrit la porte. Au loin, dans la nuit naissante, il eut le temps d'apercevoir la silhouette d'un homme corpulent qui s'enfuyait. Une fraction de seconde, il eut l'impression de le reconnaître. Peu après, un bruit de moteur retentit, puis s'éloigna très vite, dans un crissement de pneus. Déjà, quelques personnes attirées par les cris sortaient des autres chambres. Une femme se mit à hurler. Kevin revint vers l'inconnu, dont il tâta le pouls. Celui-ci avait cessé de battre.

— C'est fini. Appelez la police ! Il ne faut toucher à rien.

Il examina le visage du mort. Abasourdi, il reconnut alors l'homme qu'il avait déjà remarqué dans le musée de la Sainte Vehme, à Löwenscheid, puis dans l'aéroport d'Édimbourg.

Peu désireux de fournir des explications, Kevin et Alexandra évitèrent de dire aux policiers que l'inconnu avait rendez-vous avec eux. Ils avaient simplement vu l'homme tituber, se diriger vers leur chambre, sans doute pour demander de l'aide, puis s'écrouler. Comme nombre d'autres personnes se trouvaient aussi sur les lieux, leur histoire n'étonna pas l'inspecteur, qui leur demanda seulement la raison de leur présence à La Rochelle. Ils expliquèrent qu'ils faisaient des recherches historiques sur les Templiers, et qu'ils avaient visité les ruines de la commanderie de Saint-Christophe l'après-midi même. Si les flics faisaient une enquête, le paysan confirmerait leurs dires.

Cependant, un point chiffonna le policier.

— Cet homme s'appelait Bruce Lebster, dit-il. Il était américain, comme vous. Curieuse coïncidence, vous ne pensez pas ?

— Que voulez-vous que je vous dise ? Je ne suis sans doute pas le seul Américain à La Rochelle en ce moment. Une chose est sûre, c'est que nous ne le connaissions pas.

— Nous vérifierons.

— Si vous y tenez... Mais ce n'est pas moi qui ai tué ce brave homme. Il aurait très bien pu mourir devant la porte d'une autre chambre.

Le flic se montra conciliant.

— Calmez-vous ! Il est visible que les balles ont été tirées de loin, et par une fine gâchette. De plus, quelques personnes ont confirmé qu'elles avaient bien vu une voiture démarrer peu après le drame. Nous la recherchons activement. Vous êtes donc hors de cause.

L'enquête n'apporta aucun indice supplémentaire. La voiture utilisée par l'assassin fut retrouvée le lendemain. Elle avait été volée à peine une demi-heure avant le crime. Cet élément surtout intrigua l'inspecteur, qui revint voir Kevin et Alexandra.

— Cette histoire est décidément très bizarre ! On dirait que le meurtrier a agi sans préméditation, comme si quelque chose l'avait décidé soudain à tuer cet homme. Sans doute pour l'empêcher de parler. Vous n'avez vraiment aucune idée ?

— Et pourquoi en aurions-nous une ?

— Je ne sais pas, dit le policier en haussant les épaules. Peut-être la victime venait-elle vous voir…

Kevin ne répondit pas. L'inspecteur poursuivit :

— J'ai pris des renseignements sur vous. Je sais que vous êtes un écrivain célèbre, et j'ai appelé votre éditeur, Mike Longway, qui m'a assuré que vous étiez en vacances. Mais j'ai appelé aussi mes collègues de New York. Ils m'ont appris que vous aviez fait l'objet de deux tentatives d'assassinat il y a quelques jours. Ils m'ont dit également que vos agresseurs étaient morts dans des circonstances assez particulières.

Alexandra frémit. Puis elle se tourna vers son compagnon.

— Kevin, il faut lui dire la vérité. Après tout, nous n'avons rien à nous reprocher.

L'Américain la regarda. Elle avait raison. S'ils avaient la curiosité de vérifier les appels téléphoniques, ils s'apercevraient que le mort les avait appelés quelques instants auparavant.

— Voilà, dit-il enfin, nous n'avons pas menti : nous ne connaissions pas cet homme. Pourtant, il est probable qu'il nous suivait. Je l'ai aperçu en Allemagne, à Löwenscheid, ensuite à Édimbourg. Sur le moment, j'ai pensé à une coïncidence, mais il nous a téléphoné une dizaine de minutes avant le drame, pour nous dire qu'il voulait… nous parler. Je n'en sais pas plus, et je n'ai aucune idée de ce qu'il voulait nous dire. Nous ne vous avons pas menti non plus en vous disant que nous faisions des recherches historiques. Vous pourrez d'ailleurs vérifier auprès d'un paysan de Saint-Christophe.

— C'est fait ! Il a confirmé votre présence, et nous a même dit que vous aviez eu maille à partir avec les fantômes qui hantent les lieux.

Kevin sourit.

— Alexandra et moi avons eu… un léger malaise. Mais rien de bien grave. Et je ne vois pas en quoi cela peut être lié à la mort de ce pauvre homme.

— Non, bien sûr.

— Écoutez, si vous voulez d'autres éléments sur nous, vous pouvez contacter Edward Lee, au FBI. C'est lui qui suit le dossier des attentats. Je vous assure que je ne comprends rien à ce qui arrive. En tout cas, une chose est sûre, le meurtrier de ce Monsieur Lebster n'est sans doute pas celui qui a supprimé mes agresseurs. Ceux-là n'ont pas été tués par balles.

— Oui, mais votre histoire confirme que, d'une manière ou d'une autre, vous êtes mêlé à cette affaire. Alors, vraiment, vous n'avez rien à me dire ?

— Vous nous soupçonnez d'être de vilains espions, c'est ça ?

— Disons que nous y pensons.

— Vérifiez notre emploi du temps. Vous verrez que nous sommes allés dans un musée, en Allemagne, puis en Écosse, dans la maison de Daniel Dunglass-Home, le médium. Je suis romancier, j'écris des romans historiques. Il est normal que je fasse des recherches.

— Nous avons déjà contrôlé. Vous avez bien dit la vérité. Et c'est ça que je ne comprends pas. Si vous êtes seulement préoccupés d'histoire, pourquoi a-t-on voulu vous tuer ? Et quelles sont les révélations que voulait vous faire cet homme, assez graves pour qu'on n'hésite pas à l'éliminer ?

— Je vous l'ai dit, je n'en sais rien. Mais sa mort prouve que nous ne sommes plus en sécurité, nous non plus, sur le territoire français. Aussi, nous voudrions regagner les États-Unis au plus tôt. Il faut que je voie le lieutenant Edward Lee pour lui expliquer ce qui vient de se passer.

— Je ne sais pas si cela va être possible immédiatement. La DST est prévenue, et je pense qu'elle aura des questions à vous poser. Aussi, je vous demanderai de ne pas quitter le territoire français jusqu'à ce qu'on vous en donne l'autorisation.

Kevin poussa un soupir d'agacement et grommela :

— Eh bien, c'est gai.

Alexandra lui posa la main sur le bras.

— Ce n'est pas grave. Nous allons en profiter pour passer quelques jours chez moi, dans le Périgord.

Malheureusement, le lendemain, alors qu'ils s'apprêtaient à partir, trois hommes se présentèrent à leur motel. Un flic ventripotent, au front bas et au regard fuyant, éructa :

— Commissaire Brouillard, de la DST. Veuillez nous suivre. Vous êtes tous les deux en état d'arrestation.

18

Huit jours plus tard, Kevin et Alexandra croupissaient encore dans deux cellules de la DST, à Paris. Le commissaire Brouillard avait décidé qu'ils étaient tous deux des agents secrets et ne voulait pas en démordre. Les interrogatoires s'étaient succédé jour et nuit, chaque fois plus éprouvants, dans le but de les faire « craquer ». Vexations et humiliations alternaient avec de longues périodes d'attente solitaire, car ils avaient été séparés. Toutes les nuits, on les réveillait pour leur poser les mêmes questions.

Au début, Kevin avait tempêté, menacé, exigé d'appeler l'ambassade des États-Unis et son avocat, Brouillard n'avait rien voulu savoir. Il avait même récolté quelques coups « qui ne laissent pas de traces » au passage.

— Mais que voulez-vous que je vous dise ? gémissait l'Américain, au bord de l'évanouissement. Je ne suis pour rien dans la mort de cet homme. J'ignore son nom, je ne sais pas qui l'a tué et pourquoi. Je veux voir l'ambassadeur des États-Unis.

— Ta gueule ! Ce type est mort devant ta chambre

d'hôtel parce qu'il avait des informations à te transmettre. Je veux en connaître la teneur !

— Va te faire foutre !

L'instant d'après, un lourd bottin s'abattait sur le crâne de Kevin. Celui-ci serra les dents pour ne pas hurler de douleur et de rage.

— Je veux voir mon avocat ! Vous n'avez pas le droit de nous garder aussi longtemps.

— Dans les affaires d'espionnage, le droit n'existe pas !

Alexandra n'avait pas été mieux traitée, que l'on avait obligée à se déshabiller pour subir l'interrogatoire du gros flic au regard de belette.

— Pour le compte de qui travailles-tu ? Qu'est-ce que tu fricotes avec ce Ricain ?

Elle avait beau répéter qu'elle était étudiante en histoire, Brouillard estimait qu'elle voyageait beaucoup trop.

Au bout de cinq jours, tous les deux étaient abattus, épuisés par le manque de sommeil et les humiliations.

Enfin, au matin du sixième jour, des gardes les amenèrent dans la salle d'interrogatoire, cette fois avec beaucoup de ménagement. Ils tombèrent dans les bras l'un de l'autre. Puis quatre hommes pénétrèrent dans la salle. Avec soulagement, ils reconnurent Eddy, en compagnie de deux autres individus qu'ils ne connaissaient pas. Derrière eux, Brouillard paraissait mal à l'aise. Eddy interpella Kevin :

— Hello, mec ! Ça n'a pas l'air d'aller très fort !

— Salut, vieux frère ! Je crois que je n'ai jamais été aussi heureux de te voir.

— Je te présente William Sheridan, mon patron. C'est à lui que tu dois ta libération, et à ce monsieur.

— Bertrand Messonnier, ministère des Affaires étrangères. Ravi de vous rencontrer, monsieur Kramer. Je suis désolé de la manière dont vous avez été traités tous les deux. Au nom de la France, je vous présente toutes mes excuses pour la séquestration inadmissible que l'on vous a imposée. Il se trouve que nos services doivent faire face actuellement à une affaire d'espionnage particulièrement grave, et parfois…

Du regard, il fustigea Brouillard qui baissa le nez.

— … certains fonctionnaires ont tendance à faire du zèle. Mais il est bien évident que vous n'êtes pour rien dans la mort de Bruce Lebster. Par chance, l'inspecteur Joncourt, de La Rochelle, a prévenu votre ami Edward Lee, qui a aussitôt alerté William. Or, M. Sheridan et moi sommes de vieilles connaissances. J'ai ordonné de vous libérer sitôt que j'ai été informé de l'affaire, et j'ai tenu à venir en personne m'assurer que mes ordres étaient exécutés. William a même fait le voyage de New York pour vous récupérer. Vous êtes donc libres, avec toutes nos excuses.

Kevin grogna :

— Nous vous remercions, monsieur Messonnier, mais aux États-Unis, un prisonnier a droit à la présence d'un avocat près de lui.

— Dans les affaires d'espionnage, le droit reste très théorique. Mais c'est un monde auquel vous êtes étranger. Pour nous faire pardonner, nous vous offrons le séjour à Paris dans un quatre étoiles et, bien entendu, le billet de retour en première classe, pour vous et Mlle Delamarre.

Les yeux cernés par l'épuisement, mais brillants de colère, Alexandra déclara :

— Ne vous inquiétez pas, nous ne porterons pas plainte. Mais ce type m'a donné des baffes, alors que j'étais ficelée en slip et soutien-gorge sur une chaise. Ça, je n'ai franchement pas aimé. Alors, vous permettez ?

Avant que quiconque ait pu réagir, elle fonça sur Brouillard et lui décocha un imparable crochet du droit qui envoya le gros flic bouler sur le sol, le nez en sang.

Le lendemain, ils reprenaient l'avion pour New York. Kevin et Alexandra avaient abandonné l'idée de prendre quelques jours de vacances dans le Périgord. Durant le voyage, Sheridan déclara :

— Eddy m'a mis au courant des deux tentatives de meurtre que vous avez subies, monsieur Kramer. J'ai également pris connaissance de la manière dont vos deux agresseurs ont été tués. Tout cela est plutôt curieux. Avez-vous une idée de ce que ça signifie ?

Visiblement, Eddy n'avait pas dévoilé l'origine de l'affaire à son supérieur. Il décida d'entrer dans son jeu, malgré la sympathie que lui inspirait spontanément William Sheridan.

— Aucune.

— Peut-être avez-vous vu quelque chose que vous n'auriez pas dû voir…

— Dans ce cas, j'ignore de quoi il s'agit.

Sheridan n'insista pas.

— Bien. Par précaution, je vais demander une protection rapprochée.

Le lendemain de leur retour, Kevin et Alexandra se rendirent à la maison d'édition. Ils trouvèrent Mike aux prises avec une femme qui lui reprochait d'avoir une nouvelle fois cédé au vice du cigare. En effet, un superbe Davidoff se consumait dans le cendrier. La virago le menaçait d'une foule de cancers tous plus cruels les uns que les autres, et de le dénoncer à la ligue anti-tabac s'il ne détruisait pas immédiatement l'objet du délit et la boîte qu'il conservait précieusement dans le tiroir de son bureau. Mal à l'aise, Mike bougonnait pour la forme, et se préparait à obtempérer lorsque Kevin et Alexandra entrèrent dans le bureau. Sans se soucier des arrivants, la femme continua ses reproches, ce qui eut le don d'agacer la jeune Française. Soudain, elle explosa.

— Ah, vous commencez à me chauffer les oreilles, vous, les Américains ! dit-elle en fonçant sur la donneuse de leçons. Ce monsieur est seul dans son bureau, et la fumée ne dérange que lui. Vous êtes en train de mener une campagne imbécile à cause des risques du tabac, mais, dites, cela ne vous gêne pas que vos mômes se trimbalent dans les rues avec des flingues ?

— De quoi vous mêlez-vous ?

— Et vous ? Avant d'emmerder les fumeurs, commencez par interdire les armes ! Ça sera plus efficace. Et pendant que vous y êtes, supprimez aussi la peine de mort ! Vous passerez peut-être alors pour un pays civilisé !

— Quoi ?

— Chère madame, vous nous faites perdre notre temps. Nous avons des choses bien plus importantes à voir ! Alors, dehors !

Et, sans laisser à l'autre le temps de répliquer, elle l'attrapa par le bras et la vira proprement du bureau dont elle claqua la porte, sous le regard ahuri de Kevin et de l'éditeur, qui éclata de rire.

— Tu peux me présenter ce petit ouragan, Kevin ?

— Alexandra Delamarre, ma compagne.

Mike se leva et s'inclina devant elle, le visage éclairé par un sourire réjoui.

— Soyez la bienvenue, mademoiselle. Vous êtes aussi belle qu'efficace.

Il se tourna vers Kevin et ajouta :

— Je crois bien que je vais l'engager pour chasser les casse-pieds.

Alexandra et Kevin prirent place et racontèrent leurs aventures à Mike, jusqu'à l'intervention de Brouillard et leur libération par William Sheridan en personne. Il les écouta avec stupéfaction en se grattant le menton, signe chez lui de la plus grande perplexité.

— Si je ne te connaissais pas, dit-il enfin, je croirais que tu te fous de moi. Je commençais à me faire à l'idée que tu allais découvrir un réseau d'extraterrestres infiltré un peu partout dans le monde, et tu me ramènes des histoires abracadabrantes de voyages dans le temps, de jeune fille torturée par un tribunal de fanatiques religieux, de médium écossais et même un conte à dormir debout qui laisserait entendre que Colomb n'a pas découvert l'Amérique. Comment veux-tu que j'avale tout ça sans m'étouffer ?

— Prends-le comme tu voudras, Mike. Mais c'est bien la vérité. Nous-mêmes, nous avons du mal à y voir clair, surtout après la mort de ce mystérieux Bruce Lebster, à La Rochelle.

— C'est bien triste pour lui, mais je ne vois pas quelle preuve tu peux m'apporter pour étayer tes histoires de retour dans le passé.

— J'ai un moyen de te prouver que nous disons vrai, Mike. Il est seulement… un peu risqué.

— Explique-toi !

Kevin regarda autour de lui.

— Heu… y a-t-il un objet ici auquel tu ne tiennes pas du tout ?

— Hein ?

— Je vais essayer de ne pas faire de dégâts, mais je préfère te prévenir.

Mike soupira, puis désigna, sur une armoire, une sorte de statuette en porcelaine représentant un personnage gras et laid.

— C'est ma belle-mère qui m'a offert ce machin-là ! Il paraît que c'est l'œuvre d'un grand artiste moderne. Ma femme n'en veut même pas à la maison. C'est tout dire !

— Bon !

Kevin se concentra. Un long moment.

— Alors ? grogna Mike.

— Chut ! souffla Alexandra. Il n'a pas eu beaucoup de temps pour s'entraîner.

Tout à coup, la statuette se mit à vibrer, puis, sous l'œil éberlué de l'éditeur, elle décolla de l'armoire et plana lentement en direction du bureau.

— Purée de purée ! gronda Mike, inquiet. Ça veut dire quoi, ce machin ?

Il regarda Kevin, qui souffrait visiblement pour rester concentré. Soudain, la statuette fit un plongeon sur la moquette.

— Raté ! jeta Mike.

— Je sais, je voulais la déposer sur ton bureau, mais je n'ai pas pu aller jusqu'au bout !

— Je ne parle pas de ça ! Tu n'as même pas réussi à la bousiller. Tant pis !

Il remit l'objet en place et demanda :

— Comment fais-tu ça ?

— Je ne sais pas exactement. C'est un truc que j'ai retenu de mon voyage dans la peau de Daniel Dunglass-Home. Lui non plus ne savait pas l'expliquer. C'est comme… une autre perception de l'espace !

— Et ça prouve que nous vous disons la vérité ! précisa Alexandra.

— Ouais ! Après avoir vu cette démonstration, je veux bien vous croire. Mais je ne vois pas comment relier tout ça à l'histoire Falcon.

— Il y a plusieurs liens. Les Falcon sont d'origine égyptienne. Il est probable qu'ils n'ont pas péri dans l'incendie de Rocky Point, et que ce sont eux qui nous envoient les lettres signées de la croix Ankh. Je suis à présent doué de pouvoirs paranormaux, tout comme eux. Les leurs sont seulement beaucoup plus développés.

— Et c'est toi qui me dis ça ? Toi que l'irrationnel faisait fuir !

— Après ce qu'Alexandra et moi avons vécu, j'ai changé d'avis. La seule chose que nous ignorons, c'est la motivation véritable de nos anges gardiens. Pour l'instant, c'est la bouteille à l'encre. Mais toi, de ton côté, rien de nouveau ?

— Il y a eu la visite de ce flic, Larry Smith. Il voulait absolument savoir où tu étais.

— Et il a dû l'apprendre. Avec les moyens dont

dispose le FBI, ce n'était pas difficile. Quand t'a-t-il rendu visite ?

— Le lendemain de votre départ.

— Donc, il a très bien pu nous suivre en Europe.

— Mais pourquoi tenait-il tant que ça à te retrouver ? Tu es quand même libre d'aller où bon te semble, non ?

— Je ne pourrais pas le jurer, mais la silhouette de l'homme qui a tiré sur Bruce Lebster à La Rochelle m'a vaguement rappelé ce Larry Smith : un gros type avec un imperméable. Malheureusement, je n'ai fait que l'entrevoir.

— Si c'est le cas, quel jeu joue-t-il ?

— Je n'en sais rien. Mais je vais demander à Eddy de se renseigner un peu plus sur ce bonhomme.

— Bien ! Et que comptes-tu faire à présent ?

— Attendre. Nos anges gardiens ne vont certainement pas en rester là. Et je suis curieux de savoir où et quand ils vont nous envoyer à présent.

— Où et quand ?

Mike hocha la tête, perplexe.

— Quand tu parles comme ça, j'ai l'impression que tu n'as plus toute ta raison.

— Parfois, je me le demande aussi.

— Mais à quoi riment toutes ces histoires ? Au début, on pouvait penser à une affaire d'espionnage, de trafic d'armes à la technologie révolutionnaire, ou encore, avec beaucoup d'imagination, à une invasion extraterrestre. Mais maintenant, pourquoi vous fait-on remonter le temps à la recherche de vos vies antérieures ? Comment vos… anges gardiens parviennent-ils à accomplir ce truc-là sans même vous approcher ? C'est ahurissant ! Et puis, que veulent-ils vous faire découvrir avec ces voyages ?

— Ce ne sont pas exactement des voyages. On appelle ça des « régressions ». Notre corps reste à notre époque. Seul notre esprit intègre l'enveloppe des personnages que nous avons été dans le passé. Et je ne crois pas que les anges gardiens interviennent directement. La découverte de lieux que nous avons connus autrefois suffit à déclencher ces retours. Peut-être parce qu'ils nous ont conditionnés pour ça. Quant à leur but, nous l'ignorons, mais ce que nous avons appris est déjà suffisant pour déclencher une révolution à l'échelle mondiale.

— Tu exagères. Tout le monde se fout que ce ne soit pas Christophe Colomb qui ait découvert l'Amérique !

— D'accord avec toi. Mais nous savons maintenant que la réincarnation existe. Cela risque de flanquer une sacrée pagaille dans les religions.

— Si tu parviens à te faire écouter. Il faudra plus qu'un bibelot volant pour ébranler les certitudes des théologiens et surtout des fidèles.

— De toute façon, intervint Alexandra, nous n'avons pas l'intention de révéler ce que nous avons appris. L'Humanité n'y est pas préparée, et nous ferions plus de mal que de bien.

— Il y a des chances. Mais peut-on envisager que vos... guides soient de vrais anges gardiens ?

— Pourquoi pas ? Au point où nous en sommes, nous ne pouvons repousser aucune hypothèse.

Kevin avait élu domicile dans l'appartement d'Alexandra. Estimant qu'il courait un grave danger en restant chez lui, la jeune femme avait renouvelé son invitation, et, cette fois, il avait accepté. Le soir, alors qu'ils s'apprêtaient à dîner, ils reçurent un appel d'Eddy.

— Il faut que je te voie immédiatement. J'ai du nouveau, et du gratiné.

Une demi-heure plus tard, Eddy les avait rejoints, passablement excité.

— Que t'arrive-t-il ? On dirait que tu as vu le Diable en personne ! s'exclama Kevin.

— Presque. Si ce que j'apporte est vrai, on peut se demander s'il n'est pas derrière tout ça.

— C'est-à-dire ?

— Tout d'abord, je sais qui était Bruce Lebster. Il s'agissait d'un médium employé par la NSA [1]. Il fait partie de ces individus étranges qui ont développé des facultés extrasensorielles. Bien entendu, le gouvernement nie leur existence, mais ils existent bel et bien. Bruce Lebster était télépathe. C'est-à-dire qu'il percevait les émotions des individus sur lesquels il se concentrait. D'après ce que j'ai appris, il lui suffisait de se trouver à une distance maximum d'une centaine de mètres pour percevoir ce qui se passait dans l'esprit de ses victimes. Celles-ci étaient en général des terroristes, ou des gens dont les activités menaçaient la sécurité des États-Unis. Peut-être a-t-il été envoyé par l'Agence pour vous surveiller. On l'a descendu parce qu'il a voulu prendre contact avec vous. On peut même imaginer que c'est la NSA elle-même

1. NSA : National Security Agency. Équivalent américain de la DST.

qui a ordonné son élimination. Question : pourquoi ? Qu'avait-il de si extraordinaire à vous révéler ?

— Il ne pourra malheureusement plus le dire.

— S'il nous espionnait, il s'est rendu compte que nous n'étions pas des terroristes, dit Alexandra. Il voulait peut-être nous avertir que nous étions surveillés.

— Dans ce cas, il lui suffisait de prévenir ses supérieurs que vous ne représentiez aucun danger. Il y a certainement autre chose.

— À propos, il faudrait te renseigner un peu plus sur Larry Smith, déclara Kevin. Ce n'est pas une certitude, mais la silhouette du type qui a tué Lebster à La Rochelle lui ressemblait.

— Je vais voir ça. Deuxième point : j'ai mené une enquête un peu plus poussée sur les Falcon. Rien à signaler dans leur activité. Ils sont réellement négociants en objets d'art, et réputés pour posséder des articles de très belle qualité. J'ai essayé alors d'en apprendre plus sur leurs origines. Et c'est là que ça devient passionnant. Voilà les renseignements que j'ai obtenus : Paul Falcon, né le 16 août 1958 à Denver, Colorado, de Robert Falcon et Margareth Landsbury. Rien à signaler *a priori* : un Paul Falcon est bien né à cette date. Seul problème : il n'a vécu que quelques jours.

— Hein ?

— En clair, ça veut dire que notre Paul Falcon vit sous une fausse identité. Et ce n'est pas fini. Katherine Falcon, née Latimer, le 20 décembre 1962 à Portland, Oregon, de Gary Latimer et de Helen Carter. Même chose : la petite Katherine Latimer est morte quelques heures après sa naissance.

— Mais comment ont-ils fait ? Et pourquoi ? demanda Alexandra.

— Comment, c'est relativement simple. Il leur a suffi de se procurer les documents et de les falsifier. Pourquoi, ça se devine aisément : ils recherchaient des identités de couverture. Il s'agit donc probablement d'une affaire d'espionnage. D'ailleurs, cela colle tout à fait avec l'histoire de l'arme secrète capable de réduire les cerveaux en bouillie.

— C'est très intéressant, rétorqua Kevin, mais cela ne correspond pas du tout à ce que nous avons découvert. Cela va beaucoup plus loin qu'une banale histoire d'espionnage. J'ai cru comprendre que tu n'avais pas parlé à ton patron de l'histoire Falcon.

— Pas encore. Je lui ai dit que l'on avait tenté de te tuer par deux fois, mais je n'ai pas osé parler de l'affaire de Rocky Point. Elle me semblait un peu trop… bizarre. Sheridan est un type sympa, mais plutôt réaliste. Les hypothèses hasardeuses à propos d'extraterrestres ou autres le feraient bondir au plafond. Je voulais attendre de savoir ce que vous alliez découvrir en Europe avant de le mettre au courant.

— Eh bien, en fait d'irrationnel, tu vas être servi.

Ils lui racontèrent alors ce qu'ils avaient vécu. Devant son incrédulité, Kevin manœuvra plusieurs objets par télékinésie, sous le regard éberlué de son ami.

— C'est dingue, ce truc ! s'exclama-t-il.

— Oui, et j'ai l'impression que nous ne sommes pas au bout de nos surprises.

— Tu ne crois pas si bien dire. Parce que je ne vous ai pas encore tout montré.

Il sortit de sa mallette un boîtier contenant des DVD.

— Voilà ! Sans avoir rien demandé, j'ai reçu ce truc-là chez moi, accompagné d'un petit mot signé d'un certain Stephen Mac Pherson. Tu as un lecteur ?

— Bien sûr !

Eddy glissa le premier disque dans l'ordinateur. Des images apparurent qui montraient des soldats à l'entraînement. Très rapidement, ils se rendirent compte que cet entraînement n'avait rien à voir avec celui que suivaient les commandos ou même les légionnaires français, réputés être les meilleurs soldats du monde, de l'aveu même des marines américains. Les balles étaient réelles, les coups vraiment portés, même à l'arme blanche. Le commentaire off expliquait que les pertes étaient lourdes, mais que tel était le prix à payer pour former des guerriers parfaits. Hallucinés, Kevin et Alexandra ne pouvaient détacher leurs yeux de l'écran, sur lequel les soldats s'entre-tuaient.

— C'est épouvantable ! s'exclama la jeune femme.

— Oui ! Seuls les meilleurs survivent pour constituer une armée d'élite.

— Et que disent les familles de ceux qui se font tuer à l'entraînement ?

— D'après un autre dossier, ces types sont recrutés soit parmi des Américains sans attaches, soit parmi des étrangers, un peu partout dans le monde.

— La fidélité à l'armée est basée sur le patriotisme, objecta Kevin. On ne peut exiger un tel sentiment d'un étranger.

— Exact, mais tu comprendras plus loin que cela

n'a aucune importance dans le cas de ces soldats. En attendant, regardez ça !

Sur un autre DVD, un guerrier était lâché dans les quartiers sordides d'une grande ville, en civil, et avec pour seule arme un poignard. Une caméra à infrarouges le suivait de loin. Le commentateur expliquait d'une voix glacée qu'il s'agissait là d'un entraînement pour la guérilla urbaine. D'après les pancartes et les messages publicitaires, la scène se déroulait dans un pays d'Amérique du Sud. Bientôt, sous une bretelle d'autoroute, le soldat débusqua une dizaine d'adolescents armés de couteaux et de barres de fer, avec lesquelles ils s'amusaient à casser des voitures. Sans aucune sommation, il se rua sur eux. Un combat d'une rare sauvagerie s'engagea. Les loubards, confiants dans leur nombre, ripostèrent aussitôt. Mais ils se rendirent très vite compte qu'ils n'étaient pas de taille face à cet adversaire surentraîné. Très vite, six d'entre eux s'écroulèrent, le ventre ouvert. Les autres s'enfuirent en hurlant. La même scène se répéta un peu plus loin. Cette fois, le soldat éventra ou égorgea une douzaine d'individus. La voix off précisa que toutes les précautions étaient prises pour que la police conclue à un combat entre bandes rivales.

Plusieurs films montraient ainsi ces inquiétants guerriers à l'œuvre, dans les environnements les plus divers : grandes cités, forêts de montagne, jungles, marécages. L'un d'eux fut abattu par l'une de ses victimes qui eut le temps de vider son chargeur avant de mourir. Le film montra alors l'intervention d'autres soldats qui emportèrent le corps.

Eddy chargea un troisième disque et se tourna vers Alexandra.

— Je vous préviens, celui-ci est quasi insoutenable. Il vaudrait peut-être mieux que vous ne regardiez pas.

— Parce qu'il y a pire que ce que je viens de voir ?

— Exactement, mais vous faites comme vous voulez.

L'action se déroulait quelque part dans l'Est africain. Le commentateur, de sa voix sans âme, expliqua qu'il s'agissait là d'une opération en situation réelle, dont le but était de provoquer un conflit entre deux ethnies en éliminant la population entière d'un village. Une vingtaine de guerriers suivis par un cameraman avançaient dans la jungle, tels des fauves à l'affût. Au loin, on distingua une petite agglomération aux maisons de terre recouverte de tôle ondulée, de plaques de bois et feuilles de palme. Des enfants jouaient dans les ruelles. Plus loin, des femmes jacassaient en battant des céréales dans des mortiers. Des vieux bavardaient, assis sur des pierres.

— Les uniformes correspondent à ceux de l'armée régulière, afin de faire croire à une attaque de l'autre ethnie, expliqua Eddy. Vous pourrez remarquer que la majorité des soldats est de race noire. Les deux ou trois blancs peuvent passer pour des mercenaires.

Quelques instants plus tard, les soldats encerclèrent les habitants, et les contraignirent, sous la menace de leurs armes, à se réunir sur la place du village. Puis l'horreur commença. L'un après l'autre, les guerriers découpèrent les hommes à coups de machette, tranchant les membres, les têtes. Les uniformes étaient rouges de sang. Ce fut ensuite le tour des vieillards, puis des femmes et des enfants. Personne ne fut épargné. Ceux qui tentaient de s'enfuir étaient aussitôt abattus d'une rafale de fusil-mitrailleur. Des ruisseaux écarlates coulaient sur la terre avide.

Alexandra ne put résister longtemps et courut aux toilettes pour vomir. Lorsqu'elle revint, Eddy avait arrêté le film.

— Je vous avais prévenue.

Elle se mit à hurler :

— Mais ça veut dire quoi, ces monstruosités ? Qui sont ces types, et pourquoi font-ils ça ?

— Cette action a eu lieu en Afrique, pour raviver la guerre entre les deux peuples d'un même pays. Deux peuples qui éprouvent mutuellement une haine ancestrale, mais qu'un chef avisé avait réussi à concilier. Ce chef a été assassiné. Le but de l'opération était d'instaurer un climat de terreur afin de déclencher les hostilités. L'opération a réussi, puisque l'armée régulière fut mise en cause. Et ce fut la guerre civile.

— Mais pourquoi ? s'insurgea Alexandra.

— Peut-être pour permettre aux marchands d'armes de s'enrichir.

— Quoi ? Toute cette... abomination pour vendre des armes ? Mais qui est derrière ça ?

— Malheureusement, le rapport ne le dit pas. Il est signé « César ». C'est sûrement un nom de code.

— Comment ces soldats peuvent-ils accepter de massacrer ainsi des inconnus ? explosa la jeune femme.

— L'un des disques l'explique. Il contient des rapports détaillés sur les drogues qu'on leur fait prendre.

— Des drogues ?

— Destinées à annihiler toute émotion, toute faiblesse. Ils les absorbent dans leur nourriture, dans leur boisson, sans s'en rendre compte. Beaucoup servent de cobayes, et un gros pourcentage en meurent. Cela explique aussi qu'ils peuvent se permettre d'engager des étrangers. Ils transforment ces types en robots humains, en les rendant complètement insensibles à la pitié et à la souffrance.

— L'armée a complètement pété les plombs ! s'écria Kevin.

— Je ne suis pas sûr qu'il s'agisse de l'armée. Ces soldats n'appartiennent à aucune unité connue. Ils viennent d'ailleurs.

— Le gars qui t'a envoyé ça, ce… Mac Pherson, qui est-ce ?

Eddy ne répondit pas immédiatement, puis déclara :

— Un fantôme !

— Tu te fiches de nous ?

— Pas du tout. Après avoir pris connaissance du dossier, j'ai mené une enquête discrète. Et j'ai appris que Stephen Mac Pherson était mort.

— Mort ?

— Il était sénateur, et occupait une fonction élevée au FBI. Il est décédé voilà une dizaine d'années. Sa voiture a basculé dans un ravin et a explosé. Son corps a été emporté par le torrent en crue. Un pêcheur l'a découvert, trois mois plus tard, dans un état de décomposition avancée. On ne l'a identifié que grâce à une chevalière.

— Et ce spectre t'a envoyé ce dossier secret…

— Il a été adressé chez moi, accompagné d'une lettre me demandant expressément de ne rien révéler de son contenu à quiconque, sauf à deux personnes : Kevin Kramer et Alexandra Delamarre.

— À nous ? Mais pourquoi nous ?

— Je n'en sais rien, mais ça veut dire qu'à travers moi, c'est vous qu'il veut informer, peut-être pour vous apporter une réponse sur l'origine des soldats qui ont attaqué les Falcon à Rocky Point. Ils appartenaient sans doute à cette unité spéciale.

— C'est possible, en effet. Cela expliquerait qu'on les ait enlevés de l'hôpital de Klamath Falls. « César » n'avait aucune envie que l'on découvre la présence de drogues dans leur sang. Mais comment ce Mac Pherson peut-il être au courant de tout cela ?

— Aucune idée. Mais il est probable que c'est pour cette raison que l'on a tenté par deux fois de te tuer. Tu as vu ces soldats kamikazes, et tu es devenu un témoin gênant.

— Très peu de personnes étaient au courant. Il y a surtout ce flic, là, Larry Smith. Il savait que j'étais allé voir les Falcon, et il m'a interdit de les revoir. Il était au courant de l'attaque. Je suis sûr qu'il a partie liée avec « César ».

— Mais c'est qui, ce « César » ? s'écria la jeune femme.

— Probablement un code désignant des types haut placés, qui dirigent toute cette affaire.

— Et Mac Pherson a voulu nous informer, à travers toi, reprit Kevin. Ça n'a pas de sens. Que représentons-nous de si important pour qu'on nous communique ainsi des dossiers top secret ?

— Il est possible que cela ait un lien avec vos expériences récentes, suggéra Eddy. Mais je ne vois pas lequel.

Ils restèrent un long moment sans mot dire. Puis Kevin demanda :

— Ton patron, Sheridan, il est au courant pour ce dossier ?

— Non. Et je ne lui en parlerai pas avant d'en savoir plus. Jusqu'à présent, je lui faisais totalement confiance, mais je commence à devenir un peu parano.

— Qu'est-ce que tu vas faire de ces disques ?

— Le mieux serait de les détruire, suggéra Alexandra.

— Non, il est préférable de les mettre en sécurité, répondit Eddy.

— Alors, je vais les déposer chez mon avocat, décida Kevin. Après tout, c'est à moi qu'ils sont adressés.

Le lendemain, lorsque Kevin et Alexandra se rendirent chez maître Spalding, l'avocat, deux hommes les suivirent après leur avoir adressé un signe discret. William Sheridan avait tenu sa promesse et attaché des agents à leur protection.

Mais les quatre jours suivants se déroulèrent sans incident. Personne ne semblait faire attention à eux, hormis les deux flics.

— Aurions-nous cessé de représenter un danger ? se demanda Kevin.

— Ils ne savent peut-être pas que tu vis avec moi, avança Alexandra.

— Cela m'étonnerait. Il a dû se passer quelque chose de nouveau qui les a dissuadés de nous tuer. J'aimerais bien savoir quoi.

Le lendemain, une nouvelle lettre signée de la croix Ankh arriva, encore plus énigmatique que les premières.

« Le Chemin de la Vérité passe par le Temple d'Or, où vous attend le Faucon. M. Tcheng Lin Piao sera votre guide. »

Le message était accompagné de deux billets d'avion à destination de la capitale française, et d'une adresse.

Celle d'un Chinois nommé Tcheng Lin Piao…

19

Paris, trois jours plus tard…

Kevin et Alexandra ne savaient que penser. Ils avaient déduit que le terme « Faucon » devait s'appliquer à Paul Falcon, ce qui confirmait qu'il était vraisemblablement derrière tout ça. Mais quel rapport existait-il entre lui, les soldats de Rocky Point et le mystérieux « César » ? Et pourquoi les envoyait-on vers un Chinois ?

— Tu crois que ce Temple d'Or se trouve en Chine ? demanda Alexandra.

— Probablement. Mais si c'est le cas, il ne va pas être aisé de s'y rendre. Les Chinois n'apprécient guère que les Occidentaux s'aventurent dans leur pays.

Dès leur arrivée, ils téléphonèrent à Tcheng Lin Piao. Celui-ci leur fixa rendez-vous chez lui, dans la petite propriété qu'il habitait à Saint-Léger-en-Yvelines. Le soir même, ils étaient sur place. Le Chinois les invita à entrer. C'était un homme affable, que Kevin estima âgé d'une cinquantaine d'années.

— Soyez les bienvenus, monsieur Kramer, et

vous, mademoiselle Delamarre. Mon cœur se réjouit de vous accueillir. Si vous voulez prendre place…

— Merci.

Kevin regarda autour de lui d'un œil suspicieux. Tcheng Lin Piao eut un léger sourire.

— Vous pouvez parler sans crainte, monsieur Kramer : il n'y a ni micro ni caméra.

— Si vous nous disiez qui vous êtes…

— Je suis historien. Dans mon pays, je bénéficie d'appuis élevés, ce qui me permet de voyager un peu partout sans avoir trop de comptes à rendre.

L'Américain hocha la tête, toujours méfiant.

— Bien ! Avant toute chose, nous aimerions en apprendre un peu plus. Il est tout de même étonnant que des lettres signées d'un hiéroglyphe égyptien nous amènent à rencontrer un historien chinois. M. Falcon a l'art de cultiver le mystère. Car je suppose que c'est lui qui est derrière tout ça ?

Sans se départir de son sourire, Tcheng Lin Piao écarta les bras.

— Depuis le début ! M. et Mme Falcon sont de grands amis. Et je suis très honoré qu'ils m'aient associé à votre quête.

— Ils sont donc toujours vivants ! Je craignais qu'ils n'aient péri au moment de la destruction de leur demeure, dans l'Oregon.

— Rassurez-vous, on ne peut tuer M. et Mme Falcon aussi facilement.

— Je m'en suis aperçu. Mais vous comprendrez que nous soyons un peu surpris par cette histoire. Je reconnais que c'est moi qui, à l'origine, ai pris contact avec Paul Falcon. Depuis, j'ai la nette impression qu'il a dirigé ma vie — et celle de ma compagne — selon sa volonté. Ce n'est pas une chose que j'apprécie beaucoup.

— Personne ne dirige votre vie, monsieur Kramer. Vous restez libres de renoncer à tout moment. M. Falcon en serait très déçu, mais il comprendrait. Le cheminement qu'il vous propose est difficile et déroutant.

— Et il sait que la curiosité nous pousse à accepter.

— Si la curiosité guide votre choix, ce choix n'en reste pas moins le vôtre.

— Il y a tout de même quelques petites choses que nous aimerions savoir, si ce n'est pas trop abuser. Qui sont-ils ? Quel but poursuivent-ils ? Pourquoi ne nous contactent-ils pas directement ? Que signifie tout ce que j'ai vu, la sphère lumineuse de Blowing Rocks, l'incroyable bataille de Rocky Point ?

Le Chinois leva la main pour calmer son interlocuteur.

— Cela fait beaucoup de questions, monsieur Kramer.

— Et vous, quel est votre rôle ?

— J'obéis aux instructions de M. Falcon, que je sers avec le dévouement le plus total.

— Libre à vous, monsieur Lin Piao. En ce qui nous concerne, je veux que les choses soient claires : nous ne servons pas M. Falcon, et nous voudrions savoir à qui nous avons affaire. Je l'ai vu accomplir des prodiges dont aucun être humain n'est capable, comme par exemple éliminer un commando d'une centaine de soldats-kamikazes, équipés de fusils d'assaut sophistiqués, et cela sans le secours d'aucune arme. D'où lui viennent ces pouvoirs ? Est-il… un extraterrestre ?

Le Chinois éclata d'un rire clair.

— Oh non, monsieur Kramer. M. et Mme Falcon sont bien originaires de la Terre, tout comme vous et moi. La réponse est ailleurs. Tout d'abord, il faut que vous sachiez que leurs intentions sont très louables. Malheureusement, il leur est impossible de vous révéler la vérité. Vous seuls pouvez la découvrir.

— Expliquez-vous !

M. Tcheng médita quelques instants avant de répondre :

— Le chemin est long pour parvenir à la vérité, surtout si, pour la comprendre, vous devez remettre en question certains acquis que vous tenez pour immuables. Mais le monde regorge de mystères difficiles à interpréter. Lorsque l'on ne dispose pas d'une expérience suffisante, on se laisse abuser par les apparences, et l'on ne perçoit qu'un aspect des choses. En l'état actuel de vos connaissances, la vérité vous est inaccessible.

— Et pour quelle raison ?

— Vous ne pouvez exiger d'un enfant qui vient d'apprendre à faire une multiplication de comprendre les logarithmes.

Kevin marqua un silence.

— Si je suis votre raisonnement, M. et Mme Falcon estiment que nous savons à peine compter, et ils veulent nous enseigner les… logarithmes.

Le sourire du Chinois s'épanouit.

— Exactement, confirma Tcheng Lin Piao. Vous devez apprendre à ouvrir les yeux de l'esprit et du cœur. La prochaine épreuve que M. Falcon vous propose vous permettra — peut-être — d'y parvenir.

— Pourquoi peut-être ? s'inquiéta Alexandra.

— Le lieu que vous devrez atteindre, le Temple d'Or, se situe à Pemako, dans une région quasi inaccessible. Très peu d'Occidentaux y sont parvenus. Les Chinois eux-mêmes le redoutent. Cet endroit est considéré par les Tibétains comme le cœur du monde, et le nombril de *Vajravarahi*, la déesse de la sagesse. Le fleuve Tsangpo, connu en Inde sous le nom de Brahmapoutre, est sa colonne vertébrale, les monts Peri et Namcha Barva, qui tous deux dépassent sept mille mètres, forment sa poitrine. Pour atteindre la première étape de votre vérité intérieure, vous devrez vous rendre dans ce Temple d'Or, le *Chimed Yangsang*, « le lieu immortel le plus profond ». C'est un endroit sacré dont beaucoup pensent qu'il n'existe pas vraiment, qu'il n'est qu'un rêve inaccessible, car nombreux furent ceux qui voulurent le rejoindre, et qui périrent sans l'avoir atteint. Gourou Rinpoché, au VIIIe siècle, a dit : « Celui qui fait un seul pas vers Pemako se libère des basses réalités de l'existence. » C'est cette voie que vous devrez suivre pour accéder au niveau supérieur dans votre quête de la vérité. Mais je dois vous avertir : cette épreuve est longue et comporte de grands dangers.

— Quels sont-ils ?

— Tout d'abord, vous allez devoir traverser des régions hostiles du Tibet, franchir de très hautes montagnes où le froid n'a rien à voir avec celui des Alpes françaises. De plus, malgré les prérogatives dont je dispose, je crains que nous n'ayons à affronter les troupes chinoises elles-mêmes, qui supportent mal de voir des Occidentaux se promener dans des régions interdites du Tibet.

— Pourtant, vous êtes chinois vous-même ! remarqua Alexandra.

— Disons que je vis actuellement dans la peau d'un Chinois. Mais mon dévouement à M. Falcon passe avant celui à la Chine.

— Voilà une réflexion plutôt surprenante ! s'étonna Kevin.

— Pas du tout ! Lorsque l'on a découvert que l'on n'est pas citoyen d'un seul pays, mais de la Terre entière, dont on a habité différents lieux au cours d'innombrables existences, le patriotisme apparaît comme une aberration.

Kevin et Alexandra se regardèrent. Apparemment, ce M. Tcheng connaissait lui aussi le phénomène de la réincarnation. Ils avaient l'impression de rêver.

— Vous comprendrez que nous soyons un peu perturbés, reprit Kevin. D'un côté, nous sommes la cible d'un ennemi inconnu et puissant, pour des raisons qui nous échappent, mais qui semblent liées à une histoire d'espionnage ou même un complot politique. De l'autre, ce que vous nous proposez ressemble à un voyage initiatique. Avouez qu'il y a de quoi s'y perdre.

— C'est en effet un voyage initiatique. Il est essentiel pour vous de l'accomplir si vous voulez accéder à un niveau supérieur de la connaissance.

— Cette perspective est très intéressante, monsieur Lin Piao, rétorqua Kevin, mais la vie m'a appris que l'on n'offre jamais rien sans contrepartie. Pourquoi M. Falcon fait-il tout cela pour nous ? Quel est son intérêt dans cette affaire ?

M. Tcheng lui adressa un sourire indulgent.

— Voilà l'une des raisons pour lesquelles vous

n'êtes pas prêt à découvrir la vérité, monsieur Kramer. C'est une conception hélas trop répandue aujourd'hui qui veut que toute action ne puisse être motivée que par le profit. Là se situe la grande différence entre la pensée occidentale et la pensée orientale. Les Occidentaux se disent : « Que puis-je avoir ? » Et, pour cela, ils sont prêts à tous les sacrifices, toutes les bassesses, toutes les compromissions. Ils s'imaginent que le bonheur ne peut être lié qu'à la richesse. Mais le sens d'une vie bien remplie, c'est ce que l'on vit, non ce que l'on possède. La philosophie orientale pose une autre question : « Que puis-je être ? » Malheureusement, l'influence de l'Occident est telle aujourd'hui que cette sage conception de la vie tend à disparaître.

— Ce sont de belles paroles, monsieur Lin Piao, mais comment voulez-vous que nous accordions notre confiance à des personnages sur lesquels nous avons appris des choses pour le moins bizarres ? Nous savons, par exemple, que Falcon et Latimer ne sont pas leurs vrais noms. Ils ont subtilisé les identités de deux enfants morts en bas âge. Avez-vous une explication à nous fournir pour cela ?

Le Chinois ne marqua aucun étonnement.

— Cela fait partie de ce que vous devez découvrir.

— Je ne peux me contenter de cette réponse. L'usurpation d'identité est souvent motivée par des intentions malveillantes, comme l'espionnage. Vous comprendrez donc ma méfiance. J'ai visité les ruines de la maison de Rocky Point. J'ai découvert d'étranges galeries où étaient entreposées des armoires métalliques remplies d'informations. Que contenaient ces informations ?

— Des archives historiques, tout simplement, monsieur Kramer. L'espionnage, aujourd'hui, ne peut concerner que les technologies avancées. En quoi l'Histoire l'intéresserait-elle ? Or, c'est bien l'Histoire que M. Falcon vous amène à découvrir sous un angle différent. Pensez-vous qu'une telle démarche puisse être liée à une vulgaire affaire d'espionnage ? Pensez-vous que la preuve absolue de l'immortalité de l'âme ne soit pas un sujet bien plus important, et bien plus élevé ? Si vous n'êtes pas capable de voir au-delà de cet aspect bassement matérialiste des choses, alors, il vaut mieux que vous abandonniez immédiatement, car vous ne serez jamais à même d'atteindre le Temple d'Or. Au moins dans cette vie !

Le sourire du Chinois s'était figé, exprimant une courte colère, qu'il réprima aussitôt.

— Croyez-moi, M. et Mme Falcon n'ont aucun intérêt personnel dans la quête qu'ils vous proposent. Ils disposent déjà d'une fortune dont vous êtes à mille lieues de soupçonner l'importance. Il serait stupide pour eux de s'enrichir encore.

La véhémence de Tcheng Lin Piao désarçonna Kevin et Alexandra. Le Chinois ferma les yeux et ajouta :

— Il faut vous défaire de vos *a priori*. Méditez sur tout ce que vous avez appris au cours de vos différents voyages dans le temps. Même si votre parcours vous semble dépourvu de cohérence, tout est lié. Mais vous ne comprendrez la signification profonde de ce que vous avez vécu qu'en allant au bout de votre chemin.

— Parce vous êtes également au courant de nos régressions ?

— Naturellement ! M. Falcon m'a amené, moi aussi, à effectuer des voyages semblables. Ce n'est que parvenu au terme de ces retours dans le passé que j'ai enfin atteint la vérité. *Ma* vérité. C'est une expérience que je ne peux partager avec personne, car elle est unique. Chacun possède son propre *chemin de lumière*, et il en existe autant qu'il existe d'êtres vivants dans ce monde.

— Les chemins de lumière… C'est ainsi que vous appelez les vies passées, dit Alexandra.

— Oui, mademoiselle. La succession de ces vies dessine, au cours du temps, une trame subtile, à l'image de l'Esprit infini. Tout comme lui, elle n'a pas eu de commencement, et ne connaîtra pas de fin. Peu de personnes en connaissent l'existence. Les hommes redoutent la mort car ils en ignorent la signification profonde, qui est le passage d'une vie à l'autre, un peu comme la nuit succède au jour, et ainsi indéfiniment. C'est à cause de cette peur de la mort que sont apparues les religions, destinées à apaiser les angoisses humaines. Malheureusement, elles ont été dévoyées de leur fonction première, qui était d'apporter la paix et l'harmonie, et leurs dogmes sont devenus des moyens de coercition, de domination et de manipulation. Ce qu'elles appellent « Dieu » n'a rien à voir avec cela. Dieu n'est pas un maître absolu, éternel et omnipotent, auquel nous n'avons d'autre choix que de nous soumettre aveuglément, et dont nous devons supporter la volonté même si parfois elle nous paraît injuste, voire cruelle. Voilà le genre d'escroquerie dont les peuples sont victimes depuis des millénaires. Dieu est l'univers infini, et nous ne lui appartenons pas ; nous faisons partie de lui. Il s'exprime d'une manière différente et unique à travers chaque être vivant, depuis la bactérie jusqu'à l'être humain.

« Mais l'être humain est différent. Il constitue une expression supérieure de la vie, parce qu'il est doté de conscience et de la faculté de créer. Cette particularité est fondamentale, car, à l'inverse de toutes les autres créatures, dont les actes, dictés par l'instinct, n'ont qu'une portée limitée, la pensée de l'homme peut exercer son influence bien longtemps après sa disparition, quelquefois plusieurs millénaires. Il en est ainsi pour tous ceux que l'on appelle les « grands hommes », philosophes, écrivains, mathématiciens, artistes, ou meneurs de peuples. Mais chaque homme, chaque femme naît avec une richesse spirituelle qui lui est propre, une somme de dons, de talents, un potentiel qui ne demande qu'à s'épanouir. Cette richesse représente la véritable liberté, la source suprême de l'harmonie. La quête de la vie consiste à découvrir et à cultiver cette fleur divine, unique pour chacun de nous. Malheureusement, la plupart des gens ignorent son existence, car les lois religieuses, sociologiques, idéologiques ou autres l'étouffent au point souvent de la faire disparaître. Seuls quelques élus parviennent à déchirer cet épais voile d'obscurantisme. J'ignore encore si vous ferez partie de ces élus. Mais voilà le but que s'est fixé M. Falcon : vous amener à découvrir vos propres chemins de lumière.

— Pourquoi ne vient-il pas nous parler en personne ? demanda Kevin.

— C'était son désir, à Rocky Point, lorsqu'il vous a demandé de revenir le voir. Mais le seul fait de vous approcher risque de mettre de nombreuses vies en danger.

— Comment ça ?

— Vous avez pu constater que M. Falcon a des ennemis prêts à tout pour l'anéantir. Il dispose lui-même de certains moyens pour se préserver. Cependant, si ces ennemis parvenaient à le repérer, ils n'hésiteraient pas à sacrifier des centaines d'innocents pour essayer de le détruire. Vous rappelez-vous cet avion qui s'est écrasé une demi-heure après avoir quitté Los Angeles, il y a quelques mois ? On a éliminé plus de cent vingt personnes pour tuer l'une des passagères, une… parente de M. Falcon. Celle-ci a échappé au drame, mais tous les passagers ont péri parce que l'on avait placé une bombe à bord de l'avion.

— Je me souviens de cette catastrophe. On a dit qu'un déséquilibré aurait tenté de détourner l'appareil. Sa photo a été diffusée dans les journaux et à la télévision.

— Il s'appelait Cyrus Fletcher. C'est la version que l'on a réservée au public. La vérité est différente. Le seul crime de cet homme était un passé de contestataire. Ce n'est pas lui qui a posé la bombe. Mais il fallait un coupable pour cristalliser la haine des citoyens et aussi les rassurer : le responsable avait péri, on ne risquait donc plus rien. L'enquête a été bouclée rapidement, et les vrais coupables n'ont jamais été inquiétés. C'est pour cette raison que M. et Mme Falcon évitent d'attirer l'attention sur eux. Vous avez pu voir ce que cela a donné à Rocky Point.

— Vous dites que cette parente de M. Falcon s'en est sortie ? s'étonna Alexandra. Les journaux ont pourtant dit qu'il n'y avait eu aucun survivant.

— Cette femme disposait elle aussi de pouvoirs particuliers. Je n'en sais pas plus.

Kevin et Alexandra restèrent un moment silencieux.

— Que se passerait-il si nous refusions ? demanda la jeune femme.

— Rien. Je vous l'ai dit : vous êtes libres. Vous vous écarterez de la vérité dans cette vie, mais vous pourrez reprendre votre quête dans une existence ultérieure. M. Falcon ne vous en tiendra pas rigueur. Il estime que chacun est maître de ses choix.

— Mais pourquoi nous ? demanda Kevin. Qu'avons-nous de particulier ?

Tcheng Lin Piao ne répondit pas immédiatement.

— M. Falcon pense que vous, monsieur Kramer, vous représentez une grave menace pour le monde.

— Une menace pour le monde ? Rien que ça ? Mais c'est absurde ! Dans ce cas, pourquoi ne m'élimine-t-il pas ? D'ailleurs, c'est peut-être lui qui a tenté de me supprimer par deux fois, à New York...

— Croyez-vous que, si telle était son intention, vous seriez encore vivant ?

L'argument ébranla Kevin.

— C'est lui au contraire qui vous a protégé, poursuivit Tcheng Lin Piao. Il désire vous aider à réveiller votre mémoire profonde. Alors seulement vous comprendrez tout. Mon rôle consiste à vous aider à accomplir votre prochain voyage. Si vous acceptez, bien sûr. Prenez le temps de réfléchir à ce que je vous ai dit. M. Falcon n'exige pas de vous une réponse immédiate. Il désire que vous preniez votre décision en toute liberté.

Le soir, Kevin et Alexandra erraient dans le quartier Latin, l'esprit bouleversé.

— Cette histoire devient de plus en plus incompréhensible ! s'exclama soudain la jeune femme. Quel danger peux-tu représenter pour le monde ?

Kevin demeura un long moment silencieux, puis il déclara :

— J'ai peut-être une idée. Tout a commencé lorsque j'ai rencontré les Falcon. Ils ne s'attendaient pas à ma visite, puisque c'est moi qui l'ai provoquée, à la suite de l'incident de l'*Atalaya*, à Blowing Rocks. Mais ces gens, quelle que soit leur origine, possèdent apparemment la faculté de pénétrer l'esprit humain. Lors de ma première visite, j'ai eu l'impression que je les connaissais déjà. Tu as vécu la même chose, toi aussi. Ils t'ont également reconnue.

— Ils n'ont pourtant pas pris contact avec moi.

— Ils n'avaient peut-être pas de raison de le faire à ce moment-là, parce que tu ne représentais aucun danger. Mais, lorsque je suis venu les voir, ils ont dû découvrir que nos routes s'étaient déjà croisées dans le passé. L'une de mes vies antérieures, particulièrement, a dû attirer leur attention. Ils avaient besoin, pour s'en assurer, de pénétrer dans ma mémoire profonde. Cela expliquerait le malaise que j'ai ressenti sur la route du retour. Ils m'ont sondé et ils ont retrouvé un personnage particulier, un homme qui possède un secret terrifiant, qui met en danger l'Humanité tout entière. C'est la mémoire de cet homme qu'ils essaient de réveiller. Cela explique pourquoi ils voulaient me revoir le lendemain. Malheureusement, l'attaque les a empêchés de me parler. Depuis, ils ne peuvent plus m'approcher. Mais ils se sont souvenus de toi. Ils savaient que nous nous étions déjà rencontrés dans d'autres vies. Et ils nous ont mis en présence, afin, peut-être, de favoriser nos régressions. Ils savaient que nous nous reconnaîtrions. Ensuite, ils ont conditionné nos esprits afin de déclencher, en certains lieux, ces étranges voyages dans le temps.

— Mais ce secret, ce serait quoi ? Un truc religieux fondamental ?

— Je ne crois pas. Le phénomène de la réincarnation constitue une connaissance primordiale pour l'Humanité. Mais quelle preuve pourrions-nous en apporter ? Notre seul argument repose sur un voyage mental dans le temps, dont nous ne savons même pas comment le provoquer. Personne ne nous croirait, et surtout pas les théologiens, confortablement installés dans leurs certitudes.

— Et la télékinésie ?

— Même chose. Je n'ai pas révolutionné le monde lorsque j'ai vécu dans la peau de Daniel Dunglass-Home. Qui se souvient de lui aujourd'hui ?

— Il n'empêche que ces phénomènes paranormaux existent, insista Alexandra. Et nous ne sommes certainement pas les seuls à les connaître. Bien qu'elles tentent de le dissimuler au grand public, je suis sûre que les hautes instances du pouvoir détiennent des informations fondamentales.

— Mais elles font croire que le domaine du paranormal relève de la pure fantaisie. Et si nous parlions, notre cas n'intéresserait que les journaux à sensation. Les autres nous prendraient pour des farfelus. Non, à mon avis, c'est autre chose.

Ils restèrent un long moment silencieux. Soudain, Kevin se figea.

— Tu as une idée ? demanda Alexandra.

— C'est possible, mais c'est tellement incroyable, murmura-t-il. Il s'agit peut-être malgré tout d'une histoire d'espionnage. Mais à laquelle il faut ajouter la composante temporelle.

— C'est-à-dire ?

— Ce secret pourrait être une technologie oubliée.

— C'est peu probable. Il n'y a rien eu dans le passé que nous n'ayons redécouvert aujourd'hui.

— Personne n'en sait rien. Les Anciens, et notamment les Égyptiens, ont laissé pas mal de zones d'ombre.

— Mais leur technologie était beaucoup moins évoluée que la nôtre.

— Ils utilisaient beaucoup la magie et l'alchimie. Nombre de leurs secrets ont disparu.

Il poussa un soupir de découragement.

— Je me demande si nous ne ferions pas mieux d'abandonner. Peut-être vaudrait-il mieux ne pas réveiller cette mémoire profonde.

— Au contraire, rétorqua Alexandra. Ce secret enfoui en toi ne s'effacera jamais. Même si nous ignorons sa nature exacte, la menace restera toujours là, à l'état latent, dans cette vie et dans tes vies futures. Te tuer ne servirait à rien, parce que tu renaîtrais ailleurs. Imagine alors que d'autres individus, dépourvus de scrupules, mais possédant les mêmes talents que les Falcon, te découvrent. Ils sauraient peut-être extraire ce secret de ta mémoire, et l'utiliser à des fins néfastes. C'est pour cette raison que tu dois aller jusqu'au bout de cette quête. Lorsque tu auras percé ce secret, tu sauras quelle attitude adopter.

Il ne répondit pas immédiatement. Puis il déclara :

— Tu as raison. Nous allons accepter la proposition de ce Chinois. Et essayer d'atteindre ce mystérieux Temple d'Or.

20

New York…

Moins d'une semaine après le départ de Kevin et d'Alexandra, Eddy reçut un courrier présentant les mêmes caractéristiques que le dossier sur les soldats kamikazes : une enveloppe blanche, anonyme, ne portant aucune mention extérieure de l'expéditeur. Intrigué, il monta chez lui et découvrit un nouveau DVD accompagné d'une lettre.

« Cher monsieur Lee,

« Vous trouverez ci-joint un dossier ancien, mais néanmoins intéressant. Malgré les apparences, il est directement lié au précédent. Bien entendu, les informations contenues dans ce rapport secret ne doivent en aucun cas être transmises à qui que ce soit, hormis Kevin Kramer et Alexandra Delamarre. Dans le cas contraire, votre vie et celles de vos amis seraient en danger. Je compte sur votre efficacité et votre discrétion.

« Stephen Mac Pherson. »

Eddy retourna la lettre, puis introduisit le DVD dans le lecteur. Avec stupéfaction, il découvrit les copies de rapports secrets datant d'avant la Seconde Guerre mondiale. Abasourdi, il lut par exemple un courrier adressé à un homme politique français, fin 1924 :

« Cher ami,

« Vous savez que notre priorité est d'empêcher le déferlement des hordes bolcheviques sur l'Europe. Dans cet objectif, il est primordial de créer une contre-puissance. Celle-ci ne peut être que l'Allemagne. Il est donc important que vous usiez de toute votre influence pour que la Ruhr, occupée par les Français, lui soit restituée dans les délais les plus brefs. »

Par curiosité, Eddy consulta une encyclopédie, et constata que la France avait effectivement commencé à évacuer la Ruhr dès le mois de janvier 1925. En août de la même année, elle était retournée à l'Allemagne. Une autre lettre, de 1934, concernait un gros métallurgiste anglais.

« Cher ami,

« Chaque jour l'influence socialiste et communiste devient plus grande. Le péril rouge menace. En Espagne et en France, malgré nos campagnes de propagande, les partis de gauche s'imposent trop souvent. Il faut éliminer ces "fronts populaires" par tous les moyens. C'est pourquoi nous souhaitons vivement que vous apportiez votre soutien à M. Hitler, dont nous apprécions les capacités de meneur d'hommes. Il est le chef qu'il faut pour l'Allemagne, et peut-être pour l'Europe elle-même. Il a besoin d'une armée puissante. Vos usines peuvent lui fournir le cuivre et le fer nécessaires. Nos contacts sur place vous faciliteront la tâche. »

— Qu'est-ce que c'est que cette histoire ?

Le DVD contenait des dizaines de lettres similaires, adressées à différents correspondants, en

Angleterre, en France, en Allemagne, en Espagne et ailleurs, qui tous occupaient des postes importants dans l'industrie, la finance ou la politique. De la lecture de ces courriers, il ressortait qu'une certaine frange de la classe politique et de la haute bourgeoisie avait apporté son soutien à Mussolini, Franco et Hitler, souvent contre leur propre pays, dans le but de favoriser les régimes dictatoriaux, destinés à juguler la montée des mouvements populaires, et de créer une Europe forte contre le péril soviétique. Certains pays, comme la France, étaient particulièrement visés, en raison de l'importance des partis de gauche et des syndicats. Tout avait été mis en œuvre pour l'affaiblir face à la montée de la puissance nazie. Une action politique avait ainsi été entreprise afin de concentrer les troupes françaises sur la frontière espagnole lors de la guerre civile, sous le prétexte d'une possible invasion des républicains. L'objectif secret était en réalité d'affaiblir la France sur ses frontières du Nord-Est. Le rapport contenait des noms précis, la retranscription de tractations secrètes, poursuivies même pendant la guerre. D'autres lettres, adressées à certains hommes politiques français d'extrême droite, évoquaient la propagande antijuive.

A priori, il n'existait aucun lien entre ces lettres et le rapport sur les soldats de Rocky Point. Sauf un seul : toutes les lettres étaient signées « César ».

21

Quelque part dans les Alpes françaises...

— Je commence à me demander...

Kevin, haletant, ne put finir sa phrase.

— Te demander quoi ? souffla Alexandra, aussi épuisée que lui.

— Si, malgré tout, les Falcon ne cherchent pas à nous éliminer en faisant passer notre mort pour un accident.

— Ne parlez pas inutilement, monsieur Kramer, dit Tcheng Lin Piao, à quelques mètres plus haut. Nous sommes encore loin du sommet.

Kevin se retint de dire ce qu'il pensait à ce Chinois de malheur, qui depuis trois mois l'obligeait à grimper sur des tas de cailloux géants. Celui du jour n'était autre que le mont Blanc. À leur arrivée dans les Alpes, Alexandra lui avait expliqué qu'avec ses quatre mille huit cent sept mètres, il était le sommet le plus élevé d'Europe. Kevin avait souri avec indulgence. Comparé aux Rocheuses, ce mont Blanc était une colline.

Depuis qu'il en avait commencé l'ascension, il avait révisé son jugement hâtif. L'escalade n'avait rien d'une partie de plaisir. D'autant plus que M. Tcheng – qui leur avait révélé son âge véritable, soixante-quatre ans – bénéficiait d'une forme insolente et les laissait l'un comme l'autre loin derrière.

— Mais qu'est-ce que je fous ici ? grogna Kevin. J'écris des bouquins sur la mer, moi ! Pas sur la montagne ! Je déteste la montagne ! Je hais la montagne et les montagnards !

Chaque jour, l'infatigable M. Tcheng les entraînait tous deux dans des courses invraisemblables, à l'assaut de pics escarpés, des excursions éreintantes dont ils revenaient le soir fourbus, abrutis de fatigue. Mais, le lendemain, l'impitoyable Asiatique les réveillait à l'aube et tout recommençait.

Depuis un mois, le couple et M. Tcheng avaient élu domicile dans un petit chalet isolé. Le Chinois avait exigé qu'ils restassent coupés du monde pendant tout le temps de l'entraînement et de l'expédition. Personne ne devait savoir où ils se trouvaient, afin de les protéger de leurs ennemis fantômes.

Un médecin taciturne venait régulièrement les examiner. Kevin et Alexandra avaient compris qu'il faisait partie de l'organisation de M. Falcon. Ils avaient tenté de parler avec lui, mais n'avaient rien pu en tirer. Tcheng Lin Piao avait également pris en charge leur alimentation, supprimant tout alcool, incluant force plats équilibrés, riches en vitamines.

— Et pourquoi pas de l'EPO ? s'insurgea un jour Alexandra.

M. Tcheng recevait leurs récriminations d'un front égal, en répondant simplement qu'ils le remercieraient un jour de s'être montré si rude avec eux.

— Vous devez être parfaitement préparés pour vous aventurer sur le territoire de *Vajravarahi*, dit-il. Si vous n'êtes pas de taille à affronter les dangers qui vous guettent, la déesse vous détruira.

Tcheng Lin Piao regarda vers le sommet, nimbé d'une lumière éblouissante.

— Regardez bien ! Là-bas, il vous faudra franchir des cols situés mille mètres plus haut que la cime de cette montagne. À cette altitude, l'oxygène est raréfié. Aborder ces cols sans préparation serait du suicide.

Kevin haletait. Son bateau lui manquait, tout comme l'air iodé et le sel marin. Le soir, il n'avait même plus la force de faire l'amour à Alexandra. Les premiers jours, celle-ci avait réclamé ses étreintes, et il avait brûlé ses dernières réserves pour répondre à ses désirs. Mais, avant la fin de la première semaine, la petite elle-même avait déclaré forfait, et se contentait de se blottir contre lui pour récupérer. Deux minutes après avoir adopté la position allongée, elle dormait d'un sommeil de plomb jusqu'au lendemain.

Parfois, ils partaient en montagne pour plusieurs jours, sans se soucier des prévisions météorologiques. Leur équipement, fourni par Paul Falcon, leur permettait de tenir dans les pires conditions.

— Au Tibet, il ne faudra compter que sur nous-mêmes, disait M. Tcheng. Il n'y aura pas d'hélicoptère de secours en cas de problème.

Kevin caressait des rêves de vengeance. On aurait dit que l'épouvantable Chinois prenait un malin plaisir à attendre les tempêtes d'hiver les plus redoutables. Alexandra se montrait plus docile. M. Tcheng connaissait son affaire et se révélait un guide chevronné et un excellent professeur. Chaque jour constituait un nouveau défi à relever, et elle avait à cœur de vaincre les obstacles que l'imaginatif Fils du Ciel dressait devant elle.

— C'est pour notre bien, disait-elle à Kevin, afin de calmer sa grogne.

Elle ne se trompait pas. Très vite, cet entraînement intensif porta ses fruits. Même Alexandra, à la ligne parfaite, avait trouvé le moyen de perdre trois kilos superflus. Au bout de quelques mois, s'ils s'endormaient éreintés le soir, ils se réveillaient le matin pleins d'une énergie nouvelle.

Ils appréciaient la pause que représentait le repas du soir. Ils écoutaient M. Tcheng parler de son pays lointain, de la formidable métamorphose qui était en train de se produire là-bas. Il décrivait les palais anciens, les jardins élégants soignés avec amour, les villes grouillantes qui s'éveillaient peu à peu à l'économie occidentale, avec les avantages et les inconvénients que cela présentait. Il évoquait l'hospitalité des habitants, leurs traditions ancestrales fermement combattues par les autorités dans un souci de domination.

— Vous savez, précisa-t-il cependant, les Français n'ont pas fait mieux au début du XXe siècle en tentant d'éliminer les particularismes régionaux, les coutumes, les langues provinciales, les cultures locales. Aujourd'hui, dans votre pays, la tendance s'est inversée. Mais la Chine a du retard dans ce domaine. Il faut lui laisser le temps de s'adapter.

M. Tcheng entrecoupait l'entraînement de longues séances de relaxation. Il leur enseignait l'art de respirer, de se détendre en faisant le vide dans leur esprit, leur apprenait les subtilités du massage et du drainage lymphatique. Il était secondé en cela par deux jeunes Chinoises qui contraignaient Alexandra et Kevin à se mettre nus pour se livrer à leurs mains expertes. Kevin, amusé et intrigué, découvrit à ses dépens que les frêles demoiselles possédaient des réserves de force surprenantes, et savaient faire craquer les articulations récalcitrantes et douloureuses avec des gestes précis. Contrairement à ce qu'il redoutait, sa condition s'améliora très vite. Les petites douleurs apparues avec l'âge, et auxquelles il s'était résigné, s'effacèrent comme par enchantement. Au bout de six mois, il avait perdu dix kilos, et avait l'impression d'avoir rajeuni de vingt ans. Quant à Alexandra, jamais elle n'aurait imaginé que son corps pût receler une telle énergie. Le soir, ils conservaient encore assez vigueur pour faire l'amour, ce dont ils ne se privaient pas.

— Ce Chinois est un magicien, dit un jour Kevin. J'ai l'impression que je pourrais sauter à pieds joints sur l'Everest. Jamais je ne me suis senti aussi bien de ma vie. Même quand j'étais gamin.

À plusieurs reprises, ils tentèrent d'en apprendre davantage sur les Falcon. Mais M. Tcheng ne leur fournit aucune information autre que celles qu'ils possédaient déjà. Paul et Katherine Falcon étaient des amateurs d'art extrêmement riches, américains, mais d'origine égyptienne. M. Tcheng ignorait pourquoi on avait tenté de les tuer à Rocky Point, mais il était sûr d'une chose, c'est qu'ils ne se livraient pas au trafic d'armes. Lorsque Kevin essayait d'en savoir plus sur la manière dont Paul Falcon s'était débarrassé des soldats, le Chinois lui répondait poliment que cela faisait partie des choses qu'ils devraient découvrir eux-mêmes, au travers de leurs chemins de lumière.

Un matin enfin, Tcheng Lin Piao leur déclara :

— Nous sommes au mois de mai. C'est la seule saison où nous pouvons nous risquer dans le royaume de *Vajravarahi*. Vous êtes à présent armés pour vous y rendre.

— Viendrez-vous avec nous ? demanda Alexandra.

— Bien entendu. C'est pour moi la dernière occasion de rendre hommage à *Vajravarahi*. Au moins dans cette vie-là. Je ne veux pas la laisser passer.

— Est-ce vous qui nous guiderez ?

— Non ! Nous serons pris en charge par un sherpa du nom de Leki. Il a toute la confiance de M. Falcon. C'est un homme rusé, capable de déjouer les pièges tendus par l'armée chinoise. Il connaît la région de Pemako mieux que quiconque.

Il s'inclina et ajouta :

— Soyez prêts ! Nous partons après-demain.

22

New York…

Eddy avait essayé de contacter Kevin et Alexandra pour les mettre au courant des nouveaux documents qu'il avait reçus. Sans succès. Leurs portables eux-mêmes ne répondaient pas. Bien sûr, peu avant de partir pour les Alpes, Kevin l'avait averti qu'ils ne seraient pas joignables pendant environ six mois, mais personne n'avait prévu que Mac Pherson continuerait de se manifester.

Eddy avait longuement hésité à en parler à William. En toute logique, il aurait dû le faire. Il avait une grande confiance dans son supérieur, et sa position d'agent du FBI le contraignait normalement à révéler tout fait insolite à sa hiérarchie. Cependant, cette affaire ne ressemblait à aucune autre. Les faits révélés dans les rapports étaient extrêmement graves. Sheridan aurait été lui-même obligé d'en référer encore plus haut, et l'information risquait de monter jusqu'aux sphères gouvernementales où l'ennemi se dissimulait peut-être. Eddy décida donc de se montrer prudent et de conserver les dossiers jusqu'au retour de Kevin et d'Alexandra.

Une semaine plus tard, il trouva un nouveau DVD dans sa boîte aux lettres.

Celui-ci comportait des copies de documents datant, eux aussi, de la Seconde Guerre mondiale. Les premiers avaient trait au bombardement de Pearl Harbor par les Japonais le 7 décembre 1941, les seconds au largage des bombes atomiques sur Hiroshima et Nagasaki.

Éberlué, Eddy étudia les lettres, ordres, contrordres et suggestions toujours signés du mystérieux « César ». Après deux heures de lecture, sa vision des événements avait radicalement changé, et une profonde colère l'avait envahi, dirigée contre les dirigeants de l'époque et contre ce machiavélique « César » qui avait si bien su manipuler les partis en présence pour parvenir à ses fins.

L'une des lettres, datée de novembre 1941, disait :

« Les Américains sont partisans de l'isolationnisme et ne participent pas encore au conflit mondial. Ils se contentent d'apporter leur soutien à la Grande-Bretagne, qui résiste seule aux assauts nazis. Il est pourtant indispensable que les États-Unis participent activement à cette guerre, afin de favoriser l'industrie de l'armement. Le conflit doit se dérouler sur deux fronts : dans le Pacifique et en Europe. Le président Roosevelt estime que le Japon mène une guerre d'expansion coloniale en direction de la Chine, et que les États-Unis ne sont donc pas directement menacés ; même Hawaii, qui est situé à plus de cinq mille kilomètres de l'archipel nippon. La plupart des hauts chefs militaires partagent ce point de vue.

« Nous savons cependant de source sûre que les Japonais préparent une attaque surprise contre Pearl

Harbor. Vous devez faire tout ce qui est en votre pouvoir pour éviter que cette information soit prise au sérieux. Votre tâche sera facilitée par la mésentente qui règne entre les différents services de renseignements, et par le fait que personne dans le Haut Commandement ne croit à une agression de ce genre. De plus, le général Short et l'amiral Kimmel, responsables de la base, s'entendent mal. Ils n'échangent aucune information, négligent la surveillance radar. Tout cela sert nos intérêts.

« Méfiez-vous toutefois : certains militaires n'hésiteraient pas à agir s'ils étaient au courant de l'imminence de cette attaque. Le risque existe, car le code de transmission japonais a été découvert. Au besoin, supprimez les plus dangereux. Dans le but de frapper l'opinion américaine, Pearl Harbor doit être détruite. Cette provocation incitera les Américains à réagir et à accepter la guerre contre le Japon, puis contre l'Allemagne.

« César. »

Cette lettre secrète avait parfaitement joué son rôle, puisque le général Marshall, prévenu une heure et demie avant l'attaque, négligea d'avertir immédiatement les commandants de la base du Pacifique.

Le 7 décembre 1941, à 7 h 55, une première vague de cent quatre-vingt-trois avions japonais fond sur Pearl Harbor, dans l'île d'Ohau. À 8 h 45, cent soixante-dix autres appareils se lancent à leur tour dans la bataille. Pris par surprise, les Américains ne peuvent réagir. L'attaque audacieuse de l'amiral Isoroku Yamamoto a pleinement réussi. On dénombre deux mille quatre cent trois morts et mille cent soixante-dix-huit blessés ; dix-huit bâtiments et cent cinquante-neuf avions sont détruits.

Il eût suffi d'un coup de téléphone pour préparer la défense du port et limiter les dégâts.

— Les fumiers ! Ils le savaient ! Ils le savaient et ils ont laissé faire ! s'exclama Eddy, hors de lui.

Une seconde lettre datait de fin 1943. Elle était adressée à de hauts commandants américains et anglais.

« Nous avons commis une erreur en soutenant Hitler. L'ambition de cet homme est démesurée. Sa folie nous est utile actuellement car il a réussi à juguler les mouvements gauchistes en Europe de l'Ouest. Mais il est indispensable que les États-Unis s'engagent à présent en Europe. Les savants allemands progressent rapidement dans la mise au point d'une bombe utilisant l'énergie de l'atome, découverte par Einstein. Hitler n'hésitera pas à s'en servir pour assurer son hégémonie, ou pour tout détruire s'il est sur le point d'être vaincu. Il est crucial de s'emparer de cette technique avant les Bolcheviks. Dans ce but, un débarquement doit être organisé en Europe. Les chercheurs allemands doivent être capturés dans les plus brefs délais, et surtout avant que les nazis ne mettent leur bombe au point.

« César. »

— Et le débarquement a eu lieu le 6 juin 1944..., murmura Eddy, abasourdi.

Il avait toujours cru que celui-ci avait eu pour objectif de délivrer l'Europe du joug nazi. Mais le but véritable était de s'emparer des savants travaillant sur l'arme atomique avant les Russes.

La troisième lettre était encore plus épouvantable.

« Cher ami,

« La bombe atomique est au point. Nous avons pris les communistes de vitesse. Il importe, pour frapper

leur imagination, de faire rapidement une démonstration de la puissance destructrice de cette arme. Un seul pays reste encore en guerre, le Japon. Nous savons qu'il est exsangue et sur le point de capituler. Certains chefs militaires suggèrent de lâcher une bombe atomique à quelques centaines de kilomètres de l'archipel. Son explosion devrait, selon eux, contraindre le Mikado à accepter la défaite.

« Cette démonstration de force est insuffisante. Nous estimons que deux bombes doivent être lâchées sur des villes japonaises et provoquer des destructions telles qu'elles marqueront à jamais l'imagination des Russes et de tous ceux qui oseraient s'attaquer à nous. Le président Truman ne devrait pas être trop difficile à convaincre, ainsi que nombre de généraux qui ont envie d'expérimenter cette bombe en situation réelle.

« Nous comptons sur vous pour agir dans ce sens.

« César. »

Le 3 août 1945, une première bombe explose sur Hiroshima, faisant, en quelques secondes, plus de soixante mille morts. Le 6, une seconde rase la ville de Nagasaki.

— Les ordures ! cracha Eddy. Ils savaient que le Japon était sur le point de se rendre, mais ils ont malgré tout utilisé leurs saloperies de bombes. Et pendant tout ce temps, ils nous ont raconté qu'elles avaient été lâchées pour mettre fin plus rapidement à la guerre.

Il regarda une nouvelle fois la signature et souffla :

— Ce type est le Diable en personne !

23

Le Tibet…

Au début du mois de mai, leurs passeports dûment visés et tamponnés, Kevin, Alexandra et Tcheng Lin Piao embarquaient à destination du Tibet. Malgré sa forme physique exceptionnelle, Alexandra ne pouvait s'empêcher d'éprouver de l'inquiétude. Le Chinois leur avait imposé un conditionnement impitoyable. Mais les Alpes n'étaient rien comparées à l'Himalaya. Elle redoutait de ne pas être de force à affronter les dieux inconnus de la montagne sacrée. M. Tcheng n'avait-il pas dit que, dans cette expédition, ils risquaient de perdre la vie ?

— Notre première escale est Lhassa, expliqua-t-il. Une voiture nous attendra à l'aéroport pour nous mener jusqu'à Kunggar, où nous resterons quelques jours, le temps de nous habituer à l'air raréfié. Ne vous étonnez pas : nous serons escortés par un représentant du peuple chinois qui nous vantera certainement les mérites de la colonisation. N'y accordez pas trop d'importance, cela fait partie du folklore. Les Chinois ont à cœur de montrer aux Occidentaux que, grâce à son grand frère, le Tibet triomphera de l'épreuve qu'il traverse actuellement. De toute manière, ce n'est pas le sujet de votre voyage. Pour les Chinois, nous sommes des historiens qui désirent faire une étude sur les temples tibétains, et nous ne nous préoccupons aucunement de politique. M. Falcon nous a déjà obtenu toutes les autorisations et tous les laissez-passer nécessaires.

Après douze heures de vol, auxquelles il fallut ajouter les six heures de décalage horaire, ils arrivèrent à Lhassa, capitale de la nouvelle province chinoise du Tibet. Kevin et Alexandra eurent l'impression de débarquer sur une autre planète. Les quelques reportages qu'ils avaient pu voir à la télévision ne traduisaient pas le bouillonnement de la cité, où les autochtones étaient débordés par une multitude de Chinois affairés et pressés. Une activité intense régnait en ville, qui ressemblait à une gigantesque fourmilière. Des panneaux aux idéogrammes incompréhensibles fleurissaient dans les rues. Un vacarme assourdissant, fait de bruits de moteurs, de cris, d'appels, agressa les arrivants lorsqu'ils quittèrent l'aéroport, un peu désemparés. Des odeurs pestilentielles assaillaient les narines, trahissant la pollution dont souffrait cette cité autrefois si belle. Le grand temple, réfugié sur sa proéminence rocheuse comme sur une île, paraissait flotter audessus de la ville, tel un rêve inaccessible.

Les trois voyageurs n'eurent pas trop de difficultés à récupérer leurs bagages. Apparemment, les autorisations obtenues par Paul Falcon impressionnaient les autorités locales. Un officier, après avoir examiné leurs passeports, se chargea lui-même de les accompagner jusqu'au terminal de récupération en leur expliquant que leur guide les attendait déjà. C'était une jeune Chinoise aux longs cheveux noirs, qui s'inclina devant les voyageurs avec respect.

— Mon nom est Li-Hou, dit-elle avec un grand sourire. C'est un grand honneur pour moi de vous servir. Nous avons été avertis de votre visite par notre ambassade en France. Nous avons mis une voiture à votre disposition. Afin de vous reposer de votre voyage, une chambre a été retenue pour vous à l'Hôtel du Peuple. C'est confortable, vous verrez.

Un peu plus tard, Kevin et Alexandra étaient installés dans une pièce qui devait certainement être considérée comme luxueuse par les Chinois, mais qui ne donna guère satisfaction à l'Américain.

— Que diable suis-je venu faire dans cette galère ? grommelait-il en français. Je me demande comment est la nourriture. Infecte et bourrée de microbes, j'imagine.

Alexandra s'amusait de son désarroi.

— Cesse de te plaindre ! Tout est pris en charge. C'est une expérience extraordinaire de visiter ce pays merveilleux.

— Je m'en serais passé. Je n'aime pas que l'on dirige ainsi ma vie. J'ai l'impression de participer à un voyage organisé dont je ne connais pas la destination finale. Je ne sais même pas si j'en sortirai vivant.

— Stop ! Je suis crevée et j'ai envie de dormir. Au cas où tu ne l'aurais pas remarqué, les dix heures du soir qu'indique ta montre correspondent ici à quatre heures du matin. Li-Hou a dit qu'elle nous réveillerait vers sept heures. Cela nous laisse à peine trois heures de sommeil.

— C'est bien ce que je disais ! Quelle galère !

Le lendemain, ni l'un ni l'autre n'étaient très frais lorsque la jolie Chinoise vint frapper à leur porte. Après une douche froide (la chaudière était en panne), ils retrouvèrent Tcheng Lin Piao pour un petit déjeuner surprenant à base de rations de survie. Plus tard, ils prirent place dans le 4 × 4 de fabrication chinoise loué à leur intention. Li-Hou se mit au volant.

— Nous allons d'abord nous rendre à Kunggar. Ce n'est pas très loin, à peine une soixantaine de kilomètres. Mais la route est en mauvais état. Bientôt, elle sera très praticable.

Comme l'avait prédit M. Tcheng, la jeune femme était intarissable sur les avantages apportés par la Chine au petit frère tibétain. D'ailleurs, le Tibet avait toujours fait partie de la Chine. Il était normal qu'il revienne dans le sein de la République mère après des années d'erreurs. Les Occidentaux avaient tendance à croire que les Chinois maltraitaient les Tibétains. Rien n'était plus faux. Ils leur apportaient les bienfaits de la civilisation.

Son bavardage convaincu dura ainsi pendant les six heures nécessaires à rejoindre Kunggar. Par endroits, la route était obstruée par des congères que l'on s'employait à dégager à l'aide de pelles et d'une grande quantité de bras appartenant à des prisonniers de droit commun. Ce fut tout au moins ce qu'expliqua Li-Hou, mais les voyageurs devinèrent qu'il se trouvait parmi eux quelques opposants politiques. Des gardes-chiourme armés de mitraillettes et de fouets encourageaient les plus récalcitrants.

— Ils sont plus utiles ici que dans une prison, commenta Li-Hou. En Occident, vous ne savez pas employer les prisonniers de manière efficace.

— Sommes-nous encore loin ? demanda Alexandra pour éviter d'évoquer les droits de l'homme.

— Si tout va bien, nous arriverons dans deux ou trois heures.

Par moments, il fallait franchir des torrents à gué, les crues d'automne ayant emporté la route. Mais si son confort, tout comme l'Hôtel du Peuple, laissait à désirer, le 4 × 4 chinois se montrait très résistant. Les amortisseurs, en particulier. Les reins en compote, Kevin et Alexandra parvinrent enfin à Kunggar, petite localité de quelques milliers d'habitants, située dans un élargissement de la plaine montagnarde, dominée par les massifs impressionnants de l'Himalaya. Un blizzard glacial et coupant s'engouffrait dans la vallée.

Les maisons nouvellement construites, en béton gris sombre, et ressemblant à des blockhaus, chassaient les anciennes demeures tibétaines en pierre ornées de sculptures. Kevin et Alexandra n'avaient aucune envie de prendre racine dans ce lieu désespérant. Ils insistèrent pour visiter le temple local. Malgré sa fatigue, Li-Hou n'éleva aucune objection. C'est à cet endroit que les attendait le sherpa. Le 4 × 4 quitta l'axe principal pour emprunter un chemin cahoteux menant en direction d'un plateau balayé par les vents, à quelques kilomètres. Il faisait presque nuit lorsqu'ils arrivèrent devant les ruines d'un temple bouddhique vieux de plus de dix siècles. Un petit hameau le jouxtait, composé d'une demi-douzaine de masures de pierre dont s'échappaient d'épaisses volutes de fumée.

Ils descendirent du véhicule. Contrairement à ce qu'elle avait redouté, Alexandra ne souffrait guère du froid. L'entraînement intensif se révélait efficace. Li-Hou, frigorifiée, resta pelotonnée dans la voiture afin de se protéger du blizzard. Ils n'avaient pas fait quelques pas qu'une dizaine de gamins curieux vinrent les entourer, en leur tirant la langue pour les saluer, à la mode tibétaine. Un homme trapu, dont les yeux n'étaient que deux fentes noires, s'inclina devant eux.

— Voici notre guide, le sherpa Leki, le présenta Tcheng Lin Piao.

Pour habituer les voyageurs à l'altitude, Leki ordonna que l'on patientât quatre jours à Kunggar. Afin de donner le change, ils en profitèrent pour visiter les temples des environs, au grand dam de Li-Hou qui estimait que ces vieux tas de pierres n'offraient aucun intérêt. Elle ne se sentait guère à l'aise avec ces étrangers qui parlaient peu et ne s'intéressaient pas à ce qu'elle disait. Des historiens ! Bah, il y en avait aussi en Chine, et il fallait de tout pour faire un monde.

Quatre jours plus tard, le véhicule se remit en route vers l'orient. Il fallut plusieurs jours pour atteindre la petite ville de Bomi, située au nord de la frontière séparant l'Inde et la Chine. Li-Hou s'était montrée réticente. Bien sûr, les laissez-passer qu'ils possédaient leur permettaient une grande autonomie, mais elle avait fait remarquer que les militaires n'aimaient pas trop que l'on s'aventurât dans cette région sensible. M. Tcheng s'était mis en colère, affirmant qu'il avait toutes les autorisations. Impressionnée par son autorité naturelle, Li-Hou avait baissé pavillon.

À Bomi, on dormit dans un temple transformé en auberge de fortune. Les moines avaient été chassés et le bâtiment abritait les voyageurs en provenance de Chine. Depuis leur départ de Lhassa, Kevin et Alexandra avaient renoncé à jouir d'un peu d'intimité. Mais les cinq cents kilomètres qu'ils venaient de parcourir depuis la capitale resteraient à jamais gravés dans leur mémoire. Il avait fallu près de huit jours pour arriver à Bomi. Mai était un mois magique, où les vallées élevées se couvraient de fleurs, qui constituaient comme des mers de couleur jaune, pourpre ou blanche. Un soleil radieux inondait les plaines élevées, dont l'horizon se noyait dans un ciel d'un bleu intense, lumineux.

Alexandra et Kevin notèrent le nombre de patrouilles qui arpentaient les rues de la petite cité. On n'était pas loin de la frontière litigieuse avec l'Inde. Ils durent subir un interrogatoire en règle du commandant de la garnison, un bonhomme petit et sec, au visage de fouine, qui ne cachait pas son hostilité aux deux Occidentaux, affirmant d'une voix aigre qu'il trouvait bizarre leur idée de se rendre à Pemako. Il vérifia par trois fois la validité des laissez-passer que lui fournit M. Tcheng. Ayant obtenu plusieurs confirmations auprès de Pékin, il se résigna enfin à les laisser partir.

Le second soir, tous étaient réunis dans le dortoir qu'on leur avait attribué.

— Les légendes affirment que Pemako n'appartient pas à ce monde ! déclara Leki. Elles disent aussi que les habitants ne portent pas de vêtements, mais de grandes feuilles lumineuses.

Il parlait en tibétain pour ne pas être compris de Li-Hou. Tcheng Lin Piao traduisait en français pour Kevin et Alexandra. Malgré l'autorisation donnée par le petit commandant de la garnison, la jeune Chinoise se posait beaucoup de questions. M. Tcheng ne lui avait pas révélé leur destination exacte, et elle s'était étonnée lorsque le sherpa avait recruté une dizaine de porteurs tibétains. Elle avait signalé que l'on n'aurait pas besoin d'une équipe aussi importante pour se rendre dans les quelques temples qu'abritait la région. Tcheng Lin Piao lui avait répondu qu'il valait mieux se montrer prévoyant, parce que les porteurs avaient souvent tendance à s'enfuir sans prévenir. Il n'avait sans doute pas convaincu Li-Hou, mais elle n'avait pas osé remettre en question la décision de son compatriote, qui bénéficiait apparemment d'appuis élevés.

— J'ai parlé avec les habitants, poursuivit Leki. Ils disent que cette année personne n'a pu franchir le col de Gabalung.

Li-Hou ne parlait peut-être pas le tibétain, mais elle comprenait les noms propres. Elle s'écarta du groupe quelques instants, puis revint en brandissant une carte sous le nez de M. Tcheng.

— Vous avez bien parlé de Gabalung ?

— Oui.

— J'ai regardé. Il n'y a pas de temple dans cette direction.

— Vous vous trompez, il y a celui de Pemako ! répondit Tcheng Lin Piao.

La jeune femme blêmit.

— Vous voulez vous rendre à Pemako ? Mais c'est beaucoup plus loin. Et puis, c'est extrêmement dangereux ! Pemako est situé en territoire interdit. Vous n'avez pas les autorisations pour aller jusque-là.

— Je les ai, rassurez-vous !

Li-Hou regarda autour d'elle d'un air affolé.

— Je ne veux pas aller là-bas. C'est un lieu maudit. On dit que des démons dévorent ceux qui s'aventurent sur leur territoire.

— C'est une légende. La vérité, c'est que le chemin pour y parvenir est très dangereux, et que nombre de voyageurs y ont laissé la vie.

— Je n'irai pas à Pemako.

— Si vous préférez rester à Bomi en compagnie du petit commandant, je ne vous oblige pas à nous suivre. J'ai été contraint d'accepter votre présence, mais je peux très bien m'en passer.

— Je dois vous accompagner.

— Alors, cessez de vous plaindre ! répliqua sèchement M. Tcheng.

Vaincue, Li-Hou se tut.

— Mais comment ferons-nous pour passer ? demanda Kevin. Leki a dit que le col était infranchissable.

— Rassurez-vous, nous passerons, répondit le sherpa avec un grand sourire. Mais il faudra nous montrer prudents : avec la fonte des neiges, les risques d'avalanche sont plus importants.

24

New York…

Eddy avait discrètement essayé d'en apprendre un peu plus sur Stephen Mac Pherson, mais ses recherches n'avaient pas abouti. Officiellement, il était décédé depuis dix ans, et rien ne permettait de douter que le cadavre retrouvé trois mois après l'accident ne fût pas le sien. Ce qui signifiait que quelqu'un utilisait ce nom oublié pour transmettre des dossiers top secret à Kevin et Alexandra. Mais qui ? Et en quoi des informations vieilles de plusieurs décennies pouvaient-elles concerner le couple ? Était-ce lié à ce qu'ils risquaient de découvrir lors de leurs prochaines « régressions » ? Mais ce mystérieux Mac Pherson n'avait, *a priori*, aucun rapport avec les Falcon. Alors, pourquoi s'intéressait-il, lui aussi, à Kevin et Alexandra ?

Depuis le mois de décembre, l'inconnu ne s'était plus manifesté. Eddy avait repris une vie à peu près normale au FBI. Il avait presque fini par oublier les révélations stupéfiantes contenues dans les rapports. Lorsqu'il y pensait, il estimait qu'il s'agissait peut-être d'une affabulation.

Au début du mois de mai, il reçut, toujours dans une enveloppe adressée à son domicile, un nouveau DVD. Inquiet, il alluma son ordinateur et introduisit le disque.

Cette fois, le dossier évoquait l'assassinat de Kennedy. Il commençait par une copie du film réalisé par un amateur, et qui montrait l'événement. Suivaient des images d'actualités de l'époque, dont la mort en direct de Lee Harvey Oswald. Venait ensuite le texte, signé par Stephen Mac Pherson lui-même.

« Le 22 novembre 1963, à Dallas, des coups de feu sont tirés sur la voiture du président John Fitzgerald Kennedy. Touché au cou et à la tête, celui-ci décède peu de temps après à l'hôpital. Très rapidement, les policiers arrêtent un suspect, Lee Harvey Oswald. Celui-ci clame son innocence, mais tout l'accuse. Les coups de feu ont été tirés dans la rue de la bibliothèque où il travaille. L'arme du crime, que l'on retrouve dans cette même bibliothèque, lui appartient. De plus, Oswald est connu pour ses sympathies communistes. Il a même résidé à Moscou et à Cuba. Il est donc le coupable idéal.

« Le lendemain, alors qu'il doit être transféré en prison, un nommé Jack Ruby tue Oswald. Aussitôt arrêté, il déclare avoir voulu venger le président. Jack Ruby est tenancier d'une boîte de nuit et il a des liens avec la mafia. Curieusement, il mourra en prison, en 1967.

« Après dix mois d'enquête, le rapport Warren conclut à la culpabilité de Lee Harvey Oswald. Celui-ci a agi sous le coup de la démence, et non pour des raisons politiques.

« Mais les choses ne sont pas si simples. Ce rapport, mené avec précipitation, ne tient pas compte de certains témoignages, qui parlent d'autres coups de feu, tirés depuis un monticule où se dresse une palissade, de l'autre côté de la rue.

« Ainsi commence le mystère qui entoure la mort de Kennedy. Quelqu'un a-t-il manipulé Oswald ? Est-il le véritable assassin ? Toutes les hypothèses sont émises. Un complot de la CIA qui redoutait un profond remaniement des services secrets américains. Une action des membres du Ku Klux Klan, furieux de voir leurs prérogatives battues en brèche dans le Sud. Un attentat provoqué par les anticastristes déçus de la tournure prise par les événements après l'incident de la baie des Cochons. Ou encore la mafia, contre laquelle Kennedy voulait engager une lutte sans merci. Ou cette même mafia, avec laquelle cette fois Kennedy avait partie liée, et qu'il aurait trahie, si l'on en croit les aveux tardifs d'une certaine Judith Campbell, ex-maîtresse du président.

« Encore une fois, la vérité est différente. »

Sur l'écran apparut alors une autre lettre, signée, comme sur les autres disques, par « César ».

« Cher ami,

« Le président Kennedy commence à devenir réellement gênant. Après l'incident de Cuba, il a tout mis en œuvre pour favoriser la détente entre l'Est et l'Ouest. Khrouchtchev semble disposé à écouter son discours. Nous ne pouvons laisser les deux blocs se rapprocher. Il est bien entendu que nous ne souhaitons pas une guerre directe entre les Russes et les États-Unis, où l'arme atomique risque d'être employée, ce qui serait catastrophique, pour des raisons économiques

évidentes. Toutefois, la guerre peut se porter sur d'autres terrains. L'un d'eux paraît propice à cette éventualité. Il s'agit du Vietnam. Malheureusement, Kennedy envisage l'abandon pur et simple de Saigon aux forces communistes du Nord. Il est hors de question de le laisser faire. Notre industrie de l'armement perdrait là un débouché important.

« Kennedy présente un autre danger : depuis peu, il envisage une refonte totale des services secrets. Il est probable qu'il se doute de quelque chose à notre sujet. À plusieurs reprises, il a tenté d'obtenir des informations sur des dossiers ultra-secrets que nous sommes les seuls à détenir. Eisenhower et Edgar Hoover eux-mêmes y ont renoncé. Kennedy s'obstine. Vous savez que certains domaines doivent rester de notre ressort exclusif.

« C'est pourquoi nous avons pris la décision de l'éliminer. Un agitateur gauchiste du nom de Lee Harvey Oswald fera un coupable parfait. Il sera lui-même supprimé immédiatement après l'action par un individu appartenant à la mafia, et que nous avons conditionné dans ce sens. Vous aurez pour mission de recruter, dans nos rangs, le véritable tueur. Vous avez notre confiance. Une enquête sera menée ultérieurement. Il conviendra de la contrôler afin que les pistes soient brouillées et que les témoignages visant éventuellement à disculper Oswald soient éliminés du rapport. »

Eddy n'en croyait pas ses yeux. Ainsi, Kennedy avait été assassiné parce qu'il avait œuvré au rapprochement avec l'URSS, parce qu'il avait tenté de rétablir la paix au Vietnam. Cela ne faisait pas l'affaire des marchands d'armes. Alors, on l'avait éliminé.

Mais qui se cachait derrière le nom de « César » ? La CIA ? Apparemment, Mac Pherson estimait qu'elle n'y était pour rien. En revanche, il devenait de plus en plus probable qu'il existait, depuis plusieurs décennies, une organisation secrète assez puissante pour influer sur les décisions des gouvernements afin qu'ils servent ses intérêts. Une organisation qui signait sous le code « César ».

Le reste du dossier comportait des noms de personnes et d'entreprises aux ramifications internationales, des dates, des courriers si précis qu'Eddy en eut froid dans le dos. Il avait entre les mains un rapport accusant nommément différentes personnalités de la haute finance internationale, de la jet-set, de très gros actionnaires. Des milliardaires connus ou inconnus, mais dont les fortunes cumulées dépassaient l'entendement.

Eddy soupira. Même si tout ce que contenait ce dossier était la vérité vraie, il était trop explosif, trop extravagant pour être utilisable. Jamais un avocat sensé ne prendrait le risque de mettre en accusation tous ces hommes puissants.

Alors, pourquoi adressait-on ces dangereux documents à Kevin et Alexandra ?

25

Tibet oriental…

Après avoir quitté Bomi, on dut très vite abandonner les voitures, incapables de s'aventurer dans cette vallée glaciale faite de rocaille et d'étendues d'herbes rases où s'étalaient parfois des champs de fleurs aux couleurs vives. Devant Kevin et Alexandra, l'Himalaya se dressait comme une muraille infranchissable dont les sommets disparaissaient sous des manteaux de brume étincelant au soleil. Leki leur montra, entre deux massifs, une petite trouée.

— Là-haut, col de Gabalung, dit-il dans un anglais approximatif.

Malgré sa réticence, Li-Hou avait été bien obligée de suivre. Le soir, on bivouaqua à plus de trois mille mètres. Les Tibétains, visiblement heureux de participer à l'expédition, firent brûler des branches de genévriers, rite indispensable afin de se concilier les bonnes grâces des esprits. Ils affirmaient que, dans le cas contraire, les divinités des montagnes les mèneraient sans qu'ils s'en doutassent vers les portes de l'enfer.

Tandis que les porteurs préparaient le thé et la

tsumpa, la bouillie d'orge au beurre de yack, Li-Hou, de mauvaise humeur et épuisée, déclara :

— Je suis sûre que vous êtes des espions ! Vous travaillez pour le compte de l'Inde ou des Américains.

Alexandra prit la jeune femme par l'épaule.

— Non, Li-Hou. Nous sommes seulement des pèlerins.

— Il s'agit d'une expédition sacrée, renchérit M. Tcheng.

— Vous vous moquez de moi !

— Les deux Occidentaux sont des magiciens. Ils doivent impérativement se rendre au temple de Rinchenpung.

— Ce monastère est interdit. La garnison de Medog ne vous laissera pas passer.

— Je sais que les militaires qui gardent les frontières ont tendance à faire du zèle. Mais je possède toutes les autorisations nécessaires. Et je compte sur vous pour nous aider à les convaincre.

— Certainement pas ! Je ne crois pas aux magiciens.

Tcheng Lin Piao se tourna vers Kevin.

— Je pense, monsieur Kramer, qu'il serait bon que vous fassiez une démonstration de vos talents à notre jeune amie.

Kevin se concentra sur une pierre située près du feu de camp. Il lui fallut moins de cinq secondes pour la saisir mentalement. Pétrifiée, Li-Hou vit la pierre vibrer, puis se soulever délicatement du sol pour venir flotter au-dessus du feu de camp. La jeune femme ne pouvait détacher ses yeux de l'étrange phénomène. Puis elle regarda Kevin, accroupi, les mains jointes et les yeux fermés. Lentement, la pierre vint se poser aux pieds de Li-Hou, qui recula craintivement.

Lorsque Kevin rouvrit les yeux, la pierre ne bougea plus. Li-Hou la toucha du bout des doigts, comme si elle craignait de se brûler. Puis elle adressa un sourire forcé à l'Américain. Les porteurs tibétains se mirent à commenter l'incident avec enthousiasme, ravis de l'embarras de la Chinoise.

Plus tard dans la nuit, Kevin et Alexandra se retrouvèrent seuls sous leur tente.

— C'est curieux, déclara-t-il, il me semble que je maîtrise mieux la lévitation à présent. Je n'ai pourtant eu guère de temps pour m'entraîner.

— Cela tient peut-être à notre condition physique.

Soudain, le regard que Kevin posait sur sa compagne se teinta d'étonnement.

— Qu'y a-t-il ? s'inquiéta aussitôt Alexandra.

Il pointa un doigt hésitant sur elle avant de répondre.

— C'est bizarre, dit-il enfin. Pendant une fraction de seconde je t'ai vue habillée d'une autre manière.

— Tu es sans doute fatigué !

— Oui, il vaut mieux dormir.

Au-dehors, le vent qui balayait la vallée apportait les appels des panthères des neiges.

Le lendemain, le groupe se mit en marche dès l'aube. Leki expliqua :

— Il y a des risques d'avalanches. Plus vite nous aurons passé le col de Gabalung, mieux cela vaudra.

En effet, dès que le soleil fut assez haut, la neige se fit poudreuse et, par endroits, les voyageurs s'y enfonçaient jusqu'à la taille. Inquiet, Leki surveillait sans cesse les sommets des énormes masses rocheuses enserrant la vallée. Bientôt, un brouillard épais noya la vue. Par moments, des craquements bizarres retentissaient, suivis de grondements sourds. Tcheng Lin Piao, essoufflé, harcelait Alexandra et Kevin afin qu'ils accélérassent la marche. D'après le sherpa, on n'était plus très loin du col. Derrière eux, Li-Hou, qui n'avait bénéficié d'aucun entraînement, souffrait le martyre. Au bord de l'évanouissement en raison de l'altitude et du manque d'oxygène, elle marchait comme un automate, titubant presque. Elle ne sentait plus ses membres engourdis par le froid. En revanche, Kevin et Alexandra trouvaient en eux-mêmes des ressources insoupçonnées. L'entraînement du Chinois s'était révélé efficace. Autour d'eux, les porteurs les encourageaient. Alexandra se demandait comment ils arrivaient à grimper aussi vite avec les paniers de corde tressée chargés à ras bord, et retenus à la tête par une courroie.

Peu à peu, la brume glaciale s'intensifia à tel point que l'on n'y voyait pas à plus de quelques pas. Et pourtant, Leki semblait retrouver son chemin au cœur de ce néant angoissant, où chacun n'apercevait plus les autres que sous forme de silhouettes fantomatiques, où seul le crissement des raquettes rythmait la progression. Pour Li-Hou, chaque pas était une torture. Insidieusement, la panique s'empara d'elle. Elle se voyait déjà mourant de froid, le corps gelé, aspirant désespérément un air glacé qui lui brûlait les poumons. Sa respiration s'emballa. Elle poussa un cri de détresse :

— Au secours ! Je n'y arriverai pas.

Kevin et Alexandra revinrent vers elle.

— Calmez-vous ! dit l'Américain. Reprenez votre souffle. Lentement.

Les yeux emplis de terreur, elle s'agrippa à lui avec l'énergie du désespoir. Peu à peu, sa respiration reprit un rythme normal. Alexandra l'encouragea :

— Le col n'est plus très loin. Vous pouvez y arriver.

Elle lui prit le bras et entreprit de l'aider.

Tcheng Lin Piao fut aussitôt près d'eux.

— Vous devez continuer, mademoiselle Li-Hou.

— Je n'en peux plus !

— Vous mettez tout le monde en danger. Je vous ordonne de marcher.

— Cela suffit ! rétorqua Kevin. Vous ne voyez pas qu'elle est épuisée ?

— Je le vois. Mais si elle reste là, elle sera emportée par l'avalanche. Et vous avec.

Comme pour lui donner raison, un vacarme épouvantable se fit entendre, rendu encore plus impressionnant par le brouillard.

— Les dieux de Pemako se fâchent, souffla le Chinois. Il est peut-être déjà trop tard.

Pour la première fois, Kevin nota dans son regard quelque chose qui ressemblait à de la peur. Il eut l'impression que le sol se mettait à vibrer. Pourtant, rien ne se passa. Des bourrasques malmenaient la lourde couche de brouillard. Kevin et Alexandra saisirent la jeune Chinoise chacun par un bras et l'entraînèrent vers le haut de la vallée. Vite, aussi vite que le permettaient les raquettes.

On n'y voyait plus rien. Les sommets, la vallée en contrebas avaient disparu. On ne savait même plus dans quelle direction avancer. Leki avait ordonné à la colonne de se resserrer. On ne pouvait que suivre le marcheur précédent. Kevin se demanda comment le sherpa faisait pour se retrouver dans cet enfer où n'existait plus aucun repère.

Portant à demi la Chinoise, Alexandra avait la sensation que son cœur allait éclater. L'air gelé pénétrait ses poumons, lui bloquait presque la respiration. Mais toujours elle trouvait au fond d'elle-même des ressources insoupçonnées pour continuer. La mort blanche les talonnait. Le moindre arrêt signifierait être emporté par l'avalanche qui allait balayer la vallée d'un instant à l'autre. La peur l'aiguillonnait. Car ici, dans cette montagne effrayante, il ne fallait compter sur aucun secours.

Tout à coup, elle eut l'impression de voir double. Peut-être était-ce dû à la fatigue extrême qui lui broyait les membres. Mais, par moments, des visions étranges se superposaient aux brumes tourmentées qui dansaient devant ses yeux. Elle entrevit un visage inconnu qui lui souriait. Un sourire qui ressemblait à une grimace. Cela ne dura que quelques secondes, pourtant, ce visage lui parut vaguement familier. Un nom surgit dans son esprit enfiévré : *Kashta*. Puis tout s'estompa. Un peu plus loin, il lui sembla voir apparaître des silhouettes sombres. Elle pensa un moment qu'ils avaient rejoint une autre colonne, mais les inconnus *brandissaient des lances*. Elle les voyait gesticuler, pousser des hurlements, pourtant elle n'entendait rien. Effrayée, elle se tourna vers Kevin, dont le visage reflétait la stupéfaction. Elle comprit qu'il apercevait, lui aussi, la troupe hostile. Pourtant, autour d'eux, les porteurs continuaient leur ascension effrénée en direction du col. Li-Hou, les traits déformés par la souffrance, les yeux rivés au sol, ne distinguait apparemment rien. Lorsque Alexandra regarda de nouveau vers la horde, celle-ci avait disparu.

— Tu les as vus ? souffla Kevin, hors d'haleine.

— Oui ! On aurait dit des guerriers d'un autre âge.

— C'est peut-être une hallucination due au manque d'oxygène.

Alexandra n'osa formuler l'autre hypothèse qui la taraudait. Peut-être s'agissait-il des prémices d'un nouveau retour dans le temps. Mais il ne fallait pas qu'il se manifeste maintenant.

Ils reprirent leur progression, les pieds alourdis par la neige collée aux raquettes. Alexandra aurait bien voulu que les porteurs prissent le relais et se chargeassent de Li-Hou. Mais elle comprit qu'ils n'allaient pas risquer leur vie pour sauver une Chinoise. Tcheng Lin Piao lui-même ne faisait preuve d'aucune indulgence envers la malheureuse. Une colère sourde s'empara d'elle, qui lui donna la force de poursuivre son effort. Le tout était d'entretenir un rythme régulier. Un pas après l'autre. Parfois, ils s'enfonçaient dans des nappes de poudreuse qui entravaient plus encore leur progression.

Peu à peu pourtant, une étrange luminescence apparut au cœur des brumes. La colonne marchait vers cette lumière irréelle qui emplissait tout l'espace au-dessus d'elle. La lueur diffuse se fit presque aveuglante. Au-delà du brouillard, les craquements n'avaient pas cessé, talonnant les voyageurs. Soudain, ils s'amplifièrent. Autour d'Alexandra, tout près ou très loin, le monde semblait se décomposer dans un grondement assourdissant. Elle entendit vaguement Tcheng Lin Piao hurler :

— Plus vite ! L'avalanche va nous rattraper.

Enfin les nuages se dissipèrent, et ils émergèrent dans un soleil éblouissant, les montagnes grandioses ciselaient leurs sommets sur un ciel bleu intense. Mais il était hors de question de s'arrêter pour admirer le panorama. Alexandra et Kevin continuaient de soutenir Li-Hou à demi évanouie. Loin devant eux, la colonne des porteurs tibétains s'étirait en direction du sommet du col.

Soudain, sur la gauche, un craquement épouvantable retentit, suivi d'un grondement énorme, la voix de la montagne elle-même. Avec horreur, les deux Occidentaux virent un pan gigantesque de la falaise se détacher et rouler vers eux dans un fracas d'enfer. Kevin songea que tout cela était trop stupide. Ils allaient mourir sans comprendre, sans être allés au bout de leur quête. Puisant au fond d'eux-mêmes une dernière réserve d'énergie, ils tentèrent d'accélérer encore le pas. Le sommet n'était plus très loin. Au loin, les porteurs les encourageaient. Ils étaient, eux, déjà hors d'atteinte. Le cœur battant à tout rompre, Kevin et Alexandra agrippèrent encore plus fermement leur protégée et forcèrent l'allure, autant qu'ils le purent. Tcheng Lin Piao vint leur prêter secours. Quelques secondes plus tard, une vague blanche roulait dans leur direction à la vitesse d'un cheval au galop. Ils avaient l'impression d'être rivés au sol, piégés par la neige lourde et glaciale. La vague les submergea, les emporta avec une violence inouïe. Instinctivement, ils prirent une profonde inspiration. Par bonheur, ils étaient déjà haut. La plus grosse partie de l'avalanche se dirigea vers le bas de la vallée. Après quelques instants d'étourdissement, Kevin et Alexandra se relevèrent, étonnés et essoufflés. Malgré la violence du choc, ils n'avaient pas lâché Li-Hou. Mais celle-ci avait perdu connaissance.

Le soir, au bivouac, les porteurs allumèrent un feu de joie en leur honneur. Même si la vie de la jeune Chinoise n'avait pas une grande importance à leurs yeux, ils saluaient leur exploit. Li-Hou avait récupéré ses esprits. Effrayée, elle ne savait pas si elle devait remercier ses sauveteurs ou éclater de colère contre Tcheng Lin Piao qui l'avait entraînée malgré elle dans cette aventure insensée.

Il leur fallut plus d'une journée pour redescendre au-dessous de la limite des neiges. Sur la roche brune s'agrippaient des pins sombres. Le soleil triomphal du col avait cédé la place à une couverture épaisse de nuages. Des pluies diluviennes trempaient les voyageurs. Mouches et moustiques les harcelaient. La première nuit, ils trouvèrent refuge dans une grotte qui devait parfois servir de repaire à des panthères. Des ossements jonchaient le sol.

À mesure que l'on descendait, le paysage se modifiait. La végétation montagnarde fut peu à peu remplacée par une jungle de bambous et de rhododendrons, puis de bananiers sauvages. Après le blanc éblouissant des sommets, le monde était devenu vert. Les brumes denses et rampantes pénétraient les vêtements. Des fougères arborescentes noyaient la vue à peu de distance. Sur les troncs pourris resplendissaient de superbes orchidées aux couleurs éclatantes. Par endroits, des cascades dégringolaient des hauteurs, masquant le sous-bois derrière un nuage irisé. Des torrents bouillonnants dévalaient les pentes escarpées, emportant des objets indéfinissables, des cadavres d'animaux, parfois des troncs d'arbre arrachés par une tempête, plus haut dans la montagne.

La seconde nuit, il s'avéra impossible d'allumer le moindre feu en raison de l'humidité. Le bois imbibé d'eau refusait de s'embraser. Malgré la moiteur qui baignait la jungle, il n'était guère prudent d'ôter ses vêtements, à cause des insectes agressifs. Les Tibétains proposèrent aux Occidentaux de s'enduire le visage et les mains de graisse de yack. L'odeur les fit hésiter, mais les boursouflures et les douleurs dues aux piqûres étaient telles qu'ils finirent par accepter.

Depuis qu'ils lui avaient sauvé la vie, Li-Hou restait près de Kevin et d'Alexandra. Elle avait conscience d'être plus ou moins otage de Tcheng Lin Piao, qui lui avait quasiment imposé de les suivre au cœur de cet enfer. Un malaise sourd la hantait. Bien qu'elle eût été élevée dans le respect des institutions chinoises, qui laissaient peu de place aux traditions décadentes et à la superstition, les récits entendus sur le compte du temple interdit l'angoissaient. Ainsi, quelques années auparavant, un Japonais avait voulu tenter de descendre le Tsangpo. On ne l'avait jamais revu.

Plusieurs Occidentaux avaient, eux aussi, disparu dans l'épaisseur de la vallée profonde.

L'Américain intriguait Li-hou. Était-il vraiment un mage, comme l'avait affirmé Tcheng Lin Piao ? Elle avait toujours tenu les croyances des Tibétains pour de stupides superstitions, comme d'ailleurs toutes les religions, qui ne servaient qu'à abrutir les peuples. Ainsi parlaient ses maîtres. Mais le pouvoir étrange de cet homme avait ébranlé ses convictions. Elle n'avait pu déceler aucune supercherie dans ses manipulations mystérieuses. Parfois, le soir, il se concentrait et faisait voler des pierres, des morceaux de bois. Sa compagne, la Française, ne semblait pas capable d'en faire autant. Ils lui avaient sauvé la vie, et une sympathie spontanée l'attirait vers eux, mais peut-être représentaient-ils un danger pour la Chine.

Le voyage infernal se poursuivait. Ils ne savaient plus depuis combien de temps ils marchaient ainsi. Leurs pieds s'enfonçaient dans la boue. Par endroits, il fallait franchir des rapides à l'aide de filins tendus d'une rive à l'autre.

À plusieurs reprises, de nouvelles visions assaillirent Kevin et Alexandra. Parfois, il leur semblait voir une longue colonne de porteurs vêtus de pagnes. Les noms surgis dans leur esprit, *Kashta* et *Mina*, revenaient régulièrement les hanter.

— Je suis sûre qu'il s'agit de réminiscences de vies antérieures, déclara Alexandra.

Kevin convint qu'elle avait sans doute raison. En revanche, ils étaient parfaitement incapables de situer l'époque. Les images étaient trop fugitives.

Et toujours ils continuaient leur descente vers les profondeurs de la vallée. Parfois, la pente était si raide qu'ils avaient l'impression de s'enfoncer dans les entrailles du monde. Les montagnes les écrasaient de leur masse entr'aperçue au travers d'une trouée végétale. La plupart du temps, ils ne distinguaient même pas le ciel, dissimulé par les frondaisons et la brume omniprésente.

Cette descente vertigineuse les laissait le soir épuisés, éreintés, hors d'haleine. Peu à peu, il leur semblait se défaire d'une carapace trop lourde, inutile. Le corps trempé, le souffle court, ils avaient perdu tout repère. Par moments, ils ne savaient même plus pourquoi ils étaient là, pourquoi ils suivaient ces porteurs dont ils ne parlaient pas la langue, ce Chinois mystérieux qui semblait prendre un malin plaisir à se mesurer à l'hostilité de la nature.

Par endroits, le sol devenait spongieux, et l'on avait l'impression de marcher sur un tapis. Cependant, il fallait se montrer prudent, car, par deux fois, Li-Hou s'enfonça jusqu'à la taille dans ce sol étrangement mou. Leki expliqua :

— Les mousses sont parfois si épaisses que l'on peut y disparaître.

Il tendit lui-même la main à la jeune femme et la tira d'un geste brusque. Puis il se détourna d'elle tandis qu'elle reprenait ses esprits. Malgré les épreuves traversées en commun, ils ne parvenaient pas à faire abstraction du fait qu'elle appartenait au peuple oppresseur. Alexandra allait intervenir pour défendre Li-Hou, et demander au sherpa de se montrer plus humain, mais Kevin la retint. À part, il lui dit :

— Les Chinois ont condamné le Tibet à disparaître. N'oublie pas que pour Leki, Li-Hou représente le gouvernement chinois.

— Elle nous sert de guide. Elle n'est pas responsable.

— À ses yeux, si.

La sourde hostilité manifestée par les porteurs envers la jeune femme faisait parfois craindre le pire. Pendant plusieurs jours, on suivit des pistes étroites qui longeaient des précipices vertigineux. Il fallait assurer chaque pas afin de ne pas tomber. Aucun des Tibétains ne voulait apporter son aide à la Chinoise. Seuls Kevin et Alexandra lui parlaient, la rassuraient. À plusieurs reprises, ils durent se laisser glisser en s'agrippant aux lianes visqueuses. Dans la pénombre glauque qui baignait la jungle, on n'était jamais sûr de ne pas tomber sur un serpent. Il en existait de toutes sortes, dont certains étaient extrêmement dangereux.

Alexandra et Kevin n'auraient su dire depuis combien de temps ils avaient quitté Bomi. Il leur semblait qu'ils avaient oublié le monde, leur ancienne existence, et qu'ils marchaient ainsi, dans l'humidité, la boue et les brumes depuis l'aube des temps. Cette jungle était à l'image de la vie. On ne savait jamais ce qu'elle réservait. Au détour d'un arbre, tout pouvait arriver. La vue ne portait guère plus loin que quelques mètres.

Un jour, ils parvinrent sur les rives du Tsangpo, dont les flots impétueux emplissaient la gorge d'un vacarme assourdissant. Tcheng Lin Piao décida que l'on bivouaquerait une journée entière, afin de reprendre des forces. On planta les tentes au bord d'une anse abritée.

Alexandra resta longtemps à contempler le fleuve. Kevin avait pris place près d'elle. Ils ne parlaient pas. Ils n'avaient plus guère d'énergie.

Soudain, la jeune femme se leva, se défit de tous ses vêtements et s'avança vers le torrent. Stupéfait et inquiet, Kevin la regarda faire.

— Qu'est-ce que tu fais ?

— Je me baigne, répondit-elle.

— Je vois bien. Mais cette eau est glacée. Tu vas attraper la mort.

— Oh non ! Je crois que j'ai compris pourquoi M. Falcon voulait que nous venions dans cette vallée.

La jeune femme se coula avec délices dans l'eau vive. Un froid vif lui mordit la peau. Une énergie nouvelle l'imprégna, une puissance qui venait du fond d'elle-même, d'un lieu jusque-là inconnu. Peu à peu, le monde lui apparut d'une manière différente, insoupçonnée. Elle s'était ouverte, elle se sentait en totale harmonie avec l'univers. L'eau, le torrent, la jungle, les arbres, tout faisait partie d'elle-même, comme elle faisait partie de ce tout fabuleux, magnifique, infini. Elle comprit ce que Kevin ressentait lorsqu'il parvenait à manipuler des objets à distance. C'était comme si l'environnement avait partagé ses forces avec elle. Une exaltation formidable l'envahit, qui explosa en un cri de joie, un cri d'amour pour le monde et la nature. Toute angoisse avait disparu.

Par jeu, elle focalisa ses forces mentales nouvelles sur le torrent. Des geysers jaillirent, éclaboussèrent Kevin. Celui-ci, stupéfait et ravi, se décida à l'imiter. Il se déshabilla à son tour et la rejoignit.

Le soir, réfugiés sous leur tente, ils firent l'amour comme jamais auparavant. Une paix extraordinaire était descendue en eux. Blottie dans les bras de Kevin, Alexandra murmura, comme si elle craignait de rompre le charme :

— J'ai l'impression d'avoir découvert un sens supplémentaire. Comme si j'avais été aveugle pendant toutes ces années, et que j'ai enfin ouvert les yeux.

— C'est ce que disait M. Tcheng : « Il vous reste à ouvrir les yeux de l'âme. »

— Crois-tu que chaque être humain possède de tels pouvoirs ?

Kevin médita sa réponse.

— Oui, je le pense. L'homme n'utilise qu'une très faible partie de son cerveau. Les systèmes de pensée ne lui permettent pas de plonger en lui pour développer tout son potentiel. J'ai toujours eu la conviction d'être ouvert d'esprit. Mais je m'aperçois aujourd'hui que j'avais construit, sans m'en rendre compte, une carapace protectrice faite d'idées préconçues, de certitudes religieuses qui me rassuraient sans m'apporter de véritables réponses. Il a fallu que ce mystérieux M. Falcon m'oblige à aller au-delà de moi-même pour découvrir que j'étais dans l'erreur. Ce voyage est une initiation. J'ignore où elle va nous mener, mais je suis sûr qu'elle nous rendra plus forts.

Il y avait quelque chose de nouveau en eux, l'impression de vivre enfin pleinement, une harmonisation totale.

Par jeu, Kevin s'amusa à créer des flux de douceur sur la peau nue d'Alexandra, des caresses légères comme le souffle tiède d'un bébé. Mais la jeune femme avait elle aussi brisé les liens qui emprisonnaient son énergie mentale. Elle répondit aux attouchements légers de son compagnon par des caresses aussi subtiles que les siennes. Leurs jeux durèrent longtemps. Ils ne se lassaient pas d'expérimenter toutes les sensations nouvelles que ces talents surprenants autorisaient. Ils ne s'endormirent que très tard dans la nuit.

Au matin, lorsque Tcheng Lin Piao vint les réveiller, il remarqua immédiatement le changement. Il leur adressa un sourire complice, puis s'écarta.

— Je crois que nous serions capables de nous rendre seuls jusqu'à Pemako, dit Kevin. La route m'apparaît clairement à présent.

En effet, pendant les quelques jours qui les séparaient encore de Medog, au pied de la vallée sacrée, ils eurent l'impression de reconnaître certains endroits. Peu à peu, les visions se firent plus fréquentes, leur confirmant qu'ils avaient déjà traversé ce pays dans une vie antérieure.

La nuit, la jungle se faisait encore plus mystérieuse. Si les attaques des insectes s'atténuaient, il fallait se méfier des chauves-souris vampires qui s'abattaient par surprise sur les épaules. Parfois on entendait le feulement d'un léopard ou d'un tigre en chasse. Mais la nuit s'emplissait aussi de magnifiques chants d'oiseaux. Leki expliqua qu'il s'agissait là des *dakinis*, les oiseaux-fées.

Ils avaient l'impression de faire corps chaque jour un peu plus avec ce pays étrange et effrayant, de se mêler à son essence même. Ils se nourrissaient des produits insolites offerts par la nature sauvage, comme les *lingshis*, des champignons au goût de viande, mais qui avaient la réputation d'allonger la vie. Ils mangeaient des figues, des bananes sauvages, des racines, des fleurs comme les orchidées dont les principes protégeaient des maladies.

La progression devenait de plus en plus difficile. L'eau des marécages abritait des régiments de sangsues qui se fixaient aux jambes. Les moustiques géants, les mouches noires et les serpents se faisaient encore plus nombreux. La peau des voyageurs était couverte de cicatrices, rongée par les morsures et les piqûres. Pourtant, Kevin et Alexandra avaient cessé d'en souffrir. Une révélation les attendait à Pemako, et il fallait la mériter. Cette conquête passait par la souffrance et la fatigue, comme autant d'acides qui corrodaient lentement leur cuirasse de préjugés et d'idées reçues. Le monde se révélait différent de ce qu'ils avaient toujours imaginé. Leurs certitudes fondaient, se diluaient dans la boue des marécages, et ils avaient l'impression de redevenir des enfants, ouverts à ce que la déesse de la sagesse leur enseignait. Parfois, ils avaient la sensation de pouvoir communiquer par la pensée. Ce n'était pas exactement des mots qui passaient de l'un à l'autre, mais des émotions, des sentiments à l'état brut, peur, plaisir, tristesse, inquiétude, plénitude. Les visions se précisaient, qui leur montraient une longue caravane traversant plaines et montagnes, et menée par un homme qu'ils ne voyaient pas, qui leur restait encore inaccessible. Ils avaient participé à ce voyage d'un autre temps. Ils portaient alors les noms de Kashta et Mina, ils étaient mariés, et ils servaient ce seigneur insaisissable qui les entraînait en direction des montagnes les plus élevées du monde. Parfois aussi apparaissait la horde sauvage et vociférante. Pourtant, pour une raison inconnue, elle n'attaquait pas. Ils la voyaient même fuir dans le désordre et la panique.

Li-Hou s'était rapprochée d'eux. Ce couple étrange rayonnait d'une lumière inconnue, qui l'attirait comme une lampe attire les papillons. Désormais, M. Tcheng se montrait amical avec elle. Le courage dont elle avait fait preuve au cours de ce voyage impressionnant forçait le respect. Même les Tibétains avaient cessé de lui témoigner de l'hostilité. Ils riaient et plaisantaient avec elle, et lui offraient de partager la tsumpa. Malgré ses réticences, elle avait accepté de goûter la peu ragoûtante bouillie. Il fallait en passer par là pour conquérir l'estime des redoutables montagnards. Li-Hou avait triomphé de l'épreuve, et faisait maintenant partie du groupe.

Elle avait pris sa décision. Elle aiderait Kevin et Alexandra à atteindre Pemako. Mais il fallait auparavant convaincre la garnison de Medog. Et Li-Hou connaissait assez les militaires nommés aux frontières pour savoir que la partie n'était pas gagnée d'avance, même si M. Tcheng disposait de toutes les autorisations.

Un jour enfin, la jungle s'éclaircit et la petite ville se dessina au cœur de la vallée dominée par les montagnes couronnées de neige.

26

New York…

Perplexe, Eddy contemplait le nouveau dossier sur DVD qu'il venait de recevoir. Comme les précédents, il était accompagné d'une lettre signée de Stephen Mac Pherson, lui demandant de transmettre le disque à Kevin Kramer et Alexandra, dès leur retour. Le « fantôme » savait donc qu'ils n'étaient pas aux États-Unis actuellement.

Un peu inquiet, il chargea le DVD. Celui-ci ne contenait qu'un rapport, établi par le mystérieux « César ». Mais son contenu donna des frissons dans le dos à l'agent du FBI.

« Rapport secret sur les recherches bactériologiques et sur le syndrome d'immuno-déficience aggravé (sida).

« Depuis plusieurs années, nous nous inquiétons de la démographie galopante qui frappe l'ensemble de la planète. Ce phénomène engendre de nombreux problèmes. Tout d'abord, les populations du Tiers Monde augmentent bien plus vite que celles de l'Occident, accentuant encore le déséquilibre déjà existant. En ce début du troisième millénaire, les pays occidentaux se heurtent à une immigration qui, peu à peu, modifie la

structure même de leur société. Ces immigrants viennent chercher dans les pays industrialisés un travail et un confort de vie qu'ils n'ont pas chez eux. L'afflux en masse de telles populations n'est pas tolérable.

« Une guerre à l'échelle planétaire n'apporterait qu'une solution palliative temporaire, et, même dans le cas où elle serait extrêmement meurtrière, elle engendrerait, en contrepartie, un phénomène identique à celui du baby boom après la Seconde Guerre mondiale. Il nous faut donc envisager une solution plus radicale, et ayant des effets à long terme.

« C'est pourquoi, depuis une vingtaine d'années, nous avons financé des laboratoires secrets dans lesquels nous mettons au point des armes bactériologiques susceptibles de s'attaquer de manière sélective à certaines franges de population. Les immenses progrès réalisés dans le domaine du code génétique humain ces dernières années nous ont permis des avancées sensibles. Lorsque ces virus seront opérationnels, ils élimineront efficacement les catégories d'individus ciblés, comme les Nègres ou les Sémites, qui encombrent le Moyen-Orient et l'Afrique. Ces pays regorgent de richesses qui ne sont pas exploitées comme elles devraient l'être.

« Cependant, il importe de nous montrer très prudents et de ne pas renouveler la malheureuse expérience du virus du sida. Ce virus existait à l'état latent depuis des siècles et ne s'était jamais révélé offensif. Sa transformation a été provoquée artificiellement par nos laboratoires et il a vite donné des résultats prometteurs dans certains pays d'Afrique où une grande partie des habitants est actuellement contaminée. Malheureusement, à la suite d'une erreur de manipulation, l'un de nos chercheurs l'avait libéré trop tôt. Nous n'avions pas

prévu ses mutations, qui lui ont permis de s'attaquer également aux populations occidentales. Aujourd'hui encore, la découverte d'un vaccin reste extrêmement problématique. Même si les progrès de la médecine ont permis de l'endiguer momentanément, l'épidémie continue à se développer, et nous ne savons pas comment l'enrayer.

« Aussi, les plus grandes précautions doivent être prises en ce qui concerne les nouveaux virus à l'étude. Ils ne seront diffusés que lorsque nous les maîtriserons parfaitement, et lorsque les vaccins permettant de les combattre seront au point, au cas où ils s'attaqueraient à une catégorie humaine non ciblée. La commercialisation de ces vaccins devrait générer des profits très importants, et justifierait à elle seule une telle opération. Mais le contrôle de la génétique devrait nous permettre surtout de remodeler la population mondiale selon nos intérêts, en éliminant les races parasites et en rétablissant l'équilibre démographique entre le Tiers Monde et l'Occident.

« Nous espérons lancer une nouvelle opération dans un délai de deux ans. Elle débutera en Amérique du Sud. Il est impératif de faire naître les foyers d'épidémie dans des régions pauvres, où il sera loisible d'étudier leur évolution. L'autre avantage consiste à rendre les habitants responsables de la maladie qui les frappe, en accusant la déforestation qu'ils pratiquent à outrance. Il sera alors facile de lancer une rumeur selon laquelle la perturbation du biotope a provoqué la mutation de virus qui dormaient là depuis des millions d'années. On écartera ainsi tout soupçon. »

Partagé entre la colère et l'horreur, Eddy resta un long moment les yeux fixés sur l'écran. Le ton mécanique, glacial, sans âme du rapport rendait son contenu encore plus effrayant. Il se servit un double whisky afin de reprendre ses esprits. Il avait perdu deux amis à cause du sida. Des homosexuels. Certains crétins culs-bénits avaient même osé affirmer qu'il s'agissait là d'une juste vengeance divine. Les triples cons !

Eddy relut une nouvelle fois le rapport. Il était suivi de chiffres, d'éléments précis concernant les populations ciblées et les critères scientifiques qui les définissaient. Il n'y comprit pas grand-chose. Il s'était déjà étonné que l'épidémie du sida ait commencé en Afrique, précisément dans un endroit où avait eu lieu précédemment une campagne de vaccinations. Il avait l'explication sous les yeux. Ces criminels imbéciles avaient joué les apprentis sorciers, et ils avaient déclenché une catastrophe à l'échelle de la planète. Ce qui ne les empêchait pas d'envisager de recommencer.

En ce qui concernait l'Afrique, ils avaient déjà atteint leur but. Car même si l'on découvrait rapidement un vaccin contre le sida, les pays pauvres n'y auraient pas accès, en raison du prix exigé par les laboratoires pharmaceutiques. La lèpre, dont le vaccin existe depuis bien longtemps, n'est toujours pas éradiquée, à cause de la pauvreté et des fonctionnaires locaux corrompus, qui détournent les dons des associations caritatives.

Et puis, qui s'en souciait ? Vingt ans après le début de la pandémie, l'ONU commençait à peine à s'inquiéter du sort du continent noir. Lors des émissions organisées pour collecter des fonds destinés à la recherche, on n'autorisait pas les responsables humanitaires à évoquer le sort des Africains, « parce que cela risquait de faire chuter l'audience ! »

Venait enfin, comme dans les dossiers précédents, une nouvelle liste d'entreprises ayant monté les laboratoires secrets où l'on mettait au point les virus spécifiques. Encore une fois, il y avait de quoi provoquer un scandale d'une ampleur sans précédent. À condition de trouver un journaliste suffisamment audacieux pour oser diffuser l'information. Mais, même dans ce cas, la révélation de ce génocide n'aurait probablement aucun effet. Ceux qui se cachaient derrière le masque de « César » disposaient sans doute de contacts haut placés qui verrouilleraient l'enquête. Des cohortes d'avocats empêcheraient la justice d'agir et jetteraient le discrédit sur les accusateurs. D'ailleurs, en dehors de ce DVD, il n'y avait aucune preuve.

Eddy hésita. Il devait peut-être informer William…

Mais, une nouvelle fois, il renonça. En brisant le silence imposé, il risquait de tout compromettre. De toute façon, Sheridan ne disposait d'aucun moyen d'action.

Mac Pherson avait exigé qu'Eddy conservât tous ces éléments exclusivement pour Kevin et Alexandra. Il devait avoir de bonnes raisons. Il savait qu'ils étaient absents. Cela signifiait qu'il était peut-être au courant de leurs voyages dans le temps. Dans ce cas, peut-être les aventures vécues par le couple allaient-elles permettre de découvrir un moyen de lutter contre la monstrueuse entité économique qui se dissimulait derrière le nom de « César ».

27

Tibet oriental…

Les premières maisons de la petite bourgade de Medog se dressaient au bord du fleuve Tsangpo, sur des pilotis destinés à les protéger des crues fréquentes et de l'attaque des fauves. D'autres bâtisses de bois s'étageaient au sud, sur les flancs de la montagne, au milieu d'une végétation luxuriante. Partout poussaient des roses sauvages que cueillaient des jeunes filles.

À l'écart, comme un chien de garde inquiétant et immobile, s'élevait la masse sombre de la garnison. La population du village se précipita vers les voyageurs avec une curiosité non dissimulée. Mais bientôt, les soldats s'avancèrent à leur rencontre. Écartant les villageois sans ménagement, ils encerclèrent les arrivants. Un homme de petite taille au ventre proéminent, sanglé dans un uniforme trop serré pour lui, les apostropha d'une voix chargée de colère. Des lunettes rondes cerclaient ses yeux rapprochés. Il semblait prendre un malin plaisir à s'égosiller pour assurer ainsi le pouvoir qu'on lui avait confié. Après l'expérience exaltante vécue dans la montagne, cette brutale reprise de contact avec l'univers humain stupéfia Kevin et Alexandra, qui ne comprenaient pas un traître mot de ce qu'il braillait. Ils virent leur compagne chinoise pâlir. Tcheng Lin Piao traduisit :

— Li-Hou est accusée de trahison. Nous n'avions pas l'autorisation de quitter Bomi et elle nous a laissé partir. Pire encore, elle nous a accompagnés. Les militaires ont été prévenus. Ils ont ordre de l'arrêter. Il dit qu'elle risque la peine de mort. Ils veulent m'arrêter également, pour être transféré à Pékin. Leki et ses porteurs seront menés dans un camp de travail. Quant à vous, ils vous accusent d'être des espions à la solde de l'Inde. Il dit que la mort vous attend, vous aussi.

— Mais nous avons les autorisations ! s'indigna Alexandra.

— Bien sûr, répondit Tcheng Lin Piao qui s'avança vers le commandant d'un pas décidé, en lui montrant les documents.

L'autre refusa d'y jeter un regard. M. Tcheng se fâcha. Kevin et Alexandra ne comprirent pas ce qu'il disait, mais ils se doutaient qu'il menaçait le militaire d'en référer à ses supérieurs. Pour toute réponse, le petit gros fit signe à l'un de ses soldats, qui frappa Tcheng Lin Piao dans le dos. Étourdi, celui-ci s'écroula. Le commandant hurla alors à ses hommes de s'emparer des arrivants.

Mais Li-Hou, terrorisée, tenta de s'enfuir en direction de la forêt. Le commandant éructa un ordre. L'instant d'après, les armes crachaient leurs balles. Li-Hou s'écroula en poussant un hurlement de douleur. Partagée entre la peur et la fureur, Alexandra n'hésita qu'une fraction de seconde et courut vers la jeune Chinoise. Kevin tenta de la retenir, mais elle lui avait déjà échappé. Comme dans un cauchemar, il vit les soldats relever leurs armes. Il ne comprit pas ce qui se produisit ensuite. Une vague de colère monta brusquement en lui, une énergie formidable l'envahit, qui se traduisit par un cri assourdissant ; une onde de force inouïe frappa simultanément les militaires qui furent projetés en arrière avec violence. Les armes leur échappèrent des mains. Mais la colère de l'Américain était surtout concentrée sur le chef de la garnison. Celui-ci fut percuté de plein fouet. Il fit un bond de plusieurs mètres avant de retomber sur le sol dans une position grotesque. Hagard, il tenta de se relever. La poitrine défoncée, les yeux vitreux, il se mit à cracher du sang. La vague de haine pure émise par Kevin n'avait pas touché les Tibétains. Ceux-ci le contemplèrent, effarés.

Tcheng Lin Piao reprit très vite ses esprits. Il constata la mort du commandant, puis ordonna aux porteurs de s'emparer des armes des soldats avant qu'ils ne reprennent conscience. Kevin rejoignit Alexandra, penchée sur Li-Hou. Le visage de la jeune Chinoise était déformé par la souffrance et la peur. Dans ses yeux se lisait le refus de mourir. Alexandra, les yeux brouillés par les larmes, avait à peine prêté attention à ce qui s'était passé. De tout son cœur, elle voulait que Li-Hou vive. Malheureusement, plusieurs balles l'avaient touchée. Son regard s'accrochait à celui de la Française, espérant un miracle. Les étrangers lui avaient déjà sauvé la vie une fois, au col de Gabalung. Sa respiration saccadée devenait de plus en plus difficile. Alexandra maudit le commandant chinois responsable de cet acte barbare. Mais cela ne servait à rien. Li-Hou fut agitée par un hoquet terrible, puis sa tête retomba sur la poitrine d'Alexandra. Celle-ci resta pétrifiée, incapable de réagir. Elle sentit à peine les mains de Kevin qui la détachaient du corps de la Chinoise, ses bras qui l'emprisonnaient pour la protéger.

— C'est la première fois que je vois quelqu'un mourir, sanglota-t-elle.

Elle s'aperçut alors que ses vêtements étaient couverts du sang de leur compagne. Alexandra releva les yeux vers Kevin.

— Mais quel est ce monde ? Quelle folie frappe les hommes pour qu'ils se croient ainsi autorisés à donner la mort ?

Kevin observa un court silence, puis déclara :

— Justement. Je crois que leur esprit est marqué par la bestialité. Avant de mériter le nom d'homme, ils doivent acquérir la sagesse.

Il observa les soldats qui se relevaient à grand-peine, sous la menace de leurs propres armes tenues par les Tibétains, et ajouta :

— C'est aussi valable pour moi ! Ma colère soudaine nous a certainement sauvés, mais lorsque je vois ce dont je suis désormais capable, cela me fait peur.

Il regarda en direction de la montagne menant vers Pemako.

— Il nous reste encore un long chemin à parcourir, murmura-t-il.

Un peu plus tard, les militaires étaient enfermés. Tcheng Lin Piao ordonna de détruire les appareils de communication, afin qu'ils ne puissent donner l'alarme lorsqu'ils parviendraient à se libérer. La population indigène se garda bien d'intervenir, trop heureuse du bon tour que l'on jouait à leurs oppresseurs.

Tcheng Lin Piao déclara :

— Nous allons poursuivre notre route vers Pemako. Les autorités chinoises croiront que nous avons fui en direction de l'Inde, puisqu'elles nous prennent pour des espions.

— Mais il faudra bien que nous repassions par ici. Nous n'aurons aucune chance de leur échapper.

— Ne vous inquiétez pas. Nous ne repasserons pas par Medog.

Après s'être ravitaillés auprès des villageois, ils se dirigèrent vers Pemako, située deux mille mètres au-dessus de la vallée du Tsangpo. L'ascension se révéla tout aussi pénible que celle du col de Gabalung. La jungle épaisse semblait multiplier les obstacles. Mais il fallait quitter Medog au plus vite. Inquiet, Kevin se demandait comment ils allaient sortir de ce mauvais pas. Pemako était un cul-de-sac. Au-delà se dressait le massif du Dosempotrang, totalement infranchissable et objet d'un litige entre l'Inde et la Chine. La région était tenue par les terribles chasseurs de têtes Abhors, pris en tenaille entre les deux armées qui se faisaient face. Mais M. Tcheng ne semblait pas s'en soucier outre mesure.

Soudain, Alexandra aperçut, loin au-dessus d'eux, une silhouette magnifique qui planait dans le ciel immuablement bleu : un aigle. Leki poussa un cri de joie.

— C'est *Garuda*, l'aigle de la légende. Il nous montre la voie.

Quelques heures plus tard, la petite colonne débouchait sur un plateau inondé d'une lumière irréelle. Partout éclataient des fleurs polychromes, tamaris, linaigrettes, pavots bleus, saxifrages. Au loin, par-delà un moutonnement de collines, s'étirait un village aux modestes maisons de bois. Au-dessus se dressait le temple aux toits d'or : Rinchenpung, le lieu sacré découvert douze siècles plus tôt par le saint homme Rinpoché.

Les villageois attendaient les visiteurs, intrigués. Seuls quelques voyageurs audacieux avaient réussi à gagner Pemako. Des enfants les entourèrent en jacassant d'abondance. Puis la foule s'écarta respectueusement, livrant passage à un personnage masqué, aux longs cheveux noirs. Tcheng Lin Piao s'inclina devant lui, puis lui présenta Kevin et Alexandra. Le lama Tsenring les salua à son tour, puis les invita à le suivre dans le temple. Une lumière mystérieuse, presque surnaturelle baignait les lieux. L'intérieur était recouvert d'or, du sol au plafond. Au cœur du sanctuaire trônait une statue brandissant un sceptre à neuf pointes et un poignard. Le grand lama leur expliqua qu'il s'agissait d'une représentation de Rinpoché.

Une sensation étrange envahit Kevin et Alexandra. De l'endroit émanait une énergie extraordinaire, invisible pour le commun des mortels, mais perceptible par les médiums. Une nouvelle vision s'imposa à eux : ils étaient déjà venus ici. Des images, des souvenirs provenant d'un passé très lointain leur revenaient. À cette époque lointaine, le temple n'existait pas.

Le lama les observait, les yeux brillants. Discrètement, il recula et s'assit en tailleur dans un angle. Une odeur d'encens pénétrait les narines de Kevin et d'Alexandra. Autour d'eux, des esprits reprenaient vie, comme si le passé et le présent se rejoignaient, se touchaient, se confondaient. L'Américain se tourna vers sa compagne.

— C'est une nouvelle transe, souffla-t-il.

Alexandra lui prit la main. Tous deux s'accroupirent devant la statue du gourou Rinpoché et fermèrent les yeux. Peu à peu, ils eurent la sensation de se détacher de leurs corps, comme on se défait d'un vêtement trop étroit. Leurs esprits se lièrent, puis un vortex hallucinant les entraîna dans le passé.

28

Quatrième voyage

LA MONTAGNE SACRÉE

Kashta et Mina avançaient avec peine, comme le reste de la caravane qui s'étirait le long de la vallée encaissée. Ils avaient quitté Kemit la Noire depuis plus de deux ans, mais il leur semblait qu'ils avaient passé leur vie à suivre ces pistes interminables. Jamais ils n'auraient pu imaginer que le monde était si vaste. Kashta avait pourtant longuement étudié dans la Maison de Vie afin de servir son maître, Her Hoptah.

Celui-ci chevauchait en tête de la caravane. Depuis qu'un marchand avait apporté d'un pays très éloigné une étoffe d'une souplesse et d'une beauté extraordinaires, que l'on appelait la soie, il avait résolu de visiter ce pays et d'établir avec lui des relations commerciales pour le compte de Pharaon. Celui-ci, le grand Ramsès III, était par ailleurs occupé à reconstruire le Double-Pays, victime d'attaques extérieures et de complots internes. Her Hoptah avait recruté des guides qui lui avaient permis de retrouver la route suivie par le précieux tissu. On avait ainsi traversé la presqu'île du Sinaï, la Palestine, la Mésopotamie et l'empire des Perses pour parvenir, après bien des jours, sur les rives du fleuve Indus.

Puis la caravane s'était lancée à l'assaut de montagnes incroyablement élevées. Her Hoptah avait constitué autour de lui une petite armée d'hommes sûrs, qui se seraient fait tuer pour lui. Kashta commandait cette centaine de guerriers. Sa jeune femme, Mina, l'accompagnait. Le seigneur Her Hoptah l'avait autorisée à le faire. Lui-même était suivi par sa seule épouse, la très belle Neferourê. Alors que son rang lui aurait permis de prendre plusieurs compagnes, il lui restait fidèle.

Kashta et Mina étaient heureux de servir un maître aussi bon et aussi généreux. Le roi lui-même nourrissait un étrange respect pour lui. Les grands prêtres d'Amon le redoutaient comme la peste noire. On chuchotait dans les couloirs du palais qu'il possédait des pouvoirs magiques. À plusieurs reprises, on avait tenté de les assassiner, Neferourê et lui. Mais, par des stratagèmes mystérieux, il était toujours parvenu à déjouer les plans des conspirateurs. Cependant, cette atmosphère d'insécurité permanente avait fini par le lasser. Il avait donc décidé de quitter l'Égypte pour se lancer dans cette aventure audacieuse. Un jour, il avait déclaré à Kashta :

— Mon fidèle compagnon, nous partons pour l'autre bout du monde !

Kashta s'était demandé de quoi il parlait. L'autre bout du monde, cela ne pouvait être que la Nubie, l'Étrurie ou l'Anatolie. Mais Her Hoptah lui avait montré la pièce de soie achetée quelques jours auparavant à un marchand du Levant.

— Je veux connaître le pays d'où vient cette étoffe !

Ainsi avait commencé ce voyage.

Parfois, Kashta doutait qu'ils parviendraient un jour à son terme. Le seigneur Her Hoptah ne semblait guère pressé. Il se passionnait pour toutes les cités traversées, apprenait les rudiments de leur langue en quelques jours afin de pouvoir converser avec les indigènes. Sa troupe se mêlait aux différentes caravanes qui faisaient route vers l'orient, toujours plus loin, au rythme lent des marcheurs et des bêtes de bât. Kashta et Mina avaient l'impression d'être devenus des nomades.

Ils avaient cru ne jamais pouvoir franchir les hautes montagnes. Pourtant, des guides avaient réussi à les entraîner dans des vallées encaissées, dominées par les sommets recouverts de neige. On avait dû acquérir des vêtements épais pour se couvrir. La peau des Égyptiens, habituée à la chaleur du soleil du Nil, souffrait de ce pays glacial, où soufflaient des vents aussi puissants que les tempêtes du désert des morts, mais au froid vif et coupant.

Certaines tribus se montraient belliqueuses, mais la plupart du temps le nombre des soldats et l'efficacité de leurs armes suffisaient à dissuader les plus agressifs.

Un jour, la colonne arriva aux abords d'une petite cité monpa, dont les habitants ne manifestèrent aucun signe d'hostilité. Bien au contraire, les enfants s'avancèrent sans crainte au-devant des caravaniers, toutefois escortés par les hommes du village. Dans ces pays vastes et peu peuplés, les tribus ne se battaient jamais pour la possession d'un territoire. La rudesse du climat incitait plutôt à la solidarité. Cependant, Her Hoptah mit Kashta en garde :

— Prenons garde, mon ami. Il règne ici une atmosphère malsaine.

Kashta avait appris, au fil des années, à ne jamais douter de son maître. Celui-ci voyait au-delà des apparences. Parfois, Kashta se disait qu'il était lié aux dieux eux-mêmes. Ainsi s'expliquait l'hostilité de certains prêtres de Kemit.

— Je vais ordonner aux guerriers de se tenir prêts.

— Je ne pense pas que nous devrons combattre, mon ami. Ici, ce sont les femmes qui représentent une menace.

Kashta ouvrit l'œil. Après les enfants, une délégation exclusivement féminine s'avança vers eux. Deux femmes portaient des bols contenant une boisson fumante. Apparemment, il s'agissait d'un rite de bienvenue. Sans un mot, les deux femmes burent une gorgée dans les bols, puis les tendirent à Her Hoptah et à Kashta. Elles désiraient qu'ils boivent après elles. Ce geste, symbolisant le partage, semblait un gage d'amitié. Pourtant, Her Hoptah adressa un signe discret à Kashta, dans le mystérieux langage des mains qu'il lui avait enseigné, et qu'ils partageaient avec leurs guerriers. Ce geste lui intimait de ne pas boire. Her Hoptah prit le bol tendu par l'une des femmes, en huma l'odeur, puis le redonna. Avec autorité, il ordonna à la femme de boire une seconde fois. Celle-ci, interloquée, recula. Kashta adressa aussitôt un signe à ses capitaines, restés en retrait. Ceux-ci se rapprochèrent, la main sur la poignée de leur glaive. La population autochtone recula, effrayée.

— Bois encore ! ordonna Her Hoptah d'une voix forte.

La femme, décontenancée, prit le bol et le porta à ses lèvres. Mais, au moment de boire, elle le lâcha et darda sur Her Hoptah un regard chargé de haine. Celui-ci lui saisit la main et la força à s'agenouiller. Puis il désigna les ongles longs de la femme, sous lesquels se dissimulait une étrange substance noirâtre.

— Pourquoi as-tu voulu nous empoisonner ? gronda Her Hoptah.

Sa voix et la force qui émanait de lui avaient pétrifié les villageois. La mégère se mit à glapir de terreur, persuadée qu'elle vivait ses derniers instants. Soudain, Her Hoptah la lâcha et tourna les talons. Tremblant de la tête aux pieds, la sorcière rampa pour rejoindre ses compagnes.

— Ô mon maître, comment as-tu deviné que cette mauvaise femelle voulait nous empoisonner ?

Her Hoptah se tourna vers Kashta.

— L'intuition, mon ami. Dans cette tribu, ce sont les femmes qui dirigent. Elles pratiquent l'art du poison avec lequel elles sacrifient les visiteurs. Nous ne serions pas morts immédiatement. Ainsi, nous n'aurions rien pu soupçonner. Mais d'ici à quelques jours, un mal incurable nous aurait frappés, et nous aurions péri.

Kashta ne douta pas un instant des paroles de son seigneur. On le disait capable de lire dans les esprits, et Kashta le croyait volontiers. Ainsi, il n'avait aucun besoin de parler la langue de ces indigènes pour les comprendre.

— Mais pourquoi agissent-elles ainsi ? Nous n'avons pas fait preuve d'hostilité.

— Elles pensent qu'en empoisonnant les visiteurs, elles s'emparent de leur âme, et ainsi renforcent la leur. Plus le visiteur est important, plus leur esprit sera fort.

Au-delà du village monpa, la caravane franchit un col élevé qui, bien des siècles plus tard, prendrait le nom de Gabalung. Un ciel d'un bleu profond surplombait la vallée encaissée entre les monts jumeaux dont les sommets allaient se perdre dans des couronnes nuageuses que les vents du nord effilochaient. Soudain, une rumeur s'enfla, qui trouva écho contre les flancs des montagnes. Peu après, une horde vociférante apparut devant les voyageurs. Aussitôt, les guerriers, sur un ordre de Kashta, se disposèrent en ordre de bataille. L'ennemi était armé de lances grossières et de massues, mais trois ou quatre fois supérieur en nombre. Her Hoptah adressa un signe à Kashta, lui ordonnant de ne pas attaquer. Puis, en compagnie de son épouse, la très belle Neferourê, il s'avança au-devant des assaillants, qui dévalaient les pentes en soulevant des gerbes de neige poudreuse.

— Seigneur, que fais-tu ? s'inquiéta Kashta.

Her Hoptah leva la main pour le rassurer. Alors, sous les yeux ébahis des Égyptiens eut lieu un phénomène hallucinant. Près de Her Hoptah et de Neferourê, l'air sembla vibrer, devenir liquide. Puis, lentement, deux formes monstrueuses apparurent de chaque côté du couple, deux animaux effrayants, dont la tête et le corps rappelaient ceux d'un crocodile du Nil, mais aux pattes démesurées. Les sauriens géants devaient dépasser les soixante coudées. Leur échine se hérissait d'énormes crêtes, dont la pointe se colorait d'écarlate, comme si du sang vif coulait sur la cuirasse des gigantesques reptiles.

Les Égyptiens n'osaient plus bouger. Chacun avait compris qu'il s'agissait là d'une manifestation des pouvoirs mystérieux du maître et de son épouse. On ne risquait donc rien, mais on aurait voulu être ailleurs. Les dragons avancèrent avec agilité vers la horde arrêtée net dans son élan. Des hurlements d'épouvante jaillirent, et les assaillants refluèrent en désordre vers le col. Poursuivis par les monstres, ils ne demandèrent pas leur reste et disparurent aussi vite qu'ils étaient apparus. Lorsqu'il ne resta plus aucune trace de leur présence, les dragons s'immobilisèrent, puis leurs silhouettes inquiétantes s'estompèrent.

Her Hoptah et Neferourê se tournèrent vers Kashta, auquel ils adressèrent un sourire complice. Puis Her Hoptah fit signe aux caravaniers de poursuivre leur chemin. Décontenancés, les Égyptiens obéirent. Kashta et Mina ressentirent une bouffée de fierté à l'idée de servir un maître aussi puissant. Ils savaient désormais que rien ne prévaudrait contre eux.

Quelques jours plus tard, la caravane atteignit une large vallée où poussaient de magnifiques rosiers. Her Hoptah décida de bivouaquer plusieurs jours sur place. Une petite tribu d'indigènes occupait les rives du fleuve tumultueux qui creusait la vallée. Malgré leur réticence, ils finirent par lier contact avec ces étranges visiteurs venus d'un autre monde.

Le lendemain de leur installation, Her Hoptah prit Kashta et Mina à part et leur désigna la haute montagne qui s'élevait vers le sud.

— Il existe, au-delà de cette montagne, un lieu sacré où le monde des dieux et celui des hommes se rejoignent. Neferourê et moi allons nous y rendre. Je voudrais que vous nous y accompagniez.

Après avoir confié la caravane à un capitaine, tous quatre se mirent en route. Il leur fallut près d'une journée pour atteindre un plateau magnifique. Au loin, au-delà du plateau se dressait une montagne inondée d'une clarté irréelle, posée sur une mer de nuages. Devant eux, la terre se couvrait de fleurs multicolores. Un air vif pénétrait les poumons de Kashta et de sa compagne. Une étrange plénitude les envahit. Le maître n'avait pas menti : ce lieu était sacré, et devait servir de demeure aux divinités.

Kashta et Mina regardèrent Her Hoptah et Neferourê qui s'étaient avancés jusqu'à la limite méridionale du plateau, depuis laquelle on bénéficiait d'un panorama splendide sur la montagne aux reflets de cristal posée sur son océan de brumes étincelantes. Une vive émotion saisit le jeune couple. Kashta serra la main de Mina dans la sienne.

— Mon cœur se réjouit d'avoir atteint ce lieu sacré, ma chère et tendre sœur, dit le capitaine égyptien, bouleversé. Il me semble que je découvre le monde avec des yeux différents.

— Je ressens la même chose, mon frère. Comme une force extraordinaire qui bouillonne en moi.

Au loin, Her Hoptah et Neferourê leur firent signe

de les rejoindre. Intimidés, Kashta et Mina obéirent. À mesure qu'ils avançaient, une exaltation intense s'empara d'eux. Impressionnés, ils n'osaient parler. Marchant au milieu des champs de fleurs polychromes, les narines flattées par des senteurs vives et enivrantes, le regard ébloui par la lumière incomparable qui baignait le sommet de la montagne de cristal, ils prenaient peu à peu conscience que deux univers se rejoignaient là. L'un d'eux restait invisible, mais ils percevaient sa présence fabuleuse à portée de leur cœur et de leur esprit.

Ils atteignirent le bord du promontoire donnant sur la montagne sacrée. De là, on avait un peu l'impression d'être arrivé au bout du monde. La beauté grandiose du panorama les émerveilla. Her Hoptah et Neferourê les accueillirent avec un sourire.

— Regardez !

Her Hoptah désigna, au loin, la montagne de cristal. Kashta et Mina la contemplèrent longuement, se demandant ce que leur maître désirait leur montrer. Alors, peu à peu, comme sous l'effet d'une brume lumineuse, elle sembla se déformer, se modifier. Autour d'eux, dans toutes les directions, le paysage subit de légères transformations. Plus bas sur le plateau était apparue une magnifique construction à l'architecture totalement inconnue, dont le toit était recouvert d'or. Des hommes et des femmes vêtus de longues toges jaunes ou blanches y pénétraient ou en sortaient. Leurs visages reflétaient une grande sérénité. Un sentiment de paix absolue pénétra Mina et Kashta.

Émerveillés, ils ne pouvaient détacher leurs regards du somptueux panorama. Soudain, l'air sembla vibrer, puis la montagne de cristal reprit sa forme initiale, tandis que le temple d'or se diluait dans le néant, laissant la place au plateau sauvage couvert de fleurs. Surmontant leur émotion, ils s'agenouillèrent devant Her Hoptah et Neferourê. Leurs yeux ruisselaient de larmes.

— Nos maîtres sont bons. Ils nous ont permis de fouler le sol de la demeure des dieux. Nous pouvons mourir à présent. Nos vies ont été comblées.

Her Hoptah eut un sourire joyeux.

— Le temps n'est pas encore venu de mourir, mon ami. Nous devons d'abord nous rendre dans ce pays mystérieux où l'on fabrique la soie. Un jour, tu comprendras ce qu'est véritablement ce lieu, et quel est cet autre monde invisible dont une porte s'ouvre ici. Vous aurez alors atteint un degré supérieur, qui vous permettra d'y vivre. Mais il vous faudra pour cela découvrir votre chemin de lumière.

La montagne de cristal était toujours présente, devant leurs yeux, posée sur son océan de nuages étincelants. Près d'eux, les hautes silhouettes de Her Hoptah et de Neferourê s'étaient estompées dans le néant.

Kevin et Alexandra eurent l'impression de s'éveiller d'un rêve. Inconsciemment, pendant leur transe, leurs pas les avaient amenés à la lisière du plateau, sur le promontoire d'où l'on découvrait le mont Dosempotrang. La montagne sacrée, la porte des étoiles, ou d'un monde merveilleux habité par les dieux. Mais un monde ignoré des hommes qui se battaient au cœur des vallées profondes, des hommes qui versaient leur sang pour la possession d'une terre qui était déjà présente bien avant l'apparition de l'humanité, et qui serait encore là longtemps après sa disparition. Seuls quelques privilégiés auraient compris la vanité de leurs combats stériles.

Alexandra et Kevin se regardèrent, bouleversés. Le grand lama et M. Tcheng les avaient suivis et les observaient, un peu en retrait. Vivement émus, ils attendirent que se reproduise le mystérieux phénomène auquel avaient assisté Kashta et Mina. Mais il ne se passa rien.

Un peu déçus, Kevin et Alexandra revinrent vers les deux hommes.

— Nous savons désormais pourquoi M. Falcon désirait que nous venions jusqu'ici, dit l'Américain. Nous avons déjà foulé le sol de cette terre sacrée il y a très longtemps. Nous portions en ce temps-là les noms de Kashta et de Mina, et nous servions un couple de maîtres du nom de Her Hoptah et Neferourê. Ce que nous avons appris au cours de cette régression dépasse l'entendement, monsieur Tcheng. Il existe ici une porte permettant de passer dans un autre monde. Mais il y a plus surprenant encore : ce voyage s'est déroulé à l'époque de Ramsès III, c'est-à-dire il y a plus de trois mille ans. Or, nos maîtres, Her Hoptah et Neferourê, avaient les mêmes traits que Paul et Katherine Falcon.

29

Un peu plus tard, le petit groupe se retrouva au temple, où Tsenring leur fit servir le thé. Autour d'eux, les moines s'empressaient, bavardaient entre eux, le visage épanoui. Bouleversés par ce qu'ils venaient de vivre, Kevin et Alexandra ne savaient plus que penser.

— Ramsès III a régné dix ans, entre 1198 et 1188 avant Jésus-Christ, expliqua Alexandra. Sept siècles avant la naissance du Bouddha. Si l'on écarte la coïncidence d'une ressemblance extraordinaire, ce que nous avons vu signifierait que Katherine et Paul Falcon vivaient déjà il y a plus de trois mille ans. C'est invraisemblable.

— C'est difficile à admettre, en effet, ajouta Kevin. Mais cela justifierait qu'ils aient besoin régulièrement de changer d'identité, et donc d'emprunter celles d'enfants morts en bas âge.

Il s'adressa au Chinois :

— Monsieur Tcheng, saviez-vous que les Falcon étaient… immortels ?

M. Tcheng conserva son imperturbable sourire.

— C'est la conclusion à laquelle je suis arrivé au travers de mes propres expériences.

— Alors, qui sont-ils réellement ? Des extraterrestres ? Des dieux ? Appartiennent-ils à une race supérieure ?

— Ce sont des êtres supérieurs, indubitablement. Je crois qu'ils n'ont jamais connu la mort.

— Et ils viennent du monde sur lequel ouvre le… passage qui se trouve ici, sur ce plateau. Ce sont donc des extraterrestres.

L'Asiatique eut un large sourire.

— Vous avez vu ce monde, s'exclama-t-il. C'est extraordinaire !

— Plus exactement, Kashta et Mina l'ont entrevu, l'espace d'un instant. Puis tout s'est brouillé et ils se sont retrouvés à Pemako. À l'époque, il n'y avait ni temple ni habitations. Mais, lors cette vision, nous avons très nettement distingué une construction à l'architecture inconnue.

— Vous l'avez vu, répéta M. Tcheng, visiblement ravi. Vous êtes bien ceux qu'attendait M. Falcon.

— Il y a trois mille ans, Her Hoptah nous a dit que nous reviendrions à Pemako. Et nous sommes revenus. Mais cette fois, il ne s'est rien passé ; la porte divine ne s'est pas ouverte.

— Peut-être à cause du conflit qui oppose l'Inde et la Chine, suggéra Alexandra.

— C'est possible. Mais si la porte s'était ouverte, nous serions passés de l'autre côté. Est-ce cela que souhaitait M. Falcon ? demanda Kevin au Chinois.

— Non. Il savait que la porte était fermée. Il voulait seulement vous montrer que ce monde existait.

— Vous n'avez pas répondu à ma question. C'est de là qu'ils viennent, n'est-ce pas ?

M. Tcheng ne répondit pas immédiatement.

— Non ! Je vous l'ai dit, ils sont terriens, comme vous et moi.

— Mais ce monde, c'est quoi ?

Tcheng Lin Piao écarta les bras en signe d'impuissance.

— Je ne peux vous en dire plus, car je l'ignore moi-même. Je sais seulement, moi aussi, qu'il existe.

Le grand lama prononça quelques mots, que Tcheng traduisit.

— Tsenring aimerait que vous lui racontiez ce que vous avez vu.

Kevin entreprit de raconter leur expérience, leur voyage depuis la vallée fertile du Nil jusqu'aux montagnes du Tibet, leurs combats contre les pillards, l'apparition des dragons, la manière dont Her Hoptah avait déjoué le piège des sorcières monpas.

Lorsqu'il eut terminé, le Tibétain le remercia et adressa quelques mots à un moine. Quelques instants plus tard, celui-ci revenait avec un vieux manuscrit que Tsenring prit avec précaution.

— Mille fois béni soit ce jour, dit-il. Vous êtes les visiteurs que nous attendions. Un songe m'a visité, pour me dire que des voyageurs très importants allaient venir, et que je devrais leur confier ce livre.

Il leur tendit le manuscrit. Alexandra le prit et s'inclina devant Tsenring pour le remercier. La jeune femme ouvrit le grimoire avec précaution.

— On dirait du papyrus, s'exclama-t-elle.

Kevin et elle examinèrent les caractères. Grâce à leur dernière régression, ils étaient capables de déchiffrer couramment les différentes écritures égyptiennes, hiéroglyphes, hiératique ou démotique. Mais les signes tracés dans le vieux livre leur étaient totalement inconnus.

— On dirait du sanscrit, mais ce n'en est pas, conclut Alexandra. Ou peut-être une forme très ancienne.

— Ce manuscrit est très vieux, précisa Tsenring. Il date d'avant même la naissance du Bouddha. La légende affirme qu'il a été écrit par des prêtres de la religion *bon*, qui existait bien avant lui. Il relate la venue d'un dieu qui enseigna aux hommes l'existence de cette porte divine, ainsi que d'autres choses, dont l'art des *tulpas*, que seuls les plus grands maîtres parviennent à dominer.

— Les tulpas ? s'étonna Kevin.

— Oui, je connais cette histoire, répondit Alexandra. Alexandra David-Neel en parle dans ses récits.

— De quoi s'agit-il ?

— Certains moines tibétains sont capables, par concentration mentale, de faire apparaître des formes. Cela peut être des animaux, des personnages, des monstres, voire des maisons ou des paysages. Ces créations mentales sont parfois tellement puissantes qu'elles prennent une consistance matérielle. Alexandra David-Neel dit par exemple qu'un tulpa représentant un buisson de roses émettra une odeur de rose. Les tulpas sont perçus par les spectateurs comme des réalités physiques, qui disparaissent lorsque leur créateur cesse de se concentrer.

— Il peut s'agir de très fortes suggestions mentales.

— C'est l'explication que donnent les Occidentaux. Les Tibétains, eux, ont une autre interprétation. Pour eux, l'esprit est supérieur à la matière, et donc capable de l'influencer et de la modeler. Ainsi, un esprit très puissant peut agir sur elle et la façonner selon son désir.

— Cela expliquerait les deux dragons.

— C'est peut-être aussi sous cette forme qu'il est apparu sur son navire ! ajouta Alexandra.

— Mais oui, tu as certainement raison ! C'est ainsi qu'il a pu protéger l'*Atalaya* du cyclone.

Kevin examina le vieux manuscrit.

— En revanche, j'ignore comment nous allons faire pour comprendre ce que contient ce livre.

Alexandra le rassura :

— Je connais quelqu'un qui pourra nous aider. Il s'agit d'un spécialiste des langues orientales. Il habite dans le Périgord, pas très loin de chez moi. Nous allons nous y rendre.

— À condition de pouvoir quitter Pemako, rétorqua Kevin, la mine sombre.

— Ne vous inquiétez pas ! déclara M. Tcheng. Je vous ai dit que nous n'aurions pas besoin de repasser par Medog.

— Comment allons-nous repartir ?

— Je vous l'expliquerai demain. En attendant, une bonne nuit réparera vos forces.

Le grand lama les invita à partager son repas. Après les efforts que Kevin et Alexandra avaient fournis, la fatigue prit rapidement le dessus, et, lorsqu'ils eurent gagné la cellule que Tsenring avait mis à leur disposition, ils ne tardèrent pas à sombrer dans un profond sommeil.

Kevin s'éveilla le premier. Une lumière dorée coulait à travers les volets entrouverts. Contre lui était lové le corps tout chaud d'Alexandra, qui s'accrochait encore au sommeil comme un naufragé à sa planche. Une bienfaisante tiédeur baignait les lieux, des parfums de seringa et de chèvrefeuille embaumaient la pénombre.

Kevin savoura la douceur de l'instant. L'esprit encore embrumé, il ne prit pas immédiatement conscience du changement qui s'était produit autour de lui. Puis il se rendit compte de quelque chose d'anormal et il se dressa sur le lit, nu comme un ver.

Le lit ?

La veille, il s'était endormi sur la couche sévère d'une cellule tibétaine, et chaudement couvert. Effaré, il se leva, courut à la fenêtre et ouvrit les volets. Devant lui s'étendait un paysage verdoyant, baigné par un joyeux soleil printanier. À la position de celui-ci, il déduisit qu'il devait être pas loin de midi. Mais le panorama n'avait rien à voir avec les grandioses montagnes tibétaines.

— Alexandra ! Réveille-toi. J'ai l'impression de devenir fou.

La jeune femme grogna, puis se décida à ouvrir un œil. L'instant d'après, elle était debout, nue elle aussi, et regardant de tous côtés d'un air affolé.

— C'est impossible ! balbutia-t-elle.

— Où sommes-nous ?

— Mais… chez moi, dans le Périgord !

30

New York...

Trois semaines s'étaient écoulées depuis la réception du dernier dossier. Cela faisait à présent six mois qu'Eddy n'avait plus aucune nouvelle de Kevin et d'Alexandra. Le travail n'était jamais routinier au FBI, mais il finissait par le trouver fade en regard des rapports explosifs transmis par le fantôme de Mac Pherson. Chaque soir, il scrutait sa boîte aux lettres, redoutant et espérant un nouveau DVD.

Ce soir-là, une enveloppe l'attendait. Fébrilement, il s'enferma chez lui pour prendre connaissance de son contenu. Ce qu'il révélait n'avait rien à envier à celui de la guerre bactériologique. Le mystérieux « César » y décrivait la fabrication et la destination de drogues nouvelles. Certaines d'entre elles, intégrées à doses infinitésimales aux aliments vendus dans les grandes surfaces, diminuaient l'agressivité de manière sensible. En cas de crise économique grave, elle permettrait de contrôler efficacement toute tentative de rébellion. D'autres développaient la perception de messages subliminaux transmis par les médias audiovisuels. Un vaste programme était ainsi à l'étude pour influer sur le comportement des consommateurs.

Un laboratoire était spécialisé dans la fabrication de produits destinés aux sportifs de haut niveau, afin d'augmenter leurs performances. Le sport était devenu un spectacle d'un excellent rapport, mais le public en demandait toujours plus. Il fallait, pour captiver son intérêt, que de nouveaux records tombent régulièrement, et, pour cela repousser les limites de la machine humaine. Des commissions d'éthique condamnaient la consommation de produits dopants. Il fallait donc travailler à les rendre indécelables. Bien sûr, il existait pour les sportifs des risques élevés de développer des maladies invalidantes ou mortelles. Mais cela n'avait guère d'importance : ils étaient, à ce moment-là, hors du circuit de la compétition. Plus personne ne s'intéressait à eux, hormis quelques idéalistes qui ne représentaient aucun danger.

Eddy faillit hurler de rage lorsqu'il découvrit le contenu du rapport suivant. Dans les laboratoires où l'on concevait déjà les virus destinés à éliminer telle ou telle frange de population, d'autres projets consistaient à provoquer des épidémies récurrentes de maladies dérivées de la grippe, dans le but de vendre les vaccins en grosse quantité. Des campagnes de vaccination préventives étaient programmées, soutenues par une large diffusion médiatique, afin de toucher le plus grand nombre de personnes possible. Ces nouveaux virus étaient spécialement étudiés pour fragiliser les malades, les invalides et les personnes âgées. Ces deux catégories étaient improductives et coûtaient très cher au « système économique». De même qu'il fallait réagir contre l'augmentation de la population en prévoyant l'éradication de certaines races, il devenait inévitable de diminuer le nombre des vieux, dont l'espérance de vie s'allongeait régulièrement dans les pays industrialisés. Les nouvelles maladies étaient conçues dans cet objectif. Les personnes âgées les mieux portantes résisteraient. Celles-ci ne constituaient pas un problème réel, puisqu'elles dépensaient l'argent de leur retraite et participaient ainsi à la vie économique. En revanche, les infirmes et les grabataires représentaient une lourde charge, qu'il convenait d'alléger.

Le dernier plan n'était pas moins ignoble. Il évoquait le nombre de plus en plus important de SDF. Ceux-ci avaient tendance à proliférer en raison de leur « inadéquation aux nouvelles réalités économiques ». Ces « créatures » marginales rendaient insalubres des quartiers entiers des grandes villes, qui représentaient autant de place perdue pour une activité économique normale, immeubles de bureaux ou d'habitation. Le plan prévoyait donc la création d'une association humanitaire de caractère international, dont le but serait de fournir nourriture et vêtements aux plus défavorisés. En faisant appel à la charité, il était même possible de financer l'opération et les recherches des laboratoires. Ceux-ci étudiaient actuellement des substances nocives indécelables qui seraient introduites dans la nourriture fournie à ces SDF. Au bout de quelques mois, de nouvelles maladies apparaîtraient, qui devraient permettre, sinon une élimination, du moins une diminution notable de cette fraction de la population.

L'objectif de tous ces grands projets était de créer, au fil des générations, une race exempte de tares physiques, résistante et productive, et d'éradiquer les êtres inférieurs.

— L'eugénisme ! cracha Eddy, écœuré. C'est sur ces ordures qu'il faudrait le pratiquer !

Des principes sortis tout droit des idéaux d'extrême droite. Le mouvement n'était pas né en Allemagne avec Hitler, mais bien ici, aux États-Unis, après l'abolition de l'esclavage. Des idées exécrables apparues dans les esprits monstrueux des adeptes du Ku Klux Klan.

Eddy se renversa en arrière sur son fauteuil, partagé entre la colère et la perplexité. Que fallait-il penser de tout cela ? Était-il possible qu'il existât des hommes capables de concevoir de telles abominations ? L'expérience historique le confirmait. Mais il y avait cependant une autre hypothèse : l'ensemble de ces dossiers pouvait très bien être l'œuvre d'un paranoïaque. Dans ce cas, rien de ce qu'ils contenaient n'était vrai.

Encore une fois, plusieurs laboratoires étaient désignés, les noms des responsables des projets étaient cités. Par curiosité, Eddy se connecta sur Internet et rechercha des renseignements sur ces entreprises. Toutes existaient, sans exception. Poussant son investigation, il tenta d'obtenir des informations plus précises sur certaines activités. Cette fois, il se heurta à un mur. Les adresses données par les différents rapports n'apparaissaient pas, protégées par un code d'accès. En revanche, on lui demanda très vite de s'identifier.

Il coupa aussitôt la communication. Peut-être

avait-il commis une imprudence. En principe, son ordinateur comportait un programme qui rendait son adresse introuvable. Mais il doutait qu'il soit capable de résister à un informaticien de talent. Si ces laboratoires travaillaient effectivement sur des projets aussi effrayants, ils devaient avoir prévu des protections. Et s'ils parvenaient à remonter jusqu'à lui…

31

Le Périgord, près de Sarlat…

Abasourdie, Alexandra contempla la campagne périgourdine.

— Kevin, tu crois qu'on est devenus fous ? demanda-t-elle, inquiète.

Il la prit dans ses bras.

— Non ! Il y a certainement une explication. M. Tcheng a trouvé le moyen de nous rapatrier dans la nuit, pendant que nous dormions.

— Sans que nous en ayons conscience ? Tu plaisantes ?

— Nous étions extrêmement fatigués hier soir. Je suppose qu'ils nous ont drogués.

— Pourquoi nous auraient-ils drogués ? Ça n'a aucun sens. Nous étions parfaitement d'accord pour repartir. Et puis, par quel moyen nous ont-ils ramenés jusqu'ici, depuis le Tibet ?

Kevin se gratta le menton, perplexe.

— Je ne sais pas… un avion, sans doute.

— C'est impossible. Le Tibet est à des milliers de kilomètres. Même un avion de ligne mettrait presque une journée, sans compter les escales. L'aéroport le plus proche est à Bordeaux ou à Périgueux. Et je n'ai jamais entendu parler de liaisons directes avec le temple de Pemako.

— Nous avons peut-être dormi plus longtemps que nous ne le croyons.

Il consulta sa montre. Il ne s'était écoulé qu'une nuit.

— C'est incroyable. Il est onze heures du matin. Nous sommes allés nous coucher vers vingt-deux heures, heure du Tibet, c'est-à-dire seize heures en France. Cela veut dire qu'ils disposaient de dix-neuf heures pour nous ramener de Pemako. Ils ont dû utiliser un jet privé.

— En traversant le Tibet, la Chine, l'Inde, et tous les pays de ces régions, sans être le moins du monde inquiétés par les forces aériennes ? Il faut des autorisations, cela prend du temps.

— Ils avaient peut-être prévu cette opération.

— Cela suppose une logistique considérable. À moins qu'ils n'aient utilisé un autre moyen.

— Comme quoi ?

— Je ne sais pas. Une soucoupe volante, ou un truc dans ce genre.

— Et ils l'auraient fait atterrir ici, près de chez toi ?

— Pourquoi pas ?

— Ce type d'engin ne passe pas inaperçu.

— Ils ont pu atterrir en pleine nuit. Ils possèdent sans doute un système qui les rend indétectables par les radars. Nous fabriquons bien des avions furtifs. Et puis, cela expliquerait pourquoi ils nous ont drogués. Ils ne voulaient pas que nous découvrions leur vaisseau.

— Tu penses donc que les Falcon pourraient vraiment être des extraterrestres ?

— Cela expliquerait la vision que nous avons eue il y a trois mille ans, à Pemako.

— J'ai un peu de mal à le croire, grommela Kevin. J'ai approché les Falcon de près. Ils n'ont pas l'air de débarquer de Mars. Ce sont des êtres humains, comme toi et moi.

— C'est peut-être une apparence. Il y a de fortes chances pour que la vie existe ailleurs que sur Terre.

— Mais il est peu probable qu'elle ait évolué parallèlement sur deux planètes pour aboutir simultanément à l'être humain. L'*Homo sapiens* est apparu il y a environ quarante mille ans, et les premières cellules remontent à trois milliards six cents millions d'années. Le rapport de temps est ridiculement faible. Et si l'on ne s'intéresse qu'à la période historique, il est encore plus réduit.

— Pourtant, de nombreux faits restent sans réponses. Roswell, par exemple.

— Je connais l'histoire de Roswell. En 1947, l'armée américaine aurait récupéré les restes d'un ovni et les cadavres de petits humanoïdes à peau grise. Officiellement, elle a toujours prétendu qu'il s'agissait des restes d'un ballon sonde, ce qui fut démenti bien plus tard par les militaires chargés de l'enquête. D'après la loi, on aurait dû avoir accès au dossier en 1997, mais il n'y a jamais eu de suite, malgré la médiatisation spectaculaire du sujet il y a quelques années. Aujourd'hui, on ne sait rien de plus.

— Roswell n'est pas un cas isolé. Les apparitions d'ovnis existent depuis longtemps. J'ai lu un livre qui faisait le point sur le phénomène. Attends, je dois encore l'avoir !

Elle fouina dans sa bibliothèque et en revint avec un ouvrage qu'elle compulsa rapidement.

— Voilà ! Il y a eu plusieurs cas. Dans son *Histoire naturelle*, Pline l'Ancien signale qu'en l'an 100 avant J.-C., en Italie, un « bouclier ardent traversa le ciel d'est en ouest, au coucher du soleil, en lançant des étincelles ». Au Japon, le chambellan Hixedano-Dare rapporte qu'à l'automne 692, « on vit dans la nuit les planètes Mars et Jupiter se rapprocher l'une de l'autre quatre fois de suite, resplendissant et s'éteignant alternativement ». En 1608, on signale un combat de monstres volants entre Marseille et Nice. Apeurés, les habitants tirent huit cents coups de canon, qui provoquent une pluie de sang. À la même époque, on repère un autre combat au-dessus de Martigues. En 1897, les États-Unis sont parcourus par des cigares volants. Des habitants racontent même avoir rencontré leurs occupants, qui ressemblaient à des êtres humains. Et je ne te parle pas de tous ces gens qui prétendent avoir été enlevés pour subir des expériences, et qui confirment leurs dires, même sous hypnose.

— M. Tcheng a dit que les Falcon étaient des terriens « comme toi et moi ».

— Est-ce qu'il nous a dit la vérité ?

Par acquit de conscience, ils écoutèrent les informations. Mais à aucun moment on n'évoqua le passage d'un ovni pendant la nuit. Kevin soupira.

— Tout de même, j'aurais bien aimé saluer M. Tcheng. Je suis sûr qu'il en savait plus qu'il ne voulait le dire.

— Ne lui en veux pas. Il avait des instructions de la part de Falcon. Oh, regarde !

Elle désignait, sur la table, le manuscrit offert par Tsenring.

— Je vais prendre contact avec le professeur Louis Charpentier. Il devrait nous aider à traduire le manuscrit.

Le vieil orientaliste, ravi de l'appel de la jeune femme, promit de passer le lendemain. Alexandra en profita pour faire visiter les lieux à Kevin. Taillée dans le calcaire blond de la région, la maison était construite sur le flanc d'une colline et dominait la vallée de la Dordogne. Le toit de lauze caractéristique s'ornait de poteries représentant des personnages. Dans un angle, un pigeonnier à colombage donnait à la demeure une allure de manoir. Au fond de la grande pièce principale se dressait une cheminée imposante dont le foyer était si vaste que l'on y avait installé des bancs. Une longue table de chêne lui faisait face.

— Quand j'étais petite, il y avait encore beaucoup de monde ici. Mais aujourd'hui, je suis la seule à y habiter régulièrement. Et encore, cela fait deux ans que je n'y suis pas venue.

Kevin comprit qu'elle était heureuse de se retrouver là après les épreuves traversées, et surtout ce retour mystérieux. La maison constituait pour elle un havre de paix et de sécurité. Sans doute les Falcon le savaient-ils. Il aurait aimé les remercier pour cette attention délicate.

Au loin, sur un éperon rocheux, se dressait un château.

— Il y en a beaucoup dans la région, commenta Alexandra. La légende prétend que, lorsque le Bon Dieu a distribué les châteaux sur la France, le sac qui les contenait s'est crevé au-dessus de la Dordogne. C'est pourquoi ils sont plus nombreux ici qu'ailleurs.

— Je pensais que tu ne croyais pas en Dieu, ironisa-t-il.

— Pour une histoire comme celle-là, je fais une exception.

Après avoir pris une douche, ils se rendirent à Sarlat dans la voiture hors d'âge qu'Alexandra gardait sur place. Là, elle fit provision de confits, de foie gras, de sauternes et d'autres grands crus bordelais afin de faire découvrir à son méfiant Américain les charmes de la cuisine périgourdine.

Le soir, elle prépara un repas qu'elle servit sur la terrasse, depuis laquelle on jouissait d'une vue imprenable sur la vallée réchauffée par le soleil. Le fleuve coulait nonchalamment en contrebas, bordé de riches demeures datant des siècles passés. Alexandra était encore plus enthousiaste qu'à l'accoutumée.

Prenant la main de Kevin, elle déclama :

— *« C'est la verte douceur des soirs sur la Dordogne !*

« Écoutez, les Gascons, c'est toute la Gascogne ! »

« Edmond Rostand, dans *Cyrano de Bergerac*, précisa-t-elle. La plus belle pièce de théâtre que je connaisse.

Kevin lui sourit, mais ne fit aucun commentaire.

— Qu'y a-t-il ? Tu n'es pas heureux d'être ici ?

— Si, bien sûr.

Il la serra contre lui.

— Je me demande comment tu fais.

— Comment je fais quoi ?

— Pour rester aussi détendue. Nous sommes revenus du Tibet par un moyen inconnu, en un temps record qui défie toutes les lois de la logique, nous avons vécu plusieurs retours dans des vies antérieures, nous avons appris que les Falcon étaient probablement immortels, et rien de tout cela ne semble te perturber…

Elle haussa les épaules.

— Pourquoi le serais-je ? Nous sommes nous aussi immortels, d'une certaine manière. Sans doute les Falcon sont-ils parvenus à maîtriser le phénomène de la mort. Compte tenu des pouvoirs dont ils paraissent dotés, cela ne m'étonne pas vraiment. Quant au reste, nous finirons bien par connaître la vérité.

— La vérité, c'est la menace que je représente. Je ne peux l'oublier, et j'aimerais savoir de quoi il s'agit.

— Le manuscrit nous en apprendra peut-être plus.

Louis Charpentier faillit tomber en syncope lorsqu'il découvrit le livre. C'était un vieillard qui portait avec coquetterie une barbe abondante d'un blanc immaculé et des costumes de couleurs différentes, toutes vives, suivant l'influence des astres, fantaisie qu'il avait rapportée de ses nombreux voyages en Chine. Passionné par tout ce qui concernait l'Extrême-Orient, il en avait étudié plusieurs langues, parlait couramment le tibétain, le mandarin, le sanscrit et connaissait les écritures disparues.

— Où as-tu trouvé cela ? demanda-t-il en feuilletant fébrilement les pages de papyrus.

— Dans un temple tibétain.

— Ne te moque pas de moi !

— Je vous jure que c'est la vérité, professeur. Un lama me l'a confié.

— Mais l'existence de ce livre est tout simplement impossible. Le support est le papyrus, plante qu'on ne trouvait qu'en Égypte, et certainement pas au Tibet. Ensuite, il est rédigé dans une langue inconnue.

— Inconnue ?

— Ou bien, elle n'a pas encore été répertoriée. Oui, oui… ce n'est pas impossible.

Le vieil homme examina plus attentivement les signes.

— Cela ressemble à du sanscrit. Peut-être que…

Il lui fallut trois jours pour déchiffrer l'écriture du manuscrit. Enfin, au matin du quatrième jour, il débarqua triomphalement chez Alexandra en brandissant des liasses de feuillets griffonnés.

— Il s'agit bien d'une langue inspirée du sanscrit, déclara-t-il. Le récit évoque un voyage réalisé par un dieu venu d'une lointaine vallée sacrée. On y raconte ses exploits, comment il a fait naître deux créatures gigantesques qui crachaient du feu pour combattre des hordes féroces, comment il a triomphé de perfides sorcières, ainsi que l'enseignement spirituel qu'il a prodigué aux shamans, auxquels il a révélé l'existence d'une porte sacrée ouvrant sur le séjour des dieux. On parle aussi de son épouse, une femme d'une beauté extraordinaire, qui est assimilée à la déesse *Vajravarahi*, divinité de la sagesse. On dit également que les prêtres *bon* ont construit un premier temple face à la montagne sacrée, là où se trouverait ce qui est décrit comme une « Porte divine ». Je ne vois pas de quoi ils veulent parler.

Le vieil homme releva le nez et ajouta :

— Malheureusement, je doute que tout cela soit vrai.

— Pourquoi ?

— Le fait que ce manuscrit soit rédigé sur du papyrus tendrait à prouver que le dieu en question serait un voyageur venu du Nil. Mais il est très peu probable que des Égyptiens se soient rendus au Tibet.

— Pourtant, on a retrouvé des traces de soie dans une momie de la vingt-cinquième dynastie, hasarda Alexandra.

— Il s'agit sans doute d'une erreur d'analyse. Il n'a jamais existé de contacts entre la Chine et l'Égypte antique. Tout cela n'est pas sérieux.

La jeune femme renonça à discuter avec son vieil ami. Comment pouvait-elle lui raconter qu'elle avait elle-même, plus de trois mille ans auparavant, réalisé ce voyage qu'il prétendait impossible ? Elle échangea un clin d'œil complice avec Kevin et répondit :

— Vous avez raison. Ce document est sans doute un faux.

Le vieil homme hocha la tête.

— Un faux remarquable, en tout cas. Destiné à égarer les chercheurs. Mais il en faut plus pour piéger un vieux renard comme moi, ajouta-t-il avec un sourire espiègle.

Après le départ du professeur, Kevin soupira :

— Son attitude est révélatrice. Quels que soient les secrets que nous découvrirons, nous ne serons jamais pris au sérieux par les historiens. Même avec des preuves comme ce manuscrit.

— Il n'a même pas jugé nécessaire de le faire analyser.

— Je me demande pourquoi on nous a donné ce livre.

— Les Falcon voulaient sans doute nous apporter un élément concret confirmant que nos régressions correspondent à une réalité passée.

— Une preuve formelle... Finalement, nous aurions peut-être intérêt à faire analyser ce livre. Parce que, s'il s'agit vraiment d'un faux... cela voudrait dire que tout ce que nous avons vécu n'est que le fruit d'une monstrueuse machination. Il restera à en comprendre la raison.

— Nous le porterons à Bordeaux dès demain. Ensuite, nous prendrons quelques jours de vacances. Si toutefois nos anges gardiens nous en laissent le temps.

Les vacances durèrent trois jours. Au matin du quatrième, le facteur leur apporta une lettre signée de la croix Ankh dont le texte disait :

« La porte divine de Pemako n'est pas unique. Il existe, dans la petite ville de Cahersiveen, en Irlande, un monastère étonnant dédié à saint Brendan. Il vous attend. »

32

New York…

Trois jours s'étaient écoulés depuis l'arrivée du dernier dossier. Ce soir-là, une nouvelle enveloppe attendait Eddy. Intrigué, il se précipita chez lui pour l'ouvrir. Elle contenait seulement deux lettres et une photo représentant une femme et une petite fille, toutes deux très jolies.

La première lettre était signée de Stephen Mac Pherson.

« *Monsieur Lee,*

« *Ces deux femmes sont en danger de mort. Il vous faut agir dès ce soir si vous voulez les sauver. Vous comprendrez pourquoi en lisant le dossier ci-joint.* »

Eddy prit l'autre document, que Mac Pherson, sans doute pressé, avait pris le risque d'imprimer.

« *Rapport sur l'accident du vol 4136, reliant Los Angeles à New York, 18 juin 2000.*

« *Cher ami,*

« *Je tiens à attirer votre attention sur un événement inexpliqué, consécutif à l'attentat perpétré contre le trafic référencé ci-dessus, et destiné à éliminer Sarah Livingstone. Plusieurs corps, dont le sien, n'ont jamais été retrouvés. Il est impossible de savoir si elle a réussi à réchapper de l'accident. Si tel est le cas, elle a déjà probablement changé d'identité.*

« Un élément a éveillé notre curiosité. Parmi les disparus figuraient une certaine Karen Halden et sa fille Salomée. Compte tenu des circonstances de l'explosion, il n'y avait aucune chance pour qu'elles aient survécu. On n'avait tout simplement pas retrouvé leurs corps. Or, grâce à un litige survenu par le biais de l'administration, nous avons eu la surprise de découvrir qu'une Karen Halden vivait toujours à New York, en compagnie d'une enfant prénommée Salomée. Après vérification, il s'agit bien des mêmes personnes. Un enquêteur fut dépêché à leur domicile pour obtenir des explications. La dénommée Karen Halden lui répondit qu'elle avait pris un autre vol et échappé au drame. L'enquêteur a accepté cette explication sans sourciller. Il n'avait d'ailleurs aucune raison de mettre la parole de cette femme en doute, puisqu'il l'avait sous les yeux.

« Cependant, d'après la liste des passagers, Sarah Livingstone voyageait à côté de ces deux femmes. Nous avons donc poussé nos investigations plus loin. Nous avons constaté qu'aucun vol reliant Los Angeles à New York ce jour-là n'avait transporté Karen Halden et sa fille. Même chose pour les jours précédents ou suivants. Cette femme a donc menti. Il est probable que Sarah Livingstone les a sauvées. Comment ? C'est ce que nous aimerions savoir. Il importe donc de s'assurer de leurs personnes et de les faire parler.

« Je compte sur votre efficacité pour obtenir un maximum de renseignements, et pour faire ensuite

disparaître ces deux témoins gênants, définitivement cette fois.

« César. »

Abasourdi, Eddy relut deux fois le rapport. Il n'y comprenait rien. Il se souvenait du crash de cet avion de Los Angeles. Il avait été chargé lui-même par le FBI de rechercher les héritiers de l'une des victimes. Il avait vu les reportages menés sur les lieux, et avait eu accès à des photos interdites au public. Si Karen Halden et sa fille étaient à bord, il avait fallu un miracle pour qu'elles échappent à la mort. Et puis, qui était cette mystérieuse Sarah Livingstone ? Les salauds qui se cachaient derrière le nom de « César » n'avaient pas hésité à sacrifier plus de cent vingt personnes pour la supprimer. Et apparemment, ils avaient échoué. Peut-être cette Karen Halden lui fournirait-elle une explication.

Il prit juste le temps de cacher les documents avec les autres et se rendit à l'adresse donnée par Mac Pherson. Malgré l'heure tardive, un reste de jour illuminait encore le sommet des gratte-ciel. Karen Halden habitait près du Metropolitan. L'immeuble était ancien, haut d'une vingtaine d'étages, et flanqué de deux volées d'escaliers d'incendie. Au moment de pénétrer dans le hall, son attention fut attirée par le regard d'un homme corpulent qui l'observait. Il eut l'impression fugitive de le reconnaître, mais l'inconnu tourna les yeux en direction de deux autres individus. Inquiet, Eddy entra et s'adressa au concierge. Il apprit que Karen habitait au septième étage. Dans l'ascenseur, un nom revint instantanément à l'esprit d'Eddy : Larry Smith, le flic sur lequel

Kevin lui avait demandé de se renseigner. Ce type était présent à Rocky Point. Kevin le soupçonnait aussi d'avoir éliminé lui-même le médium Bruce Lebster. Mac Pherson n'avait donc pas menti : Karen Halden et sa fille étaient bien en danger. Mais il fallait à présent les convaincre de partir de chez elles. Et très vite, parce que Smith et ses tueurs allaient arriver d'un instant à l'autre.

Il frappa à la porte indiquée par le concierge. Une jeune femme aux yeux d'un bleu étonnamment clair lui ouvrit, sur la défensive. Il montra sa carte.

— Edward Lee, FBI, madame. Vous êtes bien Karen Halden ?

— C'est moi !

— Je dois vous parler.

Nerveuse, elle hésita, puis le fit entrer.

— Madame, pardonnez-moi de vous bousculer, mais il n'y a pas un instant à perdre. Vous devez quitter votre appartement dans les minutes qui suivent. Votre vie et celle de votre fille sont en danger.

— Comment ça ?

— Je n'ai pas le temps de vous expliquer. C'est une histoire liée à l'attentat du vol 4136, en juin de l'année dernière.

Aussitôt, la jeune femme pâlit et se mit à trembler.

— Mon Dieu !

— Ne prenez que peu d'affaires ! Trois hommes sont déjà en bas. Où est votre fille ?

— Dans sa chambre ! Salomée !

En quelques instants, Karen avait jeté quelques vêtements dans un sac.

— Qu'est-ce qui se passe, maman ? demanda la fillette, affolée.

— Il faut partir, ma chérie.

Eddy jeta un coup d'œil dans le couloir, puis referma la porte.

— Dans l'ascenseur, nous risquons d'être coincés. Il vaut mieux emprunter les escaliers d'incendie. C'est plus prudent.

L'un d'eux était accessible par la cuisine. Eddy prit soin d'éteindre toutes les lumières, pour faire croire à l'absence des locataires, puis tous trois s'engagèrent dans les volées métalliques. Par chance, l'escalier débouchait sur une ruelle ouverte des deux côtés. Avec un peu de chance, Smith et ses acolytes ne se douteraient de rien.

— Où allons-nous ? demanda Salomée lorsqu'ils posèrent le pied au sol.

— Bonne question. Nous allons chez moi, dans un premier temps.

— Chez vous ? s'étonna Karen.

Eddy hésita, puis déclara :

— Vous y serez en sécurité.

— Mais pourquoi vous ferais-je confiance ? dit-elle avec un mouvement de recul.

— Il n'y a aucune raison, en effet, madame Halden. Il y a une heure encore, j'ignorais votre existence. Mais j'ai reçu chez moi un document étrange qui m'enjoignait de venir vous sauver. Vous avez échappé, j'ignore comment, à l'écrasement de l'avion. Et vous avez été témoin de quelque chose pendant ce vol. À cause de ça, vos deux vies sont en danger.

— Nous avons pris un autre avion ! répliqua Karen d'une voix mal assurée.

— Non ! Ceux qui veulent vous supprimer ont vérifié. Vos noms n'apparaissent sur aucune autre liste. Vous étiez bien à bord du vol 4136.

La jeune femme blêmit. Salomée fixait sur Eddy des yeux terrorisés.

— Le fait que vous ayez accepté immédiatement de me suivre prouve aussi que vous étiez bien à bord.

Karen serra un peu plus sa fille contre elle.

— Nous n'avons rien fait de mal.

— Je le sais, Karen. Et je ne suis pas votre ennemi. Mais il ne faut pas rester ici. Venez.

— Voilà ! dit Eddy en tendant le document signé « César » à la jeune femme.

Celle-ci lut, effarée. Puis elle déclara :

— Je ne sais pas ce qui s'est passé. Vous allez me prendre pour une folle, parce que rien ne peut expliquer ce qui est arrivé.

— Racontez-moi malgré tout.

— D'accord…

Des larmes apparurent dans les yeux de Karen, qui la rendirent encore plus belle. La petite Salomée, agrippée à sa mère, ne cessait de fixer Eddy avec un regard où luisait un mélange d'angoisse et d'espoir. Le flic se sentit craquer.

L'avion en perdition, un an plus tôt…

Karen et Salomée, le cœur broyé par la terreur, regardent fixement la masse sombre de la fourrure forestière fondre vers l'avion. Serrant sa fille contre elle, Karen sent un afflux de bile lui brûler l'arrière-gorge. Tout cela est trop injuste. La mort imminente la terrifie et la révolte : Salomée a toute une vie devant elle. Elle anticipe déjà le choc effroyable, la souffrance, le déchirement du corps, la morsure insoutenable des flammes.

Quelques secondes encore avant l'écrasement. Une incoercible envie de vomir lui broie les entrailles. Puis une sorte de résignation s'abat sur elle. Des larmes se mettent à couler. Ce ne sera qu'un mauvais moment à passer. Elles rejoindront Alan. Elle espère seulement que la douleur ne durera qu'un court instant. Elle souhaite presque être déjà de l'autre côté.

Un sifflement assourdissant se mêle au rugissement des réacteurs emballés, couvrant les cris de détresse des passagers, dont certains détachent leur ceinture pour se jeter à travers la couronne de feu, à l'arrière de l'appareil. Karen songe que les réservoirs sont bourrés de kérosène. Ils exploseront avant même que l'avion ait percuté les montagnes.

— Maman ! Maman ! hurle Salomée. Je ne veux pas mourir ! Je ne veux pas mourir !

Karen tourne les yeux vers Sarah Livingstone. Celle-ci ne manifeste pas la moindre peur. Au contraire, il y a en elle le reflet d'un mélange de colère et d'impuissance. Une fraction de seconde, les regards des deux femmes paraissent se figer, s'accrocher l'un à l'autre. L'instant d'après, Karen voit Sarah détacher sa ceinture, puis se jeter sur elle et Salomée. Ses mains emprisonnent les leurs…

Karen ne comprend pas ce qui se passe ensuite. Elle sent monter le long de son bras une chaleur bienfaisante, rassurante. Puis l'avion fou s'efface, disparaît, comme avalé par un flot de lumière blanche, éblouissante. Aveuglée, elle ferme les yeux. Lorsqu'elle les rouvre, elle croit être devenue folle : elle se trouve dans un cul-de-sac encombré de poubelles. Un brouhaha confus lui emplit les oreilles. L'avion a disparu, comme s'il n'avait jamais existé. Rien ne peut expliquer cela. Elle doit être morte, ou bien elle a basculé dans un autre monde, un univers incohérent. Quelques lectures de science-fiction lui reviennent en mémoire. Mais le brouhaha n'est que l'écho d'une circulation intense. Salomée, terrorisée, les yeux fermés, est toujours blottie contre elle, et Sarah Livingstone lui tient encore la main. Karen la voit reprendre difficilement son souffle, comme si elle venait de fournir un effort intense. Cela ne dure pas. Très vite, l'inconnue retrouve son calme olympien. Salomée rouvre les yeux et se met à trembler.

— Maman ! Que s'est-il passé ? Où est l'avion ?

Karen ne cesse de regarder autour d'elle, en proie à la panique. Elle bredouille :

— Je… je ne sais pas, ma chérie… Je ne sais pas où nous sommes.

Sarah répond doucement :

— Vous êtes à New York.

— À New York ? Vous vous moquez de moi !

— Non ! Nous sommes près de Central Park.

— Nous… nous ne sommes pas mortes ? pleurniche Salomée.

Sarah lui sourit.

— Non, vous êtes bien vivantes. Et tu vas pouvoir rejoindre ton oncle Peter. Il vous suffit d'appeler un taxi.

— Un taxi ? Mais qu'est-ce que ça veut dire ? s'affole Karen. Qu'est devenu l'avion ?

Sarah pose un doigt sur ses lèvres et la fixe avec un regard intense. Martelant ses mots, elle déclare :

— C'est un miracle, Karen, seulement un miracle. À l'heure qu'il est, l'avion a déjà dû exploser. Ne parlez jamais à quiconque de ce qui vous est arrivé. Dites que vous avez pris un autre avion. Cela vous évitera les pires ennuis.

Elle les aide à se relever. La mère et la fille font quelques pas mal assurés. Karen doit se rendre à l'évidence : l'endroit ressemble bien à une ruelle de New York, avec des escaliers d'incendie, des fenêtres sales, des détritus jonchant le sol.

Karen reprend la main de Sarah et la serre avec émotion.

— Qui êtes-vous ?

La jeune femme élude la question.

— Ne cherchez pas à en savoir plus. Adieu !

Elle s'écarte de Karen et de Salomée, leur adresse un dernier sourire, puis se dirige vers le bout de l'impasse et tourne à l'angle de l'immeuble. Intriguée et abasourdie, Karen tente de la rattraper.

— Sarah !

Mais, lorsque Karen parvient sur le trottoir, Sarah Livingstone a déjà disparu. Comme si elle s'était évanouie dans le néant.

Elle revient vers Salomée, qui grelotte de terreur.

— Ma chérie, je ne sais pas ce qui s'est passé, mais je crois que nous avons été sauvées… par un ange. Je pense qu'il vaut mieux ne pas tenter de comprendre. Nous allons faire ce qu'elle a dit : ne rien dire à personne. Pas même à ton oncle Peter. Nous dirons simplement que nous avons pris un autre avion.

Elle regarde encore l'endroit où Sarah Livingstone a disparu et ajoute :

— D'ailleurs, qui nous croirait ?

— Voilà ! déclara Karen. Rien ne peut expliquer ce que nous avons vécu. Cette femme était-elle vraiment un ange ? Je ne sais pas. Son visage reste gravé dans mon esprit, et j'aimerais tellement la revoir pour la remercier. Mais je crois que c'est le genre de rencontre que l'on ne fait qu'une fois dans sa vie.

Eddy resta un long moment songeur. Karen soupira :

— Vous pensez que je suis folle, n'est-ce pas ?

— Pas du tout. Je crois à votre histoire. Malheureusement, je ne suis pas le seul. Et les autres vous considèrent toutes les deux comme des témoins gênants. Le problème, c'est que j'ignore qui ils sont. Il semble qu'il existe un réseau occulte, une espèce d'organisation secrète qui contrôle pas mal de choses ici même, aux États-Unis. Et cette organisation a décidé de vous éliminer parce que vous en savez trop. Il m'est difficile de parler de votre cas à mes supérieurs. Ils ne possèdent pas les mêmes éléments que moi et ils vous prendraient pour une fabulatrice.

— Vous pourriez leur montrer ces documents.

— Et je risquerais de tomber sur un membre de cette organisation. Ils sont partout.

— Comment avez-vous obtenu ce rapport ?

— Un inconnu me les envoie par courrier.

— Les envoie ? Il y en a d'autres ?

— Oui. Mais moins vous en saurez, mieux cela vaudra. D'ailleurs, ils ne me sont pas vraiment destinés.

Eddy se mit à marcher de long en large. Karen le regardait, effrayée.

— Qu'allons-nous devenir ? dit-elle en pleurant. Je ne peux plus vivre nulle part. Avec mon numéro de sécurité sociale, ils me retrouveront toujours.

Eddy s'assit près d'elle.

— Écoutez, Karen. Je ne sais pas comment nous ferons, mais nous trouverons une solution. J'attends un ami, à qui sont destinés ces dossiers. Il aura sans doute une idée. En attendant, vous allez rester ici. Par chance, je vis seul. J'ai une chambre d'amis, vous la prendrez. Je vais voir aussi ce que je peux faire pour vous inscrire dans le programme de protection des témoins.

33

Le Périgord...

Avant leur départ pour l'Irlande, Kevin appela Eddy. Celui-ci ne lui laissa pas le temps de parler.

— Kevin, enfin ! Il faut que vous reveniez le plus vite possible. J'ai... beaucoup de choses à vous raconter.

— Nous aussi, vieux frère ! Nous serons là dans quelques jours. Une semaine au maximum. Nous devons d'abord nous rendre en Irlande.

— Dépêchez-vous ! C'est très important.

Lorsqu'il raccrocha, Kevin dit à Alexandra :

— J'ai l'impression qu'il s'est passé quelque chose là-bas. Il ne pouvait pas parler au téléphone, mais je me demande si nous ne ferions pas mieux de rentrer immédiatement.

— Le voyage en Irlande ne va pas nous demander plus de trois ou quatre jours. Nous repartirons de là-bas.

Après avoir loué un 4 × 4, Alexandra et Kevin quittèrent le Périgord pour Roscoff, en Bretagne, où des ferries effectuaient la liaison avec l'Irlande.

Quelques heures plus tard, ils arrivaient à Cahersiveen, petite localité perdue sur l'une des pointes extrême ouest de la verte Erin, au fond d'un fjord battu par les lames furieuses de l'Atlantique.

Le lendemain, ils gagnèrent les hauteurs où se dressait le monastère de Saint-Brendan, au milieu d'une lande hantée par des moutons serrés frileusement les uns contre les autres à cause du vent qui soufflait en permanence. Des cohortes de nuages traversaient le ciel, affolés, s'écoulant de temps à autre en un crachin cinglant et froid, malgré la saison. Une odeur d'iode et de tourbe mêlés leur fouettait les narines. À la vérité, il ne restait du monastère que quelques ruines envahies par les herbes et les ronces. Seule une petite chapelle tenait encore debout, mais ils s'aperçurent en pénétrant à l'intérieur que le toit n'était plus qu'un souvenir.

— Architecture romane, commenta Alexandra. Ce monastère est ultérieur à l'époque de saint Brendan.

— Parle-moi un peu de ce saint.

— Saint Brendan est un navigateur irlandais du VIe siècle. On a longtemps cru qu'il n'avait pas réellement existé. De nombreux récits apocryphes lui ont été consacrés du IXe au XIVe siècle, notamment des ouvrages hagiographiques, c'est-à-dire destinés à faire connaître la vie des saints. Bien sûr, leur but étant de diffuser la pensée chrétienne, leur véracité est pour le moins douteuse. À l'origine, les récits concernaient peut-être différents navigateurs, mais la légende les a rassemblés en un seul, sous le nom de saint Brendan, par un phénomène de syncrétisme. Il serait né en 484, en Irlande. D'après la tradition, il est ordonné prêtre en 504, dans le pays de Galles. Mais il se serait mal adapté à la vie monacale et se serait consacré à la recherche de ce que l'on appelait à l'époque « l'île des Merveilles », c'est-à-dire le Paradis terrestre. Une légende affirmait en effet que celui-ci se situait vers l'ouest.

« Au cours de son premier voyage, daté de 519, il découvre l'Islande. Un autre le mène jusqu'aux Canaries, les îles Fortunées des Anciens. Certains récits racontent qu'il a abordé sur une baleine, sur laquelle il a célébré la messe. Ce qui explique pourquoi on n'a jamais pris ces ouvrages au sérieux. Cependant, on y relève des éléments surprenants. Par exemple, lors d'un voyage réalisé vers 545, après une traversée longue et périlleuse, il débarque sur des îles étranges dont la description correspond d'une manière troublante aux Antilles. On y évoque des fruits à la coque résistante et recouverte de fibre, apparemment des noix de coco. Comment les copistes du Moyen Âge auraient-ils pu imaginer un tel fruit, totalement inconnu en Europe à l'époque ? Aujourd'hui, certains historiens reconnaissent qu'il a probablement existé et qu'il est un précurseur de Christophe Colomb.

Kevin hocha la tête.

— Et, d'après le message, il existerait ici une autre porte divine…

— Peut-être, mais je ne ressens rien. Toutefois, j'ai l'impression de déjà connaître cet endroit.

— Moi aussi. Il est probable que nous y avons déjà vécu.

Ils ne perdirent pas connaissance, à la différence des fois précédentes. Le séjour à Pemako les avait métamorphosés, et ils percevaient des choses que les autres ne pouvaient voir, comme si la terre gardait dans ses entrailles le souvenir des événements qui s'y étaient déroulés.

Peu à peu, leurs personnalités s'estompèrent et ils se laissèrent envahir par de nouveaux souvenirs, parvenus d'au-delà de la mort.

34

Cinquième voyage

L'ÎLE DES MERVEILLES

— On dit que là-bas, très loin vers le couchant, s'étend une île à nulle autre pareille, que l'on appelle l'île des Merveilles. Elle est l'antique terre d'Éden, que Dieu offrit à Adam et Ève. Le Paradis terrestre. C'est un lieu de délices et de félicité, où il ne fait jamais ni trop chaud ni trop froid, un lieu magique que les tempêtes ne peuvent atteindre, où les parfums les plus suaves émanent de fleurs toutes plus belles les unes que les autres. Des buissons offrent à profusion des baies aux goûts incomparables, les rivières regorgent de poissons dont les écailles ont la couleur de l'argent et de la nacre. Des oiseaux au plumage d'azur peuplent les branches. Les forêts sont plus giboyeuses que partout ailleurs. Il y règne un éternel été, car c'est la terre de Dieu.

Brendan aimait écouter les prêtres parler des légendes de la nouvelle religion. Né en Irlande, il avait toujours vécu près de la mer, et celle-ci l'avait toujours fasciné. Tout comme l'émerveillaient les récits des vieux bardes qui, le soir, au coin du feu de tourbe odorant, évoquaient la mystérieuse île d'Avallon, vers laquelle les fées avaient mené le grand roi Arthur après sa mort. Il s'imaginait parfois que l'île des Merveilles et Avallon ne faisaient qu'une. Il ne s'étonnait pas qu'il pût exister, au-delà du grand océan, des lieux aussi extraordinaires. C'était pour cette raison, pour entendre de si belles histoires, qu'il rejoignait le plus souvent possible les moines chrétiens qui avaient bâti leur monastère à Carmarthen. Ils portaient leur parole divine au peuple farouche de l'antique pays gallois, où ses parents avaient émigré dans le but de fuir la pauvreté et la rudesse des hivers irlandais.

Sa curiosité était grande. Les moines la prirent pour du zèle. À vingt ans, Brendan fut lui-même ordonné prêtre par un évêque austère, qui chaque jour prônait l'abstinence et le rejet de la Femme, source selon lui de tous les maux, de toutes les tentations et de tous les péchés. Ce dernier principe n'enchantait guère Brendan, qui depuis toujours avait voué un grand intérêt au sexe prétendu faible. La pénitence, la mortification et la chasteté ne correspondaient pas du tout à l'idée qu'il s'était faite d'une religion prônant l'amour et la joie de vivre.

C'était un colosse qui dominait tout le monde de plus d'une tête, et dont l'enfance avait été remplie de ces belles bagarres dont les Irlandais sont friands depuis l'aube des temps. Convaincu d'être doté d'une force surhumaine, il ne se laissait guère impressionner par les sautes d'humeur d'un évêque atrabilaire. Il aurait bien tenté de lui expliquer qu'il percevait autrement la religion chrétienne, mais il savait par avance que c'était peine perdue.

Ce désagrément ne l'empêchait pas de continuer à prêcher la bonne parole du Sauveur avec conviction et, s'il le fallait, quelques vigoureuses taloches, afin d'aider ladite bonne parole à pénétrer les âmes obscures des autochtones.

Il n'avait pas oublié la passion qui le liait à l'océan, passion nourrie par les récits des voyageurs audacieux qui, sur de frêles coracles, osaient se lancer vers l'infini. Il envisagea bientôt d'en faire autant afin, disait-il, de porter les Évangiles au-delà de la mer. Il ne serait pas le premier à prendre cette initiative. Nombreux étaient les prêtres rugueux, nouvellement convertis, qui préféraient fuir la vie terne et monotone des cloîtres pour se lancer sur les flots. L'évêque l'exhortait à se consacrer entièrement à Dieu en acceptant la vie monastique, mais Brendan était né sur la libre terre d'Erin, et l'enceinte du monastère lui semblait une prison étouffante, pareille aux planches funèbres des sarcophages dans lesquels on enfermait les morts depuis qu'on ne livrait plus leurs corps aux flammes purificatrices prônées par l'ancienne religion druidique.

Il avait une autre raison de refuser le monastère. Peu de temps après son ordination, il avait fait la connaissance d'une fille superbe, à la magnifique chevelure rousse, et au tempérament de feu. Aucune règle ne contraignait un prêtre au célibat, et il envisageait avec enthousiasme de l'épouser. L'évêque, mis au courant de l'affaire, avait redoublé de zèle pour tenter de le détourner de son projet. Il tempêta, le voua aux gémonies, lui prédit la colère de Dieu et les pièges sataniques. Et dut s'avouer vaincu. Il n'existait pas de peuple plus têtu que les Irlandais, surtout lorsqu'il s'agissait d'amour. Il était hors de question, pour complaire à cet évêque qui ignorait tout des plaisirs de la vie, d'abandonner la belle Gwaennea entre les bras d'un quelconque pourceau de Gallois.

Bravant les foudres de l'évêque, il épousa sa rousse flamboyante. Mais le prélat continua de le harceler, l'adjurant d'abandonner la pécheresse et de s'installer dans la maison de Dieu. Agacé, Brendan acquit un coracle, modeste navire de peaux cousues, liées par de la graisse animale. Vivant de pêche et d'aumônes, prêchant avec conviction et fermeté, il réussit à constituer un petit équipage d'hommes attirés par sa parole et sa foi. C'est ainsi que, en l'an de grâce 519, il voulut vérifier si ce que l'on disait de l'antique Thulé correspondait à une quelconque réalité.

Quittant la douce Gwaennea et les six enfants qu'il lui avait déjà faits, il mit le cap sur le nord-ouest. Malgré la fragilité de son esquif, dangereusement malmené par les lames rugissantes, il parvint deux semaines plus tard sur les rives d'une terre étonnante, où l'eau et le feu semblaient se livrer un combat permanent, et où vivait un peuple couvert de peaux de bêtes, qui les accueillit avec hospitalité et partagea les produits de sa pêche avec ces voyageurs venus d'un autre monde. Ces tribus rudes lui enseignèrent l'art de capturer la baleine, qui mesurait quatre fois la longueur de son propre navire.

Revenu en Irlande où il s'établit pour fuir l'acrimonie de l'évêque de Carmarthen, il fit avec enthousiasme deux enfants de plus à son épouse, prêcha de nouveau et raconta son voyage. L'image des montagnes crachant le feu stupéfia ses ouailles, le récit des chasses à la baleine leur arracha des frissons de terreur.

Les marins venus de tous horizons avaient pris l'habitude de se retrouver dans le petit port de pêche de Cahersiveen. Pendant les longues veillées passées au coin du feu, on buvait de la bière et on évoquait les contrées lointaines, les légendes étonnantes et les monstres inquiétants. Le désir de repartir taraudait Brendan. Les récits des prêtres et des voyageurs restaient gravés en lui, et il était persuadé qu'un jour il toucherait la rive de cette terre mythique que l'on appelait l'île des Merveilles. Cependant, il se demandait dans quelle direction il fallait la chercher. L'océan était si vaste, et son navire si petit.

En l'an de grâce 526, alors qu'il venait d'avoir quarante-deux ans, un voyageur venu d'un lointain pays d'orient lui parla d'un archipel magique nommé les îles de la Fortune.

— Il existe là-bas une terre sur laquelle se trouve la plus haute montagne qui se puisse imaginer, expliqua-t-il. On dit qu'une couronne de nuages la ceint été comme hiver. Les habitants prétendent qu'il s'agirait là de l'un des piliers du ciel. On affirme aussi qu'il y règne un climat très doux, et que l'on y rencontre les plantes les plus étranges qui soient.

— L'île des Merveilles ! s'exclama Brendan. Cela ne peut être qu'elle. Je dois m'y rendre.

Longuement, il se fit expliquer l'emplacement de l'archipel dont parlait le voyageur oriental. Il nota scrupuleusement les informations, puis se mit en devoir de constituer une flotte. Il demanda l'aide de l'évêque de Cork, de celui de Limerick, gagna même le pays de Galles afin de solliciter le vertueux évêque de Carmarthen, qui l'accueillit fraîchement. Mais Brendan sut se montrer si convaincant avec les uns et les autres qu'il réussit à réunir trois coracles, dans lesquels embarquèrent une poignée de marins assoiffés d'aventures et quelques prêtres désireux de connaître la chimérique Île des Merveilles – et de fuir le zèle de l'évêque.

En 527, les trois navires minuscules quittèrent l'Irlande, longèrent la Britannie du Sud, puis contournèrent l'Ibérie. Leur long périple les mena à l'embouchure de la mer intérieure que les Romains appelaient la *Mare Nostrum*. S'appuyant sur ses notes, et malgré les réticences de ses hommes qui commençaient à trouver le temps long, Brendan entraîna sa flottille vers les côtes du gigantesque continent africain. Un jour, ayant calculé la hauteur du soleil et celle des étoiles comme l'avait indiqué le voyageur oriental, il se risqua plein ouest. Les coracles, qui comportaient chacun seize rameurs et un mât amovible, perdirent tout contact avec la côte rassurante. Il y eut des velléités de mutinerie, mais Brendan ne céda pas. Les marins, persuadés de périr dévorés par les monstres épouvantables qui gardaient les limites de l'océan, éclatèrent en sanglots de joie lorsque apparut à l'horizon la haute montagne du pic de Teide, seigneur des antiques îles Fortunées[1].

Brendan débarqua en bénissant le nom du Christ. Les hautes terres ocre, rouges ou noires des îles surprirent les visiteurs. On prit le temps de les visiter une à une, découvrant à chaque fois un monde différent.

1. Les Canaries.

Cependant, le premier mouvement d'enthousiasme passé, Brendan s'aperçut que la vie n'était pas plus facile dans cet archipel qu'en Irlande. Même s'il y régnait un climat plus doux, même si les paysages étaient d'une rare beauté, le sol n'était pas aussi fertile que le prétendaient les légendes.

Un jour, sur la plus vaste des îles, il rencontra un peuple au langage totalement incompréhensible, qui l'accueillit avec hospitalité. Persuadé d'avoir affaire à une tribu élue par Dieu, il se mit en devoir d'apprendre leur dialecte. Après des semaines de patience, il fut enfin récompensé. Il apprit ainsi que les Guanches – ainsi se nommaient-ils – étaient les descendants d'un peuple originaire d'une très grande île située bien plus loin vers l'ouest. Une île autrefois frappée par un cataclysme effroyable, et à laquelle ils donnaient le nom d'Avallon.

— C'est elle ! Avallon. C'est là que repose le roi Arthur ! s'exclama-t-il. Comment peut-on s'y rendre ?

Les Guanches secouèrent la tête avec tristesse. L'île n'existait plus. Elle avait été engloutie par la fureur des dieux.

— Ce qui reste d'Avallon repose désormais au fond de l'océan, là où plus personne ne pourra jamais l'atteindre.

La déception envahit le cœur de Brendan. Mais l'espoir refusait de mourir en lui. Un soir, alors qu'il s'apprêtait à repartir, un vieil homme lui narra une très vieille légende qui parlait d'une île encore plus mystérieuse qu'Avallon, et qui ne portait aucun nom connu des hommes, car elle n'appartenait pas à leur monde.

— Tu pourrais naviguer pendant des années et des années sur l'océan, tu ne la trouverais pas, car elle n'apparaît que tous les cent vingt et un soleils. C'est l'île des anciens dieux d'Avallon. Elle ne reste visible qu'une seule lune, puis elle disparaît, et nul ne sait ce qu'elle devient. Mais toujours elle réapparaît selon ce cycle immuable depuis la création du monde.

— L'île des Merveilles, l'île de Dieu ! C'est elle que je cherche !

— Alors, tu devras t'armer de patience.

Le vieil homme lui fournit des indications précises sur l'emplacement de l'île fantôme, la manière de calculer la position du soleil, les récits de navigateurs guanches qui avaient tenté de la retrouver, sans succès. Il lui donna toutes les informations sur leur manière de calculer le temps.

Impatient, Brendan effectua ses calculs, les vérifia. Il voulait tellement que l'île des dieux fût une réalité qu'il finit par se persuader qu'elle allait apparaître dans les semaines qui venaient. Aussi entraîna-t-il ses compagnons au cœur du grand océan, malgré les conseils de prudence des Guanches, qui annonçaient la saison des cyclones.

Deux des trois coracles furent engloutis par une tempête qui frappa la flottille peu après son départ. Après avoir recueilli les survivants, Brendan, désespéré, regagna l'Irlande. Sur les cinquante compagnons qui l'avaient suivi dans son aventure au bout de l'impossible, seule une dizaine revirent la verte Erin.

Après cet échec, Brendan se consacra à la parole du Christ. Mais le temps ne semblait pas avoir de prise sur lui, ni sur son épouse, qui continua de lui donner des enfants.

Au fond du cœur de Brendan, l'espoir refusait de s'éteindre. Chaque soir, il reprenait les informations fournies par le vieil homme des îles de la Fortune. Chaque soir, il trouvait une interprétation différente, des dates différentes. Chaque soir, il se couchait en soupirant. Il doutait de ses calculs, de sa capacité à déterminer la date où réapparaîtrait l'île des Merveilles. Si même il ne se trompait pas, il ne possédait plus qu'un seul coracle, et celui-ci s'était révélé trop fragile pour affronter la fureur du Grand Océan.

Il résolut donc d'économiser pour faire construire un bateau plus important, inspiré des anciens navires romains, un ponto. Ceux-ci dépassaient les quarante coudées, pour une largeur de quatorze, et ils étaient équipés d'une quille.

Infatigable, il courut d'évêché en évêché, de monastère en monastère, parlant d'abondance, racontant par le menu ses premières expéditions sur l'île des Glaces et dans l'archipel de la Fortune. Il évoqua le glorieux Pilier du monde, son altitude impressionnante et sa couronne de nuages. Il alla de château en château pour répandre la bonne parole du Christ auprès de seigneurs aussi crottés que leurs serfs, et qui n'avaient jamais quitté leur tourbe que pour aller guerroyer sur celle des voisins. Sa foi était si ardente qu'il parvint à convaincre un grand nombre d'entre eux qu'il allait bientôt découvrir la légendaire île du Paradis. Sa fougue suscitait l'enthousiasme, et chacun eut à cœur de lui offrir une bourse pleine, souvent fruit de rapines et de pillages. L'or sonnant et trébuchant fut investi tout entier dans la construction de trois navires flambant neufs, chacun pourvu de deux mâts, dont le plus grand dépassait les trente coudées. Le plus petit, situé à l'avant, était orientable et permettait de remonter au vent et de s'aventurer plus aisément en pleine mer. Ces magnifiques pontos rassemblaient les derniers perfectionnements en matière de navigation, dont un gnomon, sorte de cadran solaire, ainsi qu'un sablier géant — qu'il fallait retourner toutes les demi-heures.

Dix-sept années s'étaient écoulées depuis le retour des îles Fortunées. Mais Brendan, âgé à présent de soixante printemps, n'avait rien perdu de sa foi et de sa passion. Il avait, grâce à elles, conservé une belle santé, enviée par bien des hommes plus jeunes. Gwaennea et lui avaient eu quinze enfants, dont onze avaient survécu, ce qui représentait à l'époque un petit miracle. Ceux-ci constituèrent bientôt le noyau des équipages des trois pontos. Ses anciens compagnons ayant presque tous gagné le Paradis sans passer par l'île des Merveilles, il dut recruter des marins parmi les audacieux ou les inconscients qu'il parvenait à convaincre. La foi dans le Christ n'étant pas toujours suffisante pour décider ces hardis navigateurs à se risquer dans une expédition aussi hasardeuse, il dut leur promettre des gains alléchants.

Peu à peu, les trois équipages se formèrent. Ce fut en l'an de grâce 544 que Brendan repartit affronter le Grand Océan. Mais cette fois, il disposait de navires bien plus résistants que ses coracles. Ce voyage le mena une nouvelle fois sur le sol sombre des îles Fortunées, où il apprit la mort du vieil homme qui lui avait parlé de l'Île des Merveilles. Il en conçut une grande tristesse, car il aurait aimé bavarder de nouveau avec lui. Réprimant de quelques taloches persuasives les objections d'une partie de ses marins qui voulaient demeurer sur place, il ordonna de cingler plein ouest. Après trois mois d'une traversée difficile, les corbeaux qu'on lâchait chaque jour ne revinrent pas, prouvant ainsi qu'une terre existait droit devant. Et l'on découvrit des îles extraordinaires, où poussaient des fruits inconnus, que l'on appela plus tard ananas et noix de coco. De belles indigènes à la peau cuivrée et aux yeux en amande accueillirent les navigateurs avec hospitalité et curiosité. Les plus jeunes ne regrettèrent pas d'être venus.

Brendan avait, lui, d'autres préoccupations. Après quelques mois passés à apprendre les dialectes indigènes, à essuyer d'effrayantes tempêtes tropicales, il estima que ce nouvel archipel n'avait qu'un lointain rapport avec l'île du Paradis décrite par la légende. Désespéré, il comprit que cette île merveilleuse n'existait que dans les rêves des hommes, et que seule la mort permettrait d'y poser un pied fantomatique.

Il partagea cependant son rêve avec un chaman âgé qui vivait en ermite sur un volcan. Parce qu'il était réputé pour sa sagesse, Brendan se décida à lui parler de sa quête… et de son échec. Le sorcier l'écouta gravement. Lorsqu'il évoqua la légende racontée par le vieux Guanche, l'ermite ouvrit enfin la bouche et déclara :

— Xanadu apparaîtra dans quatre soleils, à une lune de navigation vers le levant. Elle ne restera visible que le temps d'une seule lune, puis elle disparaîtra à nouveau pendant cent vingt et un soleils.

— Xanadu ?

— Tel est le nom de l'île des Dieux. C'est un lieu magique, où la vie s'écoule différemment. Elle existe depuis la création du monde, et elle est plus ancienne que les plus anciennes des légendes. Personne ne s'y est rendu depuis le cataclysme effrayant qui a englouti les grandes îles situées au cœur du Grand Océan.

Les paroles du vieil ermite firent renaître l'espoir dans le cœur de Brendan, qui prit la décision de repartir pour l'Irlande afin d'y préparer une ultime expédition.

Quatre années plus tard, à soixante-cinq ans, il quitta de nouveau la douce Gwaennea, dont les cheveux avaient viré au gris, pour se lancer à la conquête de la mystérieuse île des Merveilles, que les habitants des terres lointaines appelaient Xanadu. En l'an de grâce 549, les trois pontos erraient sous les latitudes où aurait dû se trouver l'île miraculeuse. Avec opiniâtreté, les marins avaient triomphé des tempêtes, des cyclones, traversé deux fois le Grand Océan, aperçu mille animaux fabuleux. Recoupant les indications du vieux Guanche et de l'ermite, Brendan ne cessait de vérifier ses calculs, scrutant les étoiles, le soleil, se brûlant les yeux à épier l'horizon.

Enfin, un jour, peu avant Noël, une lueur étrange apparut très loin, bien au-delà de l'horizon. Épuisés, les navigateurs, qui commençaient à émettre le désir de regagner la délicieuse Irlande, sentirent leur cœur bondir de joie. Là-haut, très haut dans le ciel, des traînées lumineuses convergeaient vers la lueur surnaturelle.

— Cela ne peut être que des anges ! déclara Brendan, à genoux et les yeux pleins de larmes.

Le temps d'une action de grâce, et il ordonna de mettre le cap vers la lumière divine.

Deux jours plus tard, la flottille parvenait aux abords d'une île extraordinaire, baignée d'un halo étrangement doré. Cette fois, ils touchaient au but. Et, en effet, ils purent constater que la légende disait vrai. Il poussait là des fruits aux goûts incomparables, les forêts s'avérèrent giboyeuses, les eaux des rivières et des lacs étaient tièdes et poissonneuses.

Pour remercier Dieu, Brendan célébra une messe devant la mer. Il espérait secrètement attirer les créatures divines qui vivaient là. Pourtant, personne n'apparut. L'île des Merveilles semblait inhabitée. Dans les cieux, le vol des anges avait cessé.

Ils restèrent près de trois semaines sur place, explorant les lieux avec respect et curiosité, s'étonnant de la beauté des arbres et des plantes. De peur de froisser les habitants invisibles, ils n'osèrent chasser, se contentant de cueillette et de pêche.

Ils commençaient à se résigner à ne jamais rencontrer les anges vivant dans ce paradis lorsqu'un groupe d'hommes et de femmes magnifiquement vêtus apparurent devant eux, là où ils avaient établi leur campement. Brendan et ses compagnons coururent se prosterner devant eux. L'un des arrivants, un homme de haute stature à la peau brune, à la longue chevelure noire et aux yeux verts, s'adressa à lui dans sa langue :

— Ton obstination a été récompensée, Brendan. Tu as atteint Xanadu, l'une des portes de ce que ta religion appelle le Paradis. Pourtant, tu ne peux pas rester ici. Dans deux jours, cette île va disparaître. Tes compagnons et toi devrez être partis. Dans le cas contraire, vous risquez de périr tous.

Pas un instant Brendan ne songea à discuter les ordres du personnage, qui ne pouvait être qu'un archange, un grand serviteur du Christ. Il ne s'étonna pas non plus du fait qu'il parlait couramment la langue irlandaise.

Le lendemain, les trois navires s'éloignaient de l'île des Merveilles. De loin, les marins, pleins de ferveur, aperçurent dans le ciel de nouvelles pointes lumineuses convergeant vers l'île. Elles ressemblaient de loin à des flèches d'argent extrêmement brillantes.

Soudain, un épais brouillard naquit des vagues, cerna les trois bateaux, noya l'île mystérieuse. Lorsqu'il se dissipa, elle avait disparu. Là où se dressaient ses hautes falaises, il ne restait plus que l'océan, à perte de vue.

Une profonde affliction s'empara de Brendan et des siens. Ils avaient foulé le sol de l'Éden, et cette expérience les avait marqués pour toujours. Mais ils savaient aussi que jamais plus ils ne pourraient revenir. Car, si le vieil ermite avait raison, l'île magique ne reparaîtrait que dans cent vingt et un ans…

35

New York…

Eddy attendait le retour de Kevin et d'Alexandra avec impatience. Au bureau, il avait peine à tenir en place. Le matin, lorsqu'il partait de chez lui, il se reprochait de laisser Karen et Salomée toutes seules. La jeune femme et sa fille n'avaient rien à se reprocher, pourtant elles étaient recherchées par des tueurs insaisissables agissant sous le couvert d'un mandat officiel. Où qu'elles aillent, leurs vies seraient en danger.

Eddy avait envisagé la possibilité de les faire inscrire dans le programme de protection des témoins et de leur obtenir une nouvelle identité. Mais il s'était heurté à d'innombrables difficultés administratives. Ni l'une ni l'autre n'étaient témoins dans un procès à risque, et la procédure devait reposer sur un danger bien réel. De plus, on lui avait posé des questions embarrassantes, auxquelles il avait été obligé d'inventer des réponses. Il ne pouvait avouer la vérité.

Tous ces secrets étaient trop lourds à porter seul. Un soir, il se résolut à tout raconter à William Sheridan. Il composa son numéro personnel, mais, par manque de chance, son patron était absent.

Le lendemain soir, en sortant du métro, il accéléra le pas en direction de son immeuble. Un malaise étrange lui nouait l'estomac, comme si un danger imminent pesait sur lui. Soudain, une voiture monta sur le trottoir devant lui et quatre individus en sortirent, l'arme au poing. Ses réflexes rapides lui sauvèrent la vie. En une fraction de seconde, il avisa une porte basse dans un renfoncement. Des balles sifflèrent. Parvenu à l'abri, il dégaina son pistolet et riposta en direction des quatre tueurs. Autour d'eux, les passants se jetèrent à terre en hurlant. L'un de ses agresseurs, touché à la poitrine, poussa un cri de douleur. Des sirènes de police retentirent. Les attaquants remontèrent dans leur véhicule, les trois valides emportant leur complice blessé.

Eddy s'aperçut seulement à ce moment-là qu'une balle lui avait effleuré l'épaule. Du sang maculait son costume. Des flics se précipitèrent sur lui, le mirent en joue. Il brandit sa carte.

— FBI ! Baissez-moi ces putains de flingues, les mecs, c'est sur moi qu'on vient de tirer !

Un peu plus tard, il revenait chez lui. Karen faillit se jeter dans ses bras.

— J'ai eu si peur. J'ai entendu des coups de feu dans la rue.

— On vient d'essayer de me tuer.

— Quoi ?

— Nous ne sommes plus en sécurité ici. Il faut que je vous trouve un abri.

Il s'assit tandis que Karen lui servait un whisky. Salomée vint se serrer contre lui.

— Je ne veux pas qu'on te fasse de mal, Eddy.

— Moi non plus, ma puce. Mais il va falloir partir.

Il se prit la tête dans les mains, réfléchit à toute allure.

— À propos, dit Karen, le concierge est venu apporter le courrier. Il avait ça.

Elle lui tendit une enveloppe identique aux précédentes envoyées par Mac Pherson.

— Allons bon, encore un nouveau truc. Réunissez vos affaires. Je reviens tout de suite.

Il passa dans sa chambre. Rapidement, il jeta un coup d'œil sur le titre du dossier inscrit sur le boîtier. En petits caractères, il lut : Roswell.

— Punaise de punaise ! Qu'est-ce que c'est que ce machin-là ?

Il consulta sa montre.

— Merde ! Je n'ai pas le temps d'examiner ça maintenant.

Fébrilement, il remplit une valise de vêtements. Puis il récupéra les documents déjà envoyés par Mac Pherson et les glissa dans une petite mallette noire. Ensuite, il rejoignit Karen et sa fille.

— Nous allons nous rendre à Cape Cod.

— Cape Cod ? Mais pourquoi ?

— Je dois mettre quelque chose à l'abri pour l'un de mes amis. Personne ne songera à aller nous chercher là-bas. Ensuite, nous passerons au Canada.

— On pourrait peut-être aller voir la police, se lamenta Karen. J'ai l'impression d'être une criminelle en fuite, alors que je suis innocente.

Eddy secoua la tête.

— Les flics ne pourront rien faire contre ces tueurs. De plus, pensez-vous qu'ils croiront votre histoire ?

— Vous pourriez leur montrer la lettre que vous avez reçue.

— Rien ne prouve son authenticité. On nous prendra pour des paranoïaques. La seule manière d'échapper à nos ennemis invisibles, c'est de fuir. Du Canada, je reprendrai contact avec mon directeur, lorsqu'il sera revenu. Il n'y a qu'en lui que j'ai confiance.

Le jour se levait à peine lorsque la voiture arriva en vue de Cape Cod. Eddy se dirigea vers la côte sud. Il prit le temps de louer une chambre dans un motel.

— Nous dormirons dans la même chambre. Il ne faut pas que nous nous séparions. Je suis désolé.

— Ça ne fait rien, répondit Karen. Je n'ai pas envie de me retrouver seule avec Salomée.

Ils reprirent la voiture. Eddy longea le littoral en direction de la pointe. De longues plages alternaient avec des falaises sur lesquelles venaient battre les lames de l'Atlantique. Un soleil rouge se levait à l'horizon, promettant une journée de chaleur. Soudain, Karen posa sa main sur celle du policier.

— Eddy, vous avez mis votre vie en danger pour nous sauver. Pourquoi ?

— Quelqu'un m'a averti qu'on voulait vous tuer. Je ne pouvais pas laisser faire cela.

— Mais vous avez dû tout abandonner.

Il eut un léger sourire.

— De toute façon, depuis quelque temps, je me sentais menacé. Même seul, je crois que j'aurais dû partir.

Il laissa passer un silence et ajouta :

— Je ne sais pas comment tout ça finira, mais je veux vous dire quelque chose, Karen. Je crois que cela fait très longtemps que je ne m'étais pas senti aussi vivant. Vous protéger donne un sens à ma vie.

La lueur qui brilla dans les yeux de la jeune femme faillit le faire fondre. Sur le siège arrière, la fillette, qui ne perdait pas une miette de la scène, s'exclama :

— Nous aussi, on t'aime bien Eddy. Moi, je voudrais que tu restes toujours avec nous.

Vivement ému par la spontanéité de la petite, Eddy ne sut que répondre. Il se racla la gorge et déclara :

— Je vous promets qu'on s'en sortira. Mais avant, je dois faire quelque chose.

Il gara sa voiture non loin d'une plage qu'il semblait connaître particulièrement bien. À distance se dressait une falaise. Karen le vit prendre la petite mallette noire qu'il avait emportée la veille et se diriger vers la falaise. Il revint quelques minutes plus tard et griffonna une lettre qu'il glissa dans une enveloppe. À l'entrée de la ville, il jeta le courrier dans la boîte et s'exclama joyeusement :

— Tout cela m'a donné faim. Que diriez-vous d'un copieux petit déjeuner ?

Salomée explosa de joie.

Le ventre plein, ils retournèrent au motel afin d'établir une stratégie quant à la meilleure manière de passer au Canada. Il fallait éviter de perdre du temps. Il y avait peu de chance qu'on les retrouvât ici, mais il était préférable de s'éloigner encore avant de reprendre contact avec William Sheridan.

Cependant, lorsqu'il entra dans la chambre, Eddy sut tout de suite qu'il y avait quelque chose d'anormal. Il avait à peine fait un pas qu'un homme corpulent et mal rasé se dressa devant lui avec un sourire satisfait.

— Entrez, monsieur Lee. Entrez.

Deux individus avaient déjà refermé la porte derrière eux. Une onde glaciale parcourut l'épine dorsale d'Eddy. Il venait de reconnaître Larry Smith.

36

Cahersiveen…

Dans les ruines du monastère, Kevin et Alexandra reprenaient peu à peu leurs esprits. Gwaennea n'avait pas participé aux voyages de Brendan, mais elle les connaissait, et n'ignorait rien de la mystérieuse île des Merveilles. Cependant, si le récit de son époux n'avait pas surpris Gwaennea, élevée dans le culte du surnaturel, il laissa Alexandra sceptique.

— Une île ne peut disparaître ainsi ! s'exclama-t-elle. C'est impossible ! Tu as dû rêver.

— J'ai observé le phénomène de mes propres yeux. Enfin, par ceux de Brendan. Il ne s'est pas étonné : l'archange l'avait prévenu.

— Mais ça défie toutes les lois de la physique !

— Pas plus que la vision que nous avons eue à Pemako.

— Et comment expliques-tu ça ?

— Je n'ai aucune explication à te donner. Nous venions de quitter l'île. Tout à coup, un brouillard étrange a surgi de nulle part. Cela ne ressemblait pas à une brume naturelle. Sa densité était bien supérieure. On n'y voyait pas à plus d'un mètre. Et surtout, on aurait dit qu'elle diffusait une espèce de lumière bleutée, parcourue par des myriades d'étincelles. Le plus impressionnant, c'était ce silence qui s'était abattu autour de nous. Le phénomène n'a pas duré plus de quelques minutes. Lorsque la brume s'est dissipée, l'île n'était plus là. C'est tout ce que je peux dire.

Ils restèrent un instant silencieux. À l'horizon, un soleil rouge descendait lentement sur l'océan. Des nuées d'oiseaux marins tournoyaient dans la lumière rose.

Alexandra soupira :

— Certaines légendes évoquent des îles fantômes. Mais ce ne sont que des légendes ! Ou alors, cela veut dire que nous n'avons pas encore tout compris à notre propre monde.

— Cela ne fait jamais qu'un mystère de plus à rajouter à la collection. Nous ne sommes pas à un près.

Soudain, il éclata de rire.

— Qu'est-ce qui t'amuse ?

— Dans cette vie, j'ai reçu une éducation protestante. Et je viens de découvrir que j'ai été prêtre dans une vie antérieure. J'ai même été canonisé. Avoue qu'il y a de quoi sourire.

— Tu as quand même refusé la vie monastique pour m'épouser.

— Brendan était contre le célibat des prêtres.

Il ajouta :

— C'est curieux. J'ai peine à imaginer qu'il ait existé des prêtres mariés à cette époque. Je croyais que c'était la Réforme qui avait autorisé les pasteurs à prendre femme.

— L'Église a toujours combattu le mariage des prêtres, s'appuyant sur le fait qu'un homme qui consacrait sa vie à Dieu ne devait pas commettre le péché de chair. Mais son interdiction est relativement récente. Elle date du deuxième concile de Latran, au XIIe siècle. Avant, nombre de religieux passaient outre. À leur mort, leurs biens allaient à leurs héritiers. Le célibat des prêtres a permis à l'Église de tout récupérer. Sous le couvert de la vertu. Les sectes nouvelles n'agissent pas autrement.

Mais Kevin n'écoutait qu'à moitié. Les yeux fixés sur l'horizon embrasé, il semblait plongé dans un rêve éveillé.

— Brendan était un personnage vraiment attachant. Toute sa vie, il a poursuivi un mirage, et il a fini par l'atteindre. Il a vu cette île, Alexandra. Il y a posé le pied.

— Pour quelques jours…

— Quelques jours extraordinaires. À travers la mémoire de Brendan, je revois parfaitement cette île. Il n'existe pas de mots pour la décrire. Une impression de calme, de beauté, de plénitude, la certitude absolue que rien de mal ne pouvait arriver. Ce que j'ai ressenti était encore plus fort qu'à Pemako.

— Tu penses qu'il s'agit d'une nouvelle porte ?

— Probablement.

— Mais sur quoi ouvre-t-elle ?

— Je n'en sais rien. Le paradis, peut-être…

— Je ne crois pas au paradis. Le phénomène de la réincarnation nous ramène toujours sur Terre. Et puis, il faudrait supposer qu'il existe aussi un enfer, pour faire bonne mesure.

— Pourquoi pas ?

— Cette explication ne me convient pas. Le paradis et l'enfer, c'est l'expression même du manichéisme. Les bons sont récompensés, les mauvais sont punis, dans les deux cas pour l'éternité. Mais sur quels critères les uns et les autres sont-ils sélectionnés ? Qui sont les juges ? Que fait-on pour ceux qui sont à la limite du Bien et du Mal ? Je suis désolée, cela ne peut être aussi simple, Kevin. De plus, je ne crois pas que l'on dresse un bilan à la fin de la vie d'un être humain.

— C'est pourtant ce que prétendent les religions depuis l'aube de l'Humanité.

— Ah oui ? Alors, que décide-t-on pour les enfants mort-nés ? Pour ceux qui sont nés sans bras ou sans jambes, ou avec un handicap mental ? On les envoie au paradis pour les consoler ? Arrête ! C'est la base même de la plus formidable escroquerie sur laquelle s'appuient les Églises pour inciter les pauvres et les malheureux à accepter leur sort : résignez-vous ! Plus vous souffrirez dans ce monde, plus vous serez récompensés dans l'autre. Le paradis et l'enfer, c'est la carotte et le bâton qui permettent d'asservir les peuples effrayés par la mort. En attendant, les riches et les prélats se remplissent les poches.

Kevin soupira :

— Je ne suis pas d'accord. Beaucoup de prêtres font le bien. Et leur foi est sincère.

— C'est vrai. Mais la foi et la religion sont deux choses différentes, Kevin. Ils agissent ainsi parce qu'ils sont naturellement portés vers le bien. Élevés dans une autre religion, ou dans un milieu athée, ils auraient agi de la même manière. Non, pour moi, cette île est un accès vers autre chose.

— À quoi penses-tu ?

— Je n'ai pas d'idée précise. Cette île de saint Brendan, tu saurais la retrouver ?

Kevin réfléchit quelques instants.

— Avec les indications fournies par le vieux Guanche et l'ermite des Caraïbes, cela devrait être possible.

Il resta un moment silencieux et ajouta :

— Il y a un autre élément que je ne t'ai pas encore donné. L'archange… enfin, le personnage qui m'a demandé de quitter l'île ressemblait un peu à Paul Falcon. Même chevelure noire, mêmes yeux d'émeraude. Sans doute était-il de la même race.

— Une race extraterrestre ?

— M. Tcheng a dit que les Falcon ne venaient pas d'un autre monde. Pourquoi aurait-il menti ?

— Pour ne pas nous inquiéter. Mais cette île, elle ne peut surgir ainsi du néant. Lorsqu'elle disparaît, elle doit bien… se rendre quelque part. Pour moi, elle rejoint un univers parallèle, où vivent nos anges gardiens. Les scientifiques étudient sérieusement cette théorie. C'est peut-être aussi l'explication des disparitions d'avions et de bateaux qui ont lieu dans le Triangle des Bermudes.

— Mais Brendan n'a pas disparu. Il est revenu de l'île de Xanadu. Il a regagné l'Irlande, où l'on a cru à son histoire.

— Cela n'a rien d'étonnant. À l'époque, on croyait facilement au merveilleux. Je pense même que c'est cette île fantôme qui a inspiré la légende de la baleine sur laquelle Brendan a célébré sa messe.

Autour d'eux s'était levée une brume translucide

qui estompait les falaises rocheuses. Vers l'ouest, le soleil couchant ciselait la cité en une dentelle contrastée de lumière rose et d'ombres mauves. Des nuages pressés s'effilochaient, lames de feu glissant sur le turquoise tendre du ciel. Une fraîche odeur de bruyère et de terre s'exhalait de la lande cernant les ruines. Ils n'avaient aucune envie de partir. Ils se sentaient parfaitement bien. Les yeux d'Alexandra se mirent à briller.

— Le paysage n'a guère changé depuis l'époque de Brendan, dit-elle. La ville s'est développée, on a construit des routes et agrandi le port, mais les falaises sont toujours pareilles, avec leurs troupeaux de moutons.

— Ce monastère n'existait même pas à l'époque. Il a été construit après, en l'honneur de Brendan.

— En attendant, je voudrais bien savoir dans quel but les anges gardiens nous ont fait revivre tout ça ?

Kevin observa un court silence. Soudain, il s'exclama :

— Je crois que j'ai une idée !

Il sortit un petit carnet et se livra à un calcul rapide.

— Voilà ! Brendan a abordée l'île des Merveilles en 549. Or : 121 × 12 = 1452.

— Et alors ?

— Et alors, 1452 + 549 = 2001. Nous sommes en 2001.

— Bon sang ! Cela veut dire que cette île va réapparaître cette année.

— Peu avant Noël, si elle respecte un calendrier précis.

Il resta un instant silencieux, puis ajouta :

— Nous allons repasser par Bordeaux, afin de récupérer le manuscrit, puis nous rentrerons à New York. Je suis impatient de savoir ce qu'Eddy a découvert.

Deux jours plus tard, ils étaient revenus dans le Périgord. Alexandra appela l'université pour connaître le résultat des premières analyses. Curieusement, elle ne parvint pas à obtenir la ligne.

— Je n'aime pas ça, dit-elle à Kevin. Je ne voudrais pas qu'un petit malin s'approprie notre manuscrit.

— Le mieux est de nous rendre au laboratoire.

Celui-ci était situé dans une annexe de l'université. Lorsqu'ils arrivèrent, ils remarquèrent une agitation anormale.

— Bon sang ! s'exclama Alexandra. On dirait qu'il y a eu le feu.

Après avoir garé la voiture, ils s'approchèrent. Quelques pompiers s'activaient encore sur les lieux, ainsi que plusieurs policiers. L'un d'eux les arrêta :

— Halte ! On ne peut aller plus loin.

— Mais je dois récupérer un manuscrit que j'avais donné à expertiser.

— Je regrette, mais je doute que vous puissiez récupérer quoi que ce soit. Le bâtiment a été détruit cette nuit par une explosion. Tout a brûlé.

37

Kevin et Alexandra se rendirent au commissariat de police, où on leur apprit que l'explosion avait vraisemblablement une origine criminelle.

— Un gardien de nuit a été tué, dit un inspecteur.

— Mais qui pourrait avoir intérêt à détruire une annexe de l'université ? demanda la jeune femme. Ça ne rime à rien.

— Évidemment. Peut-être des terroristes. Mais jusqu'à présent, personne n'a revendiqué cet attentat, à part quelques farfelus en mal de publicité. Mais vous-mêmes, pourquoi vous intéressez-vous tant à cette affaire ? Vous n'êtes pas journalistes.

— Non, historiens ! répondit Alexandra. Nous avions déposé un vieux manuscrit au laboratoire, pour le faire expertiser.

Alexandra était très affectée par la disparition du livre tibétain. Dans l'avion qui les ramenait à New York, elle ne put s'empêcher d'évoquer une autre hypothèse :

— Tu ne penses pas que l'on ait pu faire exploser ce bâtiment à cause de ce manuscrit ?

— Personne n'était au courant de son existence, à part le professeur Charpentier et les Falcon.

— Je ne vois pas le professeur manipuler une bombe incendiaire.

— Quant aux Falcon, l'hypothèse est encore plus invraisemblable. Ils ont tout fait pour que nous entrions en possession de ce manuscrit.

— Alors qui ?

— Mais personne. À mon avis, cet incendie n'a aucun rapport avec notre manuscrit.

Alexandra consentit à sourire.

— J'ai l'impression que je suis en train de redevenir paranoïaque. C'est peut-être l'idée de retourner à New York qui me perturbe.

Dès leur arrivée, Kevin appela Eddy. Mais celui-ci n'était ni chez lui ni à son bureau, où ils obtinrent William Sheridan. Ce dernier ne les rassura pas.

— Je suis sans nouvelles de lui depuis près d'une semaine. Cela ne lui ressemble pas.

— Vous savez où il peut se trouver ?

— Aucune idée, malheureusement. La dernière mission que je lui ai confiée ne présentait pas de risque. Je ne vous cache pas que je suis très inquiet. S'il vous contactait, rappelez-moi. Il s'est peut-être passé quelque chose dans sa vie privée.

— D'accord.

Accompagné d'Alexandra, Kevin se rendit chez Eddy. Le concierge leur apprit qu'il ne l'avait pas revu depuis plusieurs jours. Une angoisse insidieuse envahit Kevin, mêlée de culpabilité. La dernière fois qu'il avait eu Eddy, quelques jours auparavant, celui-ci lui avait demandé de rentrer rapidement, parce qu'il avait des choses « très importantes » à lui dire. Sa disparition avait sans doute un rapport avec ces mystérieuses informations.

Ils téléphonèrent ensuite à Mike Longway, qui, impatient d'en apprendre plus, les invita pour le soir même.

Ils lui narrèrent leur incroyable expédition jusqu'à Pemako, la sévère préparation qui avait précédé, l'apparition de pouvoirs paranormaux chez Alexandra, la découverte du Temple d'Or, l'étrange régression qui avait suivi, qui leur avait révélé l'apparente immortalité des Falcon, et leur retour inexplicable dans le Périgord. Mike exulta :

— Je vous l'avais dit : nous avons affaire à des extraterrestres !

— Ce n'est pas tout. Attends de connaître l'histoire de saint Brendan.

Kevin lui raconta alors la vie du prêtre irlandais, ses voyages en Islande, aux Canaries et dans les Caraïbes, pour finir sur la découverte de l'île des Merveilles.

— Une terre réellement paradisiaque, Mike. C'était indescriptible. Et pourtant, je l'ai vue se volatiliser sous mes yeux.

— Cela confirme mon hypothèse ! déclara l'éditeur. Cette île est une sorte de passage qui mène vers leur monde.

— C'est la conclusion à laquelle nous sommes arrivés, mais sans aucune certitude. Tcheng Lin Piao nous a dit qu'ils étaient originaires de la Terre.

— Il a menti. Si de tels zèbres existaient sur Terre, on le saurait. Non, ils viennent d'ailleurs. Et ils vous ont ramenés du Tibet dans un ovni ! Afin que vous ne vous aperceviez de rien, ils vous ont drogués.

Mike regarda Kevin d'un air ravi.

— Tu te rends compte du sujet fantastique que tu tiens, sacré veinard ? Des extraterrestres immortels qui ont pris contact avec toi et qui te font suivre une sorte de quête initiatique. J'espère que tu vas me pondre un livre retentissant là-dessus ! Ça va faire un super-best-seller !

— Je ne sais pas si ce serait une bonne idée.

— Comment ça ? s'inquiéta l'éditeur.

— Nous n'avons aucune preuve. Qui croira à nos… voyages dans le temps ? Le seul élément tangible que nous possédions était ce manuscrit rapporté du Tibet. Malheureusement, il a été détruit.

— Dans un incendie criminel ! répliqua Mike. Tu ne m'enlèveras pas de l'idée qu'il y a quelque chose de louche là-dessous.

— Alexandra a pensé la même chose, mais peu de personnes connaissaient l'existence de ce manuscrit, et aucune n'avait intérêt à le faire disparaître.

Mike soupira :

— Cet incendie est tout de même bizarre.

— Tout est bizarre dans cette affaire. Plus nous avançons, moins nous comprenons. Même si nous obtenons des réponses à certaines questions, d'autres se posent, encore plus surprenantes que les premières.

— J'ai l'impression que les Falcon, ou les… êtres qui se cachent sous cette identité, ont décidé de vous faire subir une série d'épreuves destinées à réveiller les mémoires de vos vies antérieures. Sans doute à cause de ce secret mystérieux.

— Je ne suis pas sûre qu'il constitue leur véritable motivation, intervint Alexandra. Ces gens bénéficient de dons extraordinaires, et sans doute aussi d'une technologie bien plus avancée que la nôtre. Je pense qu'ils connaissent déjà la nature de ce secret, parce qu'ils le possèdent déjà !

— Dans ce cas, pourquoi essaient-ils de réveiller la mémoire de Kevin ? rétorqua Mike.

— Il doit y avoir une autre raison. Après ce que j'ai vu à Pemako, je suis persuadée que ces gens ne sont pas animés de mauvaises intentions, comme envahir la planète, ou quelque chose comme ça. S'ils avaient voulu le faire, ils l'auraient fait depuis longtemps.

— Je partage l'avis d'Alexandra, renchérit Kevin.

— Alors, pourquoi font-ils tout ça ?

— Nous finirons bien par l'apprendre. Je pense que nos voyages dans le temps ne sont pas terminés.

Mike hocha la tête, puis les regarda l'un après l'autre.

— Vous savez que je vous envie. Ce que vous vivez actuellement est tellement extraordinaire. Vous ne vous en rendez peut-être pas compte, mais vous avez changé. Je ne parle pas de vos petits talents de télékinésie et autres. Il y a en vous une plus grande sérénité, comme si rien de grave ne pouvait plus vous arriver.

— Nous n'avons plus du tout peur de la mort, répondit Alexandra.

— En fait, ajouta Kevin, nous avons aujourd'hui pleinement conscience de vivre depuis des millénaires, et nous savons que ce n'est pas fini. Il y aura d'autres vies après celle-là, indéfiniment.

— Mais où ces vies vont-elles vous mener ?

— Vers l'évolution. Chaque existence nous permet de nous améliorer, si nous savons tirer les leçons de nos échecs.

— C'est peut-être cela que veulent nous faire découvrir les Falcon, renchérit Alexandra.

Mike hocha de nouveau la tête d'un air pensif.

— C'est quand même étrange. Je n'ai jamais cru à la possibilité d'une vie extraterrestre avant que vous ne viviez tout ça. Mais je m'étais imaginé que, au cas où des visiteurs venus d'un autre monde débarqueraient sur Terre avec de bonnes intentions, on tenterait d'établir des relations amicales avec eux. Or, c'est l'inverse : quelqu'un cherche à les anéantir à tout prix. La question est : pourquoi ? Qu'est-ce qui cloche avec ces extraterrestres ?

— Si les Falcon sont bien des extraterrestres... répondit Kevin.

Le lendemain, Kevin essaya une nouvelle fois de joindre Eddy. Sans succès.

Le soir venu, alors qu'ils s'apprêtaient à dîner, on sonna à la porte. Kevin alla ouvrir. William Sheridan se tenait sur le pas de la porte, le visage décomposé.

— Désolé de vous déranger à une heure aussi tardive, dit-il, mais il fallait que je vous voie. J'ai... une mauvaise nouvelle à vous annoncer.

— Eddy ?

Sheridan marqua un court silence, puis déclara :

— On a retrouvé son corps complètement carbonisé dans un motel de Cape Cod, en compagnie de deux autres personnes. Une femme et un enfant.

38

Bouleversé, Kevin l'invita à entrer. Tous trois prirent place dans le salon encombré de plantes vertes.

— Qui a pu faire ça ?

— Nous n'avons aucune piste, avoua-t-il. En revanche, nous avons un mystère de plus. Eddy était en compagnie d'une certaine Karen Halden et de sa fille, Salomée. Or, toutes deux ont été déclarées mortes dans un accident d'avion il y a plusieurs mois.

— Qu'est-ce que c'est que cette histoire ?

— Nous n'en savons rien. Nous ignorons même comment et pourquoi il est entré en contact avec elles.

— Que s'est-il passé à Cape Cod ?

— Il avait retenu une chambre dans un motel. Une seule, ce qui prouve qu'il partageait une certaine intimité avec cette Karen Halden.

— Ou peut-être qu'il voulait la protéger, suggéra Alexandra.

William grommela :

— C'est possible, en effet. Mais quelqu'un les a suivis. Qui ? Mystère. On a placé une bombe dans la chambre. Elle a explosé dans la nuit, pendant que tous les trois dormaient. Les pompiers n'ont jamais vu un feu d'une telle intensité. Par chance, les chambres contiguës étaient inoccupées. On a pu identifier le corps d'Eddy grâce à une chevalière. Quant à la femme et la fillette, leurs noms figuraient sur le registre du motel, ce qui nous a permis de faire des recherches sur elles. Le veilleur de nuit n'a rien vu, rien entendu, et les voisins n'ont rien remarqué d'anormal avant l'explosion.

Kevin avait peine à retenir ses larmes. Avec Eddy, c'était près de quarante années d'amitié qui disparaissaient. Sheridan laissa passer un silence, puis déclara :

— Mais ce n'est pas tout. J'ai des choses très graves à vous dire.

— Lesquelles ?

— Voilà. Je me suis aperçu que, ces derniers temps, Eddy avait effectué différentes recherches sans m'en parler. Par recoupement, j'ai découvert que ces recherches avaient un rapport avec vous. Je me suis intéressé de plus près à vous, et aux voyages qui vous ont amenés dans différents endroits de la planète, et j'ai compris quels étaient les buts de ces voyages.

Il les regarda l'un après l'autre, soupira, puis déclara :

— Tout cela est tellement stupide. Si je l'avais su plus tôt, j'aurais pu vous avertir.

— Nous avertir de quoi ?

— Vous vous êtes embarqués dans une histoire dont vous êtes loin de soupçonner les dangers et la complexité. Et il y a fort à parier que la mort d'Eddy soit liée à tout ça.

— Comment ça ?

— Paul et Katherine Falcon, cela vous dit quelque chose, n'est-ce pas ? Vous avez demandé à Eddy de faire des recherches sur ces personnages. Les ordinateurs gardent toujours une trace des travaux que l'on exécute avec eux. Vous avez… disons, suivi les instructions laissées par les Falcon. Instructions qui justifient vos déplacements aux quatre coins de la planète.

Kevin hésita. Apparemment, Sheridan semblait en savoir beaucoup.

— C'est exact, répondit-il enfin.

— Et vous avez effectué des… sortes de voyages dans le temps, et découvert des choses absolument incroyables.

Kevin resta sans voix. Comment Sheridan pouvait-il savoir tout cela ? Eddy lui avait-il parlé ? Comme s'il avait lu dans ses pensées, son interlocuteur répondit :

— Non, Eddy ne m'a pas tenu au courant. Si tel avait été le cas, j'y aurais mis le holà pendant qu'il en était encore temps. J'aurais dû me méfier lorsqu'il m'a demandé d'intervenir auprès de la DST pour vous faire libérer. Il m'a expliqué qu'à la suite d'une erreur, les Français vous prenaient pour de dangereux espions. J'avoue que je n'ai pas cherché à en savoir plus à l'époque. J'ai contacté mon ami Messonnier, qui a très vite compris que vous étiez tombés entre les griffes d'un petit fonctionnaire zélé qui détestait les Américains. Et j'ai obtenu votre libération. Si j'avais su, je me serais renseigné plus avant sur ce Bruce Lebster.

Il les regarda l'un après l'autre et déclara :

— Il faut que vous me disiez tout ce que vous savez. Cette affaire est extrêmement grave. Elle concerne non seulement la sécurité des États-Unis, mais aussi celle du reste du monde.

Kevin soupira :

— Il faudrait déjà que nous comprenions nous-mêmes ce qui se passe. Comme vous l'avez dit, nous avons vécu des… aventures plutôt surprenantes.

— Je peux vous aider à y voir plus clair, mais il faut absolument que vous me fassiez confiance. Je dirais même que c'est indispensable, parce que nous avons besoin de vous.

— Besoin de nous ?

— Exactement ! Pour bien comprendre, je dois vous révéler certaines choses.

Il s'adressa à Kevin.

— Cette histoire a commencé lorsque, tout à fait par hasard, vous avez été témoin d'un événement surprenant à Blowing Rocks, c'est-à-dire l'apparition de Paul Falcon — enfin, le… personnage qui se fait appeler ainsi —, sur son navire, l'*Atalaya*, alors qu'il se trouvait physiquement à plus de quatre mille kilomètres de là. Est-ce exact ?

Éberlué, Kevin acquiesça.

— C'est vrai. Mais comment…

Sheridan le coupa :

— C'était il y a environ neuf mois. Vous avez voulu en savoir plus, et vous avez alors rencontré les Falcon dans leur demeure de Rocky Point, dans l'Oregon. Vous étiez présent lorsque l'armée a déclenché une attaque éclair contre eux. Attaque qui s'est soldée par la mort de plus de quatre-vingts soldats.

— Ils ont tiré sans sommation.

— C'était leur seule chance contre les… abominations qu'ils avaient face à eux.

— Des abominations? Pour moi, ils n'ont fait que se défendre, avec des moyens terriblement efficaces, c'est vrai, mais ils n'ont pas déclenché les hostilités. Ces gens n'ont rien de monstrueux. Lorsque j'ai pris une balle dans le dos, Katherine Falcon m'a soigné.

— Et, bien sûr, vous en avez déduit qu'elle avait agi par compassion envers vous.

— Elle s'est comportée comme un être civilisé. On ne peut en dire autant des soldats.

Sheridan ne répondit pas immédiatement. Il joignit les mains pour réfléchir, puis déclara :

— Écoutez ! J'espère qu'il n'est pas trop tard pour vous ouvrir les yeux. Ce que je vais vous apprendre va vous paraître impensable, mais vous devez connaître la vérité. Contrairement à ce que vous imaginez, les Falcon ne sont pas des anges. Bien au contraire. Ce sont des êtres extrêmement dangereux, et animés d'intentions désastreuses vis-à-vis de l'espèce humaine.

— Comment ça ?

— Il ne vous est jamais venu à l'esprit que Katherine Falcon vous avait soigné simplement parce qu'elle désirait vous conserver en vie ?

— Bien sûr que non ! J'étais blessé, elle m'a soigné. C'est tout.

— Ces gens ne commettent jamais une action sans qu'elle soit calculée. Elle n'a agi ainsi que pour gagner votre confiance. Pendant ce temps-là, son mari massacrait plusieurs dizaines de soldats.

Il leva les mains pour couper court à la réplique de Kevin.

— Je sais, ces soldats ont attaqué sans sommation. Mais leur unique chance était de prendre les Falcon par surprise, les tuer avant qu'ils n'aient le temps de réagir. Sans doute votre présence a-t-elle averti ces derniers que quelque chose d'anormal se tramait.

Kevin ne répondit pas. Il se souvint qu'il avait prévenu ses hôtes de la présence de Larry Smith dans les parages. Instantanément, ils avaient été sur leurs gardes.

— Quelque chose les a mis en éveil, poursuivit Sheridan. Et ils ont riposté. Compte tenu des pouvoirs effrayants dont ils disposent, ils auraient tout aussi bien pu se contenter de mettre les soldats hors d'état de nuire, sans les tuer. Au lieu de ça, ils les ont presque exterminés. En revanche, vous, ils vous ont épargné.

— Je ne m'étais pas montré agressif. Ils n'avaient aucune raison de me faire du mal.

— Exact. Vous leur avez rendu une première visite, puis une seconde. Entre les deux, ils ont appris sur vous quelque chose qui les a amenés à modifier leur comportement vis-à-vis de vous. La vérité, c'est qu'ils ont besoin de vous.

— Eux aussi ? Décidément, je suis un homme indispensable, ironisa Kevin. Pour quelles raisons ?

— Parce que vous détenez dans votre mémoire profonde, celle de vos vies antérieures, une information capitale, un secret qui peut remettre l'équilibre du monde en cause.

Kevin soupira.

— Comment savez-vous, pour les vies antérieures ?

— À plusieurs reprises, vous avez effectué des régressions à différentes époques, qui vous ont apporté divers éléments. Le but de ces retours est de réveiller la totalité de votre mémoire. Car c'est en elle que se trouve la réponse.

— Vous nous avez fait suivre…

— Pas le FBI, mais la NSA. Ce sont eux qui m'ont averti.

— Alors, qui sont les Falcon ? demanda Alexandra. Des extraterrestres ?

Sheridan ne répondit pas immédiatement.

— Nous l'avons cru au début. Mais la vérité est différente. Les Falcon sont des mutants.

— Des mutants ?

— Vous avez déjà pu constater qu'ils étaient dotés de capacités surprenantes. Mais vous n'avez qu'une vague idée de leur étendue. Ces êtres disposent d'une intelligence supérieure et de pouvoirs parapsychiques extrêmement développés.

— En quoi représentent-ils une menace pour l'Humanité ?

— Nous savons qu'ils tentent de prendre le contrôle de l'économie mondiale. Et, au-delà, de l'espèce humaine. Ils envisagent ni plus ni moins de modifier le génome humain afin d'éliminer les êtres faibles et de favoriser le développement de nouveaux mutants. Pour créer une race réellement supérieure qui dominera les autres.

— C'est incroyable !

— Nous savons avec certitude qu'ils projettent d'éradiquer certaines franges de la population en répandant des virus spécifiques. Parallèlement, ils s'emparent des points clés de l'économie, en utilisant le système boursier d'une manière extrêmement efficace. Si nous les laissons faire, d'ici à quelques décennies, tout leur appartiendra.

— C'est impossible. Il existe des lois antitrusts.

— À notre époque, elles ne veulent plus dire grand-chose. Un groupe de financiers bien organisés peut très bien construire un monopole mondial, au travers de sociétés écrans. L'imbroglio est tel que les plus grands experts s'y perdent. Sauf s'ils sont à l'origine de l'opération. Et les Mutants possèdent pour cela des qualités incomparables. Notre seule chance de les vaincre est qu'ils sont très peu nombreux. Nous avons estimé leur population à quelques dizaines, tout au plus. C'est pourquoi nous devons agir dès maintenant. Sinon, il sera trop tard.

— Mais en quoi suis-je concerné ?

— Malgré leurs extraordinaires connaissances technologiques et leurs pouvoirs psychiques, il leur manque certains éléments primordiaux. Nous ignorons lesquels, mais nous savons qu'ils se trouvent dans votre mémoire profonde.

— Le fameux secret, soupira Kevin. Avez-vous une idée de sa nature ?

— Non. Mais nous savons que c'est pour cette raison que les Mutants organisent ces voyages. Ils veulent réveiller le souvenir de vos vies antérieures.

L'écrivain secoua la tête, abasourdi.

— Comment pouvez-vous savoir tout cela ? Nous n'en avons parlé qu'à Eddy et… à Mike, mon éditeur. C'est lui qui vous a mis au courant ?

— Votre éditeur n'a rien à voir là-dedans, et Eddy non plus. La NSA vous a fait suivre par des médiums.

— Des médiums ?

— Vous connaissez déjà leur existence, puisque Eddy a fait des recherches pour savoir qui était Bruce Lebster, l'homme que l'on a tué devant vous à La Rochelle. Nous utilisons ces médiums pour pister les groupes terroristes et tenter de deviner leurs intentions. La NSA en a placés près de vous depuis l'affaire de Rocky Point.

— Nous ne nous sommes aperçus de rien ! dit Alexandra.

— C'est l'avantage des médiums. Ils n'ont pas besoin d'un contact visuel avec leur cible. Il leur suffit de se trouver à quelques centaines de mètres au maximum. La NSA pensait que vous aviez un rapport avec les Mutants, et ils voulaient déterminer votre rôle. Le médium a vite compris que vous n'étiez pas de mèche avec eux. En revanche, les Mutants s'intéressaient à vous, ce qui n'est pas dans leurs habitudes. Il fallait savoir pourquoi.

— Ce médium, c'était Bruce Lebster ?

— Non. Sans doute vous suivait-il lui aussi. Mais il travaillait pour un autre service. Nous n'en savons pas plus. Nous ignorons qui l'a tué, et pourquoi.

— Mais alors… s'écria Kevin, votre médium aurait dû avertir la NSA que la DST nous avait arrêtés.

— Non. Par un concours de circonstances, vous avez été emmenés au moment où il s'était éloigné pour avertir ses supérieurs du meurtre de Lebster. Il avait perdu le contact mental avec vous. Lorsqu'il est revenu, vous aviez disparu. C'est l'inspecteur de La Rochelle qui a pris contact avec Eddy. De toute façon, je doute que la NSA soit intervenue pour vous faire libérer. En général, ils laissent évoluer les choses et ils observent. Ils ont perdu une nouvelle fois votre trace lors de votre voyage au Tibet. Mais ils vous ont immédiatement retrouvés dès votre retour dans le Périgord. Ils avaient posté quelqu'un près de chez vous, mademoiselle Delamarre. Ces médiums ont assisté, à distance, à toutes vos régressions, hormis celle du Tibet. C'est ainsi que l'on a pu comprendre la démarche des Mutants. Bien sûr, je n'étais pas au courant. La NSA vient seulement de m'informer de tout cela, à cause de la mort d'Eddy.

Un long silence s'installa. Une boule lourde creusait l'estomac de Kevin. Il se sentait responsable de la mort de son ami. Jamais il n'aurait dû l'entraîner dans cette histoire. Sheridan lui posa une main compatissante sur le bras.

— Ne vous accusez pas, Kevin. Vous ignoriez à qui vous aviez affaire.

— Qui a pu tuer Eddy ?

— Nous supposons qu'il s'agit des Mutants. Il avait dû découvrir quelque chose sur eux, et ils s'en sont aperçus. Malheureusement, nous ignorons quoi.

Kevin secoua la tête.

— Il y a quelque chose qui me gêne dans votre histoire, William.

— Comment ça ?

— Vous avez dit que ces Mutants s'apprêtent à prendre le contrôle de la Terre. Or, Alexandra et moi avons découvert qu'ils existent depuis très longtemps. Ils semblent même immortels. C'est sans doute pour cela qu'ils empruntent les identités d'enfants morts en bas âge.

— Pourquoi pensez-vous qu'ils sont immortels ?

— Parce que nous avons retrouvé Paul et Katherine Falcon plus de mille ans avant J.-C., dans la peau de grands seigneurs égyptiens. S'ils vivent depuis si longtemps, pourquoi n'ont-ils pas cherché à dominer le monde avant ?

William Sheridan eut un léger sourire.

— Détrompez-vous : ils ne sont *pas* immortels. C'est ce qu'ils veulent vous faire croire. En réalité, ils changent d'identité lorsqu'ils se sentent repérés, afin de brouiller les pistes, et non pour masquer leur immortalité.

— Mais nous les avons reconnus, insista Alexandra. Il ne peut s'agir d'une coïncidence.

— Il ne s'agit certainement pas d'une coïncidence, et je ne mets pas un seul instant vos affirmations en doute.

— Alors, quelle explication donnez-vous au fait que nous les ayons rencontrés il y a plus de trois mille ans ?

— Avez-vous entendu parler de la manipulation d'esprit, mademoiselle Delamarre ?

— Que voulez-vous dire ?

— Ces Mutants sont capables de pénétrer votre esprit et d'y implanter des idées, des concepts, des émotions, des sensations sans que vous y preniez garde. Vous avez l'impression d'être libre, de raisonner par vous-même, mais c'est faux. En réalité, vous êtes manipulés, sans vous en apercevoir.

— Ce n'est pas possible, murmura Alexandra, ébranlée malgré elle.

Kevin ne répondit pas. Il songea à la tranche de temps disparue à Rocky Point. Le raisonnement de Sheridan se tenait parfaitement. Hélas ! Mais Alexandra ne s'avoua pas vaincue :

— Vous pensez donc que toutes ces régressions étaient fausses, et que nous avons eu seulement « l'impression » de remonter dans le temps, parce que les Falcon avaient imprimé cette idée en nous ?

— Pas du tout. Le phénomène de la réincarnation est une réalité. Vous en avez eu la preuve en retrouvant les archives concernant Else von Marburg. Le médium de la NSA a vérifié derrière vous. En revanche, vos transes ont été façonnées de manière à vous présenter les Mutants sous un jour favorable. À chacune de vos régressions, les Falcon étaient près de vous. Nos médiums l'ont confirmé. Ils agissaient par télépathie sur vos esprits.

— S'ils sont si forts, comment se fait-il qu'ils ne soient pas encore parvenus à réveiller la totalité de ma mémoire ? reprit Kevin.

— Vous m'en demandez trop. Je ne pratique pas moi-même la télépathie. Je suppose qu'il s'agit d'une opération délicate. Elle comporte peut-être des dangers. Or, ils tiennent à vous. Tout au moins jusqu'au moment où ils auront obtenu ce qu'ils recherchent.

— Et vous pensez que ce ne sont pas Paul et Katherine Falcon que nous avons reconnus sous les traits de Her Hoptah et de Neferourê, il y a trois mille ans ?

— Non ! Ils ont seulement « implanté » en vous l'idée qu'ils étaient immortels. Ils vous ont fait croire, dans cette régression, que vous les aviez déjà rencontrés très loin dans le passé.

— C'est insensé.

— C'est très logique au contraire. Ils vous ont amenés dans un lieu sacré afin de vous conditionner. Pour vous inspirer totalement confiance, il fallait que vous soyez persuadés qu'ils vivaient sur Terre depuis déjà très longtemps. Ainsi, vous ne pouviez imaginer qu'ils se préparent à dominer le monde. Votre réaction le prouve : d'après vous, s'ils avaient eu l'intention de conquérir la Terre, ils l'auraient fait depuis longtemps.

— Mais nous avions une preuve, rétorqua Alexandra. Le grand lama Tsenring nous a confié un manuscrit qui relatait le voyage que nous avons effectué là-bas, il y a trois mille ans. On y contait les exploits réalisés par Her Hoptah et Neferourê.

— Un manuscrit ?

— Un livre très ancien, en papyrus, et rédigé dans une langue inconnue, ancêtre du sanscrit.

— Et où est-il à présent ?

— Je l'ai fait examiner par l'un de mes amis, le professeur Louis Charpentier, qui est spécialisé dans les anciennes langues asiatiques. Il pensait que c'était un faux, mais il n'est pas très objectif. C'est un vieil historien qui ne croit pas que les Égyptiens aient pu avoir des contacts avec la Chine. Pour plus de sûreté, j'ai porté le manuscrit à l'université de Bordeaux, pour le faire expertiser. Malheureusement, il a brûlé dans un incendie.

— Dans un incendie ? Et cela ne vous surprend pas ?

Alexandra remua la tête, agacée.

— Il est vrai que je me suis posé la question. C'était un incendie criminel. J'ai imaginé un moment que l'on avait détruit le laboratoire pour faire disparaître ce manuscrit. Mais c'était une hypothèse idiote.

— *A priori*, oui. Mais ça l'est beaucoup moins à la lumière de ce que je viens de vous apprendre. Ce manuscrit n'était destiné qu'à confirmer en vous l'idée que les Falcon étaient immortels. Mais ils savaient aussi qu'il ne résisterait pas à une expertise solide. Si vous aviez eu la preuve qu'il était faux, cela voulait dire que, depuis le début, toute votre démarche était placée sous le signe du mensonge. Et tout ce que vous aviez découvert était faux, au moins en partie. Les Falcon ne pouvaient pas courir un tel risque. Je vous fiche mon billet que ce sont eux qui sont à l'origine de l'incendie.

— Alors pourquoi avoir pris le risque de nous faire remettre un manuscrit qui pouvait les trahir ?

— Le risque était minime. Ils n'avaient pas prévu que vous le feriez analyser. Ils devaient penser que vous vous contenteriez de garder le livre pour vous.

Alexandra ne répondit pas. En elle, les souvenirs de Mina n'avaient rien perdu de leur netteté.

— Je ne peux pas croire que Her Hoptah et Neferourê n'ont jamais existé.

— Rassurez-vous : ils ont sans doute existé. Mais ils ne ressemblaient pas aux Falcon.

La jeune femme secoua la tête, décontenancée. L'aventure du Tibet avait été une expérience magnifique. Il était difficile d'admettre que la vision merveilleuse de Pemako, cette sensation de plénitude, la gentillesse du lama Tsenring n'étaient que supercheries.

— Ouvrez les yeux, Alexandra, dit doucement Sheridan. La vérité est parfois difficile à accepter, mais ils ont utilisé vos souvenirs en les remodelant. Le conditionnement psychologique est une arme que nous utilisons aussi. Vous seriez stupéfaits des résultats que nous parvenons à obtenir dans les centres spécialisés de l'armée. Mais nous sommes des débutants à côté de ces Mutants.

Perplexes, Alexandra et Kevin laissèrent passer un long silence. Puis Kevin demanda :

— Sait-on d'où ils viennent ?

— Nous pensons qu'ils sont apparus au fil des siècles, par une mutation naturelle inscrite dans l'évolution de l'espèce.

— Ce qui expliquerait le développement chez Alexandra et moi de pouvoirs paranormaux.

— Sans doute.

— Dans ce cas, nous considérez-vous comme des Mutants, nous aussi ?

— Bien sûr. Mais, tout comme nos médiums, vous restez des êtres humains. Les Falcon et leurs semblables possèdent un potentiel bien supérieur. Ils existent vraisemblablement depuis très longtemps. En revanche, ce qui est nouveau, c'est que leur nombre augmente de façon inquiétante, apparemment depuis un siècle. Nous estimons qu'ils se sont regroupés dans un lieu inconnu de la planète, afin de constituer le noyau de leur nouvelle race.

— Un lieu inconnu ? Vous estimez que c'est encore possible, avec les satellites qui scrutent chaque pouce carré de la surface du sol ?

— Exactement.

William Sheridan fouilla dans sa mallette et en sortit un DVD.

— Ce document est classé top secret. Pouvez-vous le passer ?

Kevin introduisit le disque dans son ordinateur. Les images dévoilèrent une petite flotte de vaisseaux militaires.

— Nous avons acquis la certitude que les Mutants ont installé une base sur une île de l'Atlantique Nord. Malheureusement, jusqu'à présent, nous n'avons pas réussi à la localiser. Il y a deux semaines, on a repéré l'*Atalaya* non loin du Triangle des Bermudes. La marine a envoyé des navires à sa poursuite, espérant découvrir cette île.

Il montra l'écran et poursuivit d'un ton grave :

— Ces images ont été réalisées par l'équipage du seul bateau qui a réchappé au drame. La flotte comportait cinq vedettes et un escorteur. Regardez !

Loin devant le navire où opérait le cameraman, on distinguait les silhouettes de quatre petites vedettes escortant un vaisseau de plus fort tonnage, et équipé de radars. Le soleil illuminait un océan houleux. On entendait les appels de marins, ainsi que le fracas des lames s'écrasant contre la coque. Peu à peu, une brume épaisse surgit par tribord. En quelques instants, la visibilité tomba. Hors du champ, un matelot s'exclama :

— Regardez les vagues ! Elles sont bizarres !

Le cameraman tourna l'objectif dans la direction indiquée. À peu de distance de la vedette, les eaux étaient devenues pourpres, comme chargées de sang. Un bouillonnement infernal remontait des profondeurs. L'instant d'après, des flammes courtes et rapides coururent à la surface tourmentée, éclatant par endroits en tornades que les vents emportaient. Des cris de peur éclatèrent autour du cameraman qui, n'écoutant que son courage, continuait à filmer.

Tout à coup, un grondement épouvantable retentit. Les mouvements saccadés de l'objectif traduisirent l'affolement soudain de l'opérateur. Puis celui-ci braqua sa caméra en direction de l'escorteur, dont on ne percevait plus qu'une masse sombre, masquée par la brume. L'instant d'après, une formidable vague de feu se répandit à l'horizon, engloutissant en quelques secondes les silhouettes des cinq navires, qui s'embrasèrent, puis explosèrent dans un vacarme d'apocalypse.

Il y eut une coupure, puis l'objectif montra des canots de sauvetage qui recueillaient quelques rares survivants. Alexandra ne put retenir un cri d'horreur : les rescapés n'avaient plus de peau.

— Brûlures au troisième degré, commenta William Sheridan. Nous ignorons quelle sorte d'arme est capable de provoquer de telles blessures, mais ces images vous donnent une idée de la sauvagerie dont sont capables les Mutants.

— Êtes-vous sûr qu'ils sont responsables de ce massacre ? demanda Kevin.

— L'*Atalaya* n'était qu'à cinq ou six milles devant. Seule la vedette de l'opérateur, qui naviguait en arrière, a échappé au drame. Les rescapés ont parlé d'un feu intense qui s'est déclaré d'une manière soudaine, comme si l'océan lui-même s'était embrasé. Peu d'entre eux ont survécu. Pourtant, nos navires n'avaient engagé aucune hostilité.

Il serra les poings et ajouta :

— Ce jour-là, près de quatre cents marins ont trouvé la mort. Nous avons mis cette disparition sur le compte d'une violente tempête, afin de calmer la presse.

— Nous n'avons pas entendu parler de cette affaire !

— Vous étiez au Tibet.

Tandis que William ôtait le disque du lecteur, Kevin se gratta le menton avec perplexité.

— Ce que je ne comprends pas, c'est que des individus possédant une puissance aussi dévastatrice aient besoin de moi.

Sheridan hésita, puis répondit :

— Nous sommes arrivés à la conclusion qu'il a existé, dans un passé lointain, un peuple évolué, qui disposait lui aussi d'une technologie très avancée. Pour des raisons que nous ignorons, ce peuple a disparu, ou a régressé au fil des réincarnations. Et les secrets qu'il avait découverts ont été perdus.

— Cela va à l'encontre de toutes les théories historiques, objecta Kevin.

— Les théories officielles, oui. Mais cette hypothèse est la seule qui permette d'expliquer certaines… bizarreries de l'Histoire. Et certains scientifiques l'envisagent sérieusement. Nous pensons que vous avez appartenu à ce peuple, M. Kramer.

— Moi ?

— Vous étiez probablement un personnage très important, un savant qui garde, enfoui dans les replis de sa mémoire profonde, un ou plusieurs secrets dont les Mutants aimeraient s'emparer. Voilà pourquoi ils ont besoin de vous.

Kevin secoua la tête.

— Apparemment, tout le monde a besoin de moi, les Mutants, le gouvernement américain. Je suis donc un homme précieux, que l'on a intérêt à conserver en vie. Dans ces conditions, j'aimerais savoir qui a tenté de m'assassiner par deux fois ? Ce ne serait pas le FBI, par hasard, puisque je représente un danger pour le monde ?

Sheridan ne répondit pas tout de suite.

— Je vais être honnête avec vous. Nous avons évoqué cette possibilité, c'est vrai. Dans le but d'épargner un grand nombre de vies. Il ne faut pas nous en vouloir, Kevin. La sécurité des États-Unis passe avant la vie d'un simple citoyen, quelle que soit sa valeur. Mais vous tuer ne ferait que renvoyer le problème dans l'avenir, et les Mutants seraient bien mieux placés que nous pour vous retrouver parmi six milliards d'humains.

— Alors qui ?

— Nous l'ignorons. Peut-être les militaires qui ont attaqué Rocky Point. Je sais qu'il s'agit d'une unité d'intervention très spéciale, agissant pour un département top secret de l'armée. Je n'ai malheureusement pas pu en apprendre plus.

Sheridan rangea le DVD dans sa mallette et ajouta :

— Ces Mutants représentent un très grand danger, Kevin. C'est pourquoi nous avons besoin de vous. Nous devons les localiser.

— Pourquoi ne pas tenter de négocier avec eux ?

— Cela a déjà été fait. Le gouvernement a été averti. Il a envoyé des émissaires vers des Mutants que l'on avait réussi à repérer. Cela s'est passé il y a cinquante ans. Ces émissaires ont été purement et simplement éliminés. Les Mutants nous considèrent comme des êtres inférieurs. Et c'est ce que nous sommes, en regard de leurs extraordinaires pouvoirs. En revanche, lorsqu'ils ont besoin d'une personne particulière, ils savent très bien se montrer sous un jour sympathique. C'est ainsi qu'ils ont monté un réseau d'individus qui leur sont entièrement dévoués.

Comme monsieur Tcheng, songea Kevin.

— Si aucune négociation n'est possible, que comptez-vous faire ? demanda-t-il.

— Les combattre et les éliminer. Nous n'avons pas le choix. En cela, vous pouvez nous aider.

— Que voulez-vous que je fasse ? Je ne suis pas James Bond.

— Notre seule chance, c'est que vous alliez au bout de votre quête, en nous tenant au courant. Lorsque vous aurez découvert ce fameux secret, vous saurez quoi faire. Je suis persuadé qu'il nous permettra de lutter plus efficacement contre ces Mutants.

Il hésita, puis ajouta d'une voix sourde :

— C'est aussi une demande personnelle. Eddy était un ami. Et je tiens les Mutants pour responsables de sa mort.

39

Resté seul avec Alexandra, Kevin laissa libre cours à son chagrin. Des images lui revenaient en mémoire, les vacances partagées, les filles, les études où ils se soutenaient mutuellement, leurs mariages et leurs divorces respectifs. Avec Eddy, c'était un frère qu'il perdait.

Enfin, il flanqua un coup de poing sur la table basse du salon. Puis il leva les yeux vers le plafond et déclara :

— Je ne sais pas qui est responsable de ta mort, vieux frère. Mais je trouverai. Et ce jour-là, tes assassins auront du souci à se faire.

Il se tourna vers Alexandra et lui prit les mains.

— J'ignore jusqu'où peuvent aller ces pouvoirs, mais j'ai bien l'intention de poursuivre nos recherches, afin de découvrir ce qu'il y a derrière tout ça. Et quand je le saurai…

Alexandra le serra contre elle pour le calmer. Il serra les poings, puis secoua la tête.

— Et quand je le saurai, je ne pourrai rien faire, parce que je ne représente rien face à ces salauds.

Il prit le visage de la jeune femme entre ses mains.

— Écoute ! Je ne veux pas qu'il t'arrive la même chose. Je désire que tu rentres en France. Le secret, c'est moi qui le détiens. Ils ne te feront rien si tu te retires !

— Me retirer ? Tu plaisantes, c'est hors de question ! Ma place est à tes côtés.

— Mais non…

— Mais si ! Nous avons partagé je ne sais combien de vies depuis des millénaires. Nous avons traversé des dangers de toutes sortes. Nous n'allons certainement pas nous séparer maintenant. Et puis, je suis sûre que nous trouverons un moyen de venger ton ami. Les dieux ne nous abandonneront pas.

— Je croyais que tu étais agnostique.

— Je crois à la Vie, à la Nature, à la Lumière. Mes dieux, les voilà. Et ils vont nous aider. Il suffit de le leur demander.

— Comment ?

— Tu leur parles dans ta tête, et tu leur demandes ce que tu veux, avec la plus grande sincérité. Et ils t'exaucent.

— Cela s'appelle une prière.

— La différence, c'est que je n'ai pas besoin de mettre les pieds dans une église ou un temple pour ça. Mais tu vois que finalement, nous ne sommes pas tellement éloignés.

— De toute façon, mes convictions religieuses ont pris un sérieux coup de vieux depuis quelques mois.

— Et puis, nous savons que la vie ne s'achève pas avec la mort. Je suis sûre que nous retrouverons Eddy dans une vie future.

— Ça ne me console pas pour celle-ci…

Ils ne touchèrent pratiquement pas au repas. Plus tard, ils restèrent un long moment assis sur le large canapé du salon, sans parler. Enfin, Alexandra déclara :

— Toute cette histoire est bizarre. Crois-tu vraiment que les Falcon aient pu ainsi manipuler nos esprits, au point de provoquer de fausses régressions ?

— J'ai peine à le croire. Je me rappelle très bien les péripéties de ce voyage. Je suis même capable à présent de lire les hiéroglyphes sans difficulté. Et je revois clairement les visages de Her Hoptah et de Neferourê. Mais si Sheridan dit vrai, on ne peut plus être sûr de rien. Les Falcon ont pu se servir d'une existence réelle qu'ils ont transformée à leur convenance. Ils manipulent tout le monde, y compris M. Tcheng.

— Quel peut être ce secret dont ils ont impérativement besoin pour dominer la Terre ? Une arme ? Autre chose ? Et cette île que recherche la marine, tu ne penses pas que ce pourrait être celle de Brendan ?

— C'est peu probable. Elle n'est pas située dans le Triangle des Bermudes, mais un peu au-dessus de l'Équateur, à l'ouest d'un îlot appelé Saint-Paul. Et puis, je ne vois pas où est l'intérêt d'utiliser comme base opérationnelle une île qui n'apparaît que tous les cent vingt et un ans.

— Tu n'en as pas parlé à Sheridan…

— Je préfère garder certaines histoires pour moi.

— Tu sais, après la réincarnation et les Mutants, à mon avis, il est blindé.

— Il y a une autre raison. En vérité, je ne sais plus à qui faire confiance. Les arguments de Sheridan sont solides, et tout se tient dans ce qu'il a dit. Mais il y a tellement de questions qui restent sans réponse. Par exemple, je ne sais toujours pas qui a tenté de me tuer. Si ce ne sont ni les Mutants ni le FBI, alors qui ?

— L'armée… suggéra Alexandra. Je veux dire, ceux qui contrôlent les soldats kamikazes. Pour eux, tu es un témoin gênant.

— Alors, pourquoi me laisse-t-on tranquille à présent ?

— La NSA a dû prendre contact avec eux et leur demander de renoncer.

— Oui, c'est possible, répondit-il d'une voix sourde.

Le lendemain des obsèques d'Eddy, un homme se présenta au domicile d'Alexandra et demanda à voir Kevin.

— Maître Gerald Wallace. Mon client, M. Edward Samuel Lee, m'avait chargé de vous remettre un document au cas où il viendrait à disparaître prématurément. Ayant été informé de son décès, je respecte ses instructions.

L'homme lui tendit une enveloppe scellée et prit congé. Ému et intrigué, Kevin la décacheta et en tira une lettre manuscrite, visiblement écrite à la hâte.

« Salut, mec !

« Si tu lis ces lignes, c'est que je suis parti vérifier par moi-même si ton histoire de réincarnation n'était pas un truc pour te faire mousser. Depuis quelque temps, je ne me sens pas en sécurité. J'ai l'impression que l'on n'apprécie pas que je fourre mon nez dans des histoires pas très claires. À moins que ce ne soit lié à

notre ami le fantôme. Il s'est manifesté plusieurs fois depuis ton départ. Et pas pour rien, tu peux me croire.

« Détruis cette lettre aussitôt que tu l'auras lue, et adresse-toi à notre vieux pote Long John Silver. *Il aura beaucoup de choses à t'apprendre.*

« Pense à moi quelquefois. Et embrasse bien Alexandra. C'est une fille géniale.

« Ton vieil Eddy. »

Kevin sentit à peine les larmes brûlantes qui ruisselaient sur ses joues.

— Même devant la mort, il n'a pas pu s'empêcher de plaisanter, dit-il dans un mélange de rires et de sanglots. Putain, mais quelle connerie !

Il regarda encore longuement la lettre. Enfin, Alexandra demanda :

— Mais c'est qui, ce Long John Silver ?

— Le pirate de *L'Île au trésor*. Je suppose que tu as lu le livre.

— Bien sûr !

— Alors, nous allons lui rendre visite.

40

— Comment vas-tu faire pour contacter ce Long John Silver ?

— Il faut que nous nous rendions à Cape Cod.

— Pourquoi là-bas ?

— Parce que c'est là que nous le retrouverons. Nous allons dire à Sheridan que nous désirons nous recueillir à l'endroit où Eddy a été tué.

— Quand nous étions gamins, nos parents nous envoyaient souvent en camp de vacances à Cape Cod. C'est un lieu magique, où planent encore les fantômes des pirates qui infestaient la côte est des États-Unis. Je ne sais pas si Long John Silver y a jamais abordé, mais c'est ce que nous avions imaginé. Déjà à cette époque, j'étais passionné par les histoires d'écumeurs des mers. Avec les copains du camp, j'avais organisé de véritables équipages. Nos bateaux ne quittaient pas le rivage. C'étaient de vieilles barques de pêche échouées sur le sable, mais nous y avons fait des voyages fabuleux. Bien entendu, j'étais le capitaine, et Eddy mon second. Nous étions les flibustiers, poursuivis par les corsaires anglais. Nous avons récolté pas mal de plaies et de bosses, parce que nous y allions de bon cœur avec nos sabres en bois.

Ils étaient arrivés la veille au soir. Situé à quelques centaines de kilomètres au nord-est de New York, Cape Cod avait conservé le caractère authentique et sauvage qu'il devait avoir à l'arrivée des premiers colons sur le sol américain. On imaginait facilement dans les rues, aujourd'hui peuplées de touristes, les échoppes de traite où l'on pouvait troquer fourrures et alcools, fusils et cartouches, tissus en provenance d'Europe, épices et bijoux indiens.

William Sheridan n'avait émis aucune objection.

— De toute façon, deux de mes gars vous suivent en permanence, afin de vous protéger. Soyez tout de même prudents. Et faites acheminer votre courrier, au cas où les Mutants se manifesteraient de nouveau.

Kevin et Alexandra avaient loué une chambre dans un petit hôtel confortable, à l'écart du centre touristique.

Ce matin-là, ils faisaient une promenade sur une longue plage de sable, bordée à l'ouest par un escarpement rocheux. Au loin, on devinait les silhouettes en costume des deux agents du FBI chargés de leur sécurité.

— Ils ne sont pas très discrets, remarqua Alexandra. On les repère à dix lieues.

Kevin désigna le haut éperon qui dominait la plage.

— C'est là que nous allons rencontrer Long John Silver, dit-il.

Il se tourna vers Alexandra et ajouta, avec un mélange de joie et de nostalgie.

— Long John Silver, c'était moi, lorsque j'étais capitaine des pirates de Cape Cod. Eddy savait que je serais le seul à comprendre, au cas où sa lettre tomberait entre les mains de quelqu'un d'autre.

— C'est-à-dire ?

— Nous avions installé notre repaire dans une grotte à laquelle on accède seulement à marée basse. Nous y avions creusé une cachette dans la roche, où nous entreposions notre butin. C'est sans doute là qu'Eddy a dissimulé son dossier. Il me tarde d'y être, mais il ne faut surtout pas avoir l'air de chercher quelque chose, à cause de ces deux rigolos.

— Ils sont là pour veiller à notre sécurité, objecta Alexandra.

— Ou pour nous épier. J'ai plutôt confiance en William, mais ses supérieurs n'ont rien à foutre de nous. La seule chose qui les intéresse, c'est ce maudit secret. Si au moins je savais comment faire pour le retrouver sans l'aide des Mutants… Allez, viens !

Il lui prit la main et tous deux se dirigèrent en flânant vers la falaise de granit, où Kevin ne fut pas long à retrouver l'entrée de la grotte aux pirates.

— Il faut vraiment savoir qu'il y a une caverne ici ! s'exclama Alexandra.

— Fais le guet, aux cas où nos anges gardiens deviendraient un peu trop curieux.

Elle se posta en embuscade. Kevin disparut dans les profondeurs ténébreuses de la caverne, muni d'une lampe-torche.

— Dépêche-toi ! s'exclama soudain Alexandra, ils arrivent.

Lorsque Peter Gallaghan et Desmond Mortimer, agents du FBI, arrivèrent près de la grotte, ils découvrirent le couple uni par un baiser qui aurait fait date dans l'Histoire sans leur intervention incongrue.

— Oh, excusez-nous ! bredouilla Peter.

— C'est que le patron nous a dit de ne pas vous perdre de vue, renchérit l'autre.

— Vous voulez peut-être partager notre chambre ? s'écria Alexandra d'un air furieux. Je sais bien que vous êtes censés nous protéger, mais point trop n'en faut. Nous sommes tout de même libres de nous embrasser dans un endroit discret.

— Bien sûr, mademoiselle. Nous vous laissons.

— De toute façon, nous allions rentrer à l'hôtel ! rétorqua Kevin d'une voix rogue.

Les deux flics ne remarquèrent pas que le sac de plage que portait Alexandra avait pris du ventre.

Quelques instants plus tard, Kevin et Alexandra étaient de retour dans la chambre. Alexandra ferma les rideaux, pour laisser croire à de sauvages ébats amoureux. Eddy brancha l'ordinateur portable qui ne le quittait jamais, et déplia le message qui accompagnait les DVD.

« Salut, vieux pirate !

« Si tu lis ces lignes, c'est que je ne suis plus là, et que tu es rentré tout seul en possession des autres rapports envoyés par notre ami le fantôme. Ils sont au moins aussi édifiants que celui sur les soldats kamikazes, en particulier le dernier, qui révèle la vérité sur Roswell. Ils vous sont destinés, pour une raison que j'ignorerai toujours. Faites-en le meilleur usage possible. Je pense qu'il est important que la vérité éclate enfin sur tous ces sujets. On a raconté trop de conne-

ries jusqu'à présent, et il est temps que le monde soit averti de la menace qui pèse sur lui. Je ne sais pas d'où elle vient — je ne sais toujours pas qui est tonton César —, mais il faut tout faire pour arrêter ces sinistres crétins. Malheureusement, j'ignore comment.

« Bonne chance, vieux frère, et à plus tard, dans une autre vie.

« Enfin, j'espère…

« Ton pote Eddy. »

Ému, Kevin replia soigneusement la lettre et ouvrit le coffret contenant les DVD. Eddy les avait classés dans l'ordre selon lequel il les avait reçus. Alexandra et Kevin découvrirent ainsi les dessous de Pearl Harbor et d'Hiroshima, de l'assassinat de Kennedy, les rapports secrets sur le sida, sur la fabrication des virus sélectifs, sur l'eugénisme et sur les manipulations occultes des peuples et de leurs gouvernements.

— Les salauds ! explosa Alexandra lorsqu'ils eurent terminé. Il n'y a pas de mots assez forts pour qualifier les pourris qui sont derrière ça. J'aimerais les tenir et les découper en lanières.

Kevin soupira :

— William avait raison. Les Mutants cherchent bien à prendre le contrôle de la planète et à asservir l'espèce humaine. C'est monstrueux.

— Tu es sûr que ce sont les Mutants ?

— Qui veux-tu que ce soit d'autre ? Tout ce qu'il y a là-dedans confirme les soupçons de Sheridan : l'eugénisme, les manipulations du génome humain, les drogues, les virus sélectifs. Sans compter les complots destinés à amasser la plus colossale fortune de tous les temps. Souviens-toi de ce qu'a dit

Tcheng : « Ils disposent déjà d'une fortune dont vous ne soupçonnez pas l'importance. » Lorsque l'on sait comment ils l'ont obtenue, cela n'a rien d'étonnant. Et cela se comprend. Ils nous ressemblent, mais ils nous sont largement supérieurs. Pour eux, nous sommes des attardés mentaux, presque des animaux de compagnie.

Alexandra fit une moue sceptique.

— À la lecture de ces rapports, je pensais plutôt à une poignée de vieux réactionnaires de type Ku Klux Klan, des nazis, ou quelque chose du même genre.

Kevin secoua la tête.

— Des nazis n'auraient pas agi contre Hitler.

— Et le dossier Roswell ?

Kevin introduisit le disque. Des titres apparurent à l'écran, qui renvoyaient à des articles, des listes de photos, de documents, d'articles de presse. Le dossier contenait deux études parallèles, l'une donnant la version officielle de l'événement, celle que l'on servait au monde depuis plus de cinquante ans, l'autre expliquant ce qui s'était réellement passé le 2 juillet 1947 dans le désert du Nevada.

Premier dossier : Version officielle

« Dès le début des années quarante, l'armée des États-Unis observa une recrudescence de ces phénomènes étranges que l'on appelle ovnis, ou Objets Volants Non Identifiés. Deux thèses s'affrontèrent bientôt chez les militaires. Pour les uns, il pouvait s'agir de vaisseaux arrivant d'un autre monde ; pour les autres, ces engins étaient des appareils espions envoyés par les communistes ou les nazis. À plusieurs reprises, on tenta d'abattre l'un de ces ovnis. Mais ces étranges vaisseaux

se déplaçaient beaucoup plus vite que les avions de chasse, et toutes les tentatives restèrent vaines.

« Jusqu'au 2 juillet 1947.

« Ce matin-là, la foudre s'abat sur l'un de ces mystérieux appareils. Le vaisseau inconnu, gravement touché, poursuit néanmoins sa route pendant deux cent cinquante kilomètres, jusque dans les environs de Magdalena. Là, il s'écrase dans un champ, près de la petite ville de Roswell.

« Ce n'est que quatre jours plus tard, le 6 juillet, que le propriétaire prévient les autorités. Le major Jesse A. Marcel et l'agent du contre-espionnage Cavitt se rendent sur place. Ils découvrent alors une quantité de fragments d'un matériau léger mais extrêmement résistant, dont certains présentent des signes inconnus. Le plus curieux est un morceau de forme circulaire d'environ trois mètres de diamètre. Marcel et Cavitt recueillent des échantillons et les adressent au général Mac Mullen, adjoint du général Vanderberg, chef d'état-major de l'US Air Force. Dans un premier temps, les fragments parviennent à la base de Fort Worth, au Texas.

« Mais les journalistes ont eu vent de l'affaire et les esprits commencent à s'échauffer. Certains parlent déjà d'un vaisseau extraterrestre abattu par l'armée, d'autres d'un avion espion russe ou chinois.

« Deux jours plus tard, le 8 juillet 1947, pour apaiser l'opinion, le général Ramey, commandant du 8e district aérien, à Fort Worth, adresse un communiqué de presse dans lequel il explique que l'épave est celle d'un ballon-sonde.

« Le même jour, un autre avion en provenance de Washington se pose à Roswell. Une équipe est chargée

d'emporter les débris restants. Certains sont amenés à Fort Worth, d'autres partent pour la base de Wright Field, dans l'Ohio. Plus tard, tous les fragments sont regroupés à la base d'Edwards, en Californie.

« Cependant, très vite, des rumeurs courent sur l'affaire. Un ingénieur de l'université de Pennsylvanie, Barnett, affirme s'être rendu sur les lieux le 3 juillet au matin. Il décrit la carcasse d'un engin circulaire d'une dizaine de mètres de diamètre. Tout près sont allongés les cadavres de quatre humanoïdes revêtus d'un uniforme gris. Barnett est rejoint par des collègues de l'université, mais ils sont expulsés par les militaires qui établissent un cordon de sécurité autour de l'appareil. On interdit à quiconque de s'approcher de l'engin, et on ordonne à Barnett et ses acolytes de garder le silence.

« Au début des années cinquante, le président des États-Unis, Dwight Eisenhower, est intrigué par les rumeurs qui prétendent que l'armée détiendrait les restes d'un ovni abattu quelques années plus tôt. Dans la nuit du 20 février 1954, il se rend à la base d'Edwards sans prévenir personne, provoquant au passage un vent de panique dans son entourage. Jamais il ne parlera de ce qu'il a vu.

« Fin 1954, les restes sont transférés dans l'Ohio, à Wright. Le secret reste entier et l'armée demeure muette sur le sujet. En 1978, le tout est rassemblé dans un centre de la CIA, à Langley.

« L'affaire rebondit en 1979 lorsque Jesse A. Marcel affirme que l'histoire du ballon-sonde a été montée de toutes pièces afin de brouiller les pistes. Malgré la promulgation d'un Acte sur la liberté de l'information, l'armée et les organismes officiels s'obstinent à garder

le silence. Les bruits les plus farfelus courent pour expliquer l'énigme de Roswell. Les séries télévisées sur les extraterrestres envahisseurs fleurissent, les films de science-fiction se multiplient. On a même organisé, en 1997, une reconstitution de l'autopsie des fameux cadavres. Mais, pour l'opinion publique, le mystère reste entier. L'histoire des petits êtres gris n'a jamais été confirmée ou infirmée par l'armée. »

Le deuxième rapport, daté de novembre 1948, était rédigé par « César » lui-même.

Ce qui s'est réellement passé à Roswell

« Le 2 juillet 1947, la foudre frappe un appareil inconnu évoluant au-dessus du Nevada, non loin des sites où l'armée testait l'effet des radiations atomiques sur les soldats. Ce n'était pas la première fois que l'on remarquait un phénomène semblable. Depuis le début des années quarante, les ovnis s'étaient multipliés, essentiellement dans les régions où avaient lieu les essais militaires ultra-secrets. L'hypothèse ne pouvait donc être écartée qu'il s'agissait en réalité d'appareils communistes chargés d'espionner les États-Unis. Lorsque l'engin fut touché, l'aviation le prit aussitôt en chasse. À plusieurs reprises, il fut atteint par des balles de mitrailleuses. Un avion normal aurait été abattu depuis longtemps, mais l'ovni continuait sa course. Enfin, il s'écrasa dans un champ, près de Roswell. Un commando d'élite fut aussitôt dépêché sur les lieux. Autour de l'épave gisaient trois cadavres. Un quatrième individu était encore en vie. C'était un être de haute taille, sanglé dans un uniforme de couleur argentée. Croyant avoir affaire à un ennemi

humain, les militaires s'avancèrent vers lui. Bien que blessé, l'individu fit face et utilisa contre les soldats une arme étrange, qui n'a jamais pu être identifiée. Les hommes se mirent à tomber comme des mouches, sans qu'aucun projectile ne les ait frappés. Avant que le capitaine Karson, qui dirigeait le commando, ait compris ce qui se passait, une demi-douzaine de soldats avaient déjà péri. Il ordonna alors d'ouvrir le feu sur le pilote étranger. Celui-ci finit par succomber, non sans avoir réussi à tuer encore trois soldats. On constata alors que les morts avaient le cerveau littéralement réduit en bouillie. Pour certains, il coulait même à travers les narines. Aucune arme connue ne pouvait provoquer de tels dégâts.

« Le capitaine Karson appela aussitôt ses supérieurs. Dans la nuit, on vint récupérer les cadavres. Il fut convenu de garder un silence total sur l'affaire. Au matin, des indésirables, parmi lesquels un certain Barnett, envahirent la place. Les soldats avaient déjà été emportés, mais il restait encore les corps des espions. Les curieux eurent le temps d'apercevoir l'épave, qui avait une forme bizarrement circulaire, et les quatre cadavres. Il eût été plus prudent de supprimer Barnett et ses acolytes, mais les témoins étaient trop nombreux. On se contenta donc de le menacer, ce qui ne l'empêcha pas, par la suite, de divulguer l'information.

« Afin de ne pas éveiller les soupçons, la mort des soldats fut imputée aux essais nucléaires ayant lieu dans cette région. On prétendit ensuite que le propriétaire du champ avait prévenu les autorités très tard, ce qui permit d'envoyer officiellement le major Marcel et l'agent Cavitt sur les lieux, le 6 juillet au

matin. Le 8, le général Ramey donna une conférence de presse afin de faire taire les rumeurs propagées par Barnett, et expliqua que l'épave était celle d'un ballon-sonde. Bien entendu, cette version était fausse. Lorsque des farfelus imaginèrent l'histoire des « Petits Gris », l'armée ne tenta pas de démentir. Plus on raconterait de sornettes sur le sujet, mieux cela vaudrait.

« Cependant, l'énigme était loin d'être résolue.

« L'étude des cadavres permit d'établir qu'il s'agissait d'êtres humains. En revanche, il fut impossible de déterminer leur origine. Les signes gravés sur les fragments résistèrent à toute tentative de décodage, même avec les systèmes les plus perfectionnés. Il faut préciser que les données étaient très peu nombreuses, et sans aucun point de référence. Nous supposons qu'il s'agit d'indications telles que celles que l'on rencontre dans les avions, mais rien ne le prouve. D'autre part, la résistance extraordinaire dont avait fait preuve le survivant confirme qu'il bénéficiait d'un état physique étonnant, compte tenu des blessures qu'il avait reçues au cours de l'écrasement. Un homme normal aurait succombé bien avant l'arrivée du commando. Néanmoins, il a trouvé la force d'utiliser son arme inconnue. On a alors avancé l'hypothèse que cet individu s'était servi d'autre chose, peut-être la puissance de son esprit, pour frapper nos soldats.

« En conclusion, nous sommes parvenus, à l'époque, à l'hypothèse suivante : ces appareils volants, qui relèvent d'une technologie inconnue sur Terre, ne pouvaient venir que d'un autre monde. La recrudescence des apparitions d'ovnis nous amena à penser qu'il se préparait une invasion de notre planète.

« Cependant, nous avons révisé plus tard cette hypothèse, en découvrant, grâce aux médiums, qu'il existait des individus dotés de pouvoirs identiques à ceux du pilote de Roswell. Nous en avons conclu qu'il ne s'agissait pas d'extraterrestres, mais de Mutants. Des êtres qui constituent une menace pour nous, et que nous devons donc éliminer jusqu'au dernier.

« C'est pourquoi nous avons créé une section spéciale de médiums télépathes pour débusquer ces créatures et les mettre hors d'état de nuire. »

Kevin et Alexandra se regardèrent, interloqués.

— Alors là, je n'y comprends plus rien, déclara Kevin. Je pensais que « César » était le nom de code sous lequel les Mutants signaient leurs rapports secrets. Mais le dossier Roswell semble prouver le contraire. Qu'est-ce que ça veut dire ?

— Cela veut dire que « César » correspond à autre chose. Une puissante organisation secrète qui, depuis près d'un siècle, manipule les hommes politiques et les grands industriels pour servir ses projets, c'est-à-dire s'emparer de l'économie mondiale et modifier artificiellement l'espèce humaine.

— C'est peut-être cette organisation que Katherine Falcon appelle la Sainte Vehme. Un groupement d'individus extrêmement riches, qui ont décidé d'imposer leur loi au monde. Il est bien évident que des gens comme les Mutants doivent les gêner. Surtout si ces Mutants ont les mêmes objectifs qu'eux.

— Rien ne le prouve, rétorqua Alexandra.

— Comment expliquer autrement leur acharnement à réveiller ma mémoire profonde ? Ils ne font tout de même pas ça pour mes beaux yeux, non ?

— Je ne sais pas. Tout cela n'est pas clair. Les éléments que nous a donnés Sheridan semblent confirmer que nous avons été manipulés par les Falcon, mais il ignore sans doute l'existence de la Sainte Vehme. Nous devrions peut-être lui montrer ces documents.

Kevin hésita.

— Non. Je commence à en avoir marre que l'on décide à ma place. Nous allons remettre ces dossiers dans la cachette de Long John Silver. Personne ne viendra les chercher là. Ensuite, nous allons rentrer à New York et tenter de découvrir ce fameux secret par nos propres moyens. J'ai une petite idée.

41

De retour à New York, deux jours plus tard, ils rendirent visite à William. Celui-ci se plaignit que l'enquête sur la mort d'Eddy piétinait. Kevin lui exposa le but de leur visite.

— Vous nous avez dit que l'hypothèse qu'il ait pu exister une civilisation technologiquement avancée reposait sur des « bizarreries de l'Histoire ». Pourriez-vous nous en dire plus ?

— Je ne suis pas vraiment qualifié pour vous répondre, mais je crois qu'il s'agit de cartes marines. Certaines comportent des éléments qui ne pouvaient pas y figurer à l'époque où elles ont été réalisées. Je n'en sais pas plus. Je crois qu'elles ont été établies par un marin du nom de Piri quelque chose !

— Piri Re'is ! s'exclama Alexandra. Mais oui, bien sûr ! J'ai entendu parler d'un livre qui décrit ces cartes. Nous le trouverons sûrement à la Grande Bibliothèque.

— Tenez-moi au courant !

— Bien sûr.

— Piri Re'is était sans doute le fils d'un renégat d'origine grecque, expliqua Alexandra tandis qu'ils se rendaient à la Grande Bibliothèque. Il écumait la Méditerranée pour le compte de la Sublime Porte, c'est-à-dire du sultan de Constantinople. Mais c'était aussi un homme cultivé et raffiné, ce qui explique qu'il ait écrit ce livre, le *Bahriye*. En 1551, il est nommé commandant en chef de la flotte d'Égypte. Malheureusement pour lui, à la suite d'une campagne dans le golfe Persique, il est victime d'une cabale et Soliman le fait décapiter en 1554.

— Tu es une véritable encyclopédie sur pattes, dit Kevin, amusé.

— J'ai une bonne mémoire, c'est tout.

Il la contempla avec des yeux brillants.

— Tu sais que j'ai soudain une grosse envie de lire, ajouta-t-il en glissant sa main sur la jambe de la jeune femme.

Alexandra le repoussa en riant.

— Eh bien, tu liras plus tard ; pour l'instant, nous avons du travail.

— Plus tard, d'accord. Mais... plusieurs chapitres.

Il ne fut guère facile de trouver l'ouvrage en question. Alexandra ne se souvenait plus du nom de l'auteur, et ils durent fouiller des dizaines d'étagères avant de le dénicher. Le livre datait de 1966 et s'intitulait : *Les Cartes des anciens rois des mers*, ou *Preuves de l'existence d'une civilisation avancée à l'époque glaciaire*. Signé d'un universitaire américain, le professeur Charles P. Hapgood, il comportait également un avant-propos écrit par Paul-Émile Victor.

Intrigués, ils s'installèrent à une table et commencèrent à l'étudier. Au bout de quelques pages,

Alexandra renonça devant la complexité des analyses, projections, trigonométrie sphérique, méthode des douze vents et autres systèmes de calculs rébarbatifs développés dans l'ouvrage. En revanche, Kevin, depuis toujours passionné par la mer, se plongea dans sa lecture avec intérêt, renonçant même à déjeuner, et émaillant ses découvertes de commentaires brefs, mais éloquents : « Purée, mais c'est pas croyable ! », « C'est dingue, ce truc ! », qui lui valurent des regards noirs de la part des autres usagers. Ils finirent par emprunter le livre et revinrent à l'appartement. À peine arrivé, Kevin reprit sa lecture. Lorsqu'il eut terminé, il faisait nuit. Il leva vers Alexandra des yeux rougis par la fatigue et déclara :

— Ce bouquin est une véritable bombe. Il remet en cause toute l'histoire de l'Humanité, et surtout les belles certitudes de certains historiens un peu coincés. Je vais essayer de te le résumer.

« En 1929, on a retrouvé, dans l'ancien palais impérial de Constantinople, une carte établie en 1513 par un certain *Piri Ibn Haji Memmed*. Il était *Re'is*, c'est-à-dire amiral de la flotte turque. C'est pourquoi on le connaît sous le nom de *Piri Re'is*. Cette carte, qui représente une partie du monde, est aujourd'hui exposée au musée *Topkapi Sarayi* d'Istanbul, nouveau nom de Constantinople.

« Ce Piri Re'is a écrit un ouvrage sur la navigation en Méditerranée, qu'il a appelé le *Bahriye*. Il contient plus de deux cents cartes. Apparemment, rien d'extraordinaire. À quelques détails près : sur la carte du monde établie en 1513 sont représentés des éléments qui ne devraient pas y figurer, pour la simple raison qu'ils n'étaient pas encore découverts à l'époque. Ainsi, la grande île de Marajo, située à l'embouchure de l'Amazone, y apparaît, alors qu'elle n'a été officiellement explorée qu'en 1543. Or, sa latitude et sa longitude sont correctes. Quand tu sais qu'à cette époque on ne savait pas calculer la longitude avec précision, cela laisse rêveur. Autre exemple : les Falklands y figurent, avec une erreur de longitude de 5 degrés, alors qu'elles furent découvertes par John Davis en 1592, soit quatre-vingts ans après la réalisation de la carte. Mais il y a plus surprenant : les Andes et l'Antarctique y sont représentés, avec des particularités étonnantes. La côte de l'Antarctique de cette carte de 1513 correspond avec une précision stupéfiante à la Terre de la Reine-Maud. C'est d'ailleurs la raison pour laquelle Paul-Émile Victor a écrit l'avant-propos. Certains ont avancé que cette carte était fausse, et qu'il était facile de « retrouver » en 1929 une carte datant soi-disant du début du XVIe siècle. Mais elle a été authentifiée, et surtout, *comment une fausse carte aurait-elle pu comporter un dessin aussi précis de la côte de l'Antarctique avant la reconnaissance qu'en a effectuée Paul-Émile Victor entre 1949 et 1951 ?*

« Piri Re'is affirme qu'il a établi ces cartes à partir de celle réalisée par Christophe Colomb lors de ses voyages aux Caraïbes, mais aussi à partir de cartes plus anciennes, notamment des portulans datant du Moyen Âge, ou remontant à l'époque d'Alexandre. La carte de Piri Re'is comporte nombre d'erreurs grossières, ce qui prouve qu'il l'a constituée à partir de fragments dont les échelles et les systèmes d'orientation étaient certainement différents les uns des autres. Ainsi, l'Amazone y est représentée deux fois. Certaines parties de la côte orientale de l'Amérique du Sud ont disparu. Mais il ne fait aucun doute qu'il a dû utiliser des éléments très anciens.

« L'ouvrage explique également que cette carte n'est pas unique. D'autres géographes ont établi des documents surprenants au Moyen Âge. Ainsi, le portulan de Dulcert ressemble à une carte actuelle ; celle d'Oronteus Finaeus représente l'Antarctique avec une précision remarquable… et débarrassé de ses glaces. Cela signifierait que le modèle daterait d'au moins six mille ans, ce qui est pour le moins inattendu ! Mais là, nouveau mystère : on n'a pu établir des cartes aussi rigoureuses qu'en connaissant la trigonométrie sphérique. Or, officiellement, elle n'a été inventée qu'au IIe siècle avant J.-C., par le savant grec Hipparque !

« Cela suppose donc l'existence d'un peuple de marins chevronnés bien avant les plus anciennes des civilisations connues. Cette hypothèse est loin d'être farfelue. Par exemple, sur la carte de Piri Re'is, seule la partie orientale de Cuba est représentée. La partie ouest n'existe pas. À la place ne figurent que quelques îles. Encore plus déconcertant : Piri Re'is a représenté une île à laquelle il ne donne pas de nom, et que le professeur Hapgood a désignée sous le nº 93. Les ports et les îlots qui l'entourent sont dessinés avec soin, ce qui prouve qu'il existait des informations précises sur elle.

— Où était-elle située ?

— Un peu au-dessus de l'Équateur, à l'ouest des îlots Saint-Pierre et Saint-Paul. Mais Piri Re'is n'est pas le seul à l'avoir indiquée. Un cartographe français, Philippe Buache, a présenté à l'Académie des sciences, en 1737, une carte où elle figure. Son contour n'offre pas de ressemblance avec celui de Piri Re'is, mais, à l'intérieur, on distingue des îlots qui pourraient être les sommets de l'île ancienne après que celle-ci aurait été engloutie sous les flots. Depuis, les îlots ont disparu à leur tour, ce qui explique que l'on n'en retrouve pas la trace.

— Cela correspond un peu à la légende de l'Atlantide.

— Exactement. Mais Buache n'évoque pas l'Atlantide. L'engouement pour ce mythe ne date que de la fin du XIXe siècle. Au XVIIIe, le sujet n'intéressait pratiquement personne, et ce cartographe ne peut être accusé d'avoir voulu représenter une quelconque localisation de l'Atlantide. Il y a une troisième carte, qui date, elle, de 1510, et qui n'a apparemment aucun rapport avec celle de Piri Re'is, puisqu'elle a été constituée par le Portugais Josef Reinel. L'île mystérieuse y figure aussi, mais avec une taille plus importante. Hapgood suggère que les sources qui ont permis d'établir ces cartes datent de trois époques différentes. L'intérêt de celle de Philippe Buache est qu'elle représente en partie les profondeurs de l'océan Atlantique. Or, qui, en 1737, connaissait la bathymétrie[1] ?

— C'est dingue, cette histoire ! souffla Alexandra.

— Je ne te le fais pas dire. Hapgood suggère que cette île 93 était peut-être le lieu d'origine d'une grande civilisation de marins qui ont exploré le monde entier, avec lequel ils auraient entretenu des relations

1. Tout ce qui précède est rigoureusement authentique.

commerciales. Il dit : *« La connaissance évidente de la longitude implique un peuple qui nous est inconnu, une nation de marins ayant des instruments capables de calculer la longitude dont les Grecs n'avaient même pas rêvé et, autant que nous le sachions, que les Phéniciens ne possédaient pas non plus. »*

— Qu'est-ce que tu en conclus ? Que l'Atlantide a réellement existé ?

— L'Atlantide, je n'en sais rien. Mais cette hypothèse confirmerait les craintes de William Sheridan : il est possible que, dans une vie antérieure, il y a plusieurs milliers d'années, j'aie appartenu à un peuple disposant d'une technologie relativement avancée. Je détiens dans ma mémoire profonde une partie de ses connaissances ; les Mutants le savent et souhaiteraient les récupérer. Cela expliquerait pourquoi ils m'amènent tout doucement à réveiller cette mémoire.

— Que pouvons-nous faire ?

— Je n'ai pas l'intention d'attendre une nouvelle lettre Ankh de leur part. Il faut les prendre de vitesse. Je suis sûr que nous pouvons en apprendre plus à Istanbul. Le nom de Piri Re'is éveille en moi quelque chose de familier.

Il referma le livre, marqua un court silence, et ajouta :

— Et puis, il y a un autre élément surprenant : la localisation de cette île 93 correspond apparemment à l'île des Merveilles de Brendan.

42

— Vous voulez partir pour la Turquie ? s'inquiéta William Sheridan lorsqu'ils lui rendirent visite, peu avant leur départ. Seuls ?

— Bien sûr, seuls. Nous avons l'habitude de voyager, vous savez.

— Mais c'est très dangereux.

Il se mit à marcher de long en large dans son bureau.

— Nous savons nous défendre, rétorqua Kevin.

— Je sais, la télékinésie. Mais cela ne suffira pas. Si vous subissez une régression dans un quartier populaire d'Istanbul, vous serez vulnérables. Vous risquez d'être dépouillés et tués, ou encore jetés en prison, si les flics locaux vous prennent pour des drogués. Ils ont vite fait d'arrêter les Occidentaux. C'est une manière pour eux de nous provoquer. Il faut vous adjoindre une escorte.

— C'est inutile. Nous ne savons même pas si notre démarche est fondée, rétorqua Kevin. Cette fois, nous n'agissons pas suite à une lettre signée de l'Ankh. C'est juste une intuition. Il ne se passera peut-être rien.

— Nous ne pouvons laisser passer la plus petite chance de découvrir la vérité. Je ne peux rien vous imposer, bien sûr, mais partir sans escorte me paraît très dangereux.

Il réfléchit et ajouta :

— Il faudrait aussi prévoir un médium, afin de déceler une éventuelle présence des Mutants. L'idéal serait qu'ils perdent votre trace, que vous partiez pour la Turquie sans qu'ils s'en doutent.

— Mais le gouvernement américain, en revanche, nous suivra pas à pas afin de s'approprier le secret ! ironisa Kevin.

— Ai-je besoin de vous rappeler que vous êtes américain, Kevin ?

— Non, William ! Je suis avant tout un Terrien. Tout au long de mes réincarnations, j'ai vécu dans la peau de personnages originaires des quatre coins du monde. Le patriotisme n'est pas ma préoccupation majeure. La sauvegarde de l'espèce humaine me paraît beaucoup plus importante.

William soupira :

— Évidemment.

Il posa la main sur l'épaule de Kevin et ajouta, avec un sourire :

— Vous avez raison. Pour moi, la réincarnation reste quelque chose d'abstrait. Il faudrait que j'aie partagé la même expérience que vous. Mais la préservation de l'Humanité est une motivation encore plus noble que le patriotisme. Mon seul souci est de gagner les Mutants de vitesse. Bien entendu, le gouvernement prendra tous les frais du voyage à sa charge.

— Nous n'en demandons pas tant.

— J'insiste.

Quatre jours plus tard, Alexandra et Kevin quittaient New York à destination de la Turquie, en compagnie de William Sheridan.

— J'ai obtenu de mes chefs la permission de vous accompagner personnellement. J'ai fait valoir le fait que je vous connaissais, et que nous avions perdu un ami commun.

Outre William, l'expédition comportait quatre agents en civil chargés de la protection du couple, et une femme médium, Vera.

À Istanbul régnait une température dépassant les quarante degrés. Une vague de sécheresse frappait le pays, détruisant les récoltes et provoquant des malaises chez les plus fragiles.

À l'hôtel où le gouvernement américain avait retenu des chambres, ils assistèrent au travail d'investigation mené par Vera pour déceler la présence possible de Mutants. Âgée d'une quarantaine d'années, Vera était une belle femme, dont les yeux semblaient en permanence perdus dans un rêve intérieur. En réalité, Kevin et Alexandra, dont les talents médiumniques commençaient aussi à se développer, sentirent qu'elle vivait perpétuellement en éveil, sans doute par déformation professionnelle. Sous le regard intrigué des autres, elle ferma les yeux. Au bout de quelques minutes, elle déclara :

— Nous sommes seuls. Aucun Mutant dans les environs.

Intriguée, Alexandra demanda :

— Comment pouvez-vous en être si sûre ? Cette ville compte plusieurs millions d'habitants.

Vera eut un sourire un peu condescendant.

— Les Mutants émettent un rayonnement mental bien supérieur à celui du commun des mortels. C'est ainsi que nous arrivons à les repérer. Mais cela demande une formation très particulière, et des années de pratique.

— Ils doivent sentir qu'ils sont épiés, insista la jeune femme. Ils ont peut-être appris à se protéger.

— Certains s'en rendent compte, mais cela ne change rien ; il leur est difficile de nous localiser. Pour eux, nous sommes « noyés » dans une foule de plusieurs milliers de personnes.

— De toute façon, il y a peu de chances qu'ils aient l'idée de vous rechercher en Turquie, déclara William. Nous avons pris toutes les précautions nécessaires.

En effet, le voyage s'était effectué, non sur une ligne régulière, mais à bord d'un avion militaire de l'OTAN, avec des escales sur un porte-avions et sur une base italienne.

— Ils ne savent plus où vous êtes ! Vous avez désormais les mains libres.

En début d'après-midi, ils reçurent la visite d'un policier de haut rang. Visiblement, les autorités locales étaient au courant de leur arrivée.

— Commissaire Kamal, se présenta-t-il à Kevin et Alexandra. Soyez les bienvenus en Turquie. Sachez que tous vos frais d'hébergement seront pris en charge par mon gouvernement.

— Soyez-en remercié, commissaire, répondit Kevin, un peu surpris.

— Les hautes autorités turques connaissent l'existence des Mutants, précisa Sheridan. Certaines unités travaillent en collaboration avec nous, et le commissaire Kamal est leur directeur.

Le policier turc leur expliqua qu'il avait placé l'hôtel sous haute surveillance, puis il se retira. Par la fenêtre, Alexandra aperçut un détachement de plusieurs dizaines de commandos armés jusqu'aux dents qui prenait position autour de l'hôtel. Elle chuchota à l'attention de Kevin :

— On ne peut pas dire qu'ils font dans la discrétion ! Tout le quartier est sur le pied de guerre.

Dans l'après-midi, ils se rendirent au musée Topkapi, où ils purent admirer l'original de la carte de Piri Re'is, tout au moins ce qu'il en restait. Une partie avait été perdue au fil des siècles. Cependant, Kevin et Alexandra eurent beau se concentrer, rien ne se produisit.

— Je suis désolé, grommela Kevin. Cette carte me semble familière, mais il manque quelque chose.

Par acquit de conscience, ils restèrent plus d'une heure devant elle, sous le regard étonné des gardiens qui se demandaient ce que ces Américains pouvaient trouver de si fascinant à cette vieillerie.

— Rien ! explosa Kevin. J'ai bien peur que nous n'ayons fait tout ce voyage pour des clous.

Le soir, l'ambiance était plutôt morose. Vera avait, par précaution, effectué un nouveau sondage mental. Sans résultat. Aucune trace de Mutant dans les environs.

— Évidemment ! s'exclama William. Ils devaient savoir que nous n'arriverions à rien en venant ici. Ils doivent rigoler.

— Vous n'étiez pas obligés de venir, riposta Alexandra.

Pendant deux jours, la petite équipe déambula dans différents quartiers de la ville, toujours suivie de loin par une escorte policière, phénomène qui n'intrigua guère les autochtones, habitués à la présence de nombreux flics dans les rues. Kevin et Alexandra espéraient ainsi découvrir un lieu susceptible de déclencher une régression. Sans résultat.

Au bout du troisième jour, William déclara :

— Nous perdons notre temps. Je crois que nous ferions mieux de rentrer à New York.

— Rentrez si vous voulez ! Moi, j'ai envie de rester, répondit sèchement Alexandra. C'est la première fois que je viens en Turquie, j'ai bien l'intention d'en profiter.

— Hein ? Mais…

— Mais quoi ? Nous ne sommes pas employés par le FBI ou la NSA, que je sache. Et nous sommes encore libres de faire ce que nous voulons.

— Alexandra… intervint Kevin. Qu'est-ce qui t'arrive ?

— Il m'arrive que j'en ai marre ! Marre que l'on dirige ma vie ainsi. Marre de sentir sans cesse le regard des flics sur mes fesses. J'ai besoin de me changer les idées. De me retrouver toute seule avec toi. Quelques jours. Tu n'en as pas envie, toi ?

Kevin la regarda, interloqué. Sa colère avait surgi d'une manière inattendue. Mais William n'était pas de bonne humeur, lui non plus.

— Très bien ! Dois-je vous rappeler que vous êtes ici en service commandé, en quelque sorte ?

— Mais je ne vous ai rien promis, moi ! J'en ai ma claque de vos secrets d'État, de vos complots, de vos Mutants, de vos soldats kamikazes. Je veux vivre comme une petite Française normale. C'est trop demander ? De toute façon, ne comptez plus sur moi !

Elle se leva de table, fixa Kevin et ajouta :

— Si ça t'amuse de jouer les James Bond avec ces types, continue ! Moi, j'arrête !

Et, sans attendre de réponse, elle quitta la salle du restaurant.

— Ça lui prend souvent ? s'inquiéta William.

— Jamais. Mais il faut la comprendre. Cela fait plusieurs mois qu'elle a l'impression de vivre constamment sous contrôle. Je crois qu'il faudrait lui laisser quelques jours de repos.

Sheridan hocha la tête.

— Ouais. Mais pas trop longtemps. Nous avons besoin de vous deux. Si les Mutants vous ont réunis, c'est qu'il y a une raison.

— Écoutez, repartez demain pour New York. Nous allons prendre une petite semaine de vacances. Et nous rentrerons. D'ici là, les Mutants se seront peut-être manifestés.

— D'accord. D'ailleurs, je doute que nous trouvions quelque chose dans cette ville. Alors, ne tardez pas trop !

Kevin se leva et regagna la chambre, où Alexandra était allongée sur le lit, le visage enfoui dans les bras. Il crut qu'elle pleurait. Il la rejoignit, la prit dans ses bras. Elle tourna vers lui un visage éclairé d'un sourire ravi, d'où toute trace de colère avait disparu. Avant qu'il ait pu dire un mot, elle le bâillonna de ses lèvres. Une chose en entraînant une autre, il eut droit à une séance amoureuse époustouflante. Ce ne fut que deux heures plus tard, après avoir repris haleine, qu'il put lui demander des explications.

— Qu'est-ce qui t'a pris ?

Mais elle lui posa un doigt sur la bouche et, s'enveloppant dans un drap, l'invita à la suivre sur la terrasse. Intrigué, il obéit.

— Je suis sûre que cette chambre est truffée de micros, dit-elle. Ici, je crois que nous ne risquons rien.

— Eh bien, ils ont dû se régaler, répondit-il en songeant à la séance précédente. Bon, maintenant, si tu m'expliquais…

— Pas mal, ma petite colère de tout à l'heure, hein ?

— Ça, personne ne s'y attendait, surtout pas moi. Et elle rimait à quoi ?

— Tu n'as pas envie de prendre quelques jours de vacances avec moi ? demanda-t-elle en se collant contre lui.

— Si, bien sûr ! Mais tu as une autre idée derrière la tête.

— Oui ! Cet après-midi, j'ai eu une intuition très forte. J'ai failli partir en régression. Heureusement, je suis parvenue à me maîtriser.

— Pourquoi n'avoir rien dit ?

— Parce que je n'ai pas envie de mêler le gouvernement américain à notre quête. Je suis peut-être devenue parano, mais il faut que nous poursuivions seuls. Sheridan est sympa et tout le reste, mais je le trouve un peu trop collant.

— Quelle est ton idée ?

— Nous n'avons pas cherché au bon endroit. Piri Re'is a possédé un palais ici, à Istanbul. Je sais que nous y avons vécu. Nous étions... à la fois des esclaves et des collaborateurs. Enfin, surtout toi. À l'époque, nous étions vénitiens. C'est tout ce que j'ai pu apprendre. Ah si ! Je sais où se trouvait ce palais.

Elle noua ses bras autour du cou de Kevin et l'embrassa avec fougue. Lorsqu'elle s'écarta de lui, ses yeux brillaient intensément.

— Tu comprends ce que ça veut dire, Kevin ? Nous n'avons plus besoin des Mutants pour poursuivre notre quête. Et nous allons nous débarrasser des services secrets américains. Nous sommes vraiment libres !

Le lendemain, Sheridan, maussade, quitta l'hôtel avec son équipe. Alexandra lui témoigna une royale indifférence, Kevin un embarras de circonstance. Lorsqu'ils furent partis, la jeune femme se garda de laisser exploser sa joie. Les policiers turcs continuaient à les surveiller de loin.

Afin de donner le change, ils passèrent la journée à flâner dans les vieilles rues, jouant les parfaits touristes. Ils n'avaient guère à se forcer. Pour la première fois depuis plusieurs mois, ils se retrouvaient seuls. La précaution n'était pas superflue. Ils eurent tôt fait de repérer, outre l'escorte peu discrète des policiers, la présence de trois silhouettes suspectes.

— Ce cher William nous a tout de même laissé de la compagnie, grogna Alexandra d'une voix agacée.

Je suis prête à parier qu'il y a un médium parmi eux. Ils ne nous foutront pas la paix, ces crétins ! Je vais finir par me mettre vraiment en colère.

— Reste calme. Si nous subissons une régression en présence du médium, Sheridan aura vite faite de rappliquer. Je ne suis pas sûr qu'il ait a quitté la Turquie.

— Alors, nous allons continuer de jouer le jeu. Nous ne devrions pas avoir trop de mal à semer les flics.

— Il sera plus difficile de se défaire de la médium, objecta Kevin.

— Non. Notre rayonnement mental n'est pas aussi important que celui des Mutants. Si nous sommes noyés dans une foule importante, elle ne pourra pas nous suivre.

Elle eut un sourire espiègle et ajouta :

— J'ai bien envie d'aller faire un tour au marché. Pas toi ?

Le marché d'Istanbul est un véritable labyrinthe qui accueille, dans un désordre indescriptible, des milliers d'étals. On y propose les produits les plus divers, étoffes, épices, bijoux, ustensiles de cuisine, vaisselle, animaux de compagnie, viandes, pâtisseries, pains variés, vêtements. Une foule innombrable s'y bouscule, flâne, discute, marchande, dans une symphonie d'odeurs.

Kevin et Alexandra y pénétrèrent d'un pas nonchalant, feignant d'ignorer les trois hommes qui les suivaient de loin. Ils notèrent également que des policiers s'introduisaient dans le souk. Soudain, ils accélérèrent le pas, indifférents aux appels des vendeurs tous prêts à leur proposer des affaires mirobolantes. Surpris, leurs suiveurs n'eurent pas le temps de réagir. En quelques secondes, Kevin et Alexandra se fondirent dans la foule bigarrée. Se faufilant de ruelles en venelles, ils gagnèrent aussi vite que possible l'autre extrémité du marché, où ils rentrèrent dans une petite boutique d'habillement. Un vendeur ravi leur fournit de nouveaux vêtements. Lorsqu'ils ressortirent, ils constatèrent qu'ils avaient semé leurs protecteurs.

Pour ne pas attirer l'attention – et aussi par prudence, compte tenu de la conduite très particulière des chauffeurs turcs –, ils évitèrent de prendre un taxi et s'éloignèrent à pied.

— La ville n'était pas aussi étendue à l'époque, dit Alexandra. Mais je crois que je vais pouvoir retrouver le chemin de ce palais.

Guidée par sa vision de la veille, Alexandra eut tôt fait de retrouver le vieux quartier où se dressaient les ruines du palais de l'amiral. C'était un faubourg ancien où des demeures basses abritaient une population d'artisans et de petits trafiquants. Alexandra s'arrêta devant un portail au bois rongé par le temps.

— C'est ici, dit-elle d'un ton joyeux.

Si le palais de Piri Re'is avait connu des heures de gloire, elles n'étaient plus qu'un souvenir. Les murs, construits au XIVe siècle, servaient de refuge aux échoppes d'un bazar. Il ne restait rien des splendides ornements qui autrefois décoraient la façade. Seul un œil attentif aurait pu déceler, çà et là, quelques vestiges de sculptures et de bas-reliefs. Cependant, dès qu'ils pénétrèrent à l'intérieur de la petite cour qui dominait le port, ils sentirent une émotion familière les envahir. Un flot de souvenirs étranges, comme une porte longtemps condamnée qui s'ouvre d'un coup et libère une lumière nouvelle, des paysages oubliés, des parfums insolites.

43

Sixième voyage

LE CORSAIRE DE CONSTANTINOPLE

Constantinople, novembre 1511…

La voix de Piri Ibn Haji Memmed tonna :

— Comment un esprit aussi ouvert que le tien peut-il rester enlisé dans les miasmes d'une fausse religion ? Les Vénitiens sont pourtant réputés intelligents !

— Ma foi en Dieu est gravée dans mon cœur depuis que je suis né, Seigneur. Comme ta foi en Allah est incrustée dans le tien. Crois-tu que tu pourrais l'arracher de ton cœur ?

— Mais si j'arrachais le tien, peut-être changerais-tu d'avis, bougre d'âne bâté ! explosa le marin en levant un poing menaçant sur Gustavo.

— Seigneur, penses-tu qu'une conversion obtenue par la torture et l'intimidation ait une valeur aux yeux de Dieu ? Il n'aime rien tant que la sincérité et la vérité.

Piri éclata d'un rire tonitruant.

— Maudit Vénitien ! Tu sais toujours trouver des arguments imparables pour éveiller ma clémence.

Il poussa ensuite un épouvantable rugissement.

— Ce que j'en dis, c'est parce que je t'aime bien, malgré ton effronterie et ton obstination. Et je suis triste parce que tu seras maudit pour avoir refusé de te soumettre à Dieu.

— Mais je suis soumis à Dieu, Seigneur !

— Bah ! Laissons cela ! Et dis-moi où tu en es de tes travaux !

Gustavo Baracelli avait été capturé deux ans auparavant avec son épouse Isabella, alors qu'ils se rendaient en Sicile. Le jeune corsaire arabe qui s'était emparé de leur navire avait tout d'abord pensé les revendre comme esclaves. Mais la beauté d'Isabella avait attiré son attention. Il l'eût volontiers glissée dans son lit s'il n'avait été si respectueux du Coran, qui interdisait de toucher une femme mariée. D'une nature curieuse, il avait interrogé Gustavo sur sa vie, son métier, et avait ainsi appris qu'il était cartographe. La passion de la mer et des cartes avait très rapidement réuni les deux hommes au-delà de leur différence de religion, qui, à la longue, était devenue un sujet de chamaillerie plus que d'affrontement. Gustavo et Isabella avaient appris le turc et l'arabe et vivaient désormais à Constantinople, où le corsaire possédait son palais.

Esclaves menant une vie confortable, ils ne manquaient de rien, avaient même leurs propres serviteurs, leurs appartements. Leur seule contrainte consistait à rester à la disposition du maître.

Piri Ibn Haji Memmed était un être excessif dans tous les domaines. Taillé en hercule, il effrayait son monde par ses revirements d'humeur soudains, ses colères explosives, sa fâcheuse tendance à trancher la tête de ceux qui contrariaient ses projets. Il mangeait avec un solide appétit, tout en respectant scrupuleusement les jeûnes ordonnés par le Coran. Il maniait le sabre avec force et adresse, et peu d'hommes à Constantinople étaient assez fous pour se mesurer à lui. Lors de ses expéditions, il était toujours le premier à bondir sur le pont ennemi, taillant les gorges, tranchant les membres, ouvrant les ventres, fracassant les crânes. Ses hommes le redoutaient et le vénéraient. D'une audace frisant souvent l'inconscience, il avait constitué ainsi, en quelques années, une flotte qui sillonnait la Méditerranée pour la plus grande gloire d'Allah et du sultan de Constantinople. Ces actions sanglantes ne l'empêchaient pas de se passionner pour la musique et la poésie. S'il tombait entre ses mains, un poète chrétien ou juif avait toutes les chances de rester en vie, mais aussi de demeurer prisonnier à vie dans le palais, afin de distraire le maître de céans de ses poèmes.

Rusé, matois, retors, sujet à de grandes crises mystiques, Piri faisait preuve de férocité vis-à-vis de ses ennemis. Ceux-ci n'étaient pas tous extérieurs à l'Empire. Sa fulgurante ascension et la faveur dont il bénéficiait auprès du sultan lui avaient valu de solides inimitiés, dissimulées sous les cajoleries hypocrites dont sont capables les courtisans. Cependant, on se méfiait de lui car il savait lui aussi, lorsqu'il le fallait, faire preuve de rouerie.

Impitoyable envers ceux qui se dressaient sur sa route, il fondait devant les nombreux enfants que lui avaient donnés ses femmes. Outre les quatre épouses légitimes admises par la religion, il avait peuplé son harem d'une centaine de filles provenant de tous les horizons du monde. On y croisait de fines Asiatiques, de somptueuses Africaines à la peau d'ébène, et quelques ravissantes Européennes enlevées sur les navires vénitiens ou génois. Une armée d'eunuques les surveillait, et malheur à celle qui aurait eu l'idée de tenter de s'évader. Isabella s'estimait heureuse de ne pas avoir échoué dans cette prison dorée.

Piri savait aussi se montrer généreux pour ceux dont il s'entichait. Cela avait été le cas de Gustavo. Fasciné par l'exploit de l'Infidèle Christophe Colomb, le corsaire avait depuis toujours le projet de dessiner une carte du monde qui tiendrait compte des terres nouvellement découvertes. Il avait réussi à se procurer des portulans établis dans les siècles passés par les plus prestigieux des géographes, Walsperger, Osma Beatus, Dulcert, Idrisi, et même des documents issus du monde antique, datant des Grecs et des Romains. Il détenait aussi, grâce à Gustavo, un double de la carte de ce que Colomb pensait être les Indes extrême-orientales, et qu'il avait tracée lui-même au cours de ses quatre voyages. Il caressait le rêve secret de se rendre, lui aussi, de l'autre côté de l'océan Atlantique, mais un tel périple se révélerait risqué, ces eaux lointaines étant aux mains des Espagnols et des Portugais, ses ennemis jurés avant même les Vénitiens ou les Génois.

Gustavo, heureux de revenir sur le sujet qui les enthousiasmait tous deux, l'invita à le suivre dans le bureau aux murs blancs, depuis lequel il jouissait d'une vue imprenable sur la cité et le port. Sur une grande table étaient étalés les précieux documents.

— Il existe des similitudes, Seigneur. Mais il est difficile de déterminer les distances et les orientations.

Le portulan de Dulcert semble toutefois plus précis que les autres. Dulcert affirme avoir établi cette carte à partir d'éléments très anciens. Cependant, lorsque j'examine les documents grecs et romains, je ne vois rien qui puisse le confirmer. Ils sont grossiers et recèlent nombre d'erreurs. Il y a peu de points communs entre ces cartes et le portulan de Dulcert. Il faut donc qu'il ait utilisé un autre modèle. Et pour cela, j'ai peut-être une idée. Regarde, Seigneur !

Il désigna, à part, une carte peinte sur papyrus, aux couleurs délavées par les siècles.

— Voici un document que tu as ramené d'Égypte le mois dernier. Au début, je n'y ai pas accordé une grande importance parce que je le trouvais trop différent de ceux sur lesquels nous avions déjà travaillé. Le jugeant trop ancien, je pensais qu'il ne pouvait pas être meilleur que les autres. Pourtant, en l'étudiant attentivement, j'ai constaté qu'il offrait de grandes ressemblances avec la carte de Dulcert. Celui-ci a pu travailler à partir de documents de même origine. Malheureusement, ce papyrus égyptien ne décrit que la partie occidentale de la Méditerranée.

Excité par la découverte du Vénitien, Piri compara les deux dessins d'un regard expert.

— Par tous les djinns, tu as raison. Il faudrait savoir s'il existe d'autres cartes comme celle-ci.

— Où l'as-tu obtenu, Seigneur ?

— À Alexandrie. C'est une ville où subsistent de nombreuses ruines datant de l'étrange civilisation qui vivait là il y a très longtemps, bien avant même l'avènement de celui que vous considérez à tort comme le vrai Dieu. À cette époque, les indigènes adoraient des divinités à tête d'animaux. Peux-tu imaginer pareille monstruosité ? Des hommes, soumis à des créatures vomies par l'enfer ! Il n'est pas étonnant qu'ils aient fini par disparaître.

Il resta un instant songeur, puis ajouta :

— Cependant, je dois reconnaître que leurs monuments sont grandioses. Même si la plupart sont enfouis sous les sables.

Il prit le papyrus en main.

— Lors de mon dernier voyage, j'avais fait savoir que j'étais à la recherche de cartes anciennes. L'information a circulé sur le port et dans la ville, qu'un grand seigneur était prêt à payer une fortune.

Il éclata d'une colère soudaine.

— On m'a apporté des cartes innommables, des faux si maladroits qu'ils en étaient une insulte à mon intelligence. J'ai dû couper quelques têtes pour enseigner le respect à ces chiens immondes.

L'instant d'après, il se calmait et poursuivait :

— Un soir, un individu bizarre a demandé à me rencontrer. Il affirmait détenir un document très précieux. Je l'ai reçu. Il m'a alors présenté cette carte, établie sur papyrus, une plante que les anciens Égyptiens utilisaient pour l'écriture. Il a dit qu'elle provenait d'un lieu très secret, où seuls pouvaient pénétrer les initiés, gardiens de la Connaissance et de la Sagesse antiques. Il en demandait un prix exorbitant, parce qu'il l'avait dérobée lui-même à son maître, qui était l'un des gardiens de ce lieu mystérieux. Il a ajouté qu'il en existait certainement d'autres, mais qu'il lui serait difficile de se les procurer. Je me méfiais malgré tout de lui. J'ai acheté ce papyrus au prix qu'il exigeait, mais, comme toi, je n'ai pas vraiment cru à ce qu'il racontait. Il faut dire que je n'avais guère de temps à consacrer à cette recherche. J'étais là-bas pour écraser une révolte des autochtones. Ce qui fut fait, après avoir empalé quelques dizaines de rebelles. Ensuite, je suis revenu à Constantinople, car le sultan me demandait.

— Cet homme a bien dit qu'il existait d'autres cartes comme celle-ci…

— Il l'a dit. Et je suis tenté de le croire. J'aurais dû lui demander de me les fournir tout de suite.

Piri se mit à marcher de long en large.

— Il nous faut ces cartes ! rugit-il enfin. Nous allons retourner en Égypte.

— Nous ?

— Oui. Tu vas venir avec moi. J'aurai besoin de tes conseils là-bas.

Deux mois plus tard, Gustavo et Isabella débarquaient à Alexandrie. Une fraîcheur agréable baignait le port où régnait une grande agitation. Les lourds navires ottomans côtoyaient les petites felouques égyptiennes à voile triangulaire. Des esclaves déchargeaient coffres et ballots de marchandises. L'air se chargeait d'un mélange de parfums insolites, odeurs marines apportées par le vent du nord, senteurs d'épices, fumets des viandes de chèvre et de mouton que l'on grillait dans les échoppes, remugles rampant hors des quartiers populaires où s'entassait une population famélique. Piri expliqua :

— La légende affirme qu'autrefois, l'empereur Alexandre fit construire ici un phare géant, que l'on pouvait apercevoir à des dizaines de milles. Un grand feu y brûlait en permanence. Beaucoup estiment que cette histoire est fausse, mais je ne partage pas leur avis. Lorsque l'on voit ce que ce peuple a été capable de construire, il y a toutes les chances pour que ce phare ait existé. Et je suis sûr que si l'on rasait la ville, on découvrirait des choses surprenantes sous les ruines.

Piri et sa suite s'installèrent dans un palais que le corsaire acheta pour la circonstance.

— J'aime cette ville, déclara-t-il. Elle offre l'avantage d'être loin des intrigues de la Cour. Ici, le gouverneur me craint comme la peste et ne sait rien me refuser.

Cela n'était guère étonnant, puisque le corsaire avait débarqué à la tête de sa propre flotte. Après avoir acquis les cartes, il envisageait d'effectuer quelques pillages sur les côtes occidentales, afin de capturer quelques esclaves, et si possible d'arraisonner quelques navires chrétiens.

Son premier souci fut de renouer contact avec l'individu qui lui avait procuré la carte. Pour cela, il se rendit dans la taverne où il l'avait rencontré, suivi de Gustavo et d'une poignée de gardes armés de cimeterres. Piri n'eut guère de peine à retrouver son vendeur. Celui-ci déclara avec des mines de conspirateur que son maître s'était aperçu de la disparition du papyrus, et qu'il serait extrêmement difficile de lui voler les autres désormais. Mais Piri déposa devant lui une bourse pansue. L'autre écarquilla des yeux brillants de convoitise.

— Je voudrais rencontrer ton maître ! Dis-lui que le capitaine Piri Ibn Haji Memmed veut le voir.

— Mais, Seigneur…

— Si tu m'obtiens ce rendez-vous, il y aura une seconde bourse pour toi.

— Bien, Seigneur.

Le lendemain, l'individu conduisit Piri et Gustavo jusqu'à une demeure ancienne située à la limite orientale de la ville. Une escorte de curieux et de mendiants les accompagna, ravis de l'aubaine, car Piri adorait se montrer généreux avec les pauvres, comme le recommandait le Coran. Deux serviteurs le suivaient, portant des paniers chargés de pains, de fruits et de pièces de monnaie, que le corsaire prenait plaisir à jeter par poignées.

Un serviteur leur ouvrit, et les mena jusqu'à un homme âgé, assis sur un fauteuil incrusté de nacre et aux accotoirs ornés de têtes de lion.

— Le salut d'Allah soit sur toi, vieil homme !

— Qu'il comble tes vœux, seigneur Memmed, répondit le vieillard sans se lever. Que me vaut l'honneur de ta visite ?

Visiblement, la personnalité de son interlocuteur ne l'impressionnait pas outre mesure.

— Tu possèdes quelque chose que j'aimerais t'acheter.

— Qu'abrite donc ma modeste demeure qui puisse intéresser un seigneur aussi grand et aussi riche que toi ?

— Je suis à la recherche de cartes anciennes. J'ai acquis l'une d'elles il y a quelques mois. On m'a dit que tu en possédais d'autres.

Le vieil homme soupira.

— Ainsi, c'est toi qui as acheté la carte que m'avait dérobée ce stupide serviteur. Et il t'a dit qu'il y en avait d'autres ?

— Il me l'a dit, et je le crois.

— Que veux-tu en faire ?

— Elles me serviront à tracer une carte du monde.

La plus belle et la plus complète qui ait jamais été réalisée.

Le vieil homme eut un léger sourire.

— Et tu penses que tu en es capable…

— Je suis le meilleur marin qui ait jamais navigué sur la Méditerranée.

Le vieil homme se redressa d'un coup et fixa Piri dans les yeux.

— Tu n'es rien comparé à ceux qui ont établi ces cartes. Leur connaissance allait beaucoup plus loin que la tienne. Tu ne pourras que les recopier, mais jamais tu ne les comprendras parfaitement.

Outré par une telle insolence, Piri voulut répondre, mais son interlocuteur leva la main pour le faire taire.

— Tu veux ces cartes ? C'est bien, je vais te les donner. Peu importe, ce ne sont que des copies. Les originaux ne quittent jamais le lieu sacré où elles reposent.

— Le lieu sacré ?

— Ne cherche pas, tu ne le trouveras jamais. Il s'agit d'un endroit inaccessible aux humains, placé sous la protection des dieux anciens. Quiconque oserait s'en approcher serait anéanti par leur colère.

Gustavo redouta que la patience de Piri atteignît ses limites. Mais curieusement, le colosse ne s'emporta pas. L'assurance du vieillard le désarçonnait.

— Les dieux anciens ? riposta-t-il avec ironie. Tout cela n'est que superstition. Ces dieux n'existent pas. Il n'est de Dieu qu'un seul et Mahomet est son prophète.

— Ta foi t'honore, seigneur Memmed. Mais ne va pas irriter les divinités antiques. Leur malédiction te poursuivrait, et il n'existerait nul lieu où te réfugier.

Gustavo, qui comprenait assez l'arabe pour suivre la conversation, éprouva un malaise soudain. Il devinait que les paroles du vieillard contenaient une part de vérité. Il avait aperçu, depuis son arrivée, quelques ruines de temples anciens, avec leurs statues immenses, figurant des dieux étranges, femmes à corps de lion, hommes à tête de faucon, de loup ou de crocodile. Il avait admiré des fresques colorées représentant des déesses à la beauté singulière, dont certaines étaient coiffées d'ailes de vautour, de cornes enserrant un soleil. Était-ce l'atmosphère particulière qui se dégageait de la demeure du vieil homme ? Il ne se sentait pas rassuré et aurait voulu être ailleurs. Sans doute Piri perçut-il la même menace imprécise, car il n'osa répliquer.

Leur hôte s'appuya sur une canne pour s'approcher d'un coffre duquel il sortit une douzaine de rouleaux de papyrus. Il les tendit à Piri.

— Voilà ce que tu convoites, Seigneur. Prends-les, elles sont à toi.

— Je ne suis pas un ingrat. Je vais te les payer.

Le vieil homme leva la main.

— Toute ta fortune ne serait pas assez grande pour les payer à leur juste valeur. Ces cartes comportent des lieux oubliés, des pays d'un autre temps, bien plus anciens que celui des anciens Égyptiens eux-mêmes. Elles existent depuis des temps immémoriaux.

— Sais-tu qui les a établies ?

Le vieillard le fixa et répondit :

— Les dieux eux-mêmes !

TROISIÈME PARTIE

L'ŒUVRE AU ROUGE OU LA VIE SPIRITUELLE ÉTERNELLE

44

Kevin et Alexandra rouvrirent les yeux simultanément, sous les yeux intrigués des habitants du vieux quartier. Pendant plus de deux heures, ces étrangers bizarres étaient restés immobiles devant le souvenir d'un ancien dessin sur le mur. Un homme avait voulu leur parler. Ils n'avaient pas répondu. Des gamins avaient voulu chaparder ce qu'ils avaient dans les poches, mais un vieil homme les en avait empêchés.

— Laissez ces gens ! avait-il dit en agitant sa canne. Ils sont sacrés. Leurs yeux voient des choses que vous ne pouvez imaginer. Allez, fichez le camp !

Lorsqu'ils s'éveillèrent de leur transe, Kevin et Alexandra constatèrent qu'une petite foule s'était rassemblée autour d'eux. Kevin s'inclina devant le vieillard et le salua en turc, langue qu'il ne parlait pas en arrivant.

— Je sais que tu as veillé sur nous, vieil homme. Sois-en remercié.

— Allah s'est manifesté dans mon cœur, étranger. Il m'a fait comprendre que vous étiez de hauts personnages. Accepterez-vous de partager le thé avec moi ?

— Volontiers.

Il faisait presque nuit lorsque Kevin et Alexandra regagnèrent l'hôtel. Ils remarquèrent, amusés, le manège affolé des hommes de Sheridan. Ceux-ci, en les voyant reparaître comme si rien ne s'était passé, prenaient à peine soin de se dissimuler. Ralentissant volontairement le pas afin de pouvoir parler librement, Kevin et Alexandra firent le point sur ce qu'ils avaient appris.

— Nous avons à présent la certitude que les cartes qui ont servi de modèle à Piri Re'is ont été réalisées par un peuple très ancien, antérieur même aux Égyptiens, dit Alexandra.

— Cela confirmerait qu'il a bien existé une civilisation avancée il y a plusieurs milliers d'années. Mais comment se fait-il qu'il n'en reste rien aujourd'hui ?

— Que crois-tu qu'il restera de notre civilisation dans cinq ou six mille ans ? Nos glorieux gratte-ciel résisteront probablement beaucoup moins bien que les pyramides égyptiennes.

— Je ne parle pas des bâtiments, mais de la Connaissance. Un savoir acquis n'est jamais perdu.

— Sauf si ceux qui détiennent ce savoir viennent à disparaître. C'est une erreur des historiens d'estimer que le progrès ne peut être que linéaire. Les civilisations naissent, vivent et meurent tout comme les êtres humains qui les composent. D'autres les remplacent, mais les nouvelles ne comprennent pas forcément toute la richesse de leurs prédécesseurs. Elles détruisent systématiquement tout ce qui peut les rappeler. Les chrétiens ont brûlé les temples des anciennes religions, mais aussi les bibliothèques. Les musulmans n'ont pas fait mieux. Les nazis organisaient des autodafés pour les ouvrages qui ne correspondaient pas à leurs idées. S'ils avaient gagné la guerre, que serait-il resté de notre culture ? Tout ce qui ne se serait pas accordé avec leurs dogmes aurait été interdit, les auteurs et les créateurs pourchassés, humiliés, enfermés dans des camps de rééducation ou plus simplement supprimés. Ainsi disparaissent les secrets des hommes.

— Il peut en rester quelques traces…, objecta Kevin. Regarde l'Égypte…

— L'Égypte est un cas unique. La vallée du Nil a conservé une grande partie des monuments égyptiens parce que le climat y est très sec. Ailleurs, l'eau, le vent et la boue rongent les monuments, même les plus résistants. Sous un autre climat, les pyramides ne seraient plus que des tas de pierres. Il faut un miracle pour découvrir les restes d'un feu d'hommes préhistoriques. En réalité, on sait très peu de choses sur l'histoire de l'Humanité. Il existe des civilisations que l'on ne sait pas expliquer. Certains peuples dits primitifs détiennent le souvenir d'une connaissance qu'ils ne devraient pas posséder. Par exemple, au Mali vivent les Dogons. Dans leur cosmogonie apparaît Sirius. Rien d'extraordinaire *a priori*, puisqu'elle est l'étoile la plus brillante. Ce qui est plus étonnant, en revanche, c'est qu'ils font apparaître, près de Sirius, un astre extrêmement massif et invisible, qu'ils appellent Po Tolo, et qui en fait le tour en cinquante ans. Or, l'existence de cette étoile invisible et d'une très grande densité, appelée Sirius B, a été confirmée en 1862 par un Américain, Alvan Clarke. Et sa révolution est bien de cinquante années. Les Dogons affirment également que leurs ancêtres seraient venus d'une autre planète, Nommo, un astre beaucoup plus léger. Aujourd'hui, certains astronomes estiment que cette planète pourrait exister. La question est : d'où les Dogons tiennent-ils leurs connaissances astronomiques ?

— Peut-être d'une civilisation disparue…

— Exactement.

— Le vieil homme d'Alexandrie a parlé d'un endroit où étaient entreposés les secrets des dieux anciens. Un lieu sacré où seuls les initiés peuvent pénétrer. C'est peut-être ce sanctuaire que les Mutants veulent retrouver en essayant de réveiller ma mémoire profonde. Mais comment faire sans leur aide ?

— Il faut nous rendre sur les lieux où nous avons vécu. Depuis ce retour à Alexandrie au XVIe siècle, des images de cette ville ne cessent de me hanter, mais à d'autres époques.

Elle ferma les yeux, se concentra.

— L'une d'elles m'apparaît clairement… le règne de Cléopâtre. Je vois le palais où elle vivait. Nous faisions partie de ses proches. Je vois aussi un homme au visage dur, peut-être Jules César. Il y a aussi un bâtiment magnifique, tout en longueur. C'est la Grande Bibliothèque.

Elle rouvrit les yeux, à la fois épuisée et ravie. Kevin lui prit les mains.

— Dès demain, nous partons pour Alexandrie. Après avoir semé nos anges gardiens, ajouta-t-il en désignant les flics du FBI du menton.

Le lendemain, ils simulèrent une excursion à bord d'un bateau de touristes, mais, avec la complicité d'un pêcheur, ils se glissèrent dans une barque qui les ramena un peu plus loin sur le port. Afin de donner le change, ils avaient abandonné leurs valises à l'hôtel, n'emportant qu'un léger bagage à main. Un taxi les mena jusqu'à l'aéroport, où ils prirent le premier avion à destination de l'Égypte.

Alexandrie était noyée sous un soleil de plomb. Dans le centre régnait une activité bouillonnante. Bien qu'ils ne fussent jamais venus dans cette cité, ils eurent aussitôt l'impression de retrouver un horizon familier. Un bouquet d'odeurs incomparable pénétra leurs narines. Jamais Kevin n'avait vu sa compagne aussi rayonnante.

— Ce pays est chargé de souvenirs, dit Alexandra. J'ai un peu l'impression… de revenir chez moi. Tout se bouscule.

Elle ferma les yeux un court instant et ajouta :

— Je suis sûre que nous avons vécu plusieurs vies ici. Je sens quelque chose s'éveiller en moi.

Il la contempla avec inquiétude.

— Tu ne vas pas partir en régression maintenant, tout de même. Attends au moins que nous ayons retenu une chambre d'hôtel.

— Ne t'inquiète pas. Je crois que je contrôle de mieux en mieux le phénomène.

Dans l'après-midi, ils se rendirent sur le port où ils découvrirent un spectacle attristant. Quelques fouilles archéologiques se poursuivaient au milieu de chantiers modernes, au prix de grandes difficultés. Promoteurs et contremaîtres se moquaient bien des vieilles pierres enfouies sous les sables. Malgré la richesse architecturale cachée dans ses sous-sols, la démographie galopante contraignait le gouvernement égyptien à bâtir encore et toujours. Les archéologues s'arrachaient les cheveux, et devaient s'estimer heureux lorsqu'ils parvenaient, par miracle, à retarder les travaux. Des trésors inestimables avaient ainsi disparu pour toujours, coulés dans le béton. On avait tout de même pu retrouver la trace de l'ancien phare d'Alexandre le Grand, des nécropoles et des ruines de temples dont les pierres avaient servi de matériaux pour la construction de maisons ou de mosquées.

Ils s'aventurèrent sur une jetée aux dalles usées par les siècles. Des containers s'alignaient le long de la digue, dans lesquels des hommes chargeaient des morceaux de statues, des tessons de poterie, des vestiges de colonnes.

Ils s'assirent sur une caisse et laissèrent leurs esprits s'ouvrir.

45

Septième voyage

LA GRANDE BIBLIOTHÈQUE D'ALEXANDRIE

Diane détestait que sa maîtresse, la reine Cléopâtre, l'envoie chez les Romains. Ces hommes étaient des rustres, des guerriers incapables de la moindre finesse. Ils ne savaient que détruire ce qui leur résistait. Elle haïssait particulièrement leur air supérieur, leur condescendance quand ils s'adressaient à elle, la brutalité avec laquelle ils la culbutaient sur les tables, elle qui était tout de même une fille de la noblesse.

Mais, pour défendre son pays, qu'elle aimait par-dessus tout, Cléopâtre avait recours à tous les subterfuges, toutes les ruses. Ainsi, elle avait constitué un essaim de jolies filles dont le rôle consistait à séduire les vainqueurs afin d'en soutirer un maximum de renseignements. Au lit, les hommes avaient tendance à parler, et à se vanter de leurs exploits. Diane faisait partie de l'escadron de charme de la reine.

Cette nuit-là, lorsque le mâle satisfait jugea qu'il avait suffisamment prouvé sa virilité, il la rejeta avec brusquerie. Puis, nu comme un ver, il se leva, s'étira avec un soupir de satisfaction. Diane abhorrait ce Petillius, proche de Julius Caesar, son ami et son confident. Elle détestait aussi Caesar, malgré l'amour que lui portait la reine.

Petillius ne faisait plus attention à elle. À ses yeux, elle n'était qu'une femme, donc incapable de raisonner. Cette stupide absence de considération présentait un avantage : les chefs militaires romains n'accordaient aucune importance aux filles qu'ils glissaient dans leur couche et parlaient librement devant elles. Ils ignoraient que Diane, comme toutes ses camarades de l'escadron de Cléopâtre, parlait couramment le latin.

La jeune femme n'avait qu'une envie, c'était d'aller se laver dans une baignoire d'eau très chaude. Les Romains étaient généralement très propres, et ils avaient même fait construire des thermes ici, à Alexandrie, où ils passaient une grande partie de leur temps. Mais ce Petillius sentait naturellement mauvais, une odeur acide, qui reflétait son caractère cruel et fourbe. Elle s'apprêtait à se glisser hors de la couche lorsque des bribes de conversation lui parvinrent. Dans la pièce contiguë se trouvait le grand Caïus Julius Caesar en personne, que Petillius venait de rejoindre. Diane savait que Caesar aimait autant les hommes que les femmes, et appréciait de se faire cajoler par ses proches. Petillius savait parfaitement jouer ce rôle. Mais cette fois, il n'était pas question de câlineries masculines. Un troisième homme était présent, un vieux général dont elle avait eu déjà l'occasion de partager la couche. Severus Septimus était aussi froid et aussi dur que le granit. Elle gardait le souvenir de ses mains rugueuses sur elle. Malgré son âge, il était encore vigoureux. Son regard gris pâle semblait percer les âmes. Il inspirait la peur à tous ceux qui l'approchaient. Sauf à Caesar, qu'il vénérait. La voix rauque et basse de Severus Septimus disait :

— Prends garde, Caesar. Tu crois avoir soumis ce pays parce que tu as séduit sa reine. Mais méfie-toi d'elle. Cette femme est plus rusée qu'une horde de chacals.

— Calme-toi, Severus. Cléopâtre ne cherche qu'à protéger son pays en lui conservant un semblant d'indépendance. Mais que peut-elle faire contre la toute-puissance de Rome ?

— Rome, grommela Severus, Rome est loin. Tu aurais tort de sous-estimer ce peuple. Regarde ce qu'ils ont été capables de construire. Les savants de toute la Méditerranée viennent à Alexandrie pour étudier, les Romains, les Grecs, les Phéniciens, les Anatoliens, les Hébreux, les Crétois, les Macédoniens. Les Égyptiens détiennent un savoir colossal, qu'ils ont accumulé au fil des siècles. Or, le savoir, c'est la puissance. Actuellement, ils sont faibles et soumis à Rome. Mais qu'en sera-t-il demain ? Imagine qu'il naisse ici, en Égypte, un chef de grande valeur, et qu'il soit entouré de savants et de sages qui sachent le conseiller avec intelligence.

— Et alors ? Rome domine le monde, et écrasera quiconque se dressera contre elle.

— À moins que ses troupes ne trouvent face à elles une armée aussi puissante, et qui aura réussi à soulever les peuples vaincus.

— C'est impossible.

— En l'état actuel des choses, je partage ton opinion. À part les érudits, les Égyptiens ont oublié quelle fut la gloire de leurs ancêtres. D'ailleurs, beaucoup sont d'origine étrangère. Mais imagine que l'on réveille tout le savoir contenu dans la Grande Bibliothèque d'Alexandrie.

— Un ramassis de papyrus poussiéreux, s'esclaffa Caesar. Rien de tout cela ne peut tenir devant nos glaives.

— N'en sois pas si sûr, Julius. Celui qui possède la Connaissance détient un pouvoir supérieur. Il peut manipuler les peuples, les organiser, leur fournir des armes puissantes.

Caesar observa un court silence. Les arguments de Severus se tenaient.

— Que proposes-tu ? dit-il enfin.

— Il faut détruire ces livres.

— Tu plaisantes ? Cette Bibliothèque est magnifique. Rome n'en possède pas l'équivalent.

— Justement, Caesar. Aujourd'hui, Rome n'est pas en danger. Mais une telle somme de savoir en un seul endroit constitue une menace permanente. Il faut la supprimer. Toi seul en as le pouvoir.

— Severus a raison, intervint Petillius. Brûlons tout ça. Tu l'as dit toi-même, ce ne sont que de vieux papyrus pleins de poussière. Donne-moi l'ordre, et je cours y mettre le feu.

— Pour que Cléopâtre m'arrache les yeux ensuite ? Tu n'as rien de plus subtil à me proposer ? Nous pourrions emporter à Rome tout ce que contient la Bibliothèque.

— Tu ne ferais que déplacer le danger. Ici, il viendrait d'un pays vaincu. À Rome, il viendrait des

Romains eux-mêmes. Il n'y a rien de plus dangereux qu'un peuple instruit. Il devient ingouvernable. Et puis, il y a une autre raison.

— Laquelle ?

— On dit que la Bibliothèque renferme nombre de livres traitant de magie. C'est une science que nous connaissons mal. Un jour ou l'autre, elle pourrait se retourner contre nous.

Il y eut un silence. Diane comprit que Caesar réfléchissait. Recroquevillée sur la couche, elle faisait semblant de dormir, au cas où il aurait pris fantaisie à Petillius de revenir.

— Bien. Après tout, cette Bibliothèque ne serait d'aucune utilité à Rome. Mais je ne peux ainsi décréter de la brûler. Cléopâtre ne me le pardonnerait jamais. Il faudrait que cela ait l'air d'un accident.

Severus sauta sur l'occasion.

— Rien de plus facile, Julius. La Bibliothèque est proche du port. Il y a là quantité de navires chargés d'huile, des entrepôts regorgeant de bois de cèdre en provenance du Liban et de Palestine. Un incendie peut très bien se déclarer de ce côté. Il suffira de mettre la flotte romaine à l'abri en prétextant une action contre les pirates. Si tu es absent, Cléopâtre ne pourra pas te soupçonner. Il t'appartiendra seulement de la consoler ensuite.

Julius Caesar émit un petit ricanement.

— Tu es décidément un fieffé coquin, Severus. Et je préfère te compter au rang de mes amis.

— Tu n'as pas de serviteur plus dévoué que moi, Caesar.

— Quant à toi, Petillius, je te charge d'exécuter

ce que nous venons de décider. Mais attends malgré tout que la flotte ait quitté Alexandrie.

— Tu peux compter sur mon dévouement, Julius.

Diane crut qu'elle allait étouffer. Ces chiens voulaient brûler la Bibliothèque, la plus grande fierté de l'Égypte. Depuis des siècles, les savants du monde entier venaient à Alexandrie pour la consulter et pour recevoir l'enseignement des maîtres. Il lui fallait prévenir Cléopâtre de ce qui se tramait.

Soudain, Petillius fut devant elle.

— Tu es encore là, toi ?

— Hein ?

Elle fit semblant de s'éveiller et de ne pas comprendre. Il s'était exprimé en latin. Jouant la comédie de la femme amoureuse, elle noua, malgré sa répulsion, ses bras autour de son cou. Mais il la repoussa d'un geste brusque.

— Va-t'en, femelle ! Tu reviendras quand je l'aurai décidé. Julius Caesar m'a confié une mission de la plus haute importance.

Il se mit à rire.

— Mais tu n'y comprendrais rien. Tu es trop stupide pour ça. Les femmes ne sont bonnes qu'au lit.

« Pauvre imbécile ! » songea Diane.

Mais elle baissa les yeux, ravie de s'en tirer à si bon compte, et s'éclipsa.

— Brûler la Bibliothèque ? *Ma* Bibliothèque ? Mais il est fou !

— Il est conseillé par de méchants militaires, ô ma reine. L'un, Petillius, est plus stupide qu'un troupeau d'ânes, l'autre fourbe et mauvais comme les esprits du désert.

— Mais que puis-je faire ? Je ne peux aller trouver Caesar en lui disant que je suis au courant de son projet. Il saurait alors que j'utilise des espionnes. Et il se méfierait.

— Il faudrait mettre les livres à l'abri, Majesté. Ils n'agiront pas avant le départ de la flotte romaine. Il leur faut quelques jours pour se préparer. Mettons ce délai à profit pour retirer les ouvrages les plus précieux.

— Où les emporter ? Les cacher dans un tombeau, il ne faut pas y penser. Les pillards auraient tôt fait de s'en emparer. Il n'existe pas une seule tombe qui ne leur ait résisté. Même les pyramides ont été saccagées.

Revenue au palais, Diane avait demandé à rencontrer la reine au plus vite, et en privé. Cléopâtre l'avait reçue immédiatement. Toutes deux avaient le même âge, et elles étaient d'origine grecque. Ce qui ne les empêchait pas de se sentir égyptiennes jusqu'au bout des ongles.

— Prends conseil auprès du sage Aegos, dont on dit qu'il descend d'Alexandre et de Roxane.

— Tu as raison ! Fais-le appeler.

Aegos était un homme d'une soixantaine d'années, grand prêtre d'Amon-Rê, qui dirigeait aussi la Grande Bibliothèque. Il avait la réputation de ne jamais éprouver de colère, et de ne jamais hausser la voix. Lorsqu'il eut écouté Cléopâtre lui raconter les sinistres projets de Caesar, il répondit de sa voix chaude :

— Il existe une solution, Majesté. Mais pour cela, j'ai besoin d'hommes parfaitement sûrs.

— Que comptes-tu faire ?

— Mettre les livres à l'abri, comme tu me l'as dit.

— Où ?

— Pardonne-moi, ô ma reine. Même à toi, je ne peux le révéler. Il s'agit d'un endroit sacré, connu des seuls initiés. Mais les ouvrages les plus précieux y seront à l'abri pour toujours. Il faudra seulement les remplacer par d'autres, afin de ne pas éveiller les soupçons des Romains.

— Agis comme tu l'entends, Aegos. Je te donne Philippe, le chef de ma garde personnelle. Il est prêt à mourir pour moi et saura te choisir ses hommes les plus fidèles. Tu peux compter sur son dévouement total.

— Merci, Majesté. Un seul voyage suffira. Nous agirons dès cette nuit.

— Parfait. Pendant ce temps, j'occuperai Caesar et ses généraux en leur donnant une fête.

Diane se jeta aux pieds de Cléopâtre.

— Permets-moi d'apporter mon aide à Aegos. Je n'ai guère envie de me retrouver une nouvelle fois dans les bras de ce Petillius. Il sent si mauvais…

Cléopâtre éclata de rire.

— Tu préfères sans doute l'odeur de Philippe.

Diane rougit.

— Tu me connais trop bien, ô ma reine. Je ne peux rien te cacher.

— Alors, c'est accordé. Tu as fait du bon travail. Tu mérites une récompense.

— Oh, merci !

Cela faisait plusieurs mois que Diane avait une aventure avec le capitaine des gardes. Philippe n'appréciait pas du tout qu'elle se glissât dans la couche de l'envahisseur romain pour obtenir des renseignements. Il aurait volontiers égorgé ces pourceaux l'un après l'autre, mais ses forces étaient trop peu nombreuses. Parfois, il rêvait de soulever le peuple de la Vallée sacrée et de chasser Caesar pour la plus grande gloire de Cléopâtre. Mais les Égyptiens n'aimaient guère se battre. Depuis des siècles, ils subissaient invasion sur invasion. Cela n'empêchait pas le Nil d'apporter chaque année sa crue fertilisante, et les paysans de creuser leurs canaux et de semer le blé et l'orge. Il en était ainsi depuis des millénaires, depuis qu'Amon avait créé le monde, et cela ne changerait pas de sitôt. Aussi Philippe se contentait-il de veiller de près sur Cléopâtre, pour laquelle il éprouvait la plus grande dévotion. Ce n'était pourtant pas une femme d'une grande beauté. Diane, sa compagne, était plus belle. Mais Cléopâtre rayonnait d'une majesté et d'un charme extraordinaires, auxquels peu d'hommes étaient capables de résister. Même cet homme si puissant à Rome, ce Julius Caesar, avait plié devant elle. Il l'aimait, et lui passait ce qu'il prenait pour des caprices. Philippe savait que ces caprices n'étaient destinés en réalité qu'à préserver l'Égypte. Et il admirait encore plus Cléopâtre d'utiliser ainsi ses armes de femme pour berner l'envahisseur.

Lorsqu'il apprit que Caesar envisageait de brûler la Grande Bibliothèque, il entra dans une colère noire, d'autant plus violente qu'il se sentait impuissant à agir. Mais Aegos le rassura.

— Nous allons tromper les Romains. La Bibliothèque brûlera, puisque nous ne pouvons nous opposer à la puissance de Rome, mais ce n'est que de la pierre et du bois. On pourra la reconstruire. En revanche, il faut sauver les ouvrages importants. Trouve-moi une douzaine d'hommes dévoués, prêts à mourir plutôt que de parler.

— Tu les as déjà. La garde rapprochée de la reine compte douze hommes.

— Cela suffira. Cette nuit, nous nous introduirons dans la Bibliothèque.

Diane n'aurait voulu manquer cela pour rien au monde. Aegos avait profité de la journée pour réunir, en différents endroits, quantité de rouleaux sans intérêt, livres de comptes, vieux papyrus d'écoliers cent fois lavés et réutilisés par les élèves des maisons de vie. On avait réuni tout ce fatras dans une pièce désaffectée du palais. Philippe et ses soldats s'étaient acquittés eux-mêmes de ce travail, en compagnie de Diane. Afin de ne pas éveiller les soupçons, ils s'étaient déguisés en esclaves. Aegos en personne les avait dirigés.

Le soir, tandis que Cléopâtre accueillait Caesar et ses compagnons, Aegos, Philippe, Diane et les soldats chargèrent des ânes de ballots contenant les rouleaux sans valeur. Caesar avait annoncé à la reine qu'il partait trois jours plus tard pour une expédition contre les pirates qui rançonnaient les petites cités côtières, et elle avait ainsi trouvé un prétexte tout fait pour organiser une fête en son honneur. De même, elle avait fait porter des barriques de vin de Dakhla aux garnisons romaines.

La nuit était chaude, chargée d'odeurs provenant de la Méditerranée proche. Aegos et ses compagnons ne rencontrèrent aucune difficulté à s'introduire dans la Bibliothèque, totalement déserte. C'était un immense bâtiment longé par une colonnade, aux fenêtres gardées par des grilles de fer forgé, et fermées par de lourds contrevents en bois de cèdre. Malheureusement, du côté du port, des entrepôts étaient venus s'adosser au mur. Les ouvertures situées de ce côté étaient entièrement aveuglées par ces constructions sauvages. Si un incendie se déclarait, le feu aurait vite fait de pénétrer à l'intérieur, et il deviendrait alors impossible de le maîtriser. Les livres de papyrus, de vélin, d'écorce de bouleau flamberaient comme des torches. Aegos indiqua à Philippe les endroits où se trouvaient les ouvrages les plus rares et les plus anciens. Et ceux-ci allèrent remplacer les livres de comptes dans les sacs de toile. Ils firent trois voyages au cours de la nuit.

À l'aube, tous étaient épuisés. Mais les livres étaient désormais en sûreté dans le palais.

— Et maintenant ? demanda Philippe.

— Il nous faut attendre le départ des Romains. D'ici là, tu répondras sur ta vie de la sécurité de cette pièce.

Diane et Philippe virent les larmes qui luisaient dans les yeux du vieil homme tandis qu'il contemplait les précieux rouleaux entassés sur le dallage, serrés dans les sacs. Aegos se tourna vers eux.

— N'oubliez jamais ce spectacle, mes enfants. Il y a devant vous tout le savoir que les Égyptiens ont accumulé depuis la création du monde. Nous avons sauvé tout ce qui convenait de l'être. Les autres ouvrages se trouvent dans d'autres bibliothèques et chez les gens fortunés. Mais tous ceux que vous voyez ici sont uniques. Certains sont tellement anciens qu'ils remontent à une époque où l'Égypte elle-même n'existait pas encore. On prétend que quelques-uns de ces livres furent écrits par les dieux qui fondèrent Kemit il y a des milliers d'années.

— Qu'allons-nous en faire ?

— Les transporter dans un endroit où nul ne saura les retrouver. Nous partirons immédiatement après la flotte romaine. Que tes hommes soient solidement armés, car nous risquons de rencontrer des Bédouins, il faudrait qu'une centaine de guerriers nous escortent. Lorsque nous serons arrivés, ils attendront à distance.

— Mon régiment est à ta disposition, Aegos.

Trois jours plus tard, Cléopâtre accompagna Caïus Julius Caesar sur le port. La flotte était prête à appareiller. Diane, qui assistait de loin aux embrassades de la séparation, ne put s'empêcher de penser à toute l'hypocrisie qui se cachait derrière les baisers passionnés qu'échangeaient la reine et le chef militaire. Lui voulait brûler la Bibliothèque, et elle le savait. Chacun trompait l'autre, mais cela n'empêchait pas les larmes de couler.

Lorsque la flotte eut dépassé l'imposant phare construit trois siècles plus tôt par Alexandre le Grand, Diane se glissa près de sa maîtresse et lui souffla :

— Tout est prêt, ma reine. Nous n'attendons plus que ton ordre.

— Va, ma fidèle compagne ! Que les dieux vous soient favorables, et qu'Isis vous protège !

Dans l'après-midi, un détachement d'une centaine de soldats appartenant à la garde personnelle de Cléopâtre quitta Alexandrie, sous prétexte de manœuvres d'entraînement. Tous montaient de petits chevaux nerveux et rapides. Philippe avait repris sa place à la tête de la colonne. Aegos dirigeait le petit groupe de soldats ayant participé au sauvetage. Tous étaient déguisés en marchands et montaient des méharis. D'autres dromadaires transportaient de volumineux ballots solidement fixés, et protégés par de larges couvertures.

Pendant plusieurs jours, ils remontèrent ainsi le Nil, passant près du plateau de Gizeh, où se dressaient les trois immenses pyramides de Kephren, Kheops et Mykerinos. Plus loin, ils arrivèrent à Memphis.

— Cette cité fut autrefois l'une des premières capitales du Double-Pays, expliqua Aegos. On l'appelait alors la Ville aux Murs Blancs. C'est ici que nous allons quitter la Vallée sacrée.

— Où allons-nous ? s'inquiéta Philippe.

— Nous allons rejoindre le royaume du dieu Seth, mon ami. Que tes hommes fourbissent leurs armes. Nous risquons d'en avoir besoin.

Le lendemain, la colonne abandonna les chevaux pour des dromadaires, seul animal capable de résister aux conditions effrayantes du désert. Diane, qui n'avait jamais monté de méhari, n'apprécia guère l'expérience. Le balancement monotone et régulier, ajouté à la chaleur infernale, lui donnait la nausée. À l'ouest s'étendait le plateau de Saqqarâh, où se dressait une étrange pyramide à six niveaux, cernée par les ruines d'une enceinte autrefois grandiose, mais que les tremblements de terre et les besoins de la construction avaient peu à peu démantelée.

— La pyramide du roi Djoser, commenta Aegos. La plus ancienne et la plus vénérable de toutes.

Après Saqqarâh, la colonne s'enfonça résolument dans le désert. Le voyage dura plusieurs jours, au pas chaloupé des dromadaires. De temps à autre, des hordes de Bédouins apparaissaient au loin, au détour d'une masse rocailleuse. Mais la puissance des soldats dut les décourager. Pas une fois ils ne furent attaqués.

Enfin, ils arrivèrent près d'une étrange formation rocheuse balayée par les vents. À perte de vue, l'érosion avait sculpté d'innombrables affleurements de gypse, dont les énormes blocs d'un blanc lumineux contrastaient avec la couleur gris-jaune du désert, et formaient un véritable labyrinthe.

Aegos ordonna aux soldats de bivouaquer sur place. Puis il entraîna Philippe, Diane et ses douze plus fidèles guerriers vers les rochers lumineux. Chaque homme tirait derrière lui l'un des dromadaires chargés des précieux papyrus. Aegos se tourna vers eux. Ils parvinrent ainsi devant une sorte de défilé.

— Écoutez-moi bien ! Nous voici à l'entrée du Labyrinthe sacré. L'endroit que vous allez découvrir à présent est aussi vieux que le monde tel qu'il fut créé par le dieu Amon. Les pillards ont pu violer les tombeaux des rois et des reines, et même les pyramides des premiers souverains de Kemit, ceux qui descendaient directement des dieux. Jamais aucun d'eux n'a pu fouler le sol du sanctuaire sacré. La magie le garde invisible aux yeux des hommes. Pour eux, il n'est qu'une étendue de sable recouverte de rochers blancs. Mais, dès que nous aurons franchi cette limite, nous entrerons dans un autre univers, inaccessible aux mortels. Prenez bien garde de ne pas me perdre de vue. Dans le cas contraire, vous seriez condamnés à errer sans fin au cœur du Labyrinthe, sans espoir de jamais en retrouver la sortie, même au-delà de la mort. Vos âmes y resteraient prisonnières jusqu'à la fin des temps.

Aegos se tourna vers l'entrée et prononça une incantation dans une langue ancienne. Puis il s'engagea dans le couloir rocheux. L'instant d'après, un vent venu de nulle part se leva, soulevant des tornades de poussière. En quelques instants, il fut impossible d'y voir à plus de quelques pas. Les yeux froncés pour se protéger du sable, Philippe et Diane avançaient avec difficulté, tenant leur monture chargée par la bride. Une odeur étrange flottait dans l'air, faite d'un mélange de cannelle et de pierre. L'allée menait à une intersection donnant sur trois autres chemins. Aegos s'engagea résolument dans l'un d'eux. Plus loin s'ouvrirent trois autres voies. Au bout du cinquième croisement, ni Philippe ni Diane n'auraient su retrouver le chemin de la sortie. Parfois, ils étaient obligés d'enjamber des sortes de monticules de branches sèches. Philippe se demanda comment des arbustes avaient pu pousser dans un endroit aussi inhospitalier. Jusqu'au moment où il se rendit compte qu'il s'agissait d'ossements humains. Sans doute des pillards étaient-ils parvenus à pénétrer à l'intérieur du Labyrinthe. Mais, comme l'avait dit Aegos, ils n'avaient pas pu ressortir. Au creux du défilé, le vent se faisait moins sentir. En revanche, au-dessus d'eux régnait une véritable tempête. Les bourrasques s'écorchaient sur les aspérités rocheuses, provoquant parfois un bruit angoissant, comme si les âmes des morts s'étaient toutes mises à hurler à l'unisson.

Enfin, ils débouchèrent sur une espèce de placette, bordée par une falaise de gypse. Le ciel avait pris une couleur ocre. Aegos fit face à la paroi rocheuse et entama une nouvelle incantation. Philippe et Diane le virent à peine effleurer la pierre. Pourtant, l'instant suivant, une dalle bascula, dégageant une ouverture sombre. Puis Aegos pénétra dans le sanctuaire, suivi par Philippe et Diane, le cœur broyé par l'inquiétude. L'endroit les effrayait. Peut-être avait-il été construit par les dieux, très longtemps auparavant, mais aujourd'hui, il était devenu le royaume des affrits. Ils étaient persuadés que ceux-ci allaient surgir d'un instant à l'autre et les dévorer. Le passage était beaucoup plus large qu'ils ne l'avaient cru. Quatre hommes pouvaient y avancer de front. Une galerie apparut, qui s'enfonçait dans les entrailles de la terre. Aegos caressa de nouveau la pierre, et une étrange lumière dorée inonda la galerie. Tremblant de la tête aux pieds, Diane chuchota :

— Philippe, j'ai peur. Ne crois-tu pas que cet homme nous mène directement vers l'entrée du royaume des morts, gardé par le terrible Anubis ?

— Je… je ne sais pas.

Peu à peu, le vacarme de la tempête s'estompa. La galerie déboucha sur une sorte de plate-forme. Le sol était constitué d'une mosaïque couleur d'or et de turquoise où l'on reconnaissait des dauphins. À droite et à gauche se dessinait ce qui ressemblait à l'entrée de nouvelles galeries. Les deux ouvertures, formant entre elles un angle droit, étaient reliées par une sorte de muret en quart de cercle, haut d'une coudée, et sculpté de bas-reliefs représentant des symboles inconnus. Au-delà du muret s'ouvraient les ténèbres.

— Où sommes-nous ? demanda Philippe, inquiet.

— Dans le sanctuaire de la Connaissance, répondit Aegos. Ouvrez vos yeux et votre cœur, car jamais vous n'avez contemplé un spectacle comme celui qui va apparaître devant vous.

Il se dirigea alors vers la paroi de droite, et manipula quelque chose. Soudain une lumière fabuleuse, couleur d'or, jaillit, et inonda l'espace au-delà de la plate-forme rocheuse. Diane et Philippe ne purent retenir un cri d'émerveillement. C'était comme si on avait allumé d'un coup des milliers de torches. Devant eux se dessinait, creusée dans les entrailles de la terre, la forme d'une gigantesque pyramide inversée, dont la pointe était orientée vers le cœur du monde. Elle était si vaste qu'elle aurait sans doute pu contenir la plus grande des pyramides de Gizeh. Ses parois étaient constituées de milliers d'alvéoles creusées dans le gypse, toutes remplies de documents, rouleaux de papyrus, liasses, appareils étranges, à l'usage impossible à définir. À quelques niveaux en contrebas s'étirait une sorte de voile bleu lumineux et transparent. Aegos expliqua :

— Ici est préservé tout ce que les dieux ont offert aux hommes depuis des temps immémoriaux. La Grande Bibliothèque d'Alexandrie n'est rien comparée à la somme de connaissances enfermée dans ce sanctuaire.

Il soupira.

— Malheureusement, plus personne n'est capable de déchiffrer les secrets contenus dans ces documents. Tout au plus parvenons-nous à lire les cartes, et quelques ouvrages traitant d'architecture. Mais le savoir de cette pyramide nous est, pour sa quasi-totalité, inaccessible.

— Qui est à l'origine de cette connaissance ? demanda Philippe.

— Les dieux anciens, lorsqu'ils vivaient en compagnie des hommes. À cette époque, on savait déchiffrer les énigmes proposées par ces ouvrages sacrés. Mais les dieux ont disparu, et nous avons perdu les clés de ce savoir. Cependant, nous le conservons. Car une prophétie affirme que, dans un avenir lointain, les hommes auront redécouvert par eux-mêmes les secrets contenus dans ce temple. Mais il leur faudra auparavant traverser de longues et douloureuses épreuves. En attendant, nous, les Initiés, sommes les gardiens du Labyrinthe.

Au fond de la pyramide, les quatre plans triangulaires se rejoignaient pour former une sorte de plate-forme dont le sol semblait recouvert d'or. Là se dressait une structure étrange, faite de prismes et de panneaux métalliques, baignée dans la lumière couleur d'azur.

— Et ce voile bleu, qu'est-ce que c'est ? demanda Diane.

— La limite qui sépare les connaissances des hommes de celles des dieux, répondit Aegos. En admettant que des pillards parviennent à s'introduire jusqu'ici, ce qui est déjà impossible, ils ne pourraient traverser cette barrière sans périr instantanément.

Même moi, j'ignore comment la franchir. Le savoir contenu au-dessous de cette limite est inaccessible aux mortels. Nous ne pouvons atteindre que les douze niveaux supérieurs, où nous entreposons ce que les hommes ont découvert depuis la création du Double-Pays. Je ne suis que le gardien de ce sanctuaire. Je sais y faire naître la lumière, mais je suis incapable d'expliquer ce qui la produit. La prophétie dit que seuls les dieux sont capables de franchir la ligne bleue. Peut-être un jour décideront-ils de redonner leur savoir aux hommes. Mais je doute que cela soit pour bientôt.

Il se tourna vers Philippe.

— Mon temps est bientôt révolu, mon ami. Le jour ne tardera pas où les dieux me rappelleront près d'eux. J'avais choisi un successeur. Malheureusement, une mauvaise fièvre l'a emporté le mois dernier. Je te connais depuis des années, et je sais ta loyauté et ton dévouement envers le reine Cléopâtre. Je voudrais que tu acceptes de devenir le gardien de ce sanctuaire. Sans doute les dieux en ont-ils décidé ainsi, puisqu'ils ont permis à une femme de pénétrer dans ce lieu sacré et d'être présente. Les légendes affirment qu'autrefois, à l'époque des dieux anciens, les femmes étaient considérées comme les égales des hommes. C'est pourquoi j'ai accepté que Diane nous suive. Car je sais qu'elle sera pour toi la meilleure des épouses, et qu'elle te donnera des enfants solides. C'est à l'un d'eux, à celui que tu jugeras le plus sage, que tu transmettras les secrets que je vais te confier à présent. Désormais, vous serez tous les deux les nouveaux Initiés, les gardiens de la Pyramide de la Connaissance.

« Tes fidèles soldats vont venir jusqu'ici, et entreposer dans les alvéoles vides les livres que nous avons sauvés à Alexandrie. Avant de repartir, je leur ferai absorber une potion. Ils oublieront ainsi ce qu'ils ont vu. Vous-mêmes n'en boirez pas. Vous garderez en vous le secret du sanctuaire, afin que vous puissiez le transmettre à vos successeurs, et ceci à travers les siècles, jusqu'à l'avènement d'un nouvel Âge d'or. L'acceptez-vous ?

Diane glissa sa main dans celle de Philippe. Tous deux auraient dû ressentir une légitime fierté. Pourtant, ils n'éprouvaient qu'une très grande angoisse devant l'extraordinaire responsabilité qui pesait désormais sur leurs épaules.

— Nous acceptons, répondirent-ils d'une seule voix.

Plusieurs jours plus tard, la colonne était de retour à Alexandrie. Tandis qu'ils se dirigeaient vers le palais en compagnie d'Aegos, ils aperçurent les ruines fumantes de la Grande Bibliothèque. Un mélange de colère et de résignation leur serra le cœur. Les Romains avaient mis leur sinistre projet à exécution.

Cependant, ils n'avaient rien détruit de vraiment important, puisque l'essentiel était à l'abri dans la Pyramide de la Connaissance. Mais cela, ils l'ignoreraient toujours, et garderaient seulement à l'esprit la satisfaction stupide d'avoir imposé leur domination en détruisant ce qu'ils étaient incapables de comprendre.

Malheureusement, ils n'étaient pas les premiers et ne seraient pas les derniers.

46

Kevin et Alexandra eurent peine à reprendre leurs esprits. La transe avait été cette fois plus intense. La mystérieuse Pyramide de la Connaissance gardée par le Labyrinthe sacré restait gravée dans leur mémoire. Elle constituait la preuve irréfutable qu'il avait bien existé, très loin dans le passé, une civilisation possédant des connaissances technologiques supérieures.

Autour d'eux, des ouvriers les contemplaient avec curiosité. Pourtant, personne n'avait osé s'approcher d'eux. Comme à Istanbul, une sorte d'aura semblait les protéger. Ils se levèrent et firent quelques pas pour dégourdir leurs jambes ankylosées. Leur régression avait duré plus d'une heure. Ils se dirigèrent lentement vers la ville, l'esprit confus.

— Je ne crois pas que nous ayons le droit de révéler l'existence de cette pyramide, déclara soudain Kevin. Nous ignorons tout des secrets qui y sont cachés. D'après ce qu'en ont vu Philippe et Diane, il ne s'agit pas simplement de vieux manuscrits égyptiens. La grande majorité des connaissances provient de ce peuple inconnu qui a tracé les cartes utilisées par Pin Re'is. Mais la cartographie n'est qu'un aspect de leur savoir. Rappelle-toi : la base de cette pyramide inversée mesurait plus de trois cents mètres, sa hauteur deux cents. Aucun pilier ne soutenait la voûte. J'aimerais bien qu'on m'explique ce qui retient les millions de tonnes de roche qui sont au-dessus. Et pourtant, tout cela résiste depuis des millénaires, sans le moindre entretien. C'est un défi aux lois de la physique. Quant à l'éclairage, je n'ai jamais rien vu de semblable. On aurait dit que la lumière venait de nulle part. Il n'y avait aucune source, ni lampe, ni rampe. Aegos m'avait montré comment le déclencher, en appuyant légèrement sur la roche. Philippe pensait qu'il s'agissait de la magie des dieux, mais, même aujourd'hui, je n'ai aucune idée du système utilisé. Et je suis prêt à parier qu'il marche encore, deux mille ans après. C'est cela qui me fait peur, Alexandra. Offrir une telle connaissance à l'Humanité me paraît très dangereux. Einstein a découvert l'énergie atomique. Sa première application a été la bombe d'Hiroshima. Alors, avons-nous le droit de prendre le risque de réveiller les puissances inconnues qui sommeillent dans cette pyramide ? Les hommes disposent déjà de suffisamment de moyens pour se détruire. Il est inutile d'en rajouter.

— Tu as raison, c'est la boîte de Pandore. Mais ni les Mutants ni le gouvernement américain ne nous laisseront tranquilles. Dès que nous serons revenus à New York, ils se manifesteront à nouveau.

— Que veux-tu qu'ils fassent ?

— Nous éliminer parce que nous leur serons devenus inutiles, et que nous en savons trop.

— C'est un risque à courir. Mais ils supprimeraient du même coup leur seule chance de parvenir un jour à la pyramide.

Il resta un moment silencieux.

— Je me demande ce que peut contenir cette pyramide qui permettrait aux Mutants de conquérir la Terre, dit-il enfin.

— Nous savons comment retrouver le Labyrinthe. Nous sommes même les seuls à être capables de le faire. Nous pourrions aller sur place. Nous rendre compte par nous-mêmes.

— Ce serait du suicide. Nous n'avons aucune chance de survivre dans le désert.

— Alors, nous rentrons aux États-Unis ?

Kevin regarda la ville, le fleuve, respira longuement les odeurs. Enfin, il demanda :

— As-tu vraiment envie de rentrer ?

— Non ! J'ai l'impression d'être de retour chez moi après deux mille ans d'absence. J'aimerais rester encore un peu.

— Alors pourquoi partir ?

Alexandra se jeta dans ses bras.

Évitant les moyens de transport classiques, ils passèrent un accord avec un Égyptien qui accepta de les emmener en felouque en direction du Caire. L'homme, Mustapha, se montra un peu réticent au début, mais leur parfaite maîtrise de l'arabe le troubla. Depuis leur régression d'Istanbul, ils avaient retrouvé le souvenir de cette langue, et se plaisaient à l'utiliser depuis leur arrivée en Égypte, ce qui ne laissait pas d'étonner les indigènes, d'autant plus qu'ils l'émaillaient curieusement de mots désuets, voire oubliés.

Le temps s'écoulait différemment. Utilisant, comme aux temps anciens, le vent du nord pour remonter le courant, la felouque mit plusieurs jours pour parvenir au Caire. Assis à l'avant, Kevin et Alexandra restaient de longues heures, bercés par le mouvement régulier des vagues et les chants de Mustapha, aidé de ses deux fils.

Le soir, on dormait à la belle étoile, ou chez l'habitant. Le marinier avait très vite compris qu'il n'avait pas affaire à de simples touristes. Il émanait d'eux quelque chose d'étrange, une sérénité, une plénitude, une sagesse qui le déconcertaient. Bien qu'ils ne fussent pas égyptiens, il s'aperçut qu'ils connaissaient le pays bien mieux que lui, qui le parcourait sur le fleuve depuis plus de trente ans. Il les prit un moment pour des historiens européens, ces farfelus qui viennent fouiller dans les vieilles pierres afin de dégager les tombeaux des anciens rois. Mais c'était autre chose. À la manière dont ils parlaient du pays, des lieux, des animaux, des étoiles, il avait l'impression qu'ils avaient déjà vécu ici.

Et c'était vrai. Au fil de leur voyage sur les eaux bleues du Nil, d'anciennes existences s'éveillaient, ranimées par des éléments imprévus, une odeur, un village ignoré posé au bord du fleuve, le vol d'un oiseau rasant les vagues, un chadouf à l'aide duquel un paysan irriguait ses champs. Ils découvrirent qu'ils avaient ainsi partagé d'innombrables existences dans la Vallée sacrée, parfois dans la peau de simples paysans, parfois dans celle d'un prince et d'une princesse, d'un scribe, d'une dame de compagnie, d'un cavalier et d'une esclave. Mais chacune de ces vies avait apporté son enseignement fait d'échecs et de victoires. Peu à peu se dessinait ainsi ce que M. Tcheng avait appelé leurs « chemins de lumière ».

— Je ne regrette pas d'avoir quitté New York et abandonné mes études d'histoire, déclara Alexandra un soir, alors qu'ils partageaient le thé avec Mustapha, le marinier. Ce que je redécouvre chaque jour est bien plus riche que ce qu'il y a dans les livres.

Kevin quant à lui prenait des notes sur le petit ordinateur portable qui ne le quittait jamais.

— Ce sera comme un recueil de souvenirs, disait-il avec enthousiasme.

Tous deux avaient côtoyé quantité de personnages historiques, connus ou ignorés, parfois comme serviteurs, parfois comme membres de la famille royale. Pendant la Seconde Période intermédiaire, au XXIIe siècle avant J.-C., à cette époque où des hordes asiatiques déferlaient sur le Delta, ils avaient même régné sur la Basse-Égypte pendant quelques années. Mais ils avaient péri, massacrés par l'envahisseur.

Nombre de périodes restaient néanmoins dans l'ombre. Sans doute avaient-ils aussi vécu ailleurs qu'en Égypte. Et surtout, ils ne parvenaient pas à remonter au-delà de la Troisième Dynastie, durant laquelle ils avaient eu le privilège extraordinaire de vivre aux côtés du roi Djoser et du mage Imhotep.

Enfin, ils parvinrent ainsi au Caire, ville tentaculaire et surpeuplée. Peu désireux de se plonger dans l'atmosphère assourdissante et empuantie de la mégalopole, ils proposèrent à Mustapha de les mener jusqu'à Saqqarâh. Le marinier accepta avec enthousiasme, sans même leur demander de supplément. Au fil des jours, il s'était lié d'amitié avec eux.

Ils délaissèrent donc la capitale et les grandes pyramides de Gizeh pour le plateau sacré où se dressaient le tombeau à degrés de Djoser et le Serapeum, où l'on pouvait admirer des momies de taureaux. Une vive émotion les saisit devant le monument grandiose, le plus vieux et le plus mystérieux de la Vallée sacrée. Ils avaient participé à sa construction, quelque quarante-huit siècles auparavant.

Mustapha les mena ensuite jusqu'à Dahchour, où l'on pouvait admirer les deux pyramides de Snefrou, la rouge et la rhomboïdale. L'un de ses cousins vivait dans un petit village voisin, auquel ils rendirent visite. Ce fut une soirée joyeuse et animée, à laquelle se mêlèrent de nombreux villageois, intrigués et amusés par ces deux étrangers qui parlaient l'arabe avec un accent de nulle part et des expressions venues d'un autre âge.

Djalel, le cousin de Mustapha, était un vieil homme, au visage griffé de rides, qui vivait encore comme aux premiers temps de l'Égypte.

— Le Nil n'est plus que le souvenir de ce qu'il était, se lamentait-il. Depuis que l'on a construit le grand barrage, à Assouan, les crues ont disparu. Ils ont tué le fleuve.

Le vieillard s'étonna de leur parfaite connaissance du pays, ainsi que des lois du Coran, apprises auprès de Piri Re'is. Intrigué, il leur dit :

— Vous n'êtes pas des étrangers comme les autres. Allah a déposé en vous une sagesse telle qu'on n'en connaît qu'aux très vieilles personnes. Mais il vous a aussi doté d'une jeunesse bouillonnante. C'est un trésor inestimable dont il vous a fait présent. Et je m'estime honoré de partager ma modeste demeure avec vous.

Le soir, alors que le soleil se couchait à l'ouest, Kevin et Alexandra firent quelques pas en direction du désert proche. Avec le crépuscule, l'air brûlant de la journée s'était adouci, donnant presque une impression de fraîcheur. Des odeurs merveilleuses flottaient, parfums des fleurs et des sycomores, effluves aquatiques rampant hors des eaux sombres du fleuve, senteurs appétissantes des galettes de blé ou de mil, relents puissants d'un petit troupeau de dromadaires. Ceux-ci, très nombreux autrefois, avaient presque disparu à cause des transports routiers. Même dans le désert, on leur préférait les camions.

Soudain, poussée par une force inconnue, Alexandra saisit la main de Kevin et l'entraîna en direction du désert. Jamais elle n'avait éprouvé une telle sensation de liberté et d'harmonie avec le monde. Une nouvelle idée vibrait en elle, qui trouva un écho immédiat dans l'esprit de son compagnon.

— Nous connaissons déjà le désert, murmura-t-elle.

Peu à peu, comme un pays qui se dévoile, une autre vie se révéla.

— Nous pouvons le traverser, répondit Kevin en écho. Nous l'avons déjà fait plusieurs fois. Nous étions alors des nomades, des Touaregs. Tu t'appelais Djamila ! ajouta-t-il en se tournant vers elle.

— Et toi Karim, compléta-t-elle.

Tous deux avaient sans doute vécu au cœur des sables au début de l'expansion musulmane, car il leur revenait des souvenirs de batailles contre l'envahisseur venu de l'est. Le désert leur avait offert un refuge inviolable, une sécurité et une liberté que ne connaîtraient jamais plus les peuples conquis.

Des images fabuleuses surgissaient en eux, les montagnes arides du Tibesti et du Hoggar, les dunes aux formes innombrables, les oasis qui, pour eux, n'étaient que des lieux de passage, des ports au sein de l'océan de sable. La véritable demeure des Touaregs, c'était le désert lui-même. Une demeure aussi vaste que le monde.

Ils s'assirent sur le sable et restèrent longtemps à observer le magnifique ciel nocturne. Une émotion intense les habitait. Peu à peu, d'autres vies se dessinèrent, comme s'ils avaient ouvert des portes sur un passé encore plus lointain, impossible à situer dans le temps. Curieusement, dans ces visions, le désert avait changé de visage. Des savanes, des forêts le couvraient par endroits. Ils entrevirent également un lac immense, à l'eau salée, une mer intérieure. Un nom surgit dans leur esprit : Tritonis.

— Nous venons de beaucoup plus loin, murmura Kevin. Le désert n'a pas toujours existé. Il y avait quelque chose au cœur des sables. Une civilisation oubliée dont nous avons fait partie.

Pourtant, aucune de ces vies passées ne leur parvenait avec précision, comme si un voile obscur les recouvrait.

— Nous devrions nous rendre jusqu'au Labyrinthe magique, déclara soudain Alexandra. Là se trouve la réponse à toutes nos questions. Tu saurais retrouver la route ?

— Bien sûr ! Les souvenirs de Philippe sont très précis.

Ils passèrent la nuit chez Djalel, qui avait mis sa demeure à leur disposition. Le lendemain, lorsqu'ils s'éveillèrent, ils se rendirent compte que quelque chose n'allait pas. Au-dehors retentissaient des cris et des appels. Ils s'habillèrent à la hâte et sortirent. Djalel et Mustapha étaient aux prises avec une douzaine d'individus barbus aux yeux fiévreux.

— Nous savons que vous abritez des chiens d'étrangers ! s'égosillait celui qui semblait être leur chef.

Une femme affolée rejoignit Kevin et Alexandra. Zaïa, l'épouse de Djalel.

— Ce sont des intégristes ! dit-elle. Ils accusent mon mari de vous avoir offert l'hospitalité. Ils veulent que vous les suiviez. Mais il ne faut pas y aller. Ils vont vous tuer. Ce sont des fous !

Kevin posa la main sur le bras de la vieille femme.

— Ne t'inquiète pas.

L'un des forcenés avait déjà dégainé un long poignard courbe et menaçait Djalel, qui refusait de le laisser approcher de sa maison.

— Que fais-tu des lois de l'hospitalité du Coran ? disait-il.

— Elle ne s'applique pas aux chiens d'étrangers. Écarte-toi, si tu ne veux pas que ta famille soit punie !

Kevin et Alexandra s'avancèrent lentement.

— Ils sont là ! s'écria un jeune homme aux yeux sauvages et luisants de colère.

Sans attendre l'ordre de leur chef, plusieurs individus se précipitèrent vers eux. Mais, avec le temps, Kevin et Alexandra avaient appris à maîtriser la télékinésie. Se concentrant sur le sable, ils firent naître une barrière de tourbillons devant les énergumènes. Ceux-ci, décontenancés, s'arrêtèrent. L'instant d'après, ils s'écroulèrent l'un après l'autre, frappés par une puissante onde mentale. Ils restèrent un instant étourdis, mais le plus excité se releva et franchit la barrière de sable, le poignard haut levé. Il fut stoppé net par un coup d'une rare violence, surgi de nulle part. Le nez et les lèvres éclatés, il tomba à genoux en braillant.

Les tourbillons de sable retombèrent. Interloqués, les intégristes virent les deux étrangers avancer vers eux sans aucune frayeur. Il n'y avait pas dans leur regard intense le mépris, la condescendance et l'arrogance des Occidentaux, mais une autorité impressionnante. Une peur incontrôlable envahit les énergumènes, qui rampèrent sur le sable pour s'écarter.

Kevin s'adressa à eux en arabe ancien. Il n'éleva pas la voix, mais chacune de ses paroles les pénétra comme une lame d'acier.

— Vous êtes une insulte vivante pour la grandeur de Dieu, leur dit-il. Vous avez bafoué l'une des lois les plus sacrées : l'hospitalité ! La honte est sur vous. Partez ! Et ne remettez jamais les pieds dans ce village. Il est placé sous notre protection. Si un seul de ses habitants doit souffrir de vos agissements, redoutez notre colère !

Pour appuyer la menace qu'il venait de proférer, Kevin frappa de nouveau le chef des fanatiques, sans le toucher. L'individu se retrouva sur les fesses, le visage en sang. Une angoisse soudaine saisit les excités, qui détalèrent sans demander leur reste.

Pétrifiés, les habitants du village se demandaient s'ils n'avaient pas rêvé. Enfin, Mustapha et Djalel s'approchèrent.

— Qui êtes-vous ? demanda le vieil homme.

Kevin et Alexandra hésitèrent. Ils n'avaient aucune envie de raconter leur vie en détail.

— Des voyageurs, répondit l'Américain. Seulement des voyageurs.

— Soyez bénis ! Qui que vous soyez, soyez bénis, dit le vieil homme avec émotion. Vos pouvoirs ont évité un drame. Ces gens sont de mauvais musulmans. Ils voient le mal partout.

— Que Dieu ait pitié d'eux, ajouta Mustapha.

Kevin s'adressa à Djalel.

— Nous aurions besoin de trois dromadaires. Sais-tu où je pourrais en trouver ?

Le vieil homme hocha la tête.

— Un homme en possède un troupeau dans le village voisin. Mais méfie-toi, Seigneur. C'est un filou. Il va tenter de te vendre des animaux malades.

— Rassure-toi ! Je saurai reconnaître les bonnes montures.

— Je n'en doute pas, Seigneur ! Si tu l'acceptes, nous t'accompagnerons.

Ils se mirent en route, suivis par la moitié du village, enthousiasmée par ce qui venait de se passer. Ils ne remarquèrent pas, à l'ombre d'un sycomore, un homme qui les observait avec curiosité.

Un peu plus tard, Djalel les présentait à l'éleveur, Rachid. Comme il l'avait prédit, celui-ci tenta de berner Kevin. Mais Alexandra et lui écoutaient à peine ce qu'il disait. Ils passèrent silencieusement au milieu des animaux, observant les dents, les yeux, les pattes, les muscles de chaque bête. Derrière eux, croyant avoir affaire à des touristes crédules, Rachid palabrait, vantait les mérites de ses bêtes, et tâchait de les orienter adroitement vers des méharis âgés. Mais Kevin lui montra trois montures superbes, en parfaite santé.

— Ce sont ceux-là que nous voulons, déclara-t-il en arabe.

L'autre le contempla avec stupéfaction.

— Ah, mon ami, on voit que tu t'y connais. Mais ces bêtes sont très chères.

Il fallut encore discuter pendant trois heures avant de conclure l'affaire. Non que Kevin n'eût pas les moyens de payer les méharis, mais refuser de marchander eût presque été considéré comme une insulte.

Ils acquirent ensuite des selles-bâts, larges et confortables, des peaux de mouton, des couvertures, une tente en peau de chèvre, des vivres, des bidons d'eau.

Le lendemain, ils se levèrent un peu avant l'aube et harnachèrent leurs montures sous l'œil intrigué des villageois qui constatèrent avec stupéfaction qu'ils savaient tous deux comment s'y prendre.

— Vous n'avez fait que ça toute votre vie ! s'exclama Mustapha, enthousiaste. Cet imbécile de Rachid n'aurait certainement pas été aussi rapide.

On prit le temps d'un dernier verre de thé, puis ils firent leurs adieux aux villageois et montèrent sur le dos des méharis.

Devant eux, le désert s'étendait à perte de vue.

47

À la fin de la première journée, Kevin et Alexandra traversèrent l'autoroute reliant Le Caire au lac du Fayoum, autrefois territoire du dieu crocodile Sobek. Au-delà s'étendait un désert de rocaille creusé de ravines sèches où s'écoulaient les eaux des violents orages qui, de temps à autre, inondaient le désert.

D'instinct, ils avaient retrouvé leurs repères. Par exemple, il suffisait d'observer l'orientation des flèches de sable formées par l'alizé derrière une plante ou une roche pour déterminer le nord. Ils avaient l'impression de retrouver des sensations depuis longtemps oubliées. Le pas chaloupé des dromadaires les berçait. Souvent, ils prenaient plaisir à marcher à côté des montures. À quatre kilomètres à l'heure de moyenne, à raison d'une dizaine d'heures par jour, il leur faudrait près de deux semaines pour atteindre le Labyrinthe. Mais cela n'avait aucune importance, le temps ne comptait plus pour eux. Ils n'avaient nullement besoin de carte pour savoir où ils allaient. La route était inscrite dans leur esprit depuis des temps immémoriaux.

En ce milieu du mois de juin, période la plus chaude de l'année, la température atteignait facilement cinquante degrés. Celle du sol dépassait les soixante-dix. Pourtant, ils n'en souffraient pas vraiment. Cette chaleur était étrangement familière. Ils retrouvaient sans se concerter les gestes quotidiens qui régissaient la vie au milieu des sables.

Le matin, ils se levaient juste avant l'aube et préparaient un repas frugal, composé de galettes de blé et de thé. Ils marchaient ensuite jusque vers la fin de la matinée, à cette heure où le soleil devenait à peine soutenable, où toute ombre s'effaçait, où le monde prenait une couleur blanche, aveuglante, où le sable brûlait les pieds. Alors, ils montaient la tente en peau de chèvre et s'asseyaient en tailleur pour se reposer. Des flots de souvenirs les envahissaient, issus de leurs vies passées. Des visages resurgissaient, des voix résonnaient, des anecdotes drôles ou tragiques. Karim et Djamila avaient eu de nombreux enfants. À l'inverse des musulmans, les Touaregs n'étaient pas polygames.

Lorsque les ombres réapparaissaient, ils reprenaient la route au milieu des dunes. Celles-ci présentaient des formes différentes. Les *barkhanes*, les filles des vents, en forme de croissant de lune, se déplaçaient au gré du khamsin. Certaines avançaient de plusieurs dizaines de mètres par an. Parfois, des bourrasques leur arrachaient des tornades de sable, qui faisaient croire qu'elles « fumaient ». D'autres au contraire restaient parfaitement immobiles, déroulant leur échine comme d'énormes serpents de sable.

En fin d'après-midi, ils faisaient une nouvelle halte pour nourrir les dromadaires. Ils allumaient un feu et préparaient le thé, pour la deuxième fois de la journée. Selon le rite, ils le buvaient en trois fois, dans des petits verres décorés. Ensuite, tandis que le soleil déclinait, ils harnachaient les montures et se remettaient en route. De longues traînées nuageuses s'étiraient paresseusement dans un ciel céruléen. Parfois, le bleu s'estompait derrière des nuées jaunâtres annonçant un vent de sable.

Au crépuscule, le désert changeait encore de visage. Les ombres s'étiraient lentement jusqu'au soir, où la moindre aspérité de rocaille, la moindre brindille faisait naître des spectres gigantesques qui s'allongeaient jusqu'à l'horizon. Celui-ci prenait une netteté extraordinaire. Dans la journée l'air vibrait, scintillait, dansait sous l'effet de la chaleur, engendrant des mirages trompeurs : montagnes flottant dans le ciel, palmiers se reflétant dans des lacs de rêve. Vers le soir, il s'apaisait, se figeait dans une pureté mystérieuse et envoûtante.

Le soleil se couchait en quelques instants. Ils se repéraient alors à la position de la Grande Ourse, d'Orion ou des Pléiades. Vers onze heures du soir venait la dernière halte. Ils faisaient paître les dromadaires s'il y avait un peu d'herbage, ou les nourrissait du foin emporté, montaient la tente et préparaient le repas. C'était alors la troisième cérémonie du thé de la journée, le bonheur incomparable après une journée épuisante.

Enfin, recrus de fatigue, ils s'enroulaient dans leurs couvertures, se serraient l'un contre l'autre pour résister au froid qui régnait sur le désert la nuit, et s'endormaient sans aucune inquiétude. Le matin, il n'était pas rare que leurs couvertures fussent recouvertes d'une légère couche de givre, qui s'évanouissait dès l'apparition des premiers rayons de soleil. À plusieurs reprises, ils découvrirent des traces de pattes. Des renards des sables leur avaient rendu visite pendant la nuit.

Une sensation extraordinaire les habitait. Plus que jamais ils prenaient conscience de faire partie de l'univers, de se fondre dans la déesse mère. C'était comme s'ils marchaient depuis le commencement du monde, sur un chemin fait de beauté et de sérénité. De temps à autre, ils s'arrêtaient pour admirer une formation rocheuse, la silhouette d'un nuage traversant le ciel éblouissant, les jeux lointains des renards des sables. L'immensité du désert réservait d'innombrables sujets de curiosité, mille merveilles offertes comme des présents.

Parfois, ils croisaient les ruines d'un *ksar*, une forteresse autrefois destinée à lutter contre les pillards du désert. De nouvelles images jaillissaient, et ils se souvenaient d'avoir combattu dans certains d'entre eux.

De temps à autre retentissait un grondement sourd, une plainte modulée, ou un chuchotement. Une délicieuse frayeur se glissait alors en eux, réminiscence de la terreur qu'avait inspirée ce phénomène insolite à Diane et Philippe, deux mille ans auparavant. Les Égyptiens entendaient dans ce mystérieux chant des dunes les gémissements des *affrits*, les démons qui hantaient les sables de l'Ament, le désert rouge de Seth, le dieu des morts. On savait aujourd'hui que ces bruits singuliers étaient provoqués par l'électricité statique née du frottement des grains de sable.

La nuit, les étoiles déployaient leur draperie fabuleuse au-dessus de leur tête, innombrables, lumineuses. Elles leur semblaient si proches qu'ils avaient l'impression de pouvoir les toucher. Du sol montaient des parfums subtils, tandis qu'au loin se faisaient entendre les appels des prédateurs nocturnes. Une paix absolue s'étendait sur les sables bleus et une plénitude profonde les envahissait. Une sensation qu'ils avaient déjà connue, bien des siècles auparavant. Les émotions des vies passées resurgissaient, et il leur semblait que des fantômes inconsistants, compagnons disparus, emportés par les brumes du temps, revenaient furtivement leur tenir compagnie. Le désert s'emplissait de leurs rires, de leurs voix, de leurs chants. Ils n'étaient pas seuls.

Dix jours après leur départ, ils furent étonnés de croiser, en plein désert, une piste goudronnée. C'était la route qui menait du Caire à Bawiti et à Farâfra. Par deux fois, ils s'arrêtèrent dans des oasis, où ils firent le plein d'eau après avoir partagé le thé avec les habitants. Mais ils étaient heureux de repartir au matin. Ils avaient retrouvé l'esprit touareg. Pour eux, les oasis n'étaient que des escales. Le désert tout entier leur appartenait. Les sables sahariens leur dévoilaient chaque jour un peu plus de ce que M. Tcheng appelait leurs chemins de lumière. De nouvelles vies resurgissaient de l'oubli, de nouveaux noms apparaissaient, des souvenirs de souffrances et de joies, des nuits d'amour partagé. La plupart du temps ensemble.

Ce n'était pas seulement vers le Labyrinthe magique qu'ils marchaient. L'immensité du désert leur révélait peu à peu l'éternité qui était la leur, cette sensation enivrante de n'avoir ni commencement ni fin. Leur voyage d'une vie à l'autre durait depuis toujours, et ne s'achèverait jamais.

Un soir, alors qu'ils buvaient leurs derniers verres de thé de la journée, Alexandra déclara :

— C'est curieux, j'ai l'impression de ne plus être enfermée dans mon corps. Je sens bouillonner en moi une puissance extraordinaire, comme si je pouvais me projeter en d'autres endroits du monde, voyager par l'esprit, comme si je ne faisais qu'un avec la Terre.

Kevin ne répondit pas. Sa compagne ne faisait qu'exprimer un sentiment qu'il partageait. Elle laissa passer un long silence, puis ajouta :

— La Terre est notre mère. J'ai la sensation de renouer le contact avec elle. Autrefois, nous savions ressentir sa présence, déceler son humeur, deviner ses intentions. Nous étions vraiment ses enfants. Nous avions conscience de faire partie d'elle. Mais, avec le temps, ce savoir subtil s'est perdu. Les villes modernes ont anéanti ce lien extraordinaire.

Souvent, au cours de leur longue marche, de nouvelles visions se superposaient aux sables du désert, qui leur montraient une savane, des troupeaux d'antilopes addax, des hordes de lions, des éléphants, des rhinocéros, des lacs, des forêts. Peu à peu, il se confirmait que le Sahara n'avait pas toujours été un désert. Pourtant, aucune de leurs vies lointaines ne se révélait en totalité.

— Une barrière mystérieuse se dresse devant notre mémoire, dit un jour Alexandra, alors qu'elle venait d'avoir la vision fugitive d'une cité immense située au bord du lac salé. Il s'est passé quelque chose. Une menace terrible pesait sur cet empire oublié. Il a disparu dans des circonstances tragiques.

L'oasis de Farâfra fut leur dernière étape. Située à plus de trente-cinq kilomètres du village le plus proche, elle n'abritait qu'une dizaine de personnes qui les regardèrent arriver avec des yeux remplis d'étonnement. Depuis la disparition progressive des grandes caravanes, il n'y passait plus grand monde. L'étonnement des autochtones se mua en stupéfaction lorsqu'ils constatèrent que les étrangers connaissaient l'emplacement exact des quatre points d'eau de Farâfra. Le vieil homme, chef du petit clan, les accueillit comme s'ils avaient été envoyés par Allah en personne.

Le lendemain, ils se remirent en route en direction du nord-ouest.

— Nous ne sommes plus très loin, déclara Kevin. Le Labyrinthe est situé à une journée de marche.

Peu à peu, le paysage se modifia, les dunes de sable cernant des dépressions de rocaille firent place à une étendue de sable dur et grisâtre, sur laquelle étaient posées d'étranges pierres rondes, curiosités géologiques à l'origine inexplicable. Plus loin affleuraient les premières formations de gypse sculptées par les vents. Celles-ci devinrent de plus en plus nombreuses, dessinant un dédale inextricable de proéminences étincelant au soleil.

— Rien n'a changé depuis deux mille ans, murmura Kevin. Dans la mémoire de Philippe, il me semble que c'était hier. Peu avant de mourir, j'ai pleuré en pensant que je ne reverrais plus jamais ce lieu magique. Pouvais-je imaginer que j'y reviendrais vingt siècles plus tard ?

Ils s'engagèrent dans le large défilé de roche blanche. Laissant parler la mémoire du capitaine de Cléopâtre, Kevin retrouva sans hésitation les directions qu'ils devaient emprunter. Ils parvinrent enfin sur l'esplanade bordée de la haute falaise de gypse.

Lorsque les animaux furent soulagés de leurs charges, Kevin prit la main d'Alexandra, vivement ému.

— Qui pourrait soupçonner l'existence de la Pyramide de la Connaissance dans un endroit aussi éloigné de tout ? dit-il. Un voyageur ne verrait qu'une formation rocheuse particulière.

— À condition qu'il parvienne jusqu'ici. Il faut être fou pour s'aventurer dans ce dédale. Cela fait plus d'une heure que nous y avons pénétré.

Kevin fit quelques pas en direction de la falaise, haute comme dix hommes. Il caressa la pierre noyée de lumière, puis prononça à haute voix une suite de mots incompréhensibles. À peine avait-il terminé qu'un grondement sourd résonna, comme poussé par la pierre elle-même. L'instant d'après, la paroi rocheuse s'écartait, dégageant une ouverture sombre.

— C'est de la magie, balbutia la jeune femme.

— Peut-être. J'ignore ce que veulent dire ces mots. Aegos avait expliqué à Philippe qu'ils appartenaient à une langue qui n'existait déjà plus lorsque l'Égypte fut créée. Ils doivent déclencher un mécanisme basé sur le phénomène de résonance.

Il se tourna vers elle.

— Es-tu prête à affronter la vérité ?

Elle acquiesça d'un signe de tête, pas très rassurée. Puis ils se dirigèrent vers l'ouverture.

48

Une sensation de fraîcheur les imprégna aussitôt qu'ils pénétrèrent dans la caverne. Comme un rêve qui avait pris forme, ils retrouvèrent le couloir taillé dans le gypse, qui s'enfonçait en pente douce dans les entrailles du désert. Kevin se dirigea sans hésitation sur la paroi de droite, où il eut tôt fait de repérer les aspérités qu'il avait utilisées deux mille ans plus tôt. Il appuya sur certaines selon un ordre donné. L'instant d'après, une luminescence dorée chassa la pénombre, dévoilant une galerie longue de plusieurs centaines de mètres.

— C'est incroyable, remarqua Alexandra. Il n'y a aucune source de lumière. C'est l'air lui-même qui est devenu lumineux.

Ils avancèrent prudemment, envahis par une vive émotion.

— Je me demande s'il existe encore des initiés, déclara Kevin. On dirait que personne n'est venu ici depuis très longtemps.

Une odeur étrange flottait dans l'air, faite de l'âcreté de la pierre, d'un vague relent d'ozone et d'effluves indéfinissables. Enfin, ils parvinrent sur la plate-forme en quart de cercle, ouverte sur les ténèbres. Retrouvant les gestes enseignés autrefois par Aegos, Kevin effleura de nouvelles aspérités rocheuses, et la lumière inonda le sanctuaire. Alexandra ne put retenir une exclamation de surprise devant le gigantisme de l'édifice.

— Je ne me souvenais pas que c'était aussi vaste.

Ils se trouvaient à une extrémité de la base de la pyramide inversée. À angle droit s'étiraient deux rangées d'alvéoles rectangulaires, creusées dans la roche, sur une longueur de plus de trois cents mètres. Des escaliers, intercalés de paliers à chaque niveau, suivaient les quatre arêtes. D'autres les complétaient à intervalles réguliers. La profondeur de la pyramide atteignait sans doute deux cents mètres. Kevin s'avança sur la travée de droite et observa le premier compartiment. Il contenait une bonne centaine de rouleaux de papyrus parfaitement conservés malgré les siècles écoulés.

— C'est moi… enfin, c'est Philippe qui les a placés ici, dit-il en caressant doucement l'un des rouleaux.

— Regarde ! Ils ne sont absolument pas abîmés, comme s'ils avaient été déposés hier. Comment est-ce possible ?

— Il doit y avoir quelque chose de particulier dans ce lieu. Un gaz qui élimine les bactéries, peut-être, ou des ondes protectrices, je ne sais pas.

Ils poursuivirent leur exploration. Les rangées de cellules s'étageaient sur une centaine de niveaux. Se livrant à une rapide estimation, Kevin déduisit qu'il devait y avoir plus de trente mille cellules. Si chacune d'elles abritait une centaine de rouleaux ou de livres, c'était donc plus de trois millions d'ouvrages qui dormaient ici depuis des millénaires.

— Mais qui a pu écrire tout ça ? demanda-t-il. Les Égyptiens ?

— Pas seulement. La plupart de ces rouleaux sont rédigés en hiéroglyphes, en hiératique et en démotique, mais certains sont en araméen, en hébreu, et même en cunéiforme, l'écriture sumérienne.

Ils empruntèrent l'escalier d'angle qui partait de la plate-forme d'accès. Mais ils ne purent aller plus loin que le douzième niveau. Les degrés inférieurs étaient toujours gardés par l'étrange voile luminescent. Tout au fond, l'appareil étrange fait de prismes et de miroirs baignait dans son halo couleur d'azur.

— Ce doit être cet engin qui assure l'entretien des lieux, suggéra Alexandra.

— Et il fonctionne toujours au bout de plusieurs millénaires. C'est fantastique. Ce qui est sûr, c'est que ce ne sont pas les Égyptiens qui ont pu construire ce sanctuaire.

— Que crois-tu qu'il se passerait si nous essayions de franchir cette barrière de lumière ?

— Je ne te conseille pas de le faire. Aegos m'a mis en garde. Ceux qui l'ont tenté ont été « punis par les dieux », selon son expression. Je suppose qu'ils ont été instantanément désintégrés. Il doit s'agir d'un champ d'énergie.

— Mais que contiennent les alvéoles situées au-dessous ?

Ils s'approchèrent au plus près, afin d'apercevoir les cavités situées en contrebas. Malgré la luminescence bleutée, ils distinguèrent clairement ce qui ressemblait à d'autres livres, mais aussi des objets indéfinissables : disques, cylindres, plaquettes à peine plus grandes que des cartes de crédit, machines à l'usage inconnu.

— Tout ce qui est enfermé là-dedans doit provenir d'une civilisation antérieure. Et, d'après ce que je vois, elle avait atteint un niveau technologique bien plus élevé que celui des Égyptiens. Ce doit être pour cette raison que leurs connaissances sont ainsi protégées.

— Alors, c'est sans doute cela que recherchent les Mutants.

— Malheureusement, nous y aurons accès avant eux, clama soudain une voix familière.

Kevin et Alexandra se retournèrent comme si la foudre les avait frappés. Sur la plate-forme d'accès venaient d'apparaître une douzaine d'hommes armés, dirigés par... William Sheridan. D'autres personnages entraient lentement, les yeux exorbités par le spectacle.

— Que faites-vous là ? demanda Kevin, partagé entre la stupéfaction et la colère.

— Nous vous avons suivis, tout simplement.

— Mais c'est impossible !

Une onde d'inquiétude pénétra le couple. Le ton de l'homme du FBI n'était plus du tout le même.

— Je me doutais un peu que la... colère de la demoiselle, à Istanbul, n'était qu'une feinte. Heureusement, nous avions envisagé la possibilité que vous nous faussiez compagnie. Nous vous avons donc laissé partir en simulant notre retour à New York. Le lendemain, vous avez échappé à la surveillance de nos hommes. Mais cela n'avait aucune importance. Dès notre arrivée en Turquie, nous avions profité de votre sommeil pour dissimuler des traceurs miniatures dans vos montres. Ainsi, nous avons pu vous pister par satellite. Ce qui a confirmé notre hypothèse.

— Quelle hypothèse ?

— Nous nous doutions que les Mutants recherchaient un lieu. Si une civilisation technologiquement évoluée avait existé il y a plusieurs millénaires, elle pouvait avoir laissé des traces de ses connaissances dans une sorte de sanctuaire. Un sanctuaire que vous étiez les seuls à pouvoir retrouver. Le fameux secret contenu dans votre mémoire profonde, qui motivait l'intérêt des Mutants à votre sujet.

— Et le vôtre !

— Mais nous sommes arrivés les premiers. Jour après jour, notre satellite nous indiquait votre position. Vous vous êtes arrêtés à Alexandrie, puis vous êtes repartis vers le sud. Lorsque vous vous êtes engagés dans le désert, nous en avons immédiatement déduit que vous aviez localisé le sanctuaire, et nous avons aussitôt mis cette expédition sur pied. Comme pour nous faciliter la tâche, vous aviez choisi de vous déplacer à dos de chameau, ce qui nous a laissé tout le temps nécessaire. Des complicités dans le haut commandement égyptien nous ont permis d'acheminer nos camions jusqu'ici, en vous suivant à quelques heures de distance. Et voilà !

Sheridan regarda tout autour de lui et ajouta :

— C'est vraiment très égoïste de votre part de vouloir garder ce trésor pour vous seuls.

— Nous voulions seulement le protéger. Cette pyramide contient des connaissances trop dangereuses pour l'Homme. Ne jouez pas les apprentis sorciers ! La manipulation de l'atome et de la génétique suffit déjà amplement.

Sheridan éclata de rire. Un rire sarcastique qu'ils ne lui connaissaient pas. Il s'avança vers eux.

— Ce n'est pas à vous d'en juger. Ce qui est ici ne vous appartient pas. Il est désormais la propriété de la Sainte Vehme.

— Quoi ? Vous faites partie de la Sainte Vehme ?

— J'en suis même l'un des hauts responsables. Mon poste de directeur au FBI n'est qu'une couverture officielle.

Kevin dut faire un violent effort pour garder son calme. Il avait toujours accordé sa confiance à Sheridan, et celui-ci l'avait trahi. Il se reprocha son aveuglement. Quant à Alexandra, elle maîtrisa à grand-peine l'envie de sauter à la gorge du félon.

— Ainsi, vous nous avez menti depuis le début, reprit doucement Kevin.

— Vous êtes sous haute surveillance depuis l'affaire de Rocky Point.

— C'est donc bien la Sainte Vehme qui a organisé cette attaque.

— Bien sûr ! Nous éliminons systématiquement les Mutants dès que nous en localisons. Nous avions repéré les Falcon grâce à un article paru dans un journal de Floride.

— L'histoire de Blowing Rocks.

— En effet. Nous sommes à l'affût de tous les phénomènes insolites qui pourraient trahir leur présence.

— Et Larry Smith était là pour coordonner l'action. Voilà pourquoi il m'a interdit de retourner chez les Falcon le lendemain.

— Smith n'a rien à voir là-dedans. Ce n'est qu'un petit flic du FBI. Il avait appris, je ne sais comment, que quelque chose se préparait, et il vous a seulement mis en garde. Pour vous protéger. Vous auriez mieux fait de l'écouter.

— Mais vos kamikazes se sont fait décimer sous mes yeux. Il fallait donc me supprimer, moi aussi. Vous avez tenté de me tuer par deux fois. Sans succès.

— Justement, cela nous a intrigués. Nous ne comprenions pas pourquoi les Mutants vous protégeaient. Nous vous avons donc fait suivre par des médiums. Dans un premier temps, nous avons utilisé les services de Bruce Lebster. Il n'appartenait pas à la Sainte Vehme, mais c'était le meilleur. Il a assisté à ce qui s'est passé à Löwenscheid, puis à Currie. Nous lui avions dit que vous étiez des terroristes. Mais ce qu'il a découvert n'avait aucun rapport avec ça. Il a compris qu'il s'agissait d'une affaire autrement plus importante. Il a estimé que nous lui avions menti, et il a refusé de continuer de travailler pour nous. Nous l'avons menacé, rien n'y a fait. Et surtout, il a voulu prendre contact avec vous pour vous avouer la vérité. Nous avons dû l'éliminer.

— La vie humaine n'a vraiment aucune valeur à vos yeux, gronda Kevin.

— Il a agi comme un imbécile. Il ne fallait pas que vous soupçonniez l'existence de notre organisation.

— C'était trop tard. Katherine Falcon m'avait déjà averti.

— Mais vous ignoriez ce qu'était la Sainte Vehme. C'est pourquoi nous avons décidé de construire une relation de confiance avec vous. Nous avons profité de la mort de Lebster pour vous envoyer moisir quelques jours dans une cellule de la DST.

— Vous voulez dire… que notre incarcération était calculée ? s'exclama Kevin.

— Évidemment ! Brouillard et Messonnier font tous deux partie de la Sainte Vehme. Tout cela n'était qu'une mise en scène destinée à préparer mon arrivée en libérateur. Il fallait que je vous inspire de la sympathie.

Kevin et Alexandra frémirent. Ils avaient été manipulés au-delà de ce qu'ils auraient pu imaginer.

— Volontairement, nous n'avons pas exploité cette confiance tout de suite. Nous avons préféré laisser les choses évoluer, car nous ne savions pas encore vers quoi les Mutants voulaient vous diriger.

— Et vous avez attendu notre retour d'Irlande pour prendre officiellement contact avec nous. Mais dites-moi : comment se fait-il que vous n'ayez pu conclure d'accord avec les Mutants ? Vos objectifs sont pourtant proches, non ? Tout comme vous, ils veulent contrôler l'économie mondiale et créer une race supérieure.

— Nous leur avons proposé une alliance. Ils l'ont refusée.

— Pourquoi ?

— Sans doute parce qu'ils ne veulent pas partager.

— À moins qu'ils ne désapprouvent votre projet, rétorqua Alexandra.

— De toute façon, ils n'ont pas le choix. Avec ce que nous allons apprendre ici, nous aurons les moyens de nous débarrasser d'eux.

— Comme vous vous êtes débarrassés d'Eddy ! jeta Kevin d'une voix blanche.

— C'est faux ! Si curieux que cela puisse paraître, nous n'avons rien à voir dans cette histoire. Nous avions prévu de le supprimer, c'est certain. Il commençait à devenir un peu trop curieux. Lorsqu'il s'est intéressé au cas de cette Karen Halden, qui aurait dû mourir dans l'accident d'avion de Los Angeles, nous avons pris la décision de l'éliminer. Mais il nous a échappé et s'est réfugié à Cape Cod. Nous avons envoyé une équipe de nettoyeurs sur place. Malheureusement, il était déjà mort, tout comme Halden et sa fille.

— Comment pouvez-vous parler de lui ainsi ? s'insurgea Alexandra. C'était votre ami ! En tout cas, lui vous considérait comme tel.

— Je n'ai aucun ami, mademoiselle Delamarre ! Mais je ne suis pas responsable de sa mort.

— Alors, qui ?

— Je l'ignore. Sans doute les Mutants. L'incendie rappelait beaucoup celui de Rocky Point.

Un espoir insensé gonfla soudain le cœur de Kevin. Eddy avait peut-être simulé sa mort. Mais dans ce cas, pourquoi ne s'était-il pas manifesté depuis ?

— Tout de même, il y a une chose qui me surprend dans votre histoire, répliqua-t-il. Vous avez connaissance du phénomène de la réincarnation, et pourtant, vous défendez les intérêts de ces crétins qui veulent s'approprier la planète. N'avez-vous donc pas conscience que vous mourrez, tôt ou tard, et que vous ne vous réincarnerez pas forcément dans le corps d'un membre de la Sainte Vehme ? Il vous faudra alors subir toutes les monstruosités qu'ils auront inventées. Imaginez par exemple que vous renaissiez dans la peau d'un Africain condamné à périr grâce à un nouveau virus.

Sheridan ne put s'empêcher de marquer son étonnement. Comment pouvaient-ils être au courant de ça ?

— Quel virus ? demanda-t-il d'une voix où perçait l'agacement.

— Ceux que vous préparez dans vos laboratoires secrets. Ceux avec lesquels vous envisagez de pratiquer de véritables génocides.

Cette fois, Sheridan pâlit.

— Comment savez-vous ça ?

— Nous le savons, c'est tout. La perspective de renaître dans la peau d'une future victime de ces saloperies ne vous donne-t-elle pas à réfléchir ?

Sheridan émit un petit ricanement.

— C'est un risque à courir, en effet. Mais nous espérons bien trouver ici la réponse à ce problème. Voyez-vous, dans ce monde, il n'y a que deux races d'hommes : les vainqueurs et les vaincus. Les vainqueurs seront ceux qui, grâce à leur intelligence, sauront s'approprier les richesses de la Terre. Ce sera bientôt chose faite. Dans quelques années seulement, nous détiendrons un contrôle total sur l'économie et, par voie de conséquence, sur la politique de cette planète. Aucun mouvement religieux ou idéologique ne pourra plus se dresser contre notre puissance. Nous manipulerons les peuples à notre guise, favoriserons l'émergence d'une race supérieure, puissante, qui dominera toutes les autres.

« Il restera une étape ultime à franchir : l'immortalité. Une immortalité réservée uniquement à la race des seigneurs. Les recherches que nous menons actuellement sur le génome humain nous permettent déjà d'envisager de repousser l'âge de la mort. Mais le savoir contenu dans ce sanctuaire nous aidera à aller encore plus loin : contrôler l'horloge biologique en maîtrisant les molécules d'ADN correspondantes. Alors, nous serons véritablement les maîtres du monde. Pour toujours !

— Vous êtes complètement fous ! explosa Alexandra.

Sheridan haussa les épaules sans répondre. Il s'adressa à ses hommes :

— Commencez à installer le matériel !

— Qu'est-ce que vous allez faire ? demanda la jeune femme.

— Microfilmer les documents contenus dans ces alvéoles.

— Vous allez en avoir pour un moment. Il y a plus de trois millions de livres ici.

— Nous sommes patients.

— Vous serez peut-être mort avant que la réponse soit découverte. Si toutefois elle existe…

— Silence !

Sheridan fit signe à quatre gorilles d'approcher.

— Et bien entendu, vous allez nous supprimer…, intervint Kevin.

— Pas immédiatement. Vous êtes des sujets d'étude intéressants. Vous êtes passés maîtres dans l'art de la régression. Vous avez certainement beaucoup de choses à nous apprendre.

— Il faudrait que nous soyons d'accord.

— Nous ne vous demanderons pas votre avis. Nos savants savent maîtriser les cobayes, humains ou non. Plus tard, il serait intéressant de disséquer votre cerveau pour savoir quelles modifications il a subies.

— Vous pensez peut-être que nous allons nous laisser faire ?

— Vous n'avez pas le choix.

À cet instant, un homme de Sheridan, parvenu au douzième niveau, l'appela.

— Il y a un drôle de truc, ici, chef. Regardez ça !

Il montrait la nappe bleue qui interdisait le passage vers les étages inférieurs. Kevin lui cria :

— À votre place, j'éviterais de franchir cette limite.

— Et c'est toi qui vas m'en empêcher, peut-être ?

Sans écouter, l'homme s'avança résolument vers le voile d'azur ondoyant. L'instant d'après, une lumière éblouissante inondait la Pyramide, tandis que l'individu poussait un hurlement de terreur et de douleur. Kevin et Alexandra détournèrent les yeux. Un grondement de tonnerre roula. Lorsqu'il se calma, la luminescence dorée éclairait doucement les alvéoles, comme si rien ne s'était passé. Mais, à la place où se tenait le garde, il ne subsistait plus qu'un petit tas de cendres blanches.

— Dieu tout-puissant, souffla Sheridan, qu'est-ce que c'était que ça ?

— Un avertissement, répondit Kevin. Les Anciens qui ont construit ce sanctuaire avaient prévu que des individus aussi peu scrupuleux que vous tenteraient de s'emparer de leurs secrets. Ils les ont protégés. Vous ne trouverez au-dessus de cette limite que des documents datant de l'époque égyptienne. Ils sont certainement très intéressants, mais incapables de révolutionner la science. C'est au-delà du voile bleu que se trouvent les plus importants.

— Nous découvrirons un moyen d'annihiler cette barrière.

— Parce que vous vous estimez plus intelligents que les Anciens ! persifla Kevin. Vous risquez d'être déçus.

— Ce n'est pas votre problème, Kramer.

Avant que Kevin ait pu faire quoi que ce soit, Sheridan sortit une bombe de sa poche et la dirigea vers eux. Un gaz anesthésiant jaillit, aveuglant. Kevin s'écroula. Alexandra tenta de s'enfuir, mais trois gardes surgirent, qui la maîtrisèrent. Elle tenta de se concentrer, mais le gaz l'endormit à son tour.

— Emmenez-les dans un camion et attachez-les solidement. Veillez à ce qu'ils reçoivent régulièrement une dose de somnifère. À l'état de veille, ces deux-là sont capables de nous jouer de mauvais tours.

— Bien, chef !

Tandis que l'on emportait Kevin et Alexandra inconscients, Sheridan s'intéressa au travail des photographes qui avaient commencé à opérer. Une fois impressionnés, les microfilms étaient envoyés à l'extérieur, où un relais satellite les expédiait vers le centre d'étude de la Sainte Vehme. L'opération risquait d'être plus longue que prévu. Elle durerait certainement des mois, peut-être un ou deux ans. D'autant plus qu'il faudrait trouver le moyen de neutraliser le champ énergétique. Mais la totalité du contenu de cette pyramide devait être transférée à la Sainte Vehme. Ensuite, une charge atomique effacerait le sanctuaire. Il était hors de question de courir le risque que d'autres s'emparent des connaissances renfermées ici.

Ils travaillaient depuis quelques heures lorsqu'un garde surgit de la galerie d'accès et s'écria :

— Chef ! Venez vite. Il se passe quelque chose de bizarre dehors.

Sheridan jura et se dirigea vers l'extérieur. Une bouffée de chaleur le saisit après la fraîcheur de la pyramide. Les véhicules tout terrain s'alignaient le long du défilé. Mais le ciel avait disparu, obscurci par une masse sombre et mouvante. Des milliers de griffures lui cinglèrent la peau.

— Imbécile ! Ce n'est qu'une tempête de sable.

Une centaine de gardes armés jusqu'aux dents patrouillaient le long de la file de camions, les armes prêtes à l'emploi, les yeux protégés par d'épaisses lunettes.

— Ce n'est pas une tempête normale, chef, insista l'homme. Elle a surgi de nulle part en quelques instants.

Soudain, un hurlement retentit derrière eux, suivi d'un crépitement de pistolet-mitrailleur.

— Mais sur quoi tire cet idiot ? s'exclama Sheridan.

— Là, regardez !

Incrédule, Sheridan tourna les yeux dans la direction indiquée par le garde. Son sang se glaça.

49

Sheridan crut qu'il était devenu fou. Tout autour de l'esplanade, le sable se soulevait et donnait naissance, comme par magie, à des silhouettes imprécises. Peu à peu, des spectres se dressèrent, s'enflèrent, prirent une forme humanoïde, puis s'avancèrent vers les soldats d'une effrayante démarche d'automate. Désemparés, les hommes braquèrent leurs armes sur les monstres, et se mirent à tirer. Mais les balles n'avaient aucun effet sur les guerriers de sable.

— Qu'est-ce que c'est que ça ? hurla Sheridan, affolé.

Une angoisse soudaine lui broya les tripes. Les légendes égyptiennes évoquaient souvent les malédictions qui frappaient ceux qui osaient violer les sanctuaires des anciens rois. Il redouta un moment d'avoir affaire à des esprits malfaisants. Puis il se ressaisit. Tout cela n'était qu'une supercherie due aux Mutants. Il se mit à hurler :

— Les lance-flammes ! Arrosez-moi ces saloperies avec les lance-flammes.

C'était plus facile à dire qu'à faire. Les spectres de sable surgissaient de partout, encerclant inexorablement la colonne. Soudain, l'un d'eux brandit une sorte de javelot inconsistant. En une fraction de seconde, celui-ci se figea, sembla devenir dur comme la roche. L'instant d'après, il fusa sur un soldat qui poussa un glapissement de terreur. La lance de pierre le transperça de part en part. L'homme fut pris d'un hoquet, un flot de sang jaillit de sa bouche tandis que le javelot retombait en poussière sur le sol. D'autres traits rocheux sifflèrent, abattant à chaque fois un nouveau soldat. Les lance-flammes entrèrent en action. De longs jets de feu giclèrent en direction des spectres, qui retombaient alors en masse informe sur le sol pour se reformer ailleurs, hors de portée. Terrorisés, certains soldats finirent par lâcher leurs armes et s'enfuirent dans le défilé en hurlant. Sheridan, partagé entre la fureur et l'épouvante, aperçut soudain, au sommet d'une élévation de gypse, deux silhouettes immobiles qui contemplaient le spectacle. Non loin de lui, le camion contenant le matériel de transmission par satellite explosa. Il lâcha un juron, se rua sur un lance-flammes lâché par un soldat terrifié, puis se mit à courir dans la direction des deux silhouettes. Hurlant de rage, il déclencha son arme. Mais la longue traînée de feu se heurta à un mur invisible. Sheridan continua d'avancer vers le promontoire, indifférent au combat désespéré que livraient ses hommes survivants sur l'esplanade. Approchant encore, il reconnut Paul et Katherine Falcon.

— Putain de Mutants ! rugit-il.

Réglant le lance-flammes au maximum, il tira. Cette fois, le flot incandescent fut arrêté beaucoup plus près, et rebondit sur la barrière mentale invisible que lui opposaient ses ennemis. Il comprit son erreur lorsque le jet revint sur lui avec force. Mais il était trop tard. Ses vêtements s'embrasèrent instantanément. Une clameur de douleur lui fit exploser les poumons tandis qu'en quelques secondes, il se transformait en torche vivante.

Lorsque Kevin reprit conscience, il mit plusieurs secondes avant de comprendre qu'il était ligoté sur le plancher d'un camion. Près de lui, Alexandra dormait encore, assommée par le gaz anesthésiant. Un vacarme assourdissant régnait au-dehors. Outre le grondement de la tempête, il distingua des coups de feu et le ronflement des lance-flammes. Mais la visibilité était tellement réduite qu'il n'aperçut que le reflet de long jets de feu. Le sable crépitait contre les vitres, pénétrait le camion dont les portes arrière avaient été ouvertes. Il n'y avait plus personne à l'intérieur. Péniblement, il parvint à se retourner et avisa une trousse de pharmacie. Ils étaient sans doute dans l'ambulance. Il dénicha rapidement un scalpel grâce auquel il parvint à trancher ses liens. Puis il délivra Alexandra, qui se réveilla avec une violente migraine.

— Où sommes-nous ?

— Apparemment, toujours dans le Labyrinthe. Mais nous sommes seuls. Les autres ont abandonné le véhicule.

Peu à peu, la tempête s'apaisa, le vent tomba et il ne subsista plus qu'un voile jaune de sable en suspension. En descendant du camion, Kevin ne put retenir un cri de stupéfaction. Tout autour, le sol était jonché de cadavres de soldats, marqués par des taches écarlates recouvertes de sable. D'autres n'étaient plus que des squelettes noircis, écroulés à côté des réservoirs déchiquetés des lance-flammes.

— Là ! Regarde ! s'exclama Alexandra.

Elle désignait, à quelques pas, les silhouettes sombres de Paul et Katherine Falcon, qui venaient vers eux. Kevin les accueillit avec résignation.

— Apparemment, ceux de la Sainte Vehme n'ont pas réussi à vous semer, dit-il. C'est donc vous qui ferez main basse sur les secrets contenus dans la pyramide.

— Et qu'en ferions-nous ? demanda Paul Falcon. Nous connaissons déjà tout ce qu'elle contient.

— Vous voulez dire… que vous étiez au courant de son existence ?

— Bien sûr. C'est nous qui l'avons construite, il y a très longtemps.

— Mais alors, qui êtes-vous ?

— Je suis celui que, voilà des millénaires, les premiers habitants de l'Égypte ont appelé le dieu Horus.

50

Tandis que, sur l'ordre de Paul Falcon – ou du dieu Horus –, des hommes arrivant du défilé se chargeaient de nettoyer les lieux, Kevin et Alexandra, abasourdis, se laissèrent ramener à l'intérieur de la pyramide.

Les compagnons des Falcon chassèrent les photographes et savants de la Sainte Vehme sans ménagement. D'autres emportèrent leur matériel à l'extérieur pour le détruire.

— Que vont devenir ces hommes ? demanda Alexandra, pas très rassurée. Vous allez les tuer, eux aussi ?

— Non. Nous allons les mettre dans un de leurs camions, avec des vivres, et les escorter jusqu'à Farâfra. À charge pour eux de retourner au Caire pour aller s'y faire pendre. Mais auparavant, nous effacerons de leur mémoire tout ce qu'ils ont vu ici.

— Et… vous nous réservez le même sort ? s'inquiéta la jeune femme.

— Au contraire ! Nous allons vous révéler toute la vérité. Ce n'est pas pour rien que nous vous avons fait subir toutes ces régressions.

Paul Falcon les invita à s'asseoir sur les marches de l'escalier d'angle. Lorsque Katherine eut pris place à ses côtés, il commença une étrange histoire :

— Il y a un peu plus de dix-huit mille ans, des êtres venus d'un autre monde se sont unis à des Terriennes qui vivaient sur un archipel situé au cœur de l'océan Atlantique. De ces unions sont nés des enfants dotés de pouvoirs supérieurs : les Titans. Dix femmes et dix hommes appelés à régner sur dix royaumes fondus en un seul empire : l'Atlantide.

— L'Atlantide ! s'exclama Alexandra. Alors, ce n'est pas une légende ?

— L'Atlantide a réellement existé. Elle a dominé le monde pendant plus de soixante siècles, toujours dirigée par les Titans, qui avaient la faculté de se réincarner dans des corps qu'ils choisissaient à l'avance. Ils vivaient en moyenne cent quatre-vingts ans. Lorsqu'ils mouraient, on enfermait leurs dépouilles dans des tombeaux en forme de pyramide, jusqu'à leur résurrection. En six mille ans, la civilisation atlante avait atteint un degré de technologie très évolué, sans pour autant avoir étendu son hégémonie sur le monde, car les Titans, dans leur sagesse, refusaient toute idée de conquête. L'Archipel atlante se contentait d'entretenir des relations commerciales avec le reste de la planète, pour laisser aux autres peuples le temps de s'ouvrir au progrès.

« Mais un jour apparurent ceux que l'on appela les Géants, ou les Serpents. Ils étaient les jumeaux des Titans, leurs doubles, leurs reflets dans le monde des ténèbres. Alors, pour la première fois dans l'histoire de l'Atlantide, se déclencha une guerre impitoyable. Dans un premier temps, les Titans parvinrent à anéantir les Géants. Mais ceux-ci ayant, tout comme eux, le pouvoir de se réincarner, la guerre reprit de plus belle. Et le sort des armes bascula. Les Géants avaient trouvé le moyen d'empêcher les Titans de renaître en emprisonnant leur âme dans des univers parallèles dont il leur était impossible de s'échapper. Peu à peu, privée de ses souverains, la civilisation atlante s'enfonça dans le chaos. Moins de mille ans après l'apparition des Serpents, l'Archipel fut englouti par un cataclysme d'une ampleur inimaginable. Il n'en resta que quelques vestiges comme les Açores et les Antilles.

« Cinq mille ans plus tard, le plus grand de tous les souverains atlantes revint à la vie. Dans la mémoire des peuples, il avait nom Atlas, le Pilier du Monde. Mais le temps s'était écoulé sur les ruines de l'Atlantide, et celle-ci n'était plus à l'époque qu'une très ancienne légende. La civilisation décadente engendrée par les Géants avait disparu sous les flots. Seules subsistaient quelques cités promises à l'oubli, qui conservaient encore sans les comprendre des lambeaux du savoir extraordinaire des Atlantes.

« Ce Titan était mon père. Son vrai nom était Astyan. Il tenta en vain de retrouver l'Atlantide. Mais celle-ci avait disparu à jamais. Il se lança alors sur les traces de son épouse, Anéa, ma mère, emprisonnée elle aussi dans un monde étrange, où n'existaient ni la vie ni la mort. Vous conservez dans votre mémoire la manière dont il réussit à la libérer, car vous avez partagé ses aventures, voilà bien longtemps. Une partie se déroula ici, en Afrique. À l'époque, le Sahara n'était pas encore un désert. C'était un monde florissant, recouvert de forêts giboyeuses, de savanes, au centre duquel s'étendait le Tritonis, un lac salé aux eaux d'un bleu incomparable. Hélas, les Géants, dans leur folie irresponsable, avaient amorcé un phénomène irréversible. Afin de bâtir des villes somptueuses, ils avaient dévasté les grandes forêts sahariennes. Le lac Tritonis s'asséchait, les arbres disparaissaient et le désert progressait inexorablement. Une nouvelle fois, mon père vainquit les Géants. Puis il tenta, grâce à ses pouvoirs, d'inverser le processus. Mais il était beaucoup trop tard.

« Astyan prit alors la décision de mener ce qui restait de son peuple vers l'est, dans une vallée où coulait un fleuve sujet à des crues régulières et fertilisantes. Ainsi naquit l'Égypte, voilà plus de six mille ans. Une nouvelle guerre opposa mon père, que les indigènes appelaient Osiris, au dernier des Géants. Il y perdit la vie, et son vainqueur, Saïth, que les Égyptiens nommaient Seth, le dieu rouge des ténèbres, découpa son corps en quatorze morceaux, qu'il éparpilla tout au long de la Vallée sacrée. Mais ma mère, Anéa, que les Égyptiens adoraient sous le nom d'Isis, la déesse mère, s'enfuit et parvint à retrouver tous les morceaux, afin de lui donner une sépulture, et de lui permettre de renaître. Utilisant un procédé dont le secret remontait à l'empire atlante, elle préleva une cellule du corps d'Astyan et l'implanta en elle. Ce fut ainsi que je naquis. À la différence de tous les enfants qu'ils avaient eus auparavant, qui n'héritaient pas des particularités de leurs parents, je possédais des pouvoirs identiques aux leurs, y compris l'immortalité qu'ils avaient fini par acquérir. Ma mère, aidée de la propre épouse de Saïth, Nephtys, m'éleva dans la clandestinité, jusqu'au jour où je pus moi-même livrer combat au monstre. Je le vainquis.

« Cependant, à la lumière des expériences passées, mon père et les autres Titans, revenus à la vie, décidèrent d'abandonner la Terre à ses habitants. Depuis des millénaires, ils avaient tenté en vain d'enseigner aux hommes à construire un monde juste et harmonieux. Mais ceux-ci étaient encore trop proches des animaux, enclins à la violence, à l'injustice, incapables de résister à l'attrait trompeur du pouvoir et de la richesse. Ils devaient faire seuls leur propre expérience. Les Titans choisirent donc de ne plus jamais intervenir dans les affaires humaines et les hommes furent livrés à eux-mêmes. Alors commença l'Histoire.

— Que devinrent les Titans ?

— Ils se retirèrent sur la planète d'où étaient venus leurs propres pères, l'Atlantide. C'est son nom que nos ancêtres divins donnèrent à l'empire qu'ils offrirent à leurs enfants.

— Où se trouve cette planète ?

— Il ne s'agit pas d'un monde située dans un autre système, mais du reflet de la Terre elle-même, dans un univers parallèle que l'on peut atteindre par l'intermédiaire de « passages » comme celui du plateau de Pemako, ou encore l'île de Xadhan — ou de Saint-Brendan. Vous connaissez déjà ces deux lieux. Il en existe bien d'autres.

— Mais vous-mêmes, pourquoi êtes-vous encore là ?

— Le fait que nous n'intervenions plus dans les affaires de l'Humanité ne signifie pas que nous nous en désintéressions. Certains Atlantes ont choisi de demeurer sur Terre pour observer son évolution. Notre immortalité nous permet de déceler des phénomènes que les hommes ne peuvent percevoir en raison de leur courte durée de vie. Mais l'espèce humaine est en perpétuelle mutation. Peu à peu, le temps fait apparaître des êtres qui développent des facultés nouvelles. La télékinésie, la télépathie et bien d'autres pouvoirs existent à l'état latent chez tous les individus. Mais ils ne peuvent s'épanouir que lorsque l'on a atteint un certain degré de sagesse. Pour cela, il faut apprendre à vivre en harmonie avec soi-même et avec le monde qui nous entoure. Malheureusement, si l'Humanité a connu des progrès fantastiques sur le plan technologique, il n'en est pas de même sur le plan spirituel.

« Actuellement, votre civilisation traverse une crise fondamentale. Votre système économique aberrant, basé sur le profit et la rentabilité poussés à l'extrême, engendre des absurdités et des incohérences qui s'amplifient un peu plus chaque jour. Il permet à une poignée d'individus de s'emparer inexorablement de la majeure partie des secteurs d'économie, qu'ils pourront ainsi orienter à leur avantage. Ils n'hésitent pas, par exemple, à priver des millions d'hommes de leur travail et de leur dignité afin de servir leurs seuls intérêts. Dans les pays du Tiers Monde, les ouvriers sont exploités comme des esclaves pour produire à des prix défiant toute concurrence. Il y a plus grave. Les découvertes médicales et génétiques vont bientôt fournir à ces individus sans scrupules la possibilité de manipuler le génome humain pour engendrer une race nouvelle, soi-disant supérieure, et de créer des virus destinés à faire disparaître celles qu'ils jugent inférieures.

— La Sainte Vehme…

— La Sainte Vehme, en effet. Cette organisation secrète a été créée au début du XXe siècle par un consortium de grands financiers en réaction à l'émergence des gouvernements dits populaires. Ces braves gens tremblaient pour leurs prérogatives et leurs fortunes. Inspirés par les idées réactionnaires de mouvements comme le Ku Klux Klan, ils ont fondé cette société occulte internationale afin de prendre, peu à peu, le contrôle de la planète. Avec patience, ils ont placé leurs pions aux points clés du pouvoir et de l'économie, et cela dans tous les pays. Vous avez déjà une idée de ce qu'ils ont été capables de faire, grâce aux dossiers que vous a expédiés Stephen Mac Pherson.

— Vous êtes au courant pour cela aussi…

— Bien sûr. La Sainte Vehme a appris notre existence le 2 juillet 1947, lorsque l'un de nos aérodynes s'est écrasé à Roswell. À l'époque, nous effectuions des reconnaissances régulières au-dessus du Nevada, pour surveiller les essais atomiques américains. Par malheur, la foudre a frappé l'un des vaisseaux. L'armée a cru qu'il s'agissait d'un avion espion en provenance de l'URSS ou de la Chine. Sur les quatre occupants, un seul avait survécu. Au lieu de lui porter secours, les soldats ont tiré. Notre compagnon s'est défendu en utilisant ses pouvoirs mentaux. Mais il était blessé et les autres étaient trop nombreux. Il a fini par succomber. La Sainte Vehme, qui était déjà bien implantée dans le haut état-major américain, s'est emparée des débris de l'aérodyne et des corps des Atlantes. Ils ont constaté qu'ils n'avaient pas affaire à des extraterrestres, comme la légende en laissa répandre la rumeur par la suite, mais à des êtres humains. Toutefois, ceux-ci étaient dotés de facultés supérieures, comme ils avaient pu le voir lors du combat. Ils en déduisirent que nous étions des Mutants.

« Dans un premier temps, ils décidèrent de prendre contact avec nous, et ils formèrent des équipes spéciales destinées à nous repérer. Ils y parvinrent grâce à des médiums. Notre rayonnement mental est tel qu'il est facile pour eux de nous distinguer au milieu d'une foule. Nous ne pouvons pas vivre en dressant constamment un écran pour nous dissimuler. Ils finirent donc par détecter quelques-uns d'entre nous. À leurs yeux, nous étions des êtres supérieurs. Notre savoir, et notamment le principe de l'antigravité utilisé par nos appareils, les intéressait au plus haut point. Eux-mêmes possédant la fortune, il devait être possible de conclure une alliance.

« En tant que chef suprême des Atlantes résidant sur Terre, je finis par leur accorder une rencontre. C'était en 1951, il y a tout juste un demi-siècle. Ils m'exposèrent leurs objectifs de domination et leur projet d'alliance. Bien entendu, je refusai. Nos conceptions du monde étaient radicalement opposées. Il ne pouvait y avoir d'accord. Ils se retirèrent furieux, et bien décidés à nous anéantir. C'est pourquoi, depuis cinquante ans, nous devons nous montrer très prudents et changer régulièrement d'identité. Leurs médiums sont partout, dans toutes les grandes villes du monde, les aéroports, les lieux publics. C'est pour eux le seul moyen de nous repérer. Dès qu'ils localisent l'un de nous, ils n'ont de cesse de le détruire, et cela par tous les moyens. Ils n'hésitent pas à déposer des bombes dans les avions, ou dans les immeubles, quitte à massacrer plusieurs dizaines de personnes dans le même temps. Notre compagne Nephtys, aujourd'hui appelée Sarah Livingstone, a ainsi failli être victime de l'attentat de Los Angeles, il y a un an.

— Nous sommes au courant de cette histoire. Ils nous ont dit qu'elle s'en était sortie. Comment a-t-elle fait ? demanda Kevin.

— Les Titans ont acquis le pouvoir de se téléporter instantanément dans un autre lieu. Et Nephtys, la sœur de ma mère Isis/Anéa, est une Titanide. À cette occasion, elle a sauvé une femme et sa petite fille. Mais il s'en est fallu de quelques fractions de seconde.

— Karen Halden et sa fille Salomée ! s'exclama Alexandra. La Sainte Vehme s'est aperçue qu'elles n'étaient pas mortes et elle a donné l'ordre de les supprimer. Stephen Mac Pherson a envoyé Eddy pour les sauver et il s'est enfui avec elles à Cape Cod.

— Par malheur, compléta tristement Kevin, ils ont été tués tous les trois par l'explosion d'une bombe dans leur chambre de motel. Sheridan nous a dit que la Sainte Vehme n'y était pour rien. Il vous accusait même de les avoir tués.

— Rassurez-vous : l'incendie du motel n'a été qu'un simulacre organisé pour protéger Eddy et ses compagnes.

— Un simulacre ? s'écria Kevin. Alors, cela veut dire qu'Eddy n'est pas mort ?

— Il se porte comme un charme. Il nous attend à bord de l'*Atalaya*, en compagnie de Karen et de Salomée. Et aussi de celui qui les a sauvés, un certain Larry Smith.

— Larry Smith les a sauvés ?

— Faire croire à leur mort était le seul moyen de détourner l'attention de la Sainte Vehme.

— Mais pourquoi a-t-il fait cela ? s'étonna Kevin. Je croyais qu'il en faisait partie.

— Il en a fait partie. À l'époque où il était sénateur et qu'il s'appelait encore Stephen Mac Pherson.

— Mac Pherson… C'était Larry Smith ?

— Il occupait un poste élevé dans la hiérarchie de la Sainte Vehme. Il croyait, lui aussi, à la nécessité d'établir un ordre mondial. Mais pas au prix d'assassinats et de génocides. Il considérait l'eugénisme comme une aberration. Lorsqu'il a eu compris les véritables objectifs de la Sainte Vehme, il a décidé de la quitter et de lutter contre elle. Il estimait qu'il existait un nouvel état de guerre sur Terre. Mais une guerre sournoise, une guerre économique. Il est donc entré en résistance. Mais on ne peut partir de ce genre de société secrète que d'une seule manière : mort. Il a donc simulé un accident de voiture. Puis, sous l'identité d'un obscur agent du FBI, il a commencé son combat. Celui-ci consistait surtout à puiser des informations dans la banque de données de la Sainte Vehme. Mac Pherson est aussi un as de l'informatique. Il a réussi à établir une connexion permanente avec leurs ordinateurs sans qu'ils s'en aperçoivent. C'est ainsi qu'il a pu extraire nombre de dossiers secrets qu'il a transmis à Eddy, avec instruction de vous les remettre.

— Pourquoi à nous ?

— Il savait que nous nous intéressions à vous. Par votre intermédiaire, il espérait parvenir à nous contacter, pour nous convaincre de l'aider à combattre la Sainte Vehme.

— Je comprends. Il se sentait un peu seul pour lutter contre une telle organisation.

— Mais quel intérêt présentions-nous pour vous ? reprit Alexandra. Nous connaissions l'emplacement de cette pyramide, mais vous aussi. Vous n'aviez pas besoin de nous.

— Effectivement, nous n'avions pas besoin de vous, contrairement à ce que pensait la Sainte Vehme. Il y a deux autres raisons. La première, c'est qu'au fil des millénaires, vous avez atteint un niveau suffisant pour pouvoir vivre dans notre monde, l'Atlantide.

— Et la seconde ?

Horus les regarda l'un après l'autre, puis répondit :

— Nous sommes beaucoup plus proches que vous ne l'imaginez.

51

Les yeux d'Horus se mirent à briller. Il marqua un court silence et ajouta :

— C'est toi, Kevin, qui m'as enseigné le métier des armes.

— Moi ?

— Tu étais mon précepteur, et le plus fidèle ami de mon père. Tu portais à l'époque le nom de Naoh-Varr.

Il se tourna ensuite vers Alexandra.

— Quant à toi, Alexandra, tu étais ma nourrice. La belle et douce Siâ-Kym. C'est toi que j'ai reconnue la première, lors de cette conférence sur l'Égypte, il y a bientôt trois ans, à Sarlat. Cela faisait plus de deux mille ans que j'avais perdu ta trace au fil des réincarnations. J'espère que tu me pardonneras d'avoir pris la liberté de sonder ton esprit afin d'en apprendre plus.

— J'ai… été votre nourrice ?

— Tu me tutoyais, à l'époque.

— Siâ-Kym… murmura-t-elle.

Peu à peu, de nouveaux souvenirs se remirent en place dans l'esprit d'Alexandra : un bébé d'une vigueur peu commune, une femme à la beauté légendaire, celle que l'on appelait la déesse mère, Isis. Mais autour d'eux régnait un climat de danger et de malheur.

— Je me rappelle. Nous devions fuir sans cesse les hordes que Seth lançait à notre poursuite. Il y avait une autre femme avec nous, Nephtys. Une Titanide, elle aussi.

— Qui s'appelle aujourd'hui Sarah Livingstone, compléta Horus.

Bouleversée, Alexandra éclata en sanglots.

— Mais pourquoi ne pas me l'avoir dit lorsque tu m'as retrouvée ?

— Crois-tu qu'une jeune femme de vingt ans, à la fin du XXe siècle, aurait accepté cette histoire sans sourciller ? Tu m'aurais pris pour un fou.

— Tu aurais peut-être pu réveiller ma mémoire profonde…

— Cela ne peut se faire en une fois. Seul mon père, Astyan, est capable de cet exploit sans dommage. Il faut procéder par étapes. J'ai donc décidé de patienter, tout en gardant le contact avec toi. Tu ne t'en es pas aperçue, mais, depuis ce jour-là, j'ai suivi ton évolution. Deux ans plus tard, suite à un cyclone en Floride, j'ai vu arriver Kevin Kramer, qui venait me demander comment j'avais fait pour me trouver à la fois sur mon bateau, à Blowing Rocks, et dans l'Oregon. J'ai d'abord pris cette histoire avec humour, puis je me suis rendu compte que je le connaissais également.

Il prit les mains de Kevin et les serra avec émotion.

— Pardonne-moi, toi aussi, d'avoir pénétré ton esprit après ton départ.

Un nouveau voile se déchira dans la mémoire de Kevin. Il s'appelait Naoh-Varr. Une vision lui montra un petit garçon d'une force surnaturelle, au profond regard noir. Le même que celui de l'homme assis en face de lui.

— Seigneur ! Comment est-ce possible ?

À son tour, Kevin ne put retenir ses larmes. Il se leva et prit Horus dans ses bras.

— Tu étais le meilleur élève que j'aie jamais eu.

Puis il éclata de rire.

— Et pourtant, tu m'as joué de bien vilains tours ! Mais pourquoi ne pas m'avoir tout dit dès le début ?

— J'ai voulu te parler. C'est pour cela que je t'ai demandé de revenir le lendemain. Malheureusement, entre-temps, la Sainte Vehme avait réussi à nous localiser, à cause d'un article paru dans la presse de Blowing Rocks.

Le visage de Kevin s'assombrit.

— Et tu as massacré tous ces soldats… Tu aurais pu seulement les mettre hors d'état de nuire.

Horus soupira :

— La mort est la seule manière de libérer leur âme. Ces soldats kamikazes ne sont plus des hommes. Les drogues qu'on leur fait absorber effacent leur personnalité.

— Je comprends, soupira Kevin. Mais Sheridan s'est servi de ce massacre pour nous faire croire que vous étiez des monstres. Il a aussi parlé des quatre navires que vous avez détruits dans le Triangle des Bermudes. D'après lui, quatre cents marins ont péri.

— Nous ne sommes pas responsables de ce qui est arrivé à ces marins. Le Triangle des Bermudes est une région extrêmement dangereuse. À cet endroit, il existe, sous le fond de l'océan, des poches colossales de méthane sous pression. Il arrive parfois que des fissures laissent échapper d'énormes quantités de gaz. Il se crée alors un bouillonnement intense à la surface, le méthane est souvent embrasé lorsqu'il remonte des profondeurs, et l'eau ne suffit pas à l'éteindre à cause de la pression. Je vous laisse imaginer ce qui peut se passer lorsque des navires, ou même des avions, se trouvent sur la trajectoire de ces gigantesques bulles de gaz en feu.

Kevin hocha la tête.

— Que s'est-il passé à Rocky Point, après que je me suis évanoui ?

— Nous t'avons porté à l'extérieur, et nous avons détruit notre demeure, afin qu'il ne reste aucune trace de notre passage.

— Que contenaient les galeries souterraines ?

— Des archives historiques. Heureusement, tout était déjà stocké ailleurs. Nous n'avons rien perdu. Nous avons simplement changé de noms et nous avons conservé le contact avec vous. Ces deux rencontres nous avaient bouleversés. Il y avait en effet peu de chances pour que nous vous retrouvions tous les deux à quelques années d'intervalle au milieu de six milliards d'êtres humains. Hathor et moi avons donc décidé de tenter de vous faire découvrir vos « chemins de lumière ». D'après nos investigations, vous étiez prêts à le faire. Il fallait seulement stimuler votre mémoire profonde en vous amenant en différents endroits où vous aviez vécu dans le passé. Dans un premier temps, nous avons provoqué votre rencontre. Depuis des millénaires, vous aviez partagé la plupart de vos existences. Il était évident qu'il allait se passer quelque chose.

— En effet, s'exclama Alexandra. Nous avons eu l'impression de nous reconnaître.

— Et pour cause. Mais la Sainte Vehme ne nous a pas facilité la tâche. Par deux fois, ils ont tenté de te tuer, Kevin. Heureusement, nous veillions sur toi en permanence, et nous avons pu supprimer tes agresseurs.

— Les flics n'ont rien compris ! précisa Alexandra en repensant à la tête de l'inspecteur Mac Dowell.

— En revanche, ceux de la Sainte Vehme se sont doutés que vous me protégiez, ajouta Kevin. Ils ont voulu savoir pourquoi, et ils ont attaché des médiums à nos pas.

— Ceux-ci vous ont suivis sur les sites où nous vous avons envoyés. Chaque lieu avait un rôle bien précis. Le tribunal de la Sainte Vehme, à Löwenscheid, devait vous faire prendre conscience du phénomène de la réincarnation.

— Ce fut une réussite totale, grommela Alexandra. Je te remercie au passage pour l'expérience de la « Vierge de Fer ». Ce n'est pas comme ça que l'on traite sa vieille nourrice !

— Pardonne-moi, ma douce Siâ-Kym. Mais il fallait un souvenir très fort pour provoquer la première régression. Je voulais aussi te montrer ce qu'avait été réellement la Sainte Vehme. Ensuite, ce fut le tour de Kevin, qui refusait manifestement de croire à la réincarnation. Le retour dans la personnalité de Daniel Dunglass-Home l'a convaincu du contraire, et lui a permis de découvrir certains pouvoirs. La régression suivante, dans la peau d'Isabelle de Tonnay et de

Hugues de Molines, vous a fait comprendre que vous aviez partagé d'autres vies.

— Et que Christophe Colomb n'avait pas découvert l'Amérique ! ajouta Kevin.

— Ça, c'était un détail. Nous voulions surtout vous préparer à la découverte de l'île de Xhadan. Mais avant, nous vous avons envoyés au Tibet. Le but était double : vous faire prendre conscience que nous étions immortels, et peut-être tenter à cette occasion de ranimer en totalité votre mémoire profonde. C'est pourquoi le voyage fut si long, et si difficile. Malheureusement, ce ne fut pas le cas.

— Vous êtes donc… vraiment immortels ?

— Pas exactement. Disons que nous avons acquis une telle maîtrise de notre corps que nous avons arrêté en lui l'horloge biologique qui déclenche le vieillissement. De même, nous sommes capables de vaincre n'importe quelle maladie. Cependant, si notre corps est détruit, par exemple dans un incendie ou une explosion, nous mourons. C'est pourquoi la Sainte Vehme n'hésite pas à provoquer des catastrophes pour nous éliminer. Ils s'imaginent alors nous faire disparaître. Mais jusqu'à présent, ils n'ont pu tuer que trois d'entre nous. Et de toute manière, nous nous réincarnons dans des corps que nous avons choisis. Leurs efforts sont donc voués à l'échec.

— Il est donc possible de maîtriser le phénomène de la réincarnation ! C'est ce qu'espérait William Sheridan. Il pensait découvrir ici le secret de l'immortalité.

— Malheureusement pour eux, les gens de la Sainte Vehme ne sont pas près d'y parvenir. Tout au plus pourront-ils repousser l'échéance de la mort à l'aide de quelques manipulations génétiques. Mais la véritable immortalité nécessite un niveau de sagesse qu'ils sont loin d'avoir atteint. Même vous n'y parviendrez pas avant très longtemps.

— Et le manuscrit du lama Tsenring ? demanda Alexandra.

— Nous lui avions demandé de vous remettre cet ouvrage, afin de vous apporter la preuve de notre immortalité. Mais la Sainte Vehme, qui désirait vous faire croire que nous voulions retrouver le secret enfoui dans votre mémoire, devait détruire cette preuve. L'expertise de ce livre aurait révélé son authenticité, et aurait anéanti leur manipulation. C'est pourquoi ils ont provoqué cet incendie. L'autre but de ce voyage à Pemako était de vous révéler l'existence des mondes parallèles. Nous avons complété cette information avec le voyage suivant, l'odyssée de Brendan, qui l'a amené sur ce qu'il appelait l'île des Merveilles.

— Cet endroit était véritablement extraordinaire, s'exclama Kevin, enthousiaste. Mais pourquoi cette île n'apparaît-elle que tous les cent vingt et un ans ?

— Xhadan est ce que l'on appelle une aberration subquantique. L'espace que nous connaissons n'est pas unique. En réalité, il fait partie d'une infinité d'autres univers, imbriqués les uns dans les autres, qui constituent ce que l'on appelle le Plurivers – ou le Multivers. Ces mondes parallèles se côtoient sans jamais se rejoindre. Il existe ainsi une infinité d'autres planètes semblables à la Terre, à quelques différences près, car, au fil du temps, elles n'ont pas évolué de la même manière. Certaines sont devenues inhabitables, d'autres ignorent l'espèce humaine. Quelques-unes se sont métamorphosées en de véritables paradis, comme la planète Atlantide. Le parallélisme des mondes se situe au niveau subquantique, c'est-à-dire au-dessous des particules élémentaires. Celles-ci — comment dire ? — existent sur une certaine « fréquence » pour un univers donné. Elle est immuable et assure la stabilité de l'univers. Mais il arrive que certaines portions de l'espace possèdent une « fréquence variable ». Alors, elles voyagent d'un monde à l'autre, parfois de manière aléatoire, parfois avec une régularité de métronome. Ainsi en est-il de Xhadan, qui apparaît tous les cent vingt et un ans dans l'océan Atlantique. C'est par elle que nos ancêtres ont découvert la Terre il y a dix-huit mille ans. Cette planète les a étonnés, car, en Atlantide, l'évolution a été plus rapide. L'espèce humaine y est apparue environ six millions d'années plus tôt. Elle a atteint depuis longtemps un niveau supérieur. Lorsqu'ils ont constaté que les Terriens en étaient encore à l'âge de pierre, ils ont voulu les aider à évoluer, et ils ont engendré les Titans, qui ont fondé l'empire atlante terrestre. Cependant, ils avaient conscience de prendre un risque, car, ce faisant, ils privaient l'Humanité du rythme normal de son évolution. Pendant six mille ans, l'Archipel du Soleil fut une sorte de paradis. Mais les hommes n'avaient pas vécu leurs propres expériences. Ils n'avaient pas appris à connaître et à maîtriser les zones obscures de leur esprit. C'était une lacune très grave, qui, peu à peu, se cristallisa dans un univers particulier, celui de la Non-Vie, créant une perturbation dont les Titans ne prirent pas conscience à temps. Des entités contraires prirent forme : les Géants. Ennemis irrémédiables des Titans, dont ils étaient les doubles, ils provoquèrent l'anéantissement de l'empire atlante.

— Que sont-ils devenus depuis ?

— Mon père les a anéantis il y a six mille ans. Mais leur ombre plane encore sur le monde. Elle s'exprime aujourd'hui au travers des actes de la Sainte Vehme. Elle perdurera tant que les hommes n'auront pas appris la sagesse. Alors, ils s'effaceront pour toujours.

— Ils ont détruit l'Atlantide, murmura Alexandra. Le paradis perdu…

— Seule demeura l'île éphémère de Xadhan, dont la mémoire des peuples conserva la légende. C'est par elle que les Terriens qui, comme vous, ont atteint un certain degré de sagesse passent sur la planète Atlantide.

— Mais… est-ce que nous possédons nos propres doubles sur cette planète ? demanda Alexandra.

— Non, bien sûr. Même si elle ressemble beaucoup à la Terre, l'Atlantide est différente.

— C'est elle que nous avons entrevue à Pemako, lors de notre premier voyage…

— Exactement. Ces « passages » transquantiques constituent le seul moyen pour les humains de glisser d'un monde à l'autre. Mais les Titans savent le faire sans l'aide de ces passages. C'est un phénomène plus compliqué que la téléportation, mais que l'on peut parfaitement maîtriser avec de l'entraînement. Nous vous enseignerons cet art.

— Ainsi, vous pouvez passer d'un monde à l'autre quand vous le désirez…

— C'est ainsi que nous avons pu disparaître de Rocky Point en moins d'une heure. Nous avons emmené nos serviteurs shoshones avec nous, afin qu'ils ne soient pas inquiétés par la Sainte Vehme ou par les autorités locales.

— C'est aussi comme ça que vous nous avez ramenés du Tibet dans le Périgord ? demanda Kevin.

— Non. Nous avons utilisé la téléportation. Votre voyage a été instantané. Mais Tsenring et Tcheng Lin Piao avaient pris soin de vous faire absorber un somnifère auparavant, afin de ne pas vous effrayer.

— Et ensuite ?

— Après votre voyage en Irlande, nous comptions vous envoyer en Égypte, mais les événements se sont déroulés différemment. La Sainte Vehme vous a contactés directement.

— Sheridan avait soigneusement préparé son entrée en scène, déclara Alexandra. Il vous a présentés comme des Mutants dotés de pouvoirs phénoménaux, dont le but était de contrôler l'économie mondiale et de créer une nouvelle race. En fait, ce sont les propres projets de la Sainte Vehme qu'il nous a décrits. Malheureusement, il a exposé les éléments de l'affaire d'une manière telle que nous l'avons cru, et nous nous sommes méfiés de vous. Nous avons alors commencé à chercher par nous-mêmes, et nous avons découvert les cartes de Piri Re'is, qui nous ont menés aux ruines de son palais, à Istanbul. Ensuite, ce fut Alexandrie et la reine Cléopâtre, puis la Pyramide. Entre-temps, nous avions faussé compagnie à Sheridan. Du moins nous le croyions. En réalité, il nous pistait à l'aide de traceurs dissimulés dans nos montres, et reliés à un satellite d'observation.

Horus hocha la tête.

— Nous ne l'avons appris que bien après. À New York, nous avions beaucoup de mal à vous suivre. La Sainte Vehme avait placé plusieurs médiums autour de vous, afin de nous piéger. Nous étions sans cesse concentrés sur nos écrans mentaux. Ce qui fait que nous avons perdu votre trace, et nous avons su trop tard que vous étiez partis. Nous ignorions votre destination. Pendant plusieurs jours, nous fûmes incapables de savoir ce que vous étiez devenus. Ce fut alors que Stephen Mac Pherson prit contact avec nous. Lui aussi utilisait les services d'un médium, qui était parvenu à nous localiser. Mais, à la différence des autres, il ne dégageait pas d'ondes hostiles. Nous avons donc décidé de le laisser venir. C'est ainsi que nous avons vu apparaître Stephen Mac Pherson. Il s'est d'abord présenté sous le nom de Larry Smith, mais il a très vite jeté le masque. Il désirait que nous lui apportions notre aide. Il avait compris depuis longtemps que nous n'avions rien à voir avec les Mutants redoutés par la Sainte Vehme. Il n'ignorait pas que nous étions vraiment immortels. Mais surtout, il savait où vous vous trouviez, grâce à sa connexion secrète. Il nous a également expliqué la manière dont il avait sauvé Edward Lee, et Karen et Salomée Halden. Nous avons décidé de lui faire confiance.

« À ce moment-là, vous étiez à Dahchour, ce qui fut confirmé par l'initié qui garde aujourd'hui la Pyramide. Il vous a vu utiliser vos pouvoirs contre une horde de fanatiques musulmans. Il nous a aussitôt avertis. Nous avons compris que vous aviez découvert seuls l'emplacement du Labyrinthe, et que vous vous prépariez à vous y rendre. Nous avons donc organisé notre propre expédition, ce qui ne fut guère facile. Nous ne bénéficiions pas de l'appui des militaires égyptiens inféodés à la Sainte Vehme. C'est pourquoi nous sommes arrivés avec quelques heures de retard sur eux. Sinon, ils ne seraient jamais entrés dans la Pyramide.

— Vous êtes arrivés à temps, c'est le principal.

Kevin et Alexandra regardèrent autour d'eux les alignements innombrables d'alvéoles.

— Mais cette pyramide ? demanda la jeune femme.

— Mon père l'a fait creuser il y a six mille ans, lorsqu'il a pris la décision de quitter la Terre. Il voulait qu'elle conserve l'intégralité du savoir des Atlantes, protégé par un champ d'énergie infranchissable, et les découvertes réalisées par les hommes depuis l'aube de l'Égypte. Ces connaissances-là pouvaient rester accessibles, sous la garde d'initiés. Un jour, lorsque les hommes auront acquis une sagesse suffisante, ce savoir immense leur sera de nouveau offert. Mais… il leur reste encore beaucoup de progrès à accomplir.

— Tu ne crains pas que la Sainte Vehme envoie d'autres personnes pour récupérer les documents ?

— Il est probable qu'ils tenteront de le faire. Mais ils ne pourront jamais franchir la barrière d'énergie.

— Et s'ils parvenaient à percer son secret ? objecta Alexandra.

— Cela voudra dire qu'ils auront évolué. Ce champ est de nature psychique. Il ne peut être traversé que par ceux qui ont atteint un certain degré de maturité. Venez.

Il les invita à le suivre jusqu'à la limite de la

nappe couleur d'azur. De près, on voyait nettement de fines vaguelettes parcourir sa surface, comme un lac aux eaux transparentes agitées par une brise légère. Horus se tourna vers eux et ajouta :

— Si vous voulez connaître toute la vérité sur vos chemins de lumière, vous devez franchir ce champ.

— Mais nous allons être désintégrés ! s'exclama Alexandra.

— Ma douce Siâ-Kym ! Crois-tu que nous risquerions de te perdre à nouveau ? Ton esprit a évolué, et il est aujourd'hui suffisamment fort pour traverser.

Afin de la rassurer, il franchit lui-même la nappe lumineuse, sans aucun dommage. Kevin se décida.

— Je n'aurais peut-être pas fait confiance à Paul Falcon, mais Naoh-Varr a foi en son élève, Horus.

Il traversa la surface bleue, créant des rides concentriques autour de lui. Il ne se passa rien d'autre. L'instant d'après, Alexandra et Katherine/Hathor les avaient rejoints. L'intérieur de la Pyramide était encore plus beau à partir du treizième niveau. Les alvéoles n'étaient plus taillées dans le gypse, mais faites de marbre blanc veiné de rouge et de vert. Les documents se composaient de disques, de cylindres, de cristaux de toutes tailles, ainsi que de livres.

— En six mille ans, la civilisation atlante terrestre a produit, outre des découvertes scientifiques, médicales ou autres, d'innombrables chefs-d'œuvre. Il nous arrive parfois de nous enfermer ici pendant plusieurs jours pour écouter les mélodies, les chansons et les opéras composés par nos lointains ancêtres, pour lire les poèmes et les récits qu'ils ont écrits. Ils possédaient une diversité d'instruments dont vous n'oseriez pas rêver. Tout cela vous est désormais accessible. Mais il vous faudra plusieurs vies pour redécouvrir la richesse de cette civilisation.

— Redécouvrir ?

— Bien sûr. Tous les deux, vous avez déjà vécu en Atlantide. Vous en avez même été des personnages importants. Toi surtout, Kevin. Lorsque je t'ai dit que tu avais été le plus fidèle ami de mon père, je ne pensais pas seulement à Naoh-Varr. Suivez-moi.

Sur le côté de l'escalier d'angle se trouvait une sorte de plate-forme équipée d'un garde-fou. Tous les quatre y prirent place. La plate-forme se mit alors à descendre vers le fond de la pyramide. Kevin et Alexandra eurent l'impression de s'enfoncer au cœur d'un cratère insolite, aux flancs triangulaires inondés de lumière bleue. Enfin, la plate-forme s'immobilisa non loin de l'appareil fait de prismes et de miroirs. Ils s'aperçurent qu'il était beaucoup plus imposant qu'on aurait pu le croire d'en haut. Il devait dépasser les dix mètres, et reproduisait en plus petit la pyramide elle-même. Le fond était un carré d'une trentaine de mètres de côté, d'un bleu foncé translucide. Derrière les prismes et les miroirs se cachait un mécanisme compliqué, vers lequel Kevin se dirigea, interloqué.

— Je connais ça, murmura-t-il. Je connais cette machine.

Soudain, il tomba à genoux devant elle, comme frappé d'émerveillement.

— Par les dieux, ce n'est pas possible !

Il se releva et se tourna vers eux, le visage extasié.

— C'est moi qui en ai conçu le principe il y a très longtemps. Je m'appelais Hoggar.

— Un nom que les hommes d'aujourd'hui connaissent encore, précisa Horus, puisqu'il fut donné à un massif montagneux du Sahara. Là où précisément tu avais ton atelier.

— Et c'est cette machine qui, depuis des millénaires, protège ce sanctuaire de la Connaissance.

— Hormis le champ d'énergie psychique, qui fut installé par Astyan lui-même, précisa Horus.

Il prit Kevin par l'épaule.

— Voilà pourquoi tu représentais un danger potentiel pour l'Humanité, Kevin. Le véritable secret n'était pas l'emplacement de la Pyramide. Si des hommes parvenaient jusqu'ici, ils devraient se contenter des connaissances léguées par les peuples de l'Antiquité. Le champ d'azur n'est franchissable que par ceux qui ont atteint un degré de sagesse suffisant. Mais tu portes en toi une énorme somme de connaissances, comme la technologie capable de reproduire ce champ protecteur, et aussi le secret de l'antigravité. Tout cela est en toi, Kevin. Tu n'as pas encore réveillé toutes tes vies.

— Mais elles sont en moi. Je les sens vibrer. Beaucoup d'autres vies…

Il ferma les yeux.

— L'une d'elles, surtout, domine les autres. Je vois… un grand navire blanc. Le plus beau vaisseau que le monde ait jamais connu. J'en étais le commandant.

— Mon père m'a parlé plusieurs fois de ce navire fabuleux, et de cette terrible bataille de Poséïdonia, souffla Horus.

Kevin resta un long moment silencieux, puis il ajouta, tandis que des larmes coulaient sur ses joues :

— Par les dieux, quelle magnifique victoire ce fut ! Je crois que, au plus profond de mon âme, je ne l'ai jamais oubliée. Et je sais aujourd'hui pourquoi j'aime la mer et pourquoi j'ai appelé mon voilier l'*Edrenne*. J'ai toujours cru qu'il s'agissait d'un nom d'oiseau. En réalité, c'était celui de l'*Hedreen*, le grand navire blanc. À cette époque, je m'appelais Païdras.

ÉPILOGUE

Quelques jours plus tard, Kevin et Alexandra parvenaient à Matrûth, à quatre cents kilomètres à l'ouest d'Alexandrie, en compagnie des Atlantes. Au large, ils aperçurent la silhouette élégante de l'*Atalaya*. À bord, un homme les attendait avec impatience, Eddy, qui sauta dans les bras de Kevin en lui administrant des claques affectueuses dans le dos.

— Comment ça va, mec ? Je suis fichtrement content de te revoir !

Kevin éclata de rire, puis secoua son ami comme un prunier.

— Espèce de salopard ! Tu m'as laissé croire que tu étais mort ! Tu aurais pu au moins me prévenir.

— Désolé, vieux frère. Notre copain Stephen s'y opposait. S'il y avait la moindre fuite, tout était foutu. Ces fumiers n'auraient pas hésité à me buter, de même que Karen et Salomée. Et cela aurait été dommage.

Il leur présenta une jolie femme et sa petite fille. Karen avait l'air un peu perdue, mais Salomée semblait s'être parfaitement adaptée à la situation. Elle prit la main d'Alexandra et voulut l'entraîner vers le pont arrière.

— Tu verras, c'est super, ici. Il y a même une piscine. Tu veux que je te montre ?

Horus s'agenouilla devant la fillette et dit :

— Je crois qu'Alexandra aura très envie de venir se baigner avec toi tout à l'heure. Mais avant, je dois encore lui dire certaines choses.

— Pas trop longtemps, alors !

— D'accord !

Tandis que Salomée partait en courant vers l'arrière, Horus et Hathor invitèrent Kevin, Alexandra et Eddy à pénétrer dans le salon de réception du navire, où les attendait un homme de forte corpulence.

— Kevin, je te présente Stephen Mac Pherson, alias Larry Smith, déclara Eddy. Mais je crois que vous vous connaissez déjà.

— Nous nous sommes croisés, en effet.

L'ex-sénateur lui serra la main. Comme d'habitude, une barbe de trois jours lui mangeait les joues.

— Je suis heureux de vous revoir, monsieur Kramer. J'ignore encore quels sont vos liens exacts avec nos amis atlantes, mais j'aurai besoin de votre soutien pour les convaincre de nous aider à démanteler la Sainte Vehme. Ils n'ont pas vraiment l'air d'accord.

Surpris, Kevin se tourna vers Horus. Celui-ci déclara :

— M. Mac Pherson est persuadé que la disparition de la Sainte Vehme apporterait la solution à tous les problèmes du monde.

— Tu ne partages pas son opinion?... s'étonna Kevin.

— Non. Il y a six mille ans, mon père a décidé que les Atlantes n'interviendraient plus dans les affaires humaines. Et je considère toujours qu'il a agi avec sagesse.

— Mais ils vont s'emparer de l'économie mondiale! s'emporta Mac Pherson. Ils veulent créer un monopole en faisant disparaître toute concurrence. Ils ont d'ailleurs commencé. Les grands groupes industriels fusionnent afin de faire face à la concurrence. La fabrication est délocalisée dans les pays à faible coût de main-d'œuvre. Cela engendre un chômage énorme dans les pays industrialisés. Si on laisse faire, on assistera à un recul des acquis sociaux, et le fossé se creusera encore plus entre les riches et les pauvres. Les classes moyennes disparaîtront. Les conditions de travail se rapprocheront de celles des pays du Tiers Monde. Mais ce n'est pas le pire. Ils veulent créer artificiellement une race supérieure, et supprimer celles qu'ils estiment inférieures. Tout comme les vieux, les infirmes et les sans-foyer. Leurs laboratoires secrets fabriquent actuellement des virus sélectifs. Et malgré ça, vous comptez les laisser agir?

— Nous pourrons vous aider à détruire ces laboratoires si cela peut vous rassurer, mais le problème est beaucoup plus profond que ça. La disparition de la Sainte Vehme ne résoudra pas tout. D'après nos estimations, elle contrôle à peine quatre pour cent de l'économie mondiale. C'est beaucoup, mais il serait illusoire de la rendre responsable de tous les maux dont souffre votre civilisation. La Sainte

Vehme n'est pas le seul consortium financier dont les pratiques sont discutables. Tous les grands groupes économiques privilégient le profit et la rentabilité.

« La Sainte Vehme n'est que le symbole de la folie qui s'est emparée de vous. Elle symbolise l'esprit actuel de votre monde. Vous avez élevé l'argent au rang d'un dieu. Il contrôle tout, il dirige tout, il est votre seule motivation. Et il vous rend aveugles aux leçons de vos expériences passées, comme aux conséquences de vos actes présents. Voilà pourquoi nous ne pouvons rien faire pour vous.

Stephen Mac Pherson regarda autour de lui d'un air abattu. Kevin lui-même ne comprenait plus. Cette réaction ne correspondait pas à la générosité de ceux qu'il considérait comme des dieux. Il objecta :

— Tu aurais pourtant le pouvoir d'intervenir, Horus.

— C'est vrai. Mais je n'en ai ni le droit ni l'envie.

— Pourquoi ?

Le Titan laissa passer un long silence, puis déclara :

— Il y a plus d'un demi-siècle, une poignée d'illuminés est parvenue au pouvoir en Allemagne. S'abritant derrière une idéologie dominatrice, ils voulaient fonder un empire qui devait durer mille ans. En vérité, c'était un ramassis de truands sans scrupules, que seules des circonstances exceptionnelles avaient amenés au pouvoir. Leur folie et leur ambition provoquèrent une guerre effroyable, au cours de laquelle plus de cinquante millions de personnes perdirent la vie, dont dix-sept millions en URSS, gouvernée par un tyran qui n'avait rien à envier à ses ennemis. Ce fut à cette époque qu'apparut la notion de génocide. Sur les Juifs, les Tziganes, les handicapés, les homosexuels… On éliminait sans aucun scrupule les minorités gênantes, pour des raisons économiques ou plus stupidement idéologiques. Le camp des vainqueurs n'eut rien à leur envier sur ce plan. Il y eut les cent vingt mille morts de Dresde, où le bitume enflammé des rues coulait dans les abris. On n'hésita pas non plus à utiliser l'arme atomique sur des populations civiles, au Japon. Des dizaines de milliers de personnes périrent en quelques secondes simplement parce que des crétins de militaires et de politiciens sans âme avaient éprouvé l'envie de montrer leur puissance au monde.

« Si cette boucherie innommable vous avait servi de leçon, nous aurions peut-être décidé de vous aider. Mais il n'en fut rien. Bien sûr, des voix s'élevèrent un peu partout pour s'écrier : plus jamais ça ! Elles crient encore aujourd'hui. Qui les écoute ? Les massacres se poursuivent encore, au Rwanda, au Tibet, en Chine, en Amérique du Sud, en Indonésie, en Yougoslavie, en Algérie et ailleurs, pour des raisons religieuses ou politiques.

« Vous vous prétendez civilisés, mais pour nous, malgré les impressionnants progrès technologiques que vous avez accomplis, vous êtes d'épouvantables barbares. Vous êtes orgueilleux, arrogants et irresponsables. Vous prônez bien haut la fraternité, la solidarité, la générosité et la tolérance, mais, chaque jour, vos actes démentent vos belles intentions. Votre système économique est une catastrophe.

Dans les années quatre-vingt, un patron américain gagnait en moyenne quarante-deux fois le salaire d'un ouvrier. En 2000, ce rapport est passé à plus de quatre cents. Cela n'empêche pas la famine de menacer les pays pauvres. Quatre hommes sur cinq ne mangent pas à leur faim.

« Ce n'est pas tout. Par cupidité, vous détruisez lentement votre monde. Aucune mesure sérieuse n'est prise pour enrayer la pollution. Dois-je vous rappeler les catastrophes de Seveso, de Bhopal ou de Tchernobyl ? Le président des États-Unis ne vient-il pas d'augmenter le taux de cyanure autorisé dans l'eau, parce que la mise aux normes des industries coûterait trop cher ? N'a-t-il pas autorisé des forages pétroliers dans un parc naturel de l'Alaska ? Quelques voix crient au scandale, mais on ne les écoute pas, et personne ne l'empêchera d'agir. Et pour cause : son père, lui-même ancien président, est à la tête de l'un des plus grands groupes pétroliers du monde.

« Et ces hommes puissants – que vous avez élus – osent affirmer sans sourciller qu'ils croient en Dieu ! Mais quel Dieu ? Celui pour lequel on continue d'exhorter les peuples à faire des enfants, malgré la démographie galopante ? La surpopulation étouffe certaines mégalopoles du Tiers Monde : Mexico, où les femmes, à vingt-cinq ans, ont parfois déjà connu dix grossesses, Bombay où les chiens errants dévorent les pauvres dans les rues, Rio de Janeiro, où l'on a formé des milices spéciales chargées d'exterminer les bandes d'enfants sauvages, devenus plus dangereux que des hordes de loups. Les exemples comme ceux-ci se multiplient à l'infini.

— C'est justement pour toutes ces raisons que nous avons besoin de vous! soupira Stephen Mac Pherson.

— Et pourtant, nous ne vous aiderons pas!

— Mais pourquoi?

— Parce que ce monde vous appartient. C'est à vous de le transformer en paradis, ou en enfer. Notre action ne pourrait être basée que sur la force. On nous considérerait, à juste titre, comme des envahisseurs. Nombre d'entre vous se dresseraient contre nous. Cela, nous ne le voulons à aucun prix.

« L'aide que vous me demandez, vous seuls pouvez vous l'apporter. Vous devez faire votre propre expérience. Un enfant ne sait pas ce qu'est le feu tant que la flamme ne l'a pas brûlé. Vous demandez notre aide comme un fils appelle son père au secours lorsqu'il rencontre des difficultés. Mais il arrive un moment où les enfants doivent assumer seuls la responsabilité de leurs actes. L'ennui, c'est que vous vous prenez déjà pour des adultes. Vous avez appris à faire tenir trois cubes l'un sur l'autre, et vous pensez avoir compris les secrets de l'architecture de l'univers. Or, le savoir technologique ne représente qu'une partie de la Connaissance. Vous devez prendre conscience de la dimension spirituelle de l'univers, une dimension bien différente de l'image offerte par vos religions. Il vous faut aussi apprendre l'humilité et la sagesse. Au Tibet, on n'admire pas celui qui accomplit des exploits, mais celui dont le savoir n'empêche pas la modestie.

« La Sainte Vehme n'est que le symbole de votre aveuglement. Si nous la détruisons, d'autres organisations la remplaceront. Le changement doit venir de vous, de vous seuls, mais aussi de vous tous, y compris et surtout des dirigeants de ce monde. Ne vous y trompez pas, cela demandera beaucoup de temps. Il faudra encore des catastrophes et d'innombrables victimes. Mais certains signes encourageants sont apparus. Il y a vingt-cinq siècles, avec les philosophes grecs, l'homme a commencé à réfléchir sur lui-même. Cette réflexion se poursuit, les actes de solidarité se multiplient. L'être humain a un réel désir de bâtir un monde meilleur.

— Mais nous, que pouvons-nous faire ? demanda Mac Pherson.

— Poursuivre votre action, chacun à votre niveau. Vous-même, Stephen, portez témoignage des abominations commises par certains financiers. Vous n'êtes pas seul. Partout dans le monde, d'autres hommes se battent contre l'injustice et la tyrannie des groupes économiques, des mafias, des gouvernements. Les femmes jouent un rôle de plus en plus important. Elles connaissent le prix de la vic, puisque ce sont elles qui la donnent. Quant à toi, Kevin, peut-être pourrais-tu écrire un livre, et parler des « chemins de lumière ».

— On ne me croira pas.

— Cela n'a aucune importance. L'idée se répandra.

— J'ai peur que ce livre ne soit qu'une goutte d'eau dans l'océan.

— Ou le battement d'une aile de papillon. Ne dit-on pas qu'un seul de ces battements peut provoquer une tempête de l'autre côté de la Terre ?

Un peu plus tard, Kevin et Alexandra se retrouvèrent à la proue de l'*Atalaya*. Devant eux, la Méditerranée roulait ses vagues bleues, inondées par un soleil éblouissant. Le vent était tiède, chargé d'effluves marins.

Ils avaient à présent la possibilité de connaître la véritable Atlantide, la planète d'où étaient venus ces lointains ancêtres aux pouvoirs surnaturels. Il leur tardait de s'y rendre. Mais ils savaient déjà qu'après leur voyage dans l'autre dimension, ils reviendraient. Car la Terre était leur véritable patrie. Leurs chemins de lumière s'étaient désormais totalement ouverts, et leur mémoire était devenue presque infinie, remontant bien au-delà de l'Atlantide elle-même, à des époques oubliées où les villes n'existaient pas, où les hommes eux-mêmes n'étaient que des primates évolués vivant de chasse et de cueillette. Ils n'avaient plus d'âge. Ils n'étaient plus un Américain et une Française, mais deux habitants d'une planète qu'ils aimaient et à laquelle ils appartenaient depuis toujours. Un monde d'une beauté extraordinaire…

Mais un monde en danger.

Une seule espèce, la leur, menaçait l'harmonie et l'équilibre de cette planète fabuleuse. Par cupidité, par ignorance, par bêtise. Kevin poussa un profond soupir. Il ne se sentait pas de taille à lutter contre les irresponsables incapables de voir plus loin que leurs intérêts ou leurs idéologies. Mais Alexandra et lui pouvaient proposer une vision différente du monde. Bien sûr, la réincarnation n'était pas une idée nouvelle et elle n'avait pas engendré de révolution. Il était très probable que l'on refuse de les croire. Pourtant, comme l'avait dit Horus, peu à peu, cette idée pouvait faire son chemin. Peut-être les hommes se rendraient-ils compte que tout ne s'arrêtait pas avec la mort, et qu'ils reviendraient inévitablement, sous une autre forme, dans un autre corps, pour continuer à suivre leurs chemins de lumière.

Et retrouver le monde qu'ils auraient contribué à créer…

NOTE DE L'AUTEUR

Kevin a écrit son livre. C'est ce livre que vous tenez entre les mains.

Bien entendu, tout cela n'est qu'une fiction. Beaucoup penseront : l'Atlantide n'a jamais existé, et la réincarnation n'est qu'une vue de l'esprit. Cependant, nous ignorons ce qui se passe de l'autre côté de la vie. Nous allons peut-être au paradis, près d'un dieu omnipotent et bienveillant, ou en enfer, grillé par des diables armés de fourches… ou peut-être n'y a-t-il que le Néant. Depuis toujours les religions proposent leurs visions de l'au-delà, mais personne n'est jamais revenu nous expliquer ce qui se passait réellement.

Nous ne sommes sûrs de rien.

Sinon d'une chose : cette Terre ne nous appartient pas. Nous ne faisons qu'y passer. Dans un siècle, dans dix ou dans cent, elle sera encore là, et portera nos descendants. Quelle image auront-ils de nous lorsqu'ils constateront que nous nous sommes emparés de toutes les richesses qu'offrait la planète, quand ils sauront que nous avons bu tout leur pétrole, que nous avons pollué leurs océans, arraché leurs arbres, exterminé des espèces animales qui pour eux seront devenues des légendes ? Que penseront-ils de nous au souvenir des massacres que nous avons commis, ou que nous avons laissé commettre par indifférence ou par cupidité ?

Ces descendants sont nos enfants, et les enfants de nos

enfants. Nous-mêmes pouvons pardonner à nos ancêtres les erreurs qu'ils ont commises, parce qu'ils ignoraient beaucoup de choses. Mais aujourd'hui, *nous savons*. Nous sommes parfaitement conscients du mal que nous faisons, de la pollution, des tueries, des manipulations génétiques et des malversations financières. Malgré cela, nous persistons. Nos descendants ne nous le pardonneront pas, car *ils sauront que nous savions*. Mais pour eux il sera trop tard. Et bien sûr, leurs problèmes ne nous concernent pas.

À moins que…

Si l'on imagine une seconde que la réincarnation n'est pas une pure fantaisie religieuse ou spirituelle… Si effectivement la mort n'est qu'un passage vers une autre vie…

Alors, nous serons encore là dans un siècle, dans dix, dans cent, et nous hériterons nous-mêmes du chaos que nous aurons laissé derrière nous.

Il est encore temps d'y réfléchir…

BERNARD SIMONAY

LES ÉNIGMES

Au cours de cet ouvrage, j'ai abordé nombre d'énigmes tellement surprenantes que la plupart d'entre elles sembleront n'être que le fruit de mon imagination. Or, il n'en est rien. Pour ceux que le sujet intéresse, voici quelques informations complémentaires.

La Sainte Vehme

Ce tribunal secret allemand n'est pas une invention. Comme l'explique Alexandra, il apparut au XIIIe siècle et marqua profondément l'esprit allemand par l'aspect expéditif de ses jugements et la cruauté des supplices infligés. Le vol, le crime sexuel, l'homicide, l'hérésie et la sorcellerie conduisaient immanquablement à la mort. Tout d'abord, le condamné était torturé : roue, écartèlement, fer rouge ou tenailles qui broyaient les muscles. On finissait par pendre ce qui restait du condamné. Quant à la terrible « Vierge de Fer », elle fut en réalité utilisée à Nuremberg. Il s'agissait d'une grande boîte de bois ayant la forme d'une femme, dont l'intérieur était muni de pointes de fer aiguisées sur lesquelles le condamné était lentement empalé lorsque l'on refermait la machine.

Daniel Dunglass-Home

Daniel Dunglass-Home a réellement existé. Né en 1833, à Currie, en Écosse, il est mort de la tuberculose en 1886, à

Londres. Lorsqu'il était en transe, divers phénomènes se manifestaient : lévitation, clairvoyance, élongation du corps, matérialisation d'objets, télékinésie, apparitions lumineuses. Le chimiste William Crookes, découvreur du thallium, s'intéressa effectivement à son cas. Daniel Dunglass-Home fut également reçu par les plus grands de ce monde, comme Napoléon III, le tsar de Russie ou le roi de Bavière. Jamais la moindre fraude ne put être prouvée contre lui.

Les Templiers en Amérique

L'hypothèse fut émise par l'écrivain normand Jean de La Varende. Dans son ouvrage, *Les Gentilshommes*, il avança l'idée que les Templiers connaissaient la route de l'Amérique. Il s'appuyait sur le fait qu'ils avaient installé leur flotte à La Rochelle, ce que rien ne justifiait, puisqu'ils commerçaient essentiellement avec l'Angleterre et les Flandres.

Dans cet ouvrage, j'ai laissé entendre qu'ils avaient découvert le secret des routes de l'Amérique pendant les croisades. Il s'agit d'une licence de romancier. La Varende pense, quant à lui, que cette connaissance leur venait des Normands, héritiers des Vikings, qui avaient exploré le Vinland au Xe siècle.

Cette hypothèse est bien sûr sujette à caution, mais il n'est pas interdit de rêver. Et surtout, comment expliquer l'installation de la flotte templière à La Rochelle ?...

Pemako

Le temple de Pemako existe réellement. Considéré comme un lieu sacré par les Tibétains, le « Temple d'Or » se situe sur la frontière litigieuse entre l'Inde et la Chine. Le voyage effectué dans ce roman par Kevin et Alexandra est le reflet de deux expéditions menées en 1993 et 1994 par Ian Baker et Hamid Sardar Afkhani. (Revue *Terre sauvage* n° 104 de mars 1996.)

Les Tulpas (Tibet)

Il s'agit de formes créées par concentration mentale par certains moines tibétains. Cela peut être un objet, une plante, un arbre, ou encore le double de son créateur. Ces créations sont tellement précises qu'on peut les voir, les toucher, et même, dans certains cas, sentir leur odeur. L'exploratrice Alexandra David-Neel (1867-1968) fut la première Européenne à pénétrer au Pays des Neiges. Dans ses récits, elle affirme avoir assisté à ces curieux phénomènes, et même avoir réussi à susciter elle-même un personnage. Les lamas donnent deux explications. Pour les uns, la forme créée a une existence indéniable. Pour d'autres, la pensée de certains moines est tellement puissante qu'elle influence l'esprit des spectateurs. Il s'agirait donc d'une très forte suggestion.

Les Dogons et Sirius

Les Dogons vivent sur le plateau de Bandiagara, au Mali. À première vue, rien ne les différencie des autres ethnies africaines. Rien, sinon leurs étonnantes connaissances en astronomie. Comment expliquer en effet que figurent dans leur cosmogonie, depuis des siècles, des astres que les astronomes viennent seulement de découvrir, comme l'étoile Sirius B, invisible depuis la Terre, et dont l'existence a été confirmée en 1862 par Alvan Clarke ?

L'île des Merveilles de saint Brendan

Au VIe siècle, une légende disait que l'île du Paradis, où étaient nés Adam et Ève, se situait vers l'ouest. Nombre de navigateurs se lancèrent à sa recherche. Parmi eux, Brendan, moine irlandais, tenta l'aventure. Il découvrit effectivement l'Islande, en 519, puis les Canaries, vers 527. Les récits qui lui sont consacrés racontent qu'il aurait navigué ensuite vers l'ouest. On prétend qu'il aurait célébré la messe sur une baleine, mais il ne peut s'agir là que d'une légende. En revanche, certains textes parlent d'un très long voyage qui l'aurait mené sur des îles où poussaient des fruits ressemblant à s'y méprendre à des noix de coco. Il est donc possible que Brendan ait traversé l'Atlantique et ait débarqué aux Antilles, vraisemblablement à Cuba. Cette histoire confirme que, contrairement à ce que prétendent nombre d'historiens, la route de l'Amérique est fréquentée depuis très longtemps, sans doute depuis l'Antiquité.

Et saint Brendan fut un précurseur de Christophe Colomb.

La carte de Piri Re'is

Il s'agit sans doute là du mystère le plus impressionnant de ce roman. Comme je l'ai indiqué, toutes les informations développées par Kevin sont authentiques. L'amiral turc Piri Re'is a établi, en 1513, une carte du monde sur laquelle figurent des éléments qui n'avaient pas encore été découverts à l'époque. Il serait trop long de les développer ici, mais je ne saurais trop conseiller aux curieux de se reporter au remarquable ouvrage du professeur Charles Hapgood : *Les cartes des anciens rois des mers*.

Pour plus d'informations sur tous ces sujets, je recommande vivement la lecture du livre : *Les grandes énigmes*, édité par Larousse.

Si ce livre vous a plu…

Le troisième volet de la série *Les enfants de l'Atlantide*, est paru en 1996. La fin laissait présager une suite dont le synopsis dormait dans mes tiroirs. Mais cette ébauche ne me donnait pas satisfaction. Je voulais trouver une idée originale qui permettrait de poursuivre cette série en évitant le principe de la suite chronologique. Je souhaitais aussi réserver une surprise à mes lecteurs fidèles, qui depuis ne cessaient de me réclamer d'autres aventures de mes héros atlantes. C'est à présent chose faite. Je tiens aussi à les rassurer : même si je n'ai fait que survoler l'histoire d'Astyan à la fin de ce volume, je prévois de développer ses aventures dans d'autres ouvrages, comme *La Terre des Morts*, paru en 2003.

Quant aux lecteurs qui m'auront découvert avec ce livre, s'il leur a permis de passer un moment agréable, je les invite à partager la vie des Atlantes dans le cycle des *Enfants de l'Atlantide* :

Le prince déchu
L'Archipel du Soleil
Le crépuscule des Géants
La Terre des Morts

(Tous ces titres seront bientôt disponibles en poche dans la collection Folio Science-Fiction)

J'aurai aussi plaisir à accueillir ceux qui souhaitent de plus amples informations sur mon site Internet :

www.bernardsimonay.fr

À bientôt

BERNARD SIMONAY

BIBLIOGRAPHIE

A.C. Carpiceci, *Merveilleuse Égypte des Égyptiens*, Interlivre.

Les grandes énigmes, Larousse.

Monika et Hans D. Dossenbach, Maximilien Bruggmann, *Le désert*, Éditions Silva (Suisse).

Atlas historique de l'Égypte ancienne, Casterman.

La revue *Terre sauvage*.

Charles H. Hapgood, *Les cartes des anciens rois des mers*, Éditions du Rocher.

DU MÊME AUTEUR

Aux Éditions Gallimard

LA TRILOGIE DE PHÉNIX

PHÉNIX (Folio Science-Fiction n° 224)

GRAAL (Folio Science-Fiction n° 236)

LA MALÉDICTION DE LA LICORNE (Folio Science-Fiction n° 242)

LA PORTE DE BRONZE (Folio Science-Fiction n° 296)

LA VALLÉE DES NEUF CITÉS (Folio Science-Fiction n° 353)

LE SECRET INTERDIT (Folio Science-Fiction n° 519)

LA PREMIÈRE PYRAMIDE

LA JEUNESSE DE DJOSER (LA PREMIÈRE PYRAMIDE, I) (Folio n° 3193)

LA CITÉ SACRÉE D'IMHOTEP (LA PREMIÈRE PYRAMIDE, II) (Folio n° 3194)

LA LUMIÈRE D'HORUS (LA PREMIÈRE PYRAMIDE, III) (Folio n° 3370)

MOÏSE LE PHARAON REBELLE (Folio n° 4267)

Aux Éditions Calmann-Lévy

LE LYS ET LES OMBRES

LA FILLE DE L'ÎLE LONGUE

L'AMAZONE DE CALIFORNIE

L'OR DU SOLOGNOT

LE MARAIS DES OMBRES

Aux Presses de la Cité

LES TIGRES DE TASMANIE

LA DAME D'AUSTRALIE

PRINCESSE MAORIE

LA FILLE DE LA PIERRE
LA LOUVE DE CORNOUAILLE
L'APPEL DE L'ORIENT
LES ENFANTS DU VOLCAN
LA PROPHÉTIE DES GLACES
LES AMANTS DE FEU
L'ODYSSÉE D'UNE FEMME AMOUREUSE
LA GUERRE DES VOLCANS

Chez d'autres éditeurs

LES ENFANTS DE L'ATLANTIDE (à paraître en Folio Science-Fiction)
LE PRINCE DÉCHU
L'ARCHIPEL DU SOLEIL
LE CRÉPUSCULE DES GÉANTS
LA TERRE DES MORTS
ANTILIA
LE ROMAN DE LA BELLE ET LA BÊTE
LA LÉGENDE DE LA TOISON D'OR
LA LANDE MAUDITE
LA FILLE DU DIABLE
LE CARREFOUR DES OMBRES

Composition : IGS-CP à L'Isle-d'Espagnac (16)
Achevé d'imprimer par Novoprint, à Barcelone
le 2 mai 2015
Dépôt légal : mai 2015

ISBN : 978-2-07-046351-0/Imprimé en Espagne

277269